Cordialmente CRUEL

Cordialmente CRUEL

MAUREEN JOHNSON

Tradução
Paula Di Carvalho

PITAYA

RIO DE JANEIRO, 2024

Diretora editorial: *Raquel Cozer*
Gerente editorial: *Alice Mello*
Editor: *Ulisses Teixeira*
Preparação: *Isabela Sampaio*
Preparação de original: *Daniel Austie*
Revisão: *André Sequeira e Giovana Bomentre*
Arte de capa: *Leo Nickolls*
Design de capa: *Katie Fitch*
Adaptação de capa: *Julio Moreira | Equatorium*
Diagramação: *Abreu's System*

CIP-Brasil. Catalogação na Publicação
Sindicato Nacional dos Editores de Livros, RJ

Johnson, Maureen
  Cordialmente cruel / Maureen Johnson ; tradução Paula Di Carvalho. – 1. ed. – Rio de Janeiro : Harper Collins, 2019.
  320 p.

  Tradução de: Truly devious
  ISBN 9788595084490

  1. Ficção americana. I. Carvalho, Paula Di. II. Título.

19-57111   CDD: 813
                                  CDU: 82-3(73)

Vanessa Mafra Xavier Salgado – Bibliotecária – CRB-7/6644

Editora Pitaya é uma marca licenciada à Casa dos Livros Editora LTDA.
Todos os direitos reservados à Casa dos Livros Editora LTDA.
Rua da Quitanda, 86, sala 218 — Centro
Rio de Janeiro, RJ — CEP 20091-005
Tel.: (21) 3175-1030
www.harpercollins.com.br

Para todos que já sonharam
em encontrar um cadáver na biblioteca.

INSTITUTO IE ELLINGHAM

FUNDADO EM 1935

Departamento Federal de Investigação (FBI)
Imagem fotográfica de carta recebida na residência dos Ellingham em 8 de abril, 1936.

Olhe! Uma charada!
Hora de brincar!
Uma corda ou uma arma,
Qual devemos usar?
Facas são afiadas
e têm um brilho tão lindo
Veneno é lento,
o que é um castigo
Fogo é festivo,
Afogamento demora
Enforcamento é um
Jeito nodoso de ir embora
Uma cabeça quebrada,
Uma queda grave
Um carro colidindo
Contra uma trave
Bombas fazem um
Barulho bem animado
Tantas formas de
punir meninos malcriados!
Qual devemos usar?
Não conseguimos decidir.

Assim como você não pode correr ou fugir.

Haha.

Cordialmente,
Cruel

13 de abril, 1936, 18h
Você sabe que não posso deixá-la ir...

O DESTINO SE APRESENTOU A DOTTIE EPSTEIN UM ANO ANTES, NA FORMA DE uma chamada à sala do diretor.

Não era a primeira vez.

Dolores Epstein não era mandada ali por nenhuma razão normal — brigar, colar, reprovar, faltar. Dottie era requisitada por motivos mais complicados: desenvolver os próprios experimentos químicos, questionar a interpretação do professor sobre geometria não euclidiana, ou ler livros durante a aula por não haver nada de novo a ser aprendido. Então era melhor passar seu tempo fazendo algo útil.

— Dolores — dizia o diretor —, você não pode andar por aí agindo como se fosse mais inteligente do que todo mundo.

— Mas eu sou — respondia ela.

Não dizia por arrogância, apenas por ser verdade.

Dessa vez, Dottie não sabia bem o que fizera. Ela invadira a biblioteca à procura de um livro, mas tinha quase certeza de que ninguém sabia. Já vasculhara cada canto daquela escola, abrira cada cadeado e espiara dentro de todos os armários, despensas e escaninhos. Não havia má intenção. Normalmente, seu objetivo era encontrar alguma coisa, ou só ver se conseguia ser bem-sucedida.

Quando ela chegou à sala do diretor, o sr. Phillips estava sentado à sua enorme mesa. Também havia outra pessoa ali — um homem de cabelo grisalho e um terno cinza espetacular. Estava sentado ao lado do diretor, banhado por um feixe de luz solar que entrava pelas persianas. Parecia alguém saído de um filme. De certa maneira, ele tinha *mesmo* saído de um filme.

— Dolores — disse o sr. Phillips —, esse é o sr. Albert Ellingham. Você sabe quem é o sr. Ellingham?

Claro que ela sabia. Todos sabiam. Albert Ellingham era dono da American Steel, da *New York Evening Star* e da Fantastic Pictures. Sua riqueza era incalculável. Ele era o tipo de pessoa cujo rosto você poderia imaginar realmente *impresso no dinheiro*.

— O sr. Ellingham tem algo incrível para contar. Você é uma menina muito sortuda.

— Sente-se, Dolores — pediu o sr. Ellingham, gesticulando com a mão aberta para a cadeira vazia na frente da mesa do diretor.

Dottie se sentou, e o famoso sr. Ellingham se inclinou para a frente, apoiando os cotovelos nos joelhos e entrelaçando as mãos grandes e bronzeadas. Ela nunca tinha visto alguém bronzeado em pleno inverno. Esse, mais do que tudo, era o sinal mais poderoso da riqueza do sr. Ellingham. Ele poderia ter o sol, caso desejasse.

— Ouvi falar muito de você, Dolores — disse ele. — O sr. Phillips me contou como é inteligente. No segundo ano do ensino médio com apenas catorze anos. Você aprendeu latim e grego sozinha? É verdade que faz traduções?

Dottie assentiu, envergonhada.

— Você se sente entediada aqui na escola de vez em quando? — perguntou.

Ela olhou nervosa para o diretor, mas ele sorriu e fez um aceno encorajador com a cabeça.

— Às vezes — admitiu Dottie. — Mas não é culpa da escola.

Os dois homens deram risadinhas, e Dottie relaxou um pouco. Não muito, mas um pouco.

— Eu abri uma escola, Dolores — contou o sr. Ellingham. — Uma escola nova onde pessoas especiais como você podem aprender no próprio ritmo, do próprio jeito, da maneira que acharem melhor. Acredito que o aprendizado seja um jogo, um jogo esplêndido.

O sr. Phillips olhou para o tampo da mesa por um momento. A maioria dos diretores provavelmente não considerava o aprendizado um jogo, mas ninguém teria coragem de contrariar o grande Albert Ellingham. Se ele dizia que o aprendizado era um jogo, então era verdade.

Se ele afirmasse que o aprendizado era um elefante de patins e vestido verde, eles concordariam também. Quando se tem poder e dinheiro, é possível ditar o significado das palavras.

— Escolhi trinta estudantes com diversas origens para se matricular na escola, e gostaria que você fosse um deles — prosseguiu o sr. Ellingham. — Você não teria restrição alguma em sua educação e receberia acesso a tudo que precisasse. Parece algo do seu interesse?

Dottie gostou muitíssimo da ideia. Mas vislumbrou um problema imediato e inevitável.

— Meus pais não têm dinheiro — declarou abertamente.

— Dinheiro nunca deveria atrapalhar o aprendizado de uma pessoa — respondeu o sr. Ellingham com gentileza. — Minha escola é gratuita. Se aceitar, você será minha convidada.

Parecia bom demais para ser verdade; mas era real. Albert Ellingham lhe mandou uma passagem de trem e cinquenta dólares. Alguns meses depois, Dottie Epstein, que nunca saíra de Nova York, estava a caminho das montanhas de Vermont, cercada por mais árvores do que jamais vira.

A escola tinha uma grande fonte que a lembrava a do Central Park. Os prédios de tijolos e pedra pareciam saídos de um livro. Seu quarto na Casa Minerva era grande, porém aconchegante, com uma lareira (era *frio* ali). Havia livros, tantos livros bons, e você podia pegar quantos quisesse, quando quisesse, sem multa. Os professores eram bondosos. Os alunos tinham um laboratório de ciência apropriado. Aprendiam botânica na estufa e dança com uma mulher chamada Madame Scottie, que corria para lá e para cá de collant e cachecóis e usava pulseiras enormes por toda a extensão do braço.

O sr. Ellingham morava no campus com a esposa, Iris, e a filha de três anos, Alice. Em alguns fins de semana, carros chiques chegavam trazendo pessoas com roupas maravilhosas. Dottie reconheceu pelo menos duas estrelas de cinema, um político e um cantor famoso. Nesses dias, bandas de Burlington e Nova York eram recebidas no Casarão, de onde se ouvia música até altas horas. Às vezes, alguns convidados passeavam pelo terreno, e as pedras bordadas em seus vestidos refletiam à luz da lua. Mesmo em Nova York, Dottie nunca estivera tão perto de celebridades.

Os funcionários tinham o cuidado de deixar tudo em ordem, mas, por a propriedade ser enorme e repleta de esconderijos, sobravam vestígios por toda parte. Uma taça de champanhe aqui, um sapato de cetim ali. Incontáveis cigarros pisados, penas, pérolas e outros detritos de gente rica e espetacular. Dottie gostava de coletar esses objetos estranhos e guardá-los no que chamava de seu museu. O melhor item que encontrou foi um isqueiro de prata. Ela o acendia e apagava, satisfeita por seu movimento fluido. Era óbvio que devolveria o isqueiro — só queria tê-lo consigo por um tempinho.

Visto que Ellingham dava liberdade para os alunos trabalharem, estudarem e passearem, Dottie passava muito tempo sozinha. Vermont era um tipo diferente de lugar — não era a mesma coisa que descer por escadas de incêndio ou escalar canos hidráulicos. Dottie se acostumou com a florestas, a desbravar os limites do campus. Foi assim que encontrou o túnel durante um dos seus primeiros passeios depois de chegar a Ellingham, no outono. Ela estava explorando os bosques. Nunca tivera uma experiência como aquela, de estar sob a copa espessa das árvores num silêncio profundo, quebrado apenas por eventuais ruídos do farfalhar de folhas. Até que ela ouviu um barulho familiar: o de algo fino e metálico sob os pés. Reconheceu o som tamborilante na mesma hora. Era exatamente o mesmo som de quando se pisa numa tampa de bueiro.

Dottie abriu o alçapão e descobriu degraus de cimento limpos que levavam ao subsolo. Ao descer, encontrou-se num túnel seco e bem-cuidado de tijolos escuros. Isso aguçou sua curiosidade. Com o isqueiro prateado para se guiar, ela chegou a uma porta grossa com um painel deslizante na altura dos olhos. Identificou na mesma hora — já vira aquilo por toda a cidade. Era a porta de um bar clandestino. Destrancada.

Nada naquele túnel parecia muito protegido; ele apenas esperava para ser explorado. Portanto, foi o que ela fez. A porta revelou um cômodo de aproximadamente 2,5 metros quadrados e pé-direito alto. As paredes eram cobertas de prateleiras, que, por sua vez, estavam repletas de garrafas de vinho e as mais variadas bebidas alcoólicas. Dottie examinou os rótulos vistosos nos vidros coloridos. Inscrições em francês, alemão, russo, espanhol, grego... Uma biblioteca inteira de álcool.

Havia uma escada embutida numa parede. Dottie subiu e abriu um alçapão no alto, entrando numa estrutura de domo com teto de vidro. O chão estava coberto de mantas de pele e almofadas, diversos cinzeiros e algumas taças perdidas de champanhe. Ela se sentou no banco longo encostado em uma das paredes e percebeu que estava numa pequena ilha no meio do lago ornamental atrás do Casarão de Ellingham.

Um cantinho secreto! O cantinho secreto mais perfeito do mundo. Decidiu que aquele seria seu lugar de leitura. Dottie Epstein passara muito tempo ali, enroscada numa manta de pele com uma pilha de livros ao lado. Ninguém nunca a flagrara, e ela estava certa de que, mesmo que o sr. Ellingham a descobrisse, ele não se importaria. Era um homem muito gentil e divertido.

Nada poderia ser mais seguro.

Aquele dia específico de abril estava estranho e brumoso; a névoa embaçava o espaço entre as árvores e cobria Ellingham com uma neblina leitosa. Dottie achou que o tempo pedia um mistério. Sherlock Holmes seria perfeito. Ela já tinha lido todas as histórias do detetive, mas reler um livro era um de seus maiores prazeres, e aquela névoa era igual à de Londres, como as histórias descreviam.

Ela aprendera quais eram os melhores momentos para visitar o pequeno domo. Era uma tarde de segunda-feira — ninguém da casa principal estaria lá. O sr. Ellingham saíra de carro de manhã, e a sra. Ellingham, à tarde. Dottie pegou a coleção de contos de Sherlock Holmes na biblioteca e rumou para o lugar secreto.

Olhar a vista de dentro do pequeno domo de vidro naquele dia era como estar no meio de uma nuvem. Dottie se esticou no chão, cobriu-se com uma manta de pele e abriu o livro. Logo estava perdida nas ruas de Londres — o jogo começara!

Ela se distraiu tanto com a leitura que foi surpreendida por um barulho logo abaixo do chão. Alguém tinha entrado na sala de bebidas e estava subindo as escadas. Alguém estava *bem ali*. Sem tempo para fugir, Dottie puxou a manta por cima da cabeça e se encolheu o máximo possível contra a parede, tentando se camuflar numa pilha de almofadas. Apenas fique no chão. Seja um montinho de cobertas.

Ela ouviu o ranger do alçapão sendo erguido e o *pof* quando ele caiu para trás sobre a pedra. A pessoa se ergueu para dentro do domo e parou a mais ou menos meio metro do rosto de Dottie. Ela torceu para não ser pisada e se encolheu ainda mais.

A pessoa se afastou dela e pousou algo no chão. Dottie ousou erguer uma ponta da manta apenas dois centímetros e viu uma mão enluvada tirando objetos de uma sacola e espalhando-os no chão. Ela se arriscou a puxar mais um pouco para enxergar melhor. Identificou uma lanterna, binóculos, uma corda e algo brilhante.

O objeto brilhante era uma algema, mais ou menos como a do seu tio, que era policial.

Uma onda de adrenalina percorreu seu corpo, fazendo o coração disparar. Havia algo de errado ali. Ela deixou a manta cair sobre o rosto e se encolheu mais, pressionando a face contra o chão e achatando o nariz. A pessoa se mexeu para lá e para cá por vários minutos. De repente, silêncio. Será que tinha ido embora? Dottie teria escutado alguém descendo pelo alçapão ao lado de sua cabeça.

Ela sentia a própria respiração quente contra o rosto. Não fazia ideia do que estava acontecendo, mas sentia a cabeça rodar. Começou a contar silenciosamente. Quando chegou a quinhentos sem ouvir um barulho, decidiu levantar devagar a ponta da manta de novo. Só um dedinho. Então um pouco mais.

Não havia ninguém em seu campo de visão. Ela ergueu a manta um pouco mais. Nada. Estava prestes a se descobrir quando...

— Olá — disse uma voz.

Dottie sentiu o coração batendo contra o chão.

— Não tenha medo — disse a voz. — Pode sair.

Não fazia mais sentido se esconder. Dottie engatinhou para fora da coberta, segurando o livro com força. Olhou para a visita e para os objetos no chão.

— Isso é para o jogo — disse a pessoa.

Jogo? É claro. Os Ellingham adoravam jogos. Estavam sempre jogando com os convidados; elaboradas caças ao tesouro e quebra-cabeças. O sr. Ellingham havia equipado os dormitórios dos estudantes com jogos de tabuleiros, como Banco Imobiliário, e, às vezes, até descia para brincar.

Lanterna. Corda. Binóculos. Algemas. Poderia ser um jogo. Banco Imobiliário também tinha peças estranhas.

— Que tipo de jogo? — perguntou Dottie.

— É muito complicado — respondeu a pessoa. — Mas vai ser bem divertido. Preciso me esconder. Você também estava se escondendo aqui dentro?

— Para ler — explicou Dottie.

Ela ergueu o livro, tentando impedir as mãos de tremerem.

— Sherlock Holmes? — perguntou a pessoa. — Eu amo Sherlock Holmes. Que história você está lendo?

— *Um estudo em vermelho.*

— Essa é muito boa. Vá em frente. Leia. Não me deixe atrapalhar.

A visita sacou um cigarro e acendeu, fumando enquanto a observava.

Dottie já vira aquela pessoa. Ela poderia muito bem estar participando de um dos jogos elaborados do sr. Ellingham. Mas Dottie também era uma garota nova-iorquina que já vira o bastante para saber quando algo parece estranho. O olhar. O tom de voz. Seu tio policial sempre dizia: "Confie nos seus instintos, Dottie. Se tiver um mau pressentimento sobre algo ou alguém, saia de perto. E então venha me chamar."

Os instintos de Dottie lhe disseram para sair dali. Mas com cuidado. Agindo normalmente. Ela abriu o livro e tentou focar nas palavras diante dos olhos. Sempre mantinha um lápis pequeno na manga para anotações. Quando a visita desviou o olhar para a janela, ela puxou o lápis para a palma da mão, um movimento aperfeiçoado com o tempo, e sublinhou grosseiramente uma frase. Não era muito, mas era uma forma de deixar uma dica que talvez alguém entendesse se...

Ninguém entenderia, e o *se* era aterrorizante demais para imaginar.

Ela escondeu o lápis de volta na manga. Não conseguia mais fingir que lia. Os olhos não acompanhavam as palavras. O corpo inteiro tremia.

— Preciso devolver isso à biblioteca — disse ela. — Não vou contar para ninguém que você está aqui. Odeio quando me deduram.

A pessoa sorriu para ela, mas o sorriso era estranho. Nada sincero. Forçado demais nos cantos da boca.

Dottie lembrou-se de que estava dentro de uma estrutura no meio do lago, na encosta de uma montanha. Passou todos os possíveis cenários na cabeça e enxergou como os segundos seguintes se desenrolariam. O coração desacelerou, latejando na cabeça. O tempo passava bem devagar. Ela já lera muitas histórias nas quais a morte se fazia tão presente quanto qualquer personagem — uma força palpável no cômodo. Havia uma força assim ali dentro, como um visitante silencioso.

— Preciso ir — balbuciou ela.

Dottie começou a se aproximar do alçapão, e a pessoa fez o mesmo. Eram como dois jogadores num tabuleiro de xadrez, caminhando para um fim inevitável.

— Você sabe que não posso deixá-la ir — afirmou a pessoa. — Gostaria de poder.

— Pode, sim — argumentou Dottie. — Eu sou boa em guardar segredos.

Ela abraçou seu Sherlock Holmes. Nada de ruim poderia acontecer enquanto ela segurasse Sherlock Holmes. Sherlock a salvaria.

— Por favor — pediu.

— Sinto muito — respondeu a visita, com uma voz que parecia genuinamente triste.

Restava apenas mais uma jogada, e Dottie sabia que era ruim. Quando não há mais espaço sobrando no tabuleiro, você faz o que precisa. Ela se lançou na direção do alçapão. Não havia tempo para usar a escada; soltou o livro e pulou no buraco escuro, esticando as mãos cegamente. Seus dedos escorregaram pelos degraus da escada, mas não conseguiram se segurar. Dottie estava caindo. O chão a atingiu com uma terrível finalidade.

Ela teve um momento pulsante de consciência ao aterrissar. Sentiu uma dor quase doce e algo quente empoçar ao seu redor. A pessoa estava descendo a escada. Dottie tentou se mexer, se arrastar pelo chão, mas não adiantou.

— Queria que você não tivesse vindo aqui — disse a visita. — De verdade.

Quando a escuridão chegou para Dottie, foi de forma rápida e total.

O Instituto Ellingham ficava localizado na encosta de uma montanha chamada, oficialmente, de Monte Morgan. Ninguém a chamava assim, no entanto. Entre os locais, a montanha era conhecida como Monte Machadinha ou "o Grande Machado", por causa da protuberância no cume que lembrava tais ferramentas.

Ao contrário das montanhas ao redor, que atraíam esquiadores e turistas de férias, o Monte Machadinha era rústico e arborizado. Cativava quem fazia trilhas, assim como andarilhos solitários, observadores de pássaros e aventureiros que gostavam de cachoeiras e de se perder na floresta. Em 1928, quando Albert Ellingham a descobriu, o Grande Machado era evitado. Nenhuma estrada, não importa quão rústica, seguia para lá. A floresta era densa demais, e o rio, profundo demais. Havia deslizamentos de pedras. Era selvagem e estranho demais.

Reza a lenda que Albert Ellingham chegou ao lugar por puro engano, enquanto tentava achar o caminho para o iate clube de Burlington. Como alguém vai parar por acidente na encosta de uma montanha inabitada em 1928 é incerto, mas ele o fizera, e proclamara o local perfeito. Sonhava havia muito tempo em fundar uma escola que empregasse seus princípios e ideais — a educação como um jogo, uma mistura entre estudantes ricos e pobres, todos aprendendo juntos e no próprio ritmo. O ar era limpo ali em cima, e o canto dos pássaros, puro. Não havia nada para distrair os alunos do seu propósito.

Ellingham comprou um terreno gigantesco pelo triplo do valor pedido. Foi preciso alguns anos para dinamitar o local e torná-lo plano o suficiente para a construção da escola. Estradas rústicas foram abertas. A companhia telefônica passou fios e instalou alguns orelhões pelo caminho. Devagar e sempre, o Monte Machadinha foi conectado ao mundo por meio de uma estrada de terra, alguns poucos fios e uma corrente de pessoas e suprimentos.

O Instituto Ellingham, como viria a ser chamado, não seria apenas uma escola — os Ellingham também construíram um lar no terreno, imbuído no coração do campus. E não era uma casa qualquer. Tratava-se da maior casa de Vermont, tão grande quanto os edifícios mais grandiosos de Burlington ou Montpelier.

Albert Ellingham queria viver em seu experimento, em seu centro de aprendizado. O terreno era cheio de estátuas. A propriedade era entrecruzada por trilhas sem real sentido. Havia um boato de que Ellingham seguira um de seus gatos e construíra um caminho de pedras por todas as rotas que ele preferisse fazer porque sentia que "gatos sabem mais". O boato não era verdadeiro, mas Ellingham gostava tanto dele que foi criado outro boato dizendo que ele próprio começara o primeiro.

Também havia os túneis, as janelas falsas, as portas para lugar nenhum... Todas essas pequenas piadas arquitetônicas que entretinham deveras Albert Ellingham e tornavam suas festas infames de tão divertidas. Dizia-se que nem mesmo ele sabia a localização de todos os túneis e espaços, e que permitira aos vários arquitetos que inserissem algumas surpresas agradáveis. Resumindo, era idílico e fantástico, e poderia ter continuado assim, não fosse por aquela noite brumosa de abril, em 1936, quando Cordialmente Cruel atacou.

Escolas podem ser famosas por vários motivos: acadêmicos, graduados, times esportivos.

Mas não deveriam ser famosas por assassinatos.

I

— O ALCE É UMA MENTIRA — DISSE STEVIE BELL.

A mãe olhou para ela com a expressão frequente: um pouco cansada, forçada a participar do que quer que Stevie estivesse prestes a dizer por obrigação parental.

— O quê? — perguntou.

Stevie apontou para a janela do ônibus.

— Viu só? — Stevie indicou uma placa na qual se lia ALCE. — Nós já passamos por cinco dessas. É muita promessa. E nem um único alce.

— Stevie...

— Também estão prometendo deslizamento de pedras. Onde estão minhas pedras deslizantes?

— Stevie...

— Eu acredito fortemente em honestidade na propaganda.

Isso resultou num longo silêncio. Stevie e os pais já tinham tido muitas conversas sobre a natureza da verdade e dos fatos, e, talvez, em outro momento, tivesse desencadeado uma discussão. Mas não naquele dia. Eles pareciam decidir, por meio de um acordo mútuo e tácito, que deixariam a questão passar. Afinal, não era todo dia que se saía de casa para ir viver em um internato.

— Não gosto de não podermos dirigir até o campus — disse o pai, provavelmente pela oitava vez naquela manhã.

O guia de informações de Ellingham era bastante claro nesse ponto: NÃO TENTEM LEVAR OS ALUNOS DE CARRO ATÉ A ESCOLA. VOCÊS SERÃO FORÇADOS A DEIXÁ-LOS NO PORTÃO DA ESTRADA. NÃO HAVERÁ EXCEÇÕES.

Não havia nada de nefasto no pedido — a razão era bem explicada. O campus não fora construído para receber muitos carros. Só havia como chegar por uma estrada, e não tinha lugar para estacionar. Era preciso usar o ônibus de Ellingham para entrar e sair. Seus pais haviam desaprovado tal característica, como se um lugar de difícil acesso por carro fosse, de alguma maneira, inerentemente suspeito e limitasse a liberdade americana dada por Deus de dirigir para onde bem entendessem.

Mas regras eram regras, por isso os Bell foram acomodados no ônibus — um veículo de qualidade, com uma dúzia de assentos, janelas escurecidas e uma tela que não fazia nada exceto espelhar de leve o reflexo da janela. Um homem mais velho, de cabelo grisalho, dirigia. Ele não falava nada desde que buscara a família no local combinado, quinze minutos antes, e mesmo então se limitara a três frases:

— Stephanie Bell? Sente onde quiser. Não tem mais ninguém.

Stevie já ouvira falar do famoso resguardo de Vermont, e de que eles chamavam os forasteiros de "povo de baixo", mas havia algo assustador naquele silêncio.

— Olha — disse a mãe, baixinho —, se você mudar de ideia...

Stevie segurou a lateral do assento.

— Não vou mudar de ideia. Nós já chegamos. Quase.

— Só estou dizendo... — insistiu a mãe, mas não completou a frase.

Aquela conversa também era bastante revisitada. Pelo visto, amanhã estava repleta dos grandes sucessos da família e escassa de material novo.

Stevie voltou a olhar para fora; a vista do horizonte de Vermont, de um azul místico, desapareceu, substituída por árvores e muros rochosos no ponto onde a estrada se entremeava com as montanhas. Seus ouvidos entupiram com a lenta elevação de altitude conforme o ônibus avançava pela I-89, afastando-se de Burlington e aprofundando-se na natureza. Ao sentir que a conversa chegara a seu fim natural, ela pôs os fones de ouvido. A mãe lhe tocou o braço quando ela estava prestes a dar play no podcast.

— Talvez não seja o momento de escutar esses contos bizarros de assassinato — sugeriu ela.

— São crimes reais — respondeu Stevie, antes que conseguisse se conter.

A correção a fazia parecer pedante. Além disso, nada de brigas. Nada de brigas.

Stevie tirou o fone e enrolou o fio.

— Tem tido notícias da sua amiga? — perguntou a mãe. — Jazelle?

— Janelle — corrigiu Stevie. — Ela me mandou uma mensagem dizendo que estava a caminho do aeroporto.

— Que bom. Vai te fazer bem ter alguns amigos.

Seja legal, Stevie. Não responda que você já tem amigos. Você tem um monte de amigos. Não importa que você tenha conhecido muitos deles pela internet, em fóruns de discussão sobre assassinato e mistério. Os pais dela não faziam ideia de que era possível conhecer pessoas fora da escola, que isso não era esquisito, e que a internet era a melhor maneira de encontrar gente que tenha afinidade com você. Além disso, é claro que ela também tinha amigos na escola, mas nunca do jeito esperado, que aparentemente envolvia festas do pijama, maquiagem e idas ao shopping.

Isso não importava no momento. O futuro estava ali, no topo das montanhas brumosas.

— Então, do que Janelle gosta mesmo? — perguntou a mãe.

— Engenharia — respondeu Stevie. — Ela cria coisas. Máquinas, dispositivos.

Um silêncio cético se seguiu à resposta.

— E o tal do Nate é escritor? — perguntou a mãe.

— O tal do Nate é escritor — confirmou Stevie.

Esses eram os dois outros alunos do primeiro ano que supostamente morariam no dormitório novo de Stevie. A escola não fornecia dados sobre os do segundo ano. Essa informação também passara semanas circulando a mesa da cozinha dos Bell — Janelle Franklin morava em Chicago. Era porta-voz estudantil nacional do GROWING STEMS, um programa que incentivava a entrada de jovens não brancas nos campos de ciência, tecnologia, engenharia e matemática. Stevie teve acesso a muito de sua história: como Janelle fora flagrada consertando (com sucesso) um forninho aos seis anos. Sabia de todas as coisas que a amiga gostava: criar máquinas e engenhocas, soldar e caldear, alimentar pastas do Pinterest sobre técnicas de organização, garotas de óculos, livros para jovens adultos, café, gatos e basicamente qualquer programa de TV.

Stevie e Janelle já estavam se comunicando com frequência por mensagem. Isso era bom. Amiga número um.

O outro aluno do primeiro ano na Minerva era Nate Fisher. Era mais calado e nunca respondia às mensagens, mas havia muito a descobrir sobre ele. Nate publicou um livro chamado *Os ciclos da lua fulgente* aos catorze anos — setecentas páginas de fantasia épica escritas em poucos meses, lançado primeiro na internet e depois como livro físico. O segundo volume de Lua Fulgente estava, na teoria, em andamento.

Eles eram o tipo de pessoa que o Instituto Ellingham aceitava.

— Parecem pessoas muito impressionantes — disse o pai. — Assim como você. Sentimos muito orgulho. Você sabe disso.

Stevie leu nas entrelinhas da frase. *Por mais que amemos você, não fazemos ideia do motivo pelo qual foi aceita nessa escola, querida filha esquisita.*

O verão inteiro havia sido desse jeito, uma estranha mistura de orgulho enunciado e dúvida tácita sustentada por uma confusão sobre como aquela série de eventos sequer acontecera. Quando Stevie recebeu a notícia, os pais nem sabiam que ela havia se candidatado à vaga. O Instituto Ellingham não era o tipo de lugar frequentado por pessoas como os Bell. Por quase um século, a escola abrigara gênios criativos, pensadores radicais e inovadores. Ellingham não disponibilizava ficha de inscrição nem lista de reivindicações, nenhuma instrução além de: "Se você quer se candidatar para o Instituto Ellingham, por favor, entre em contato."

Só isso.

Uma simples frase que levava todo estudante ambicioso à loucura. O que eles queriam? O que buscavam? Parecia um enigma de uma história de fantasia ou um conto de fadas — algo exigido pelo mago antes que sua entrada na Caverna dos Segredos fosse permitida. Fichas de inscrição deveriam ser listas rígidas de requisitos e observações e dissertações e recomendações e talvez uma amostra de sangue e algumas notas de um musical famoso. Mas não em Ellingham. Apenas bata na porta. Apenas bata na porta de um jeito especial e correto que eles não descreveriam. Você só precisava se conectar com *alguma coisa*. Eles buscavam uma faísca. Se a vissem em você, poderiam selecioná-lo como um dos cinquenta alunos escolhidos a cada ano. O programa tinha duração de dois anos, apenas o segundo e terceiro do ensino médio. Não havia taxas de mensalidade. Se o aluno conseguisse entrar, estudaria de graça. Só era preciso entrar.

O ônibus pegou uma saída e parou em outro ponto de encontro, onde uma família aguardava. Uma garota e os pais olhavam os celulares. Ela era muito mignon, com cabelo escuro e longo.

— O cabelo dela é bonito — comentou a mãe de Stevie.

Mesmo que estivesse falando de outra pessoa, aquela frase era uma referência ao cabelo de Stevie, cortado pela própria no banheiro, no início da primavera, num surto de renovação pessoal. A mãe chorou ao ver o cabelo louro de Stevie na pia e levou a filha a um cabeleireiro para dar corte e formato. Aquilo tinha gerado controvérsia, a ponto de os pais afirmarem que ela não poderia ir a Ellingham como forma de punição — mas acabaram voltando atrás. A ameaça fora feita de cabeça quente. A mãe de Stevie tinha muito apego ao cabelo da filha, o que, em certo ponto, era um motivo para se livrar dele. A razão principal, no entanto, era só Stevie achar que ficaria melhor curto.

E ficou. O corte pixie combinou com ela, e era fácil de cuidar. Tinha sido problemático quando ela o pintou de rosa, depois de azul, depois de rosa e azul. Mas ele já havia voltado ao normal, louro-escuro e curto.

Depois que as malas da nova passageira foram guardadas no fundo do ônibus, ela e a família embarcaram. Os três tinham cabelo escuro e aparência estudiosa, com grandes olhos emoldurados por óculos. Parecia uma família de corujas. Cumprimentos educados foram murmurados antes que eles ocupassem os assentos atrás dos Bell. Stevie reconheceu a garota do guia do primeiro ano, mas não lembrou o nome.

A mãe lhe deu uma cotovelada, que Stevie tentou ignorar. A garota voltara a olhar o celular.

— Stevie.

Stevie inspirou longamente pelo nariz. Precisaria se debruçar sobre a mãe e chamar a garota, que estava numa fileira atrás, do outro lado do corredor. Constrangedor. Mas ela não tinha opção.

— Oi — disse Stevie.

A garota ergueu o olhar.

— Oi? — respondeu ela.

— Meu nome é Stevie Bell.

A garota piscou devagar, armazenando a informação.

— Germaine Batt.

Isso foi tudo. Stevie começou a se reclinar de volta para o encosto, sentindo que fizera um belo esforço, mas a mãe a cotovelou de novo.

— Faça amigos — sussurrou.

Poucas palavras provocavam mais calafrios quando combinadas do que *faça amigos*. O comando para se relacionar gelava as veias de Stevie. Ela queria deslizamento de pedras. Mas sabia o que aconteceria se não puxasse assunto — os pais o fariam. E, se eles fizessem aquilo, tudo poderia acontecer.

— Você veio de longe? — perguntou Stevie.

— Não — respondeu Germaine, erguendo o olhar da tela.

— Nós viemos de Pittsburgh.

— Ah.

Stevie voltou a se recostar, olhou para a mãe e deu de ombros. Não era possível *obrigar* Germaine a falar. Ela lhe lançou um olhar de *bem, você tentou*. Parabéns pelo esforço.

O ônibus sacolejou ao sair da autoestrada e pegar uma via menor e mais rochosa pontuada por lojas, fazendas e placas que anunciavam esqui, sopro de vidro e balas de xarope de bordo. Depois vieram algumas construções e mais terras de fazenda com nada além de velhos caminhões vermelhos e um cavalo de vez em quando.

Eles continuaram subindo mais e mais pela floresta.

Do nada, o ônibus fez uma curva brusca para uma clareira entre as árvores, jogando Stevie para o lado e quase a derrubando do assento. Fora do veículo, próximo ao chão havia uma pequena placa marrom com letras douradas: a entrada do Instituto Ellingham. Era tão imperceptível que parecia que a escola estava deliberadamente se escondendo.

A rua em que entraram mal podia ser chamada assim. Seria caridoso chamá-la de caminho. Tratava-se, na verdade, de uma abertura artificial na paisagem — uma cicatriz serpenteante na floresta. Começava com uma descida muito íngreme em direção a um dos riachos que margeava a propriedade. Na base, encontrava-se uma construção que poderia ser referida jocosamente como uma ponte. Parecia feita de madeira, corda e sonhos. As laterais tinham cerca de trinta centímetros de altura e a aparência de que desabariam se qualquer coisa mais pesada do que um bife a atravessasse.

O ônibus avançou pela ponte, que balançou com violência, fazendo o assento de Stevie ressoar.

Então voltou a subir, numa inclinação normalmente reservada a teleféricos de esqui e pistas de decolagem. Nada o parava. O caminho foi totalmente coberto pela sombra das árvores. Os galhos arranhavam as laterais do veículo como dezenas de unhas. O motor rangia, parecendo lutar para transpor a ladeira cada vez mais estreita. Stevie sabia que não deveria temer, mas o ônibus parecia lutar sozinho contra as forças do universo para subir a trilha. Era improvável que justo nessa viagem, que levava Stevie e os pais, o ônibus fosse ceder e deslizar em alta velocidade por todo o caminho de volta, caindo desgovernado, colidindo cegamente até chegar ao rio e ao esquecimento doce, frio e molhado... Mas nunca se sabe.

O chão voltou a se nivelar e as árvores deram lugar a um caminho mais suave e uma vista ampla de gramados verdes. O ônibus se aproximou de um portão guardado por duas estátuas sobre pedestais, criaturas aladas com rostos sorridentes, olhos vazios, quatro patas e caudas.

— Que anjos estranhos — comentou a mãe, virando a cabeça para olhar.

— Não são anjos — corrigiu Stevie. — São esfinges. Criaturas mitológicas que exigem que você solucione um enigma antes de entrar em certo lugar. Se errar, é devorado. Como em *Édipo*. O Enigma da Esfinge. Isso é uma esfinge. Não se deve confundir com "restringe", que é um verbo muito usado por regimes ditatoriais.

A mãe lhe lançou aquele olhar de novo. *Nós meio que queríamos uma filha do tipo que sai, vai ao shopping e à festa de formatura, mas ganhamos essa esquisita e bizarra, e nós a amamos, mas do que ela está falando?*

Às vezes Stevie se sentia mal pelos pais. A concepção deles de *interessante* era tão limitada. Eles nunca se divertiriam tanto quanto ela.

Germaine esticou o pescoço para espiar Stevie com olhos grandes e brilhantes. Sua expressão era tão ininteligível quanto a das esfinges.

Naquele momento, uma manta de dúvida cobriu a mente de Stevie. Ela não devia ter sido aceita na escola. A carta chegou à casa errada, à Stevie errada. Era um truque, uma piada, um erro cósmico. Nada daquilo podia ser real.

Mas, mesmo que tudo isso fosse verdade, era tarde demais, porque eles já haviam chegado ao Instituto Ellingham.

2

A PRIMEIRA COISA QUE STEVIE VIU FOI UM GRAMADO CIRCULAR COM UMA FONTE no meio: uma estátua de Netuno dava as boas-vindas em meio à água jorrante. Uma espessa cortina de árvores cingia o gramado. Pedaços de edifícios e vislumbres de tijolos, pedra e vidro espreitavam timidamente por entre os espaços. Bem no topo do gramado, como o anfitrião do lugar, havia uma grande mansão — o Casarão, um palacete gótico insano com dezenas de janelas de catedrais, quatro arcos ao redor da porta e um telhado cheio de pontas.

Stevie ficou muda por quase um minuto. Já vira centenas de fotografias da propriedade dos Ellingham. Conhecia os mapas, os ângulos e as vistas. Mas estar ali no ar fresco e rarefeito, ouvindo a água espirrar na fonte de Netuno, sentindo o sol no rosto enquanto pisava no extenso gramado — estar ali fez sua cabeça girar.

O motorista tirou as malas de Stevie do bagageiro, assim como as três sacolas de compras que os pais haviam insistido que ela levasse. Eram constrangedoramente pesadas, lotadas de embalagens plásticas tamanho família de manteiga de amendoim, chá gelado em pó, diversos sabonetes líquidos, produtos de higiene e outros itens comprados quando estavam em promoção.

— Temos que dar gorjeta? — perguntou a mãe em voz baixa, enquanto tudo era descarregado.

— Não — respondeu Stevie, com confiança forçada.

Ela não fazia ideia se deveria ou não dar gorjeta para o motorista do ônibus da escola. Isso não surgira em sua pesquisa.

— Você está bem? — questionou o pai.

— Aham — respondeu ela, apoiando-se na mala. — É só... tão lindo.

— É impressionante — concordou ele. — Não dá para negar.

Um grande carrinho de golfe deu uma volta na entrada e parou ao lado deles. Outro homem os cumprimentou. Era mais novo que o motorista, talvez na casa dos trinta anos, forte e musculoso, vestido com uma bermuda cargo gasta e uma camisa polo de Ellingham. Era o tipo de pessoa bem-cuidada que fazia seus pais relaxarem, o que, por consequência, relaxava Stevie.

— Stephanie Bell? — perguntou ele.

— Stevie — corrigiu ela.

— Meu nome é Mark Parsons — falou ele. — Coordenador da propriedade. Você ficou na Minerva. Boa casa.

As coisas de Stevie e os próprios Bell foram postos dentro do carrinho. Germaine e sua família foram guiadas para outro e partiram na direção oposta.

— Todo mundo quer ficar na Minerva — adicionou Mark, quando ninguém mais podia ouvir. — É a melhor casa.

O terreno era repleto de trilhas de pedras lisas que serpenteavam por entre as árvores. Enquanto avançavam pela sombra densa, Stevie e os pais se resignaram a um silêncio impressionado diante das construções da escola. Havia algumas grandes e vultosas de pedra e tijolo vermelho, com arcos góticos conectando-as e pequenas torres suavizando seus ângulos. Enquanto algumas eram expostas e amplas, outras eram tão envoltas por hera que pareciam estar sendo oferecidas como presentes para algum tipo de deus da floresta. Aquele lugar não era nada parecido com sua escola local. Era claramente um Centro de Aprendizado.

Havia estátuas gregas e romanas de pedra branca e fria atrás das árvores, sozinhas nas clareiras.

— Alguém gosta de lojas de jardinagem — disse o pai.

— Ah, não — respondeu Mark, guiando o carro por um grupo de bustos cujos olhos eram vazios e brancos, mas as expressões, determinadas, pareciam bastante com um comitê no meio de uma decisão importante. — Essas peças são todas originais. O equivalente a uma fortuna em estátuas a céu aberto.

Para dizer a verdade, talvez a quantidade fosse exagerada. Alguém deveria ter dado um toque em Albert Ellingham para que ele pegasse leve com as compras. Mas, quando se é rico e famoso o bastante, pensou Stevie, é possível fazer o que der na telha com seu refúgio nas montanhas.

O carrinho de golfe passou na frente de uma casa baixa e digna construída com tijolos vermelhos e dourados alternados. Parecia dividida em partes — havia uma grande seção na direita com a aparência de uma casa normal, depois uma longa extensão lateral que terminava numa pequena torre. A estrutura inteira era coberta de hera, obscurecendo os rostos em baixo-relevo que despontavam do telhado e sob as janelas. A porta era pintada de um azul forte e encontrava-se aberta, deixando a brisa e as moscas entrarem.

Stevie e os pais entraram no que parecia uma sala comunal com piso de pedra e uma ampla lareira rodeada por cadeiras de balanço. O cômodo era fresco e sombreado e ainda retinha o cheiro de fogueiras antigas. A decoração consistia num papel de parede vermelho com estampa em relevo e uma cabeça de alce empalhada com uma coroa de luzes decorativas. Havia uma cadeira estilo rede pendurada perto do fogo, muitos futons no chão, um sofá roxo surrado, mas de aparência extremamente confortável, e uma mesa rústica gigantesca de madeira que ocupava a maior parte do espaço. Sobre o tampo via-se uma caixa de ferramentas e alguns itens pequenos que pareciam ser material para artesanato — pedras e os objetos muito misteriosos envolvidos em trabalhos manuais. Bem ao lado da porta havia oito grandes cavilhas de madeira presas na parede. Elas tinham cerca de 25 centímetros de comprimento — grande demais para se pendurar casacos. Stevie tocou uma delas com a ponta do dedo, uma manifestação física da pergunta: *O que você é?*

— Olá!

Ao se virar, Stevie avistou uma mulher saindo da pequena área da cozinha com uma caneca de café. Sua cabeça raspada apresentava apenas uma leve penugem e seu corpo era mignon, porém extremamente musculoso e bronzeado. Os braços dela eram cobertos de tatuagens florais elegantes. Usava uma camiseta larga com os dizeres EU CURTO CAVAR e uma bermuda cargo que deixava à mostra um par de pernas fortes e peludas.

— Stephanie? — perguntou a mulher.

— Stevie — corrigiu ela outra vez.

— Dra. Nell Pixwell — apresentou-se a mulher, estendendo a mão para todos os membros da família. — Podem me chamar de Pix. Sou a diretora docente da Casa Minerva.

Stevie ganhou uma visão melhor dos pequenos objetos ao lado da caixa de ferramentas. Ao analisar com mais atenção, percebeu que não se tratavam de materiais para artesanato, e sim de dentes. Muitos, muitos dentes. Bem ali. Em cima da mesa. Stevie não sabia se eram reais ou falsos, e não tinha certeza que isso importasse. Uma mesa cheia de dentes é uma mesa cheia de dentes.

— Fizeram boa viagem? — perguntou Pix, categorizando agilmente os dentes restantes em compartimentos.

(*Plinc*, disse um dente ao atingir o plástico. *Plinc.*)

— Desculpe, eu estava só organizando algumas coisas. Você com certeza é a mais adiantada...

(*Plinc*, disse um molar.)

— Alguém quer café?

O grupo foi arrebanhado para dentro da minúscula cozinha, onde canecas de café foram distribuídas e Pix explicou a rotina de refeições para os pais de Stevie. Os cafés da manhã eram servidos dentro das casas, e todas as outras refeições eram feitas na sala de jantar. Os alunos podiam entrar na cozinha e usá-la quando quisessem, e havia um sistema on-line de entrega de mantimentos. Ao retornarem à sala comunal, a mãe de Stevie resolveu apontar o óbvio.

— Isso são dentes?

— Sim — confirmou Pix.

Como nenhuma outra resposta se seguiu, Stevie interveio.

— A dra. Pixwell é especialista em bioarqueologia — explicou. — Trabalha em escavações arqueológicas no Egito.

— Isso mesmo — confirmou Pix. — Você leu minha biografia acadêmica?

— Não — respondeu Stevie. — O dente, a camiseta, a tatuagem do Olho de Hórus no pulso, o rótulo escrito em árabe no chá de camomila da cozinha e a marca de sol na sua testa proveniente de um véu. Foi só um chute.

— Extremamente impressionante — elogiou Pix, assentindo.

Todos ficaram quietos por um momento. Uma mosca zumbiu ao redor da cabeça de Stevie.

— Stevie pensa que é Sherlock Holmes — comentou o pai. Ele gostava de fazer esses tipos de observações, que soavam como piadas e, talvez, até tivessem algum nível de boa intenção, mas sempre carregavam um pouquinho de insulto.

— E quem não quer ser Sherlock Holmes? — respondeu Pix, fazendo contato visual com ele e sorrindo. — Eu li mais Agatha Christie quando era nova porque ela escrevia bastante sobre arqueologia. Mas todo mundo ama Sherlock. Deixe-me mostrar os arredores...

Naquele momento, com apenas aquela observação, Pix ganhou a lealdade eterna de Stevie.

Todos os seis quartos reservados aos alunos na Casa Minerva ficavam localizados à esquerda da sala comunal: três quartos no andar de baixo e três no de cima. Havia um banheiro comunitário no primeiro andar com azulejos que só podiam ser originais, porque ninguém mais faria nada naquela cor. Se precisasse nomeá-la, Stevie escolheria "salmão enjoado".

Ao final do corredor havia uma grande porta que dava acesso à torre.

— Este cômodo tem um toque especial — contou Pix, abrindo a porta. — A Casa Minerva era usada pelos convidados de Ellingham antes da inauguração da escola, por isso conta com alguns atributos inexistentes nos outros dormitórios...

Ela revelou um magnífico cômodo redondo e de pé-direito alto, um banheiro. O chão era de azulejos cinza-perolados. Uma grande banheira com pés de garras era a peça de destaque. Havia janelas longas com vitrais de flores estilizadas e vinhas que banhavam o espaço em arco-íris.

— Este banheiro é popular em época de provas — comentou Pix. — As pessoas gostam de estudar dentro da banheira, em especial quando o tempo esfria. Fora isso, não é muito usado devido a um probleminha com aranhas. Agora, vejamos seu quarto.

Stevie decidiu ignorar o que acabara de escutar sobre aranhas e seguiu a diretora até o quarto designado para ela, Minerva Dois. O cômodo cheirava como se tivesse passado os últimos meses cozinhando lentamente, o ar denso com aromas de espaço fechado, pintura nova e cera de móvel. Uma das janelas de guilhotina tinha sido aberta para permitir a entrada de ar, mas a brisa estava preguiçosa. Duas moscas haviam entrado e dançavam próximas ao teto alto. As paredes tinham uma cor creme suave, o que fazia a lareira preta se destacar pelo intenso contraste.

Enquanto carregavam os pertences de Stevie para dentro, a conversa se estendeu para onde a cama deveria ficar, se não havia risco de alguém entrar pela janela e a que horas era o toque de recolher. Pix lidou tranquilamente com os questionamentos (as janelas podiam ser abertas por cima e contavam com boas trancas, o toque de recolher era às dez durante a semana e às onze no fim de semana, tudo monitorado eletronicamente pelos crachás dos estudantes e pela própria diretora).

A mãe de Stevie estava prestes a começar a desfazer as malas da filha quando Pix interveio e arrastou os dois para um tour personalizado pelo campus, fornecendo-lhe um momento de sossego. Os pássaros cantavam do lado de fora, e a brisa carregava algumas vozes distantes. Minerva Dois rangeu com suavidade quando os passos de sua nova aluna bateram no chão. Ela passou a mão pelas paredes, sentindo sua estranha textura — eram grossas devido aos anos de pinturas, uma demão por cima da outra, cobrindo as marcas dos habitantes anteriores. Havia pouco tempo, Stevie assistira a um documentário sobre crimes reais que explicava como era possível descascar camadas de tintas e revelar escritas escondidas por décadas. Desde então, desejara desesperadamente usar vapor numa parede e descascá-la, só para ver se encontrava algo embaixo.

Aquelas paredes provavelmente carregavam histórias.

13 de abril, 1936, 18h45

A NEBLINA CHEGARA DEPRESSA — O DIA AMANHECERA CLARO E LIMPO, MAS LOGO depois das 16 horas uma cortina de névoa azul acinzentada recaiu sobre o terreno. Muitas pessoas comentariam sobre esse detalhe depois, a neblina. Quando chegou o crepúsculo, tudo estava embalado numa escuridão perolada que reduzia o alcance da visão a apenas alguns metros. O Rolls-Royce Phantom avançou pela bruma lentamente, subindo pela estrada ardilosa até a propriedade. O carro parou na metade da entrada circular em frente ao Casarão. Ele sempre parava ali. Albert Ellingham gostava de andar pelo resto do caminho para inspecionar seu reinado montanhoso. Ele saiu pela porta de trás antes que o carro parasse por completo. O secretário, Robert Mackenzie, esperou alguns segundos antes de saltar.

— Você precisa ir a Filadélfia — disse Robert para as costas do patrão.

— Ninguém *precisa* ir a Filadélfia, Robert.

— Você precisa ir a Filadélfia. Nós também deveríamos passar pelo menos dois dias no escritório de Nova York.

O último ônibus levando os homens que trabalhavam nos estágios finais da obra passou por eles, seguindo de volta para Burlington e para as várias outras cidadezinhas pelo caminho. O veículo reduziu a velocidade para que os passageiros pudessem acenar para o patrão antes de partir.

— Belo trabalho hoje! — exclamou Albert Ellingham. — Vejo vocês amanhã, camaradas!

O mordomo abriu a porta quando os dois homens se aproximaram, permitindo que adentrassem o magnífico salão da casa. A cada chegada, Ellingham se deleitava com o efeito do lugar, com a maneira como a luz brincava pelo espaço, quicando em cada pedaço de cristal, tingida pela fortuna bem gasta dos vitrais escoceses.

— Boa noite, Montgomery — cumprimentou Ellingham.

Sua voz retumbante ecoou pelo átrio aberto.

— Boa noite, senhor — respondeu o mordomo, recebendo os chapéus e casacos. — Boa noite, sr. Mackenzie. Espero que a neblina não tenha dificultado muito a viagem.

— Levou uma eternidade — falou Ellingham. — Robert encheu meus ouvidos sobre reuniões durante todo o caminho.

— Por favor, avise ao sr. Ellingham que ele precisa ir a Filadélfia — insistiu Robert, entregando o chapéu.

— O sr. Mackenzie gostaria que eu lhe informasse...

— Estou faminto, Montgomery. O que tem para o jantar?

— Sopa *crème de céleri* com filé de linguado ao molho de amêndoas como entrada, senhor, seguido por cordeiro assado, ervilha com menta, aspargos ao molho *hollandaise* e batatas à lionesa, com um suflê frio de limão para finalizar.

— Parece bom. Assim que possível. Estou com um belo apetite. Quantos agregados ainda temos?

— A srta. Robinson e o sr. Nair ainda estão hospedados conosco, mas passaram praticamente o dia todo indispostos, então acredito que serão só a sra. Ellingham, o sr. Mackenzie e o senhor.

— Ótimo. Vá buscá-la. Vamos comer.

— A sra. Ellingham ainda não voltou, senhor. Ela e a srta. Alice foram dar uma volta de carro à tarde.

— E ainda não voltaram?

— Imagino que a neblina deve tê-las atrasado, senhor.

— Mande alguns homens com lanternas esperarem na entrada do terreno para ajudá-la no caminho de volta. Assim que ela chegar, diga que está na hora de comer. Não a deixe tirar nem o casaco. Leve-a direto para a mesa.

— Muito bem, senhor.

— Me acompanhe, Robert — disse Ellingham, se afastando. — Vamos ao meu escritório para uma partida de Rook. E nem tente discutir comigo. Nada é tão sério quanto um jogo.

O secretário respondeu com um silêncio profissional. Jogar com o patrão era uma função inegociável de seu cargo, e "nada é tão sério quanto um jogo" era um dos muitos lemas de Ellingham. Era por isso que os alunos sempre tinham acessos a jogos, e o novo Banco Imobiliário era obrigatório para alunos, residentes da casa e funcionários. Todo mundo tinha que jogar pelo menos uma vez por semana, e nos últimos tempos ele criara torneios mensais. Assim era a vida no mundo de Albert Ellingham.

Robert pegou as correspondências da bandeja e folheou-as com o olhar treinado, jogando algumas cartas imediatamente de volta e segurando outras embaixo do braço.

— Filadélfia — disse ele outra vez.

Era seu trabalho se certificar de que o grande Albert Ellingham se mantivesse na linha. Robert era bom nisso.

— Tudo bem, tudo bem. Marque na agenda. Ah...

Ellingham puxou um pedaço de papel do Western Union da mesa. Esses papeizinhos eram seu meio preferido de fazer pequenas anotações.

— Eu comecei um novo enigma esta manhã. Me diga o que acha.

— A resposta é Filadélfia?

— Robert — disse Ellingham, sério. — Meu enigma. Esse é dos bons, acho. Ouve só. *O que serve dos dois lados, e se você desejar se esconder, pode protegê-lo do seu inimigo ou mostrá-lo aonde ir?* E aí? O que acha?

Robert suspirou e fez uma pausa na seleção das cartas para pensar.

— Serve dos dois lados — disse ele. — Como um espião. Um traidor. Uma pessoa dúbia.

Ellingham sorriu e gesticulou para indicar que o secretário deveria continuar pensando.

— Mas — continuou Robert —, não é um quem. É um o quê. Então é um objeto que funciona nas duas direções...

Houve uma batida na porta, e Ellingham se apressou para abri-la.

— É uma porta! — disse, escancarando-a e revelando o mordomo pálido. — Uma porta!

— Senhor... — começou Montgomery.

— Um momento. Viu só, Robert, a porta pode ser usada de ambos os lados...

— E você pode usá-la para se esconder, ou ela pode mostrar por onde você foi — completou Robert. — Entendi. Sim...

— Senhor! — disse Montgomery.

A urgência em seu tom de voz não era nada familiar aos dois homens, que o encararam com expressões confusas.

— O que foi, Montgomery? — questionou Ellingham.

— É uma ligação, senhor — respondeu o mordomo. — Você precisa vir imediatamente, senhor. Na linha de serviço. Na copa. Por favor, senhor, corra.

Isso era tão pouco característico de Montgomery que Ellingham obedeceu sem mais uma palavra. Seguiu o mordomo até a copa e pegou o telefone que o aguardava.

— *Estamos com sua esposa e com sua filha* — disse uma voz.

3

Stevie Bell tinha um simples desejo: ver um cadáver de perto.

Não queria matar pessoas — longe disso. Queria ser quem descobria por que o cadáver estava morto, só isso. Queria sacolas marcadas como PROVA e macacões descartáveis como os peritos forenses usavam. Queria estar dentro de uma sala de interrogatório. Queria chegar à origem do caso.

O que era tranquilo e ótimo, e, provavelmente, o que muitas pessoas também queriam, se fossem mais honestas. Mas sua antiga escola não era exatamente o tipo de lugar em que ela sentia que podia expressar tal desejo. Era um colégio bom, se você gostasse de colégios. Não era malvado ou cruel. Era apenas como deveria ser — quilômetros de chão de linóleo e luzes fluorescentes que zumbiam, o fedor quente do refeitório desde muito cedo, os flashes de inspiração rapidamente anulados por longos períodos de tédio, além da vontade perpétua de estar em outro lugar. E, por mais que Stevie tivesse amigos lá, ninguém entendia de verdade seu amor pelo crime. Então ela havia escrito uma carta apaixonada, despejado tudo em palavras e mandado para Ellingham quase como uma piada. Ela nunca seria aceita.

Ellingham gostou do que viu. Eles haviam dado a ela aquele quarto.

Os móveis eram de madeira e surpreendentemente grandes. Havia uma cômoda espaçosa que balançou quando Stevie a tocou. O verniz não fora capaz de cobrir as muitas marcas na superfície. Algumas eram só arranhões decorrentes do uso, mas outras tratavam-se claramente de palavras e iniciais. Stevie abriu as gavetas e descobriu, para sua surpresa, que já havia algumas coisas ali: uma manta xadrez de flanela, um suéter roxo e pesado de lã com o emblema do Instituto Ellingham no peito, algum tipo de lanterna de qualidade militar com um pacote novo de pilhas, um roupão azul de flanela e algumas raquetes com tiras reguláveis. Stevie precisou tirar esse último item da gaveta e examiná-lo por um instante antes de concluir que tratavam-se de sapatos para neve, e que as cavilhas ao lado da porta deveriam servir como cabides.

Ela sabia que moraria em Vermont, onde podia fazer frio, mas aqueles itens passavam uma ideia de *sobrevivência*.

Começou a abrir suas caixas e sacolas. Pegou o velho lençol cinza, o cobertor listrado que tinha desde os dez anos e dois dos travesseiros menos amarelados do armário. Ao olhar para esses objetos na límpida luz do sol de Vermont, achou todos eles um pouco... desbotados. Stevie tinha alguns itens novos, como o indispensável shampoo e chinelos para ir ao banheiro, mas essas coisas não serviam exatamente para dar vida ao quarto.

Mas tudo bem. Na sua imaginação, o dormitório pareceria a casa de Sherlock Holmes na Baker Street: gasto, mas elegante.

Ela colocou os fones de ouvido para finalmente continuar a escutar o podcast. Esse era sobre H. H. Holmes, o serial killer de Chicago: *"... seriam descobertos os muitos cômodos do castelo de assassinato de Holmes: os quartos equipados com dutos de gás, a câmara de enforcamento, o cofre à prova de som..."*

Stevie escolheu abrir em seguida uma caixa que marcara com estrelas. Ali dentro havia suas necessidades básicas de vida: seus livros de mistério. (Ou, ao menos, uma seleção cuidadosamente escolhida de algumas dezenas essenciais.) Ela os organizou com carinho na estante, seguindo a ordem em que gostaria de visitá-los.

"... a calha para as fornalhas no porão, onde os corpos poderiam estar..."

No topo, Sherlock Holmes com Wilkie Collins. Depois duas prateleiras de Agatha Christie, seguida por Josephine Tey e Dorothy L. Sayers. Ela continuou de cima para baixo com a era moderna e terminou com os volumes sobre ciência forense e psicologia criminal. Deu um passo atrás para avaliar o efeito geral, então fez os últimos ajustes até deixar tudo direitinho. Onde os livros estivessem, ela estaria.

Arrume os livros, e o resto virá naturalmente. Ela já estava pronta para passar para o resto do quarto.

"... ácido, uma coleção de venenos, um cavalete..."

Os itens do cotidiano, como roupas, não a preocupavam muito. Stevie demonstrava pouquíssimo interesse por roupas e, de qualquer maneira, não tinha dinheiro para comprá-las, então seu armário tendia a se resumir a calças jeans e camisetas lisas. Ela sonhava com um suéter de tricô, porque o detetive do seu noir nórdico preferido usava um, e desejava uma bolsa prática de alça atravessada, do tipo usada por seu detetive inglês favorito da TV.

Na verdade, ela tinha uma posse muito estimada no quesito roupas: uma capa de chuva vermelha de vinil, vinda diretamente da década de 1970, que ela encontrara no fundo do armário da avó. Serviu em Stevie como se feita sob medida, e ela a decorara com pequenos broches em homenagem a suas bandas e seus podcasts e livros preferidos. A capa tinha bolsos fundos e um cinto grosso, e, quando a vestia, Stevie se sentia poderosa, preparada e extremamente impermeável. Até a mãe, que desaprovava o gosto de Stevie para roupas, havia gostado da capa de chuva vermelha. ("Finalmente, um pouco de vermelho.")

Ela havia acabado de pendurar a capa no armário e de fechar a porta quando virou e viu o zumbi.

Stevie lia com frequência que atores têm uma aparência diferente da população geral porque a câmera distorce as feições. Uma pessoa que fica bonita na câmera é tão mais bonita pessoalmente que a realidade começa a se adulterar um pouco. Foi esse o caso com a figura parada à porta de Stevie. Ele vestia uma camisa branca de linho e um short azul vívido, e parecia uma propaganda ambulante da J. Crew em busca de uma página brilhosa de revista.

Seu rosto era inconfundível. Na última vez em que ela o vira, estava sombrio, coberto de terra e chorando com frequência. Ali ele exibia um sorriso bondoso. Suas feições eram suaves e arredondadas — bochechas felizes, nariz pequeno e ludicamente redondo, covinha no queixo. O cabelo castanho era médio, quase longo, e descia em ondas leves. O contorno das sobrancelhas só podia ser artificial. Não existia nada tão arqueado na natureza. O corpo todo era bem-torneado, mas as panturrilhas eram especiais. Elas haviam crescido mais do que o resto dele, na verdade. Panturrilhas carnudas.

— Oi — disse o rapaz.

A voz dele era grossa, fluida e intensa, como seria a voz de um belo molho de carne se molhos pudessem falar. (O que, por sorte, não era o caso. Molhos poderiam ter uma voz bonita, mas a conversa provavelmente seria chata.)

— Você é Hayes Major — falou Stevie.

— Isso.

Ele deu uma risadinha baixa e autodepreciativa que Stevie tinha bastante certeza de que não era autodepreciativa *de verdade*.

Hayes era uma celebridade do YouTube. No começo do verão, tinha lançado uma série on-line chamada *O fim de tudo*, sobre um sobrevivente de uma invasão zumbi. Todos os vídeos eram gravados de um bunker subterrâneo e mostravam apenas Hayes discorrendo para a câmera sobre sua sobrevivência numa cidade à beira-mar chamada Cidade da Fome, que contava com alguns grupos de resistência humana. Era uma daquelas coisas que não existia num momento e, no seguinte, estava em todo lugar.

Stevie ouvira falar que Hayes estudava no Ellingham e que ela poderia encontrá-lo em algum momento, mas não esperava se deparar com ele na porta do quarto enquanto desfazia as malas. Não sabia que ele estaria na mesma casa que ela.

— Desculpa, eu estava no telefone — disse ele. — Conversando com algumas pessoas de Los Angeles.

Ele ergueu o celular como se indicasse a presença de minúsculos moradores de Los Angeles ali dentro. Stevie não entendeu muito bem por que estava pedindo desculpas ou mesmo explicando o motivo de estar no telefone antes de eles se encontrarem. Mas assentiu de qualquer maneira, como se fizesse sentido. Talvez fosse algo que celebridades — Hayes, provavelmente, poderia ser considerado uma celebridade de verdade — faziam. Falavam no telefone e depois contavam a você que estavam falando no telefone.

— Oi, então — continuou ele. — Será que teria alguma chance de você me dar uma mãozinha?

Stevie piscou, confusa.

— Com o quê?

— Minhas coisas.

— Ah — disse Stevie, sentindo o pescoço gelar de pânico. Ela já parecia uma idiota boquiaberta. — Claro.

Stevie o seguiu até a sala comunal, onde suas malas e caixas (melhores e em maior quantidade do que as dela) aguardavam. Ele apontou para uma das caixas e disse:

— Tome cuidado com essa.

Stevie interpretou a frase como uma dica de que ela deveria pegá-la. Era um pouco pesada, cheia de algum tipo de equipamento que havia sido guardado sem ordem certa e deslizava pelo fundo quando ela se mexia.

— É — disse ele, pegando uma mala menor e voltando pelo corredor em direção à escada circular no final à direita. — Tem sido um verão estranho. Por isso eu estava ao telefone.

— Ah, sim. Claro.

Ela tentou manobrar a caixa pelo espaço serpenteante. Os degraus rangiam alto, e o objeto ficou preso. Hayes seguiu adiante, mas Stevie ficou para trás tentando girar e mirar sem sacudir demais a caixa. Ela parou por um momento, esperando que ele fosse voltar e ajudar. Quando isso não aconteceu, ela respirou fundo e perseverou, deixando-a se arrastar pela parede.

Hayes ocupava o Minerva Seis, bem no final. Era parecido com o quarto dela, porém mais quente e com uma janela a mais.

— Ah, ótimo — disse ele. — Pode deixar em qualquer lugar. Valeu.

— Sua série é boa — elogiou ela. — Eu gosto bastante.

Não era totalmente verdade. O programa era no máximo aceitável.

Enquanto se preparava para a mudança, Stevie assistira a todos os episódios. Não eram longos, cerca de dez minutos cada um, e eram entretenimento aceitável. O roteiro era muito bom. A atuação de Hayes, nem tanto. Baseava-se bastante em maçãs do rosto e uma voz grave e sedutora. Às vezes, era o suficiente. Stevie sempre tentava falar a verdade, mas não queria fazer o primeiro contato na nova casa e dizer: "Seu programa é medíocre e superestimado, mas eu entendo por que fez sucesso: pela sua aparência e voz grave." As pessoas tendem a não receber bem esse tipo de opinião.

— Valeu — disse ele, saindo do quarto de uma maneira que sugeria que ela deveria ir com ele buscar mais coisas.

Aquilo era bom. Hayes Major, famoso na internet, estava falando com ela. Bom, Hayes Major, famoso na internet, também estava fazendo com que ela carregasse a maior parte dos seus pertences pesados, mas mesmo assim.

Stevie percebeu outra coisa esquisita enquanto descia os degraus em caracol: ela sabia da vida amorosa de Hayes. Ele havia sido alvo de um conflito propagandeado durante o verão, quando se envolveu com Youtuber chamada Beth Brave, estrela da série *Beth não está aqui*, numa convenção. Ela vinha saindo com Lars Jackson, do programa *Esses caras*. Algum tipo de discussão havia eclodido e sido transmitida on-line quando Hayes ficou com Beth, e os três acabaram brigando aos berros num corredor. Houve um murmurinho na internet especulando que ela estaria envolvida em uma segunda temporada de *O fim de tudo*.

Esse era o tipo de vida que Hayes levava. Bem diferente da vida de Stevie.

— As pessoas de Los Angeles — continuou ele sem motivo, enquanto os dois pegavam mais caixas. — A série tem sido avaliada com muito interesse para virar um filme, então...

Ele deixou a frase no ar até que Stevie dissesse:

— Uau.

— Pois é. Meu agente quer que eu faça outra série imediatamente porque estamos atraindo muito interesse.

Outra subida árdua pela escada estreita.

— Mais zumbis? — perguntou Stevie, recuperando o fôlego.

— Não sei... Pode deixar essa em cima da cama... Quer dizer, eu já fiz isso, né?

— Você virou um no fim — confirmou Stevie. — Não foi? A série terminou meio em aberto.

— É... — Seu tom indicava que ele não estava mais tão animado com a conversa. — Então, eu só preciso fazer mais algumas ligações agora que cheguei, ok? Obrigado mesmo. Te vejo por aí?

— Aham — disse Stevie, limpando o suor da testa enquanto saía do quarto. — Te vejo... sabe... por aqui.

Ele já estava discando o número.

Enquanto ela voltava para o corredor e descia as escadas, dois pensamentos vieram à cabeça de Stevie.

Primeiro: eram oito da manhã ali, ou seja, cinco da manhã em Los Angeles. Num fim de semana. Por mais que Hollywood tivesse horários estranhos, parecia bem improvável que Hayes estivesse fechando um monte de negócios importantes àquela hora.

O segundo foi que, mesmo morando na mesma casa que ela, Hayes Major não perguntara seu nome em momento algum.

13 de abril, 1936, 19h15

— *Estamos com sua esposa e com sua filha. Faça exatamente o que mandarmos se quiser que elas continuem vivas. Não ligue para a polícia. Nós saberemos se você ligar. Temos espiões na delegacia. Tire 25 mil do cofre. Venha pessoalmente ao lago. Com o dinheiro, pegue um barco até a ilha. Você tem quinze minutos.*

A linha ficou muda.

Havia três homens nos aposentos do mordomo: Albert Ellingham segurava o telefone. Robert Mackenzie e Montgomery, o mordomo, estavam à porta. O patrão devolveu o fone ao gancho, e um silêncio pesado e frenético se seguiu.

— Montgomery — disse Ellingham, em voz baixa —, peça para a srta. Pelham manter todas as crianças da escola em segurança. Todos de volta às suas casas. Portas trancadas. Cortinas fechadas. Todos devem ficar do lado de dentro. Agora. Robert, venha comigo.

Robert Mackenzie voltou a seguir o patrão com passos rápidos até o escritório. Depois de entrarem, Ellingham fechou e trancou a porta, então se aproximou das janelas francesas e olhou para fora. A escuridão baixara sobre as montanhas. A escuridão baixara sobre tudo.

Ellingham marchou até uma das estantes de livros na parede sem janelas. Puxou um volume de uma prateleira alta, mas apenas até a metade. Houve um *click* revelador, e um painel inteiro da parede cedeu. Ellingham puxou a estante para trás como se fosse uma porta, revelando um cofre gigantesco dentro da parede. Ele inseriu a combinação e girou a tranca. Enquanto isso, Robert correu de janela em janela, fechando as cortinas.

— Nós *precisamos* ligar para a polícia — disse o secretário. — Precisamos ligar *agora*.

— Acenda um lampião para mim — pediu Ellingham, separando diversas sacolas de dinheiro.

— Ainda há alguns operários na propriedade — insistiu Robert. Ele deslizou as cortinas enormes por cima da parede de janelas francesas nos fundos do cômodo. — Podemos dispersá-los em cinco minutos pelos arredores da propriedade e pelas estradas. Alguns têm armas. Todos são habilidosos o suficiente.

— Robert, *não temos tempo para isso*. Vou levar esse dinheiro para o lago. Acenda um lampião e *me ajude a contar*.

Mais tarde, quando questionado sobre esse momento, Robert Mackenzie alegou que realmente não havia tempo para pensar. Era essa a genialidade da exigência — sem tempo para pensar, sem tempo para planejar. Ele pegou um dos lampiões a óleo mantidos em todos os cômodos da casa (a energia caía com frequência), acendeu-o, depois se ajoelhou para contar dinheiro. No fim, havia 23 mil dólares e algumas notas de vinte.

— Não é o bastante. Precisamos de mais.

Era uma das primeiras vezes na vida que Albert Ellingham parecia desesperado.

— Eu só tenho mais cinco minutos para levar isso para fora. Precisamos de *alguma coisa*.

Por um momento, um dos homens mais ricos dos Estados Unidos correu ao redor do próprio escritório abrindo gavetas à procura de pilhas de dinheiro que certamente não encontraria, ou qualquer coisa que pudesse valer aquele tanto de dinheiro.

— Vai ter que servir — concluiu ele.

A sacola de dinheiro só pesava uns nove quilos. Ellingham ergueu-a do chão e abriu as portas francesas.

Robert fez uma pausa antes de lhe entregar o lampião.

— Você sabe que eles podem derrotá-lo lá fora. Provavelmente é você que eles querem!

— Então eles me terão.

— Mas e depois? — questionou Robert. — Isso é *loucura*. Nós precisamos de ajuda.

Albert Ellingham fez uma segunda pausa crucial.

— Marsh — disse. — Ligue para a casa dele. Não conte o que aconteceu. Só invente uma desculpa para trazê-lo para cá. Ninguém mais, entendeu? Ninguém além de Marsh.

Robert assentiu. Albert Ellingham pegou o lampião e deu um passo em direção à neblina das montanhas de Vermont, carregando uma sacola de dinheiro. Caminhou cerca de 45 metros até a beira do lago, onde havia um pequeno deque. Ele colocou o dinheiro dentro de um dos barquinhos a remo ancorados na lateral virada para a casa e entrou com cuidado, pousando o lampião no banco vazio. Quando se empurrou para longe da margem com o remo, sentiu que todo o seu corpo tremia. Mesmo assim, chegou à ilha em um ou dois minutos e jogou a corda ao redor do poste de ancoragem.

— Estou aqui — anunciou para a escuridão.

Uma lanterna se acendeu sobre a cabeça dele, cegando-o por um momento.

— Desembarque — ordenou uma voz. — Traga o dinheiro.

— Minha esposa e minha filha... Onde estão?

— Fique quieto.

Ellingham jogou a bolsa para fora do barco. Ela aterrissou na faixa estreita de grama ao redor do domo. Ele desembarcou da melhor maneira que pôde, considerando que mal enxergava.

A pessoa manteve a luz apontada bem na direção do rosto de Ellingham, obrigando-o a olhar para baixo e proteger os olhos. Ele meio que engatinhou para fora do barco.

— Abra a porta — mandou a voz.

Ellingham tirou as chaves do bolso e abriu a porta na lateral do domo. O lugar era seu espaço para pensar, sua ilha de paz. A pessoa o empurrou com força para dentro do domo, onde ele caiu no chão.

— Coloque o dinheiro no alçapão — disse a voz.

A boca da pessoa estava coberta com um cachecol, então a voz saía abafada. A pessoa tentava disfarçar um sotaque articulando as palavras de um jeito estranho. As pupilas de Ellingham estavam contraídas por causa da luz, então ele tateou pelo chão em busca do alçapão. Ao encontrá-lo, abriu-o e empurrou a sacola para dentro do buraco. Escutou-a cair, derrubando algumas garrafas das prateleiras, que se estilhaçaram no chão. Virou-se para o estranho, mas a luz voltou a atingi-lo em cheio no rosto, cegando-o.

Ellingham teve um conflito interno por um instante. Será que deveria partir para cima daquela pessoa? Simplesmente derrubá-la, bater sua cabeça na lateral da base de pedra do chão do observatório e exigir, a cada golpeada, que dissesse onde estava sua família? Medo e raiva lhe vinham em medidas iguais. Mas Ellingham não chegara tão longe na vida cedendo a qualquer impulso.

— Era tudo que eu tinha no cofre — explicou ele. — Faltaram dois mil dólares, mas nós lhe demos tudo o que tínhamos. Se eu tivesse mais tempo... Você pode ficar com o que quiser. Qualquer coisa que quiser.

Algo atingiu sua cabeça, então tudo ficou escuro.

4

Depois de causar tamanha impressão em Hayes Major, Stevie andou de um lado para o outro do quarto por alguns instantes, enquanto revisava sua estratégia de apresentação. Mais confiança. Era disso que ela precisava. Quando entrasse para o FBI, precisaria abordar pessoas e apertar suas mãos, olhá-las nos olhos, fazer perguntas. Hayes a pegara de surpresa, só isso.

Sua próxima oportunidade já estava ali, chutando um cesto de roupa cheio de cadernos de desenho, lápis, giz de cera pastel a óleo e pinturas ao lado da porta. Uma garota, presumivelmente a dona do pé, entrou em seguida.

Ela usava uma camiseta amarela desbotada e encolhida de uma oficina de carros e uma velha saia de líder de torcida azul-escura com pregas vermelhas. As pernas eram cobertas por pequenos hematomas e arranhões — nada de aparência grave, mais do tipo que acontece ao tentar subir em árvores e coisas assim. Seus pés calçavam um par esfarrapado de sapatos de boneca de pano remendado com alfinetes de segurança. O cabelo era a peça de destaque do visual: parecia sujo e embolado, e tinha sido reunido em pequenos montes ao redor da cabeça e preso em trouxas com o que pareciam ser meias de bebê. Uma longa tatuagem descia pelo braço esquerdo, uma linha enorme de caligrafia elaborada. O braço direito estava ocupado por notas e rascunhos em diferentes cores de caneta.

— Está quente pra *cacete* aqui — disse a garota ao entrar. — Pra cacete. Sério. Quando vão arrumar a droga de um ar-condicionado?

Stevie se aproximou, considerou oferecer a mão como cumprimento, mas optou por se escorar casualmente numa das cadeiras.

— Meu nome é Stevie. Stevie Bell.

— E aí — respondeu ela. — Eu sou a Ellie.

Não havia nenhuma Ellie na lista de alunos de Ellingham, mas havia uma Element Walker. E essa pessoa tinha cara de Element. Ellie, ou Element, chutou uma caixa contendo boás de pena, um ukulele, um chapéu-coco e várias sacolas de plástico cheias de maquiagem usada, espalhando purpurina pelo chão.

— Quer ajuda? — perguntou Stevie.

Ellie deu de ombros, mas pareceu bem feliz com a oferta.

As coisas de Ellie eram muito mais desorganizadas do que as de Hayes ou as de Stevie — duas caixas de papelão, um mochilão do Exército, uma mochila dourada e uma sacola de roupas preta, cheia de calombos. Não foi preciso muito tempo para deixar aqueles itens no Minerva Três, que ficava perto do banheiro da torre.

— Pix — gritou Ellie ao arrastar o último pertence para o quarto e voltar à área comum. — Por que está quente pra cacete aqui?

(Nota mental, pensou Stevie, era permitido falar *cacete* para professores aqui.)

— Estamos no verão — respondeu Pix, entrando na sala comunal. — Oi, Stevie. Deixei seus pais fazendo o tour. Já, já eles voltam. E Ellie, o calor não vai durar muito, aí você vai ficar congelando. Então sossega o facho.

— Por que não colocam um ar-condicionado? — questionou Ellie, se jogando com tudo na rede.

Ela girou o corpo para ficar de cabeça para baixo, pendurando o pescoço para fora do assento e varrendo o chão com as mechas de cabelo.

— Porque o prédio é velho, assim como a rede elétrica — explicou Pix. — Porque pegaria fogo. Como foi em Paris?

— Quente — respondeu Ellie. — Passamos um tempo em Nice. O namorado novo da minha mãe tem uma casa lá.

Paris. Ellie tinha ido a Paris. É óbvio que Stevie sabia que Paris era um lugar de verdade, visitado por pessoas de verdade. Sua escola organizara uma excursão do Clube de Francês no verão passado, e ela conhecia três pessoas que participaram. A viagem durara apenas uma semana, e sua maior história era Toby Davidson ter sido atropelado por uma bicicleta e quase perdido um dedo. (*Quase perdeu um dedo: A história de Toby Davidson.* Uma leitura nada instigante.)

Stevie ouviu sons de pés se arrastando na porta e avistou outra pessoa ao se virar. Mesmo que estivesse um sol de rachar, ele parecia alguém pego numa tempestade com uma mochila pesada. Vestia uma camiseta com os dizeres SE VOCÊ CONSEGUE LER ESTA CAMISETA, É PORQUE ESTÁ PERTO DEMAIS. Seus olhos eram de um estranho tom pálido de cinza. Ele tinha uma massa densa de cabelo ruivo alourado que fora cortado por alguém com mais entusiasmo do que habilidade.

— Nate! — disse ela.

Estenda a mão. Faça contato visual.

— Eu sou Stevie.

Nate encarou a mão estendida de Stevie, depois o rosto, como se para checar se aquele gesto era sério. Com um suspiro que provavelmente (será?) não deveria ser audível, ele a apertou e soltou rápido.

Stevie decidiu deixar os apertos de mão para lá.

Pix lhe deu as boas-vindas e pegou sua chave, enquanto Ellie o examinava ainda de cabeça para baixo.

— Nate é escritor — comentou Stevie. — Ele escreveu um livro. *As Crônicas de Lua Fulgente.*

— Nunca li — respondeu Ellie. — Mas legal. E você?

— Eu li — falou Stevie.

— Não — retrucou Ellie. — Você. O que você faz?

— Ah, tá — disse Stevie, fazendo um gesto no ar como se para afastar o erro.

Ela pegou essa técnica emprestada de uma das suas detetives de TV favoritas atualmente — Sam Weatherfeld, de *Tempo chuvoso.* Sam nunca ficava travada em momentos assim; ela sempre seguia o fluxo da conversa e não tentava andar contra a corrente. Esse era o momento de se definir. Ela já considerara muitos termos. Era presunçoso e bobo demais dizer detetive, afinal, ela não era nenhum tipo de oficial da lei nem uma investigadora particular, e nunca havia resolvido um caso de verdade. Expert em crimes só soaria como um hobby estranho com muita pompa. Historiadora de crimes não era muito correto e certamente parecia entediante. A solução encontrada foi não se dar um título, mas declarar uma atividade.

— Eu estudo crimes.

— Para cometê-los ou para impedi-los?

— Para impedi-los — confirmou Stevie —, mas é provável que sirva para as duas coisas.

— Então você veio para cá por causa dos crimes? — perguntou Ellie. — Os assassinatos?

— Meio que sim.

— Que maneiro. Alguém deveria. São bons assassinatos, né?

Ela deu uma meia cambalhota para trás a fim de sair da cadeira. Sua saia ficou presa na parte de trás, mostrando a bunda dela.

Ellie apenas a aceitara, simples assim. Por um momento, a cabeça de Stevie foi dominada por endorfina e arco-íris. Ela só precisara disso — uma palavra gentil e acolhedora de outro aluno — para se dar conta de que tudo ficaria bem.

E sim, eram *mesmo* bons assassinatos.

Então ela percebeu algo com a visão periférica: seus pais estavam se aproximando da casa com outro par de pais, provavelmente os de Nate. Eles eram bem quadrados, vestidos de forma impecável com camisas polo quase combinando e shorts compridos. Vestiam cores diferentes, mas o efeito era o mesmo. O pai de Stevie falava e gesticulava, e a mãe assentia. O pai de Nate escutava, enquanto a mãe avaliava a casa e o caminho até ela.

A endorfina saiu de cena e foi substituída por suor frio. O que seus pais estavam dizendo? Será que falavam sobre a visão que têm da mídia? Sobre como o governo tentava controlar a vida dos americanos decentes? Sobre o mito da mudança climática? Ou será que era algo mais diverti-do, como o preço do papel higiênico? Todos esses assuntos eram seus favoritos, com iguais possibilidades.

Stevie olhou para Nate, que encarava a porta como se observasse uma nuvem de gafanhotos se aproximar. Ele também sentia a tensão causada pelo encontro de pais. Ellie começou a coçar a bunda exposta. (Bem, não a bunda em si, mas a parte superior da perna que faz limite com a área da bunda. Na teoria, era a coxa, mas podemos chamar de bunda para todos os efeitos.)

Stevie se agarrou à cadeira e se preparou para o impacto.

— Você viu um alce? — perguntou para Nate, numa tentativa de iniciar algum tipo de conversa.

— O quê?

Foi uma resposta justa.

Os pais chegaram em grupo à porta, depois entraram um por vez.

— ... só evitando os pedágios — Stevie ouviu o pai dizer.

Era bem possível que a conversa fosse sobre a viagem. O que a tornava provavelmente muito entediante, porém segura. Em seguida, oito pares de olhos adultos se voltaram para a bunda exposta no chão. Ellie rolou para uma posição sentada com poucos segundos de atraso. Seu cabelo embolado e com meias de bebê ficou arrepiado por um instante.

Os pais de Nate não demonstraram nenhuma reação, mas Stevie notou os dela registrando a cena. O pai desviou o olhar. A mãe torceu a boca num sorrisinho confuso.

— Venham ver o que fiz no meu quarto — anunciou ela, segurando cada um por um braço e os arrastando pelo corredor.

— Em nome de Deus, o que aquela menina estava vestindo? — perguntou a mãe alto o suficiente quando Stevie fechou a porta do quarto.

— Eu nunca vi nada parecido com aquele visual — completou o pai.

Os pais de Stevie viviam sob a infeliz crença de que as roupas de uma pessoa estavam diretamente relacionadas ao seu valor como ser humano. Havia roupas normais (bom), havia roupas bonitas (muito bom) e havia todo o resto. Ellie tinha acabado de reinventar os limites dessa última categoria.

— Vocês gostaram do campus? — perguntou Stevie, sorrindo. — Não é incrível?

Esse era um fato inegável, e os pais de Stevie fizeram um esforço visível para não se estenderem no assunto Ellie e focar no paraíso montanhoso de mansões, fontes, arte e beleza natural.

— Vamos precisar ir embora daqui a pouco — falou o pai. — Você já está... com tudo arrumado?

Ao ouvir essa frase, Stevie sentiu uma dor emocional inesperada. Os pais estavam prestes a ir embora, o que ela já sabia que aconteceria e, francamente, queria que acontecesse, mas a chegada do momento trouxe uma onda quente de sentimentos. Ela engoliu em seco.

— Tudo bem — disse a mãe. — Você está com seus comprimidos? Vamos só focar nos comprimidos.

Eles pegaram a sacola plástica de medicamentos de Stevie e a analisaram.

— Você tem 120 comprimidos de Lexapro e 30 de Lorazepam, mas só deve tomá-lo se precisar.

— Eu sei.

— Mas se precisar, certifique-se de...

— Mãe, eu sei...

— Eu sei que você sabe. E nos ligue todos os dias.

— Fica bem — disse o pai, abraçando-a com força. — Se precisar da gente, liga. Não importa a hora.

O pai parecia genuinamente à beira das lágrimas. Isso era péssimo. Os Bell não choravam. Os Bell não demonstravam emoções. Aquilo tinha que parar.

— Lembre-se — falou a mãe no seu ouvido —, você pode sempre voltar para casa. Nós buscamos você.

O último aperto de sua mãe disse: *Você não pertence a esse tipo de lugar. Você vai ver. Vai voltar para casa.*

5

Depois de alguns instantes encarando os comprimidos sem chorar (mas piscando bastante), Stevie os enfiou numa gaveta, saiu do quarto e descobriu que Janelle Franklin havia chegado e que Nate não estava em lugar algum. Janelle era mais baixa do que Stevie havia imaginado. Usava um macacão vermelho florido, e o cabelo trançado amarrado num lenço amarelo e dourado. Seu perfume leve e veranil deixou um rastro no ar quando ela correu para dar um abraço em Stevie.

— Estamos aqui! — disse ela, apertando os braços da amiga. — Estamos aqui! Cadê seus pais?

— Foram embora há poucos minutos. Os seus estão...?

— Não — respondeu Janelle. — Eles tinham plantão hoje, então nós nos despedimos esta semana: jantamos com família e amigos, fizemos um piquenique...

Ela tagarelou alegremente sobre os muitos eventos que antecederam sua partida. Janelle vinha de uma grande família de Chicago e arredores de Illinois. Tinha três irmãos, dois no MIT e um em Stanford. Os pais eram médicos.

— Vem conhecer meu quarto!

Ela segurou Stevie pelo punho e guiou-a até a porta ao lado, que abria para um quarto bem parecido, porém todo invertido. Suas lareiras ficavam de costas uma para a outra.

— É provável que eu precise de mais espaço para construir — comentou Janelle —, mas acho que posso usar aquela mesa da sala comunal. Pix disse que posso soldar lá fora. Dá para acreditar que estamos aqui?

— Pois é. Estou me sentindo meio tonta.

— Talvez seja a altitude. Não estamos super no alto. O ponto mais elevado de Vermont fica a apenas 1,3 quilômetro do nível do mar, e só é preciso se preocupar com a altitude acima de um e meio, mas talvez ainda seja necessário compensar os baixos níveis de oxigênio bebendo mais líquido. Toma.

Ela abriu a bolsa, tirou uma garrafa de água fresca e empurrou-a na mão de Stevie.

— Acho que só estou nervosa — explicou Stevie.

— Também é uma possibilidade. Água continua sendo a resposta. E respirações longas e profundas. Beba.

Stevie abriu a garrafa e deu um longo gole, como solicitado. Não faria mal.

— Nate está aqui? — Janelle quis saber.

— Ele estava. Deve ter ido para o andar de cima.

— Como ele é pessoalmente?

— Meio que do jeito que parecia pelas mensagens.

— Bem, nós estamos fisicamente juntos agora. Vamos lá falar com ele.

Janelle transformara por completo a energia do lugar. Ela era movimento, era ação. Stevie se sentiu levada pela onda conforme a amiga corria pelo corredor e subia a escada caracol. O quarto de Nate era o Minerva Quatro, o primeiro do corredor. A porta estava fechada, mas dava para ouvi-lo se mexendo lá dentro.

Janelle bateu. Como não recebeu uma resposta imediata, mandou uma mensagem.

Um instante depois, o rosto desanimado de Nate apareceu numa fresta da porta. Ele não fez nada por alguns instantes, depois, com um suspiro quase inaudível, abriu mais a porta para deixá-las entrar.

— Você gosta de abraços? — perguntou Janelle.

— Não muito — respondeu Nate, afastando-se.

— Então nada de abraços — afirmou ela.

— E quanto a saudações? — Stevie quis saber.

— Acho toleráveis.

Stevie fez uma saudação.

O quarto de Nate era mais ou menos idêntico ao delas, só que já estava uma bagunça. Havia um ninho de cabos e uma pilha de livros no chão. Ele estava organizando as obras, assim como Stevie fizera.

— O wi-fi aqui é uma droga — disse ele, como forma de cumprimento. — O sinal de celular também.

Ele chutou o monte de cabos com seu All Star.

— Eu ainda não testei — comentou Stevie.

— É bem ruim.

A caixa mais perto de Stevie parecia cheia de... partes. Apenas partes de coisas. Pernas de cadeiras. Algum tipo de disco de metal. Janelle se aproximou para dar uma olhada.

— O que é isso? — perguntou ela. — Você também constrói?

Nate mergulhou na direção da caixa, defensivo.

— Eu vou a... brechós — disse ele, balançando a mão como se aquilo fosse algo com que eles precisassem lidar. — Coleciono itens. Gosto de relógios. E coisas.

Ele fechou a tampa da caixa e, com ela, qualquer abertura para mais comentários.

Stevie gostava da positividade revigorante e confiante de Janelle, mas também gostava do jeito emburrado de Nate. Tinha um pouco das duas características, e se sentia bem confortável entre os dois.

— Vai começar o tour! — gritou Pix do topo da escada. — Estão esperando lá fora! Vamos, gente!

Nate pareceu hesitar, mas Janelle não desistiria.

— Acho que é obrigatório — disse.

Janelle, Nate e Stevie foram para o lado de fora, onde um grande grupo esparso andava de um lado para o outro enquanto esperava. Hayes e Ellie, por serem do segundo ano, obviamente não precisavam ir.

Parecia que o grupo havia passado de casa em casa recrutando integrantes, e Minerva poderia ser a última parada. Stevie olhou para seus colegas do primeiro ano. Não sabia muito bem o que havia esperado — se pensara que todos os alunos de Ellingham apareceriam usando jalecos ou se seriam parecidos com Ellie.

Em geral, eles pareciam qualquer grupo de alunos do ensino médio. Algumas pessoas com cabelo sedoso e perfeito já haviam se agregado, seguindo a estranha alquimia que juntava todas as pessoas com cabelo sedoso e perfeito. Havia uma garota com um vestido vintage vermelho e branco quadriculado, óculos de gatinho, delineador também de gatinho, uma bolsa vintage vermelha e um pequeno *fascinator* vermelho no cabelo. Era a mais arrumada do grupo, e seus saltos afundavam na grama a cada passo. Havia uma garota de cabelo verde e camiseta da NASA que avançava com destreza pelo gramado na cadeira de rodas. Outra, de cabelo preto num corte bob preciso, pele pálida e batom vermelho vibrante, parecia algum tipo de estrela do cinema mudo, num vestido cinza com cinto preto grosso casual, porém, indiscutivelmente, na moda. Uma menina com um *hijab* floral deslumbrante tirava muitas fotos do campus com o celular. Teve um garoto que não tirou os fones com formato de orelha de gato durante todo o passeio.

O tour foi guiado por um aluno chamado Kazim Bazir, que falava rápido e com animação. Kaz tinha olhos vívidos e empolgados e o tom entusiasmado de um vendedor que quer muito convencer alguém a comprar seu próprio retiro insano na montanha.

— O Instituto Ellingham foi construído entre 1928 e 1936 por Albert Xavier Ellingham e sua esposa, Iris Ellingham — narrou Kaz. — O lado direito do campus, onde ficam nossas casas, é conhecido como campus molhado, porque é onde o riacho faz a curva ao redor da propriedade. Os campos, as salas de aula e a maioria dos outros prédios ficam no campus seco. O campus todo segue a Lei Seca, é claro...

Nenhuma risada. Plateia exigente.

Ellingham ficava esplêndido ao pôr do sol. Essa era a única palavra possível. A luz parecia gotículas de chuva pendendo no ar. Uma nuvem delas envolvia a fonte que jorrava alegremente no gramado, criando seu próprio ecossistema de arco-íris. A iluminação encontrava cada canto e recanto dos edifícios de tijolos vermelhos-vivo. Ela fazia com que as gárgulas parecessem sorrir. Intensificava o verde das árvores. Deixava as estátuas... Bem, não deixava as estátuas nada, apenas revelava quantas delas havia por ali.

— Você acha que elas ficam menos bizarras com o tempo? — perguntou Nate, ao passarem por mais um conjunto de gregos e romanos pelados.

— Espero que não — respondeu Stevie.

Kaz guiou o grupo pelos caminhos de pedra, apontando todos os prédios e seus usos. Albert Ellingham havia sido um grande admirador da cultura grega e romana. Isso ficava evidente pelo nome dos prédios: Eunômia, Gênio, Júpiter, Cibele, Dionísio, Astéria e Deméter.

Conforme avançavam pelo gramado, Stevie ergueu o olhar para o Casarão. Seu nome era simples e preciso. O Casarão era um personagem nessa fábula — o primeiro prédio construído na área, concebido para atender aos caprichos da família que o habitava, ao mesmo tempo em que servia como núcleo de um centro de aprendizado. Foi desta casa que Iris e Alice Ellingham saíram naquela manhã, pela mesma passagem de carros. Stevie contou as janelas do segundo andar.

— O que tem ali em cima? — questionou Janelle. — Você está com o olhar bem fixo.

— Bem ali — explicou Stevie, apontando para as duas janelas da esquerda. — Foi por elas que Flora Robinson afirmou estar admirando a vista na noite do sequestro.

— Quem é Flora Robinson?

— Uma amiga dos Ellingham. Melhor amiga de Iris Ellingham. Ela foi tida como suspeita por muito tempo, porque deu um depoimento estranho naquela noite. A entrevista dela foi muito bizarra.

Não havia tempo para se demorar falando sobre Flora e o depoimento. A excursão já seguia na direção da biblioteca de Ellingham, uma estrutura de pedra que lembrava um pouco uma igreja, com uma grande rosácea, um coruchéu e uma porta dupla vermelha arqueada.

— Foi projetada assim de propósito — comentou Kaz. — Albert Ellingham dizia que conhecimento era sua religião, e bibliotecas, sua igreja.

O interior era fresco e silencioso, com luz colorida irradiando através dos vitrais. Todas as construções eram impressionantes, mas havia algo de majestoso sobre aquela. Havia uma marquise que dominava metade do espaço, mas depois de passar por ela, a maior parte da construção era aberta, permitindo ver três andares da estante de livros que ladeava a estrutura. Escadas caracol de ferro forjado se entrelaçavam em padrões de vinhas espiraladas e levavam aos outros pavimentos. De todos os prédios, aquele provavelmente era o mais quieto e tranquilo, no entanto parecia um pouco... Stevie se esforçou para pensar na palavra apropriada. Selvagem? Uma corrente de vento rodopiava e assobiava próxima ao teto. As vinhas de ferro pareciam rastejar pelos degraus. A bibliotecária, que parecia ter acabado de chegar correndo, estava sem fôlego. Vestia um traje de ciclismo de aparência deveras profissional, e o cabelo preto e curto conservava a marca recente de um capacete.

— Oi! — cumprimentou ela, parecendo um pouco sem ar. — Meu nome é Kyoko Obi. Sou a bibliotecária de vocês. Também organizo um clube de ciclismo. Todo mundo por aqui tem duas funções. Desculpe. Um segundo...

Ela deu um longo gole numa garrafa d'água reutilizável com o emblema do Instituto Ellingham.

— Nós temos cerca de meio milhão de livros na propriedade — informou ela. — Tanto aqui como no estoque. Temos acesso a outros milhões digitalmente. Somos parceiros da maioria das bibliotecas da Ivy League, então podemos conseguir meio que qualquer coisa que vocês peçam. É meu trabalho disponibilizar todo livro de que vocês precisem.

Stevie repassou essa informação na cabeça por um momento. Um ponto positivo de Pittsburgh era que a Biblioteca Carnegie era uma das melhores do país. Ela já conseguira acessar um monte de livros e materiais por lá. Mas ali em Ellingham poderia haver informações relacionadas ao caso, informações que não estariam disponíveis em nenhum outro lugar. Stevie queria ficar, mas Kazim já conduzia o grupo para o outro lado do campus, na direção de uma tenda grande e circular de aparência semipermanente.

— Este é o *yurt* de estudos — disse Kaz, puxando uma aba pesada que servia como porta.

O chão do lado de dentro era coberto por uma composição de lindos tapetes trançados e pilhas de almofadas e pufes.

— Muitas pessoas dormem aqui — prosseguiu Kaz. — Foi feito para estudar, mas... tem vários tipos de uso.

A garota de cabelo chanel riu de maneira sugestiva. Uma menina de cabelo curto e cinza, do qual uma mecha mais longa ficava espetada acima da testa, rondava por ali. Usava óculos redondos, macacão branco e uma regata cropped por baixo. Vinha seguindo Janelle, Stevie e Nate por vários minutos. O sol saiu de trás de uma nuvem, banhando todos em sua luz forte e ardente. A garota tocou nos óculos, e as lentes escureceram.

— Mágica — disse ela.

— Lentes de transição — retrucou Janelle, com uma risada. — Plástico fotocromático.

— Meu nome é Vi Harper-Tomo — disse ela para Janelle, estendendo a mão. — E eu *sou* mágica.

Algo quase visível a olho nu se acendeu entre as duas, causando um segundo de pânico em Stevie. Ela acabara de conhecer Janelle, era sua melhor aposta como amiga mais próxima, e já havia outra pessoa entrando em cena.

O que era um pensamento maluco.

Stevie tentou afastar a ideia da cabeça e focar no prêmio desse tour: a oportunidade de olhar o Casarão, antiga residência dos Ellingham, por dentro. Ela passara muito tempo estudando fotos da casa. Já vira as plantas baixas. Conhecia toda a história. Mas, em vez de entrar, Kaz simplesmente passou direto.

— Nós não vamos conhecer o interior? — Stevie quis saber.

— No fim do tour! — anunciou.

Ele os guiou para além do jardim murado e voltou por uma clareira nas árvores até chegar a uma construção grande e moderna feita de madeira crua de Vermont e pedra. Tinha um telhado alto e pontudo como uma cabana de esqui.

— Este é o celeiro da arte — explicou Kaz. — É o único prédio que foi adicionado ao campus original, e ele não para de crescer. Estão construindo uma expansão agora mesmo.

O chão ao redor de um dos lados estava cavado, e a estrutura tinha uma aparência nova. Stevie não pôde deixar de reparar que o prédio fazia fronteira com o jardim murado — o famoso jardim com o lago onde foi realizado o pagamento do resgate.

O portão do jardim estava aberto, e por ele passavam pessoas com capacetes de obra. Stevie esticou o pescoço para olhar, mas a excursão já seguia para dentro do celeiro da arte. Haveria tempo. Ela entraria ali.

— O celeiro da arte não serve só para arte — apontou Kaz, andando de costas. — Tudo meio que acontece aqui. Ioga e dança, reuniões, algumas aulas.

Kaz ficou mais animado do que nunca enquanto falava sobre as instalações ecológicas do celeiro, o piso de bambu e a localização dos banheiros de compostagem. Stevie começou a se contorcer de ansiedade. Depois do que pareceu um discurso de uma hora sobre esgoto sanitário, eles saíram e voltaram na direção do Casarão.

Quando entraram, Stevie parou de respirar por um momento. A casa era construída ao redor de um enorme *foyer*, com sacadas nos andares superiores viradas para o espaço. À sua frente, a escada principal se estendia majestosamente até a sacada do segundo andar, de onde se espiralava com elegância para o terceiro. Quem subia o primeiro lance de escadas se deparava com um quadro gigantesco do famoso pintor e amigo da família Ellingham, Leonard Holmes Nair. A pintura retratava o lago e o observatório nos fundos, à noite. Por mais que esses elementos estivessem claros, o estilo beirava o alucinante. Iris e Albert surgiam no primeiro plano, como figuras míticas em pinceladas de azul e amarelo. O cabelo curto e preto de Iris parecia se alongar para fora da cabeça e se entrelaçar com os galhos das árvores. O rosto de Albert Ellingham se fundia com a lua cheia que pendia sobre o observatório e derramava luz no lago. Eles desviavam o olhar um do outro, com as expressões esticadas, os olhos repuxados, as bocas quase retangulares.

Stevie já vira muitas fotos desse quadro. Não era tão impressionante na internet. Mas quando a pessoa o via frente a frente, a obra a atraía e prendia sua atenção. Era perturbador. Havia algo nela, algo que parecia assombrar a penumbra do plano de fundo, algo que parecia existir atrás do observatório. Ela fora pintada dois anos antes do sequestro, mas parecia predizer a ruína que pairava no horizonte e o fato de que o observatório faria parte dela.

A pintura parecia ter poder sobre tudo.

— Este é Larry — disse Kaz.

Ele indicou um homem sentado a uma grande mesa próxima à porta da frente. Era um senhor uniformizado com cabelo grisalho num corte militar.

— Eu sou o Segurança Larry — apresentou-se. — É como as pessoas me chamam. É como eu respondo. Sou chefe da segurança de todo o campus. Já sei o nome de todos vocês. Conheço todas as pessoas antes de elas chegarem aqui.

— Segurança Larry conhece todo mundo! — exclamou Kaz.

O homem não pareceu muito animado com a interrupção.

— A propriedade é muito segura, mas se vocês um dia precisarem de ajuda, podem apertar o botão azul instalado nos prédios do campus e em alguns postes. As regras aqui não são difíceis, mas precisam ser seguidas. Caso contrário, eu apareço. Moro na portaria, bem na entrada da propriedade, então estou sempre por aqui. Se uma placa diz Não Entre, significa Não Entre. Não significa entre porque alguém te desafiou ou porque você ouviu falar que outras pessoas entraram. Algumas das instalações originais da propriedade não estão mais em boas condições estruturais. Você pode conseguir entrar, mas não sair. Houve pessoas que passaram dias presas, então ficaram famintas e apavoradas antes de serem expulsas. Vocês foram avisados.

— Como assim? — perguntou Janelle, baixinho, quando Kaz direcionou o grupo para um dos quartos da frente. — Instalações originais não estão em boas condições?

— Ele está se referindo aos túneis — explicou Stevie. — E às passagens secretas.

À direita da porta principal, do lado oposto à mesa de Larry, havia uma sala de estar com magníficos painéis pintados que retratavam vinhas espiraladas e rosas pálidas, tudo decorado com delicadas padronagens prateadas em relevo. Os móveis eram estofados em seda roxa e o chão coberto por um gigantesco tapete decorativo. Era um quarto do século XVIII que os Ellingham haviam importado de Lyon, França. Os móveis, os tapetes, as cortinas e a decoração da parede — tudo havia sido encaixotado, mandado para os Estados Unidos, redimensionado e montado ali.

O cômodo seguinte, o salão de baile, contava com um conjunto de portas duplas de vidro cujos painéis remetiam a um estilo *art nouveau* elaborado. As portas estavam parcialmente abertas, então Stevie as empurrou até o fim e entrou no cômodo enorme que se estendia por dois andares. O chão de mármore tinha um padrão preto e branco em formato de diamante; as paredes eram recortadas por espelhos que iam do chão ao teto, esculpidos e emoldurados delicadamente em prata. Os painéis das paredes retratavam atores fantasiados e mascarados. As cortinas cor-de-rosa do chão ao teto pareciam de teatro. O teto era pintado do tom azul-claro típico do começo da noite e mostrava todas as constelações e suas figuras representativas em dourado. Nos anos 1930, a maioria dos americanos da alta sociedade dançou naquele salão.

— E este — anunciou Kaz, guiando o grupo até uma gigantesca porta de carvalho — era o escritório do nosso fundador.

As proporções do recinto eram colossais — tinha dois andares —, mas, ao contrário do salão principal, com muito eco, o chão ali era todo coberto por um espesso e exuberante carpete verde-escuro que, por sua vez, era sobreposto por tapetes persas. Perto da lareira havia um tapete de leopardo, com cabeça e tudo, que era realista de uma maneira óbvia e perturbadora. Janelas altas se estendiam até o teto e eram cobertas por cortinas pesadas de cetim que bloqueavam a luz do sol. O segundo andar era todo composto por estantes de livros, acessíveis apenas por uma passarela circular.

A lareira era feita de mármore rosado. Duas mesas enormes ocupavam uma das paredes. Uma delas exibia seis telefones de disco pretos e lustrosos. Havia um globo terrestre giratório que Stevie imaginou demarcar países que não existiam havia muito tempo, gabinetes de madeira gigantes e uma estranha mobília com tubos para fora que Stevie reconheceu como sendo um ditafone — um aparelho de gravação do início do século XX. Ditafones eram muito mencionados em várias histórias de mistério.

Foi ali que Albert Ellingham arquitetara o plano para tentar salvar a família. O dinheiro do resgate havia sido contado naquele chão. Stevie poderia ficar para sempre neste escritório.

Mas o grupo estava sendo guiado de volta ao foyer. Um homem de terno de algodão listrado em azul e branco com uma camiseta do Homem de Ferro por baixo descia a escada numa corrida saltitante em câmera lenta. O cabelo fino e louro estava penteado para o lado e quicava um pouco conforme ele avançava pelos degraus.

— E agora — proclamou Kaz —, para lhes dar as boas-vindas, o diretor da escola, dr. Charles Scott!

— Bem-vindos, bem-vindos! — exclamou ele. — Eu sou o dr. Scott. Me chamem de Charles. Sejam todos bem-vindos ao seu novo lar. Digo que sou o diretor da escola, mas gosto de pensar em mim mesmo como o Aprendiz Chefe...

— Ai, meu Deus — murmurou Nate.

— Visto que vocês estão no fim do tour — disse Charles —, precisamos dar uma palavrinha sobre Alice. Alice Ellingham era a filha do nosso fundador, Albert Ellingham. Ela é, tecnicamente, a patrocinadora da nossa escola, e nós iniciamos todo ano escolar com um agradecimento a ela. Por isso, juntem-se a mim para dizer: *Obrigado, Alice.*

Levou um momento e alguns gestos até que todos entendessem que aquilo era sério e literal. Depois de um tempo, houve um murmúrio:

— Obrigado, Alice.

— Eu me senti num culto — disse Nate, enquanto eles caminhavam de volta para o gramado, onde um piquenique estava sendo montado. — Por que agradecemos a uma criança morta?

— Está tudo explicado nas regras — respondeu Stevie. — A escola pertence a Alice Ellingham, se um dia ela aparecer. Todos estamos aqui graças ao dinheiro dela, então devemos agradecer. Ela banca a gente.

— Mas ela está morta — disse Nate.

— Quase com certeza — confirmou Stevie. — Ela foi sequestrada em 1936. Mas este lugar é dela... se estiver viva e aparecer. Estaria velha, mas poderia estar por aí, na teoria.

— Isso é sério? — perguntou Janelle. — Achei que fosse um mito, não?

— É sério — afirmou Stevie.

— Você disse que sabe muito dessa história? — disse Vi, que saíra do prédio com os três.

— Ah, Stevie sabe *tudo* — comentou Janelle. — Vai lá. Conta pra gente.

Stevie teve uma sensação estranha de que estava sendo chamada para se apresentar, como um cachorro que sabia usar um iPad. Mas ao mesmo tempo, aquela era uma plateia que queria que ela falasse sobre o assunto que amava, e isso era incrível e inédito. O sol estava quente, a grama úmida, e tudo ao redor dela compunha uma cena de assassinato.

Eles seguiam para o gramado, mas o jardim murado estava logo ali, atrás deles. Stevie virou-se para olhar. O portão continuava ligeiramente aberto, e não havia ninguém por perto.

— Venham — chamou ela. — Vou mostrar para vocês.

— A gente pode entrar aí? — perguntou Nate.

— Está aberto! — disse Vi, avançando.

O portão do jardim era preto e pesado, e passar por ele foi como sonhar. Eles entraram num jardim vasto e exuberante cercado por árvores altas e perfeitamente espaçadas. A grama tinha um tom de verde brilhante e saturado. O Casarão ficava num dos lados, com seu pátio de pedras baixas que levava ao gramado abaixo. Havia pequenas fontes e elaborados bancos e jardineiras. Era um jardim régio, planejado por pessoas que receberam dicas dos especialistas reais da Inglaterra e da França. Mas algo maior se destacava.

Boa parte era tomada por um buraco gigante coberto de grama viçosa.

— Que droga é essa? — perguntou Nate.

— Isso — respondeu Stevie — era um lago. Iris Ellingham era campeã de natação. Essa era a piscina dela. Albert Ellingham desviou o curso de um rio para enchê-lo, e eles usavam barcos a remo para chegar até ali.

Ela apontou para um monte no meio, onde ficava uma estrutura redonda com um teto de vidro abobadado.

— Foi naquele lugar que os sequestradores o fizeram deixar o dinheiro — continuou ela. — Depois que Iris e Alice foram sequestradas, pessoas passaram a contatar Albert Ellingham com todo tipo de teoria. Acho que um vidente lhe disse que Alice estava no lago, então ele mandou drenar. Ela não estava aqui. Mas ele nunca voltou a enchê-lo. Provavelmente porque o lembrava muito do acontecido. Então apenas o deixou assim.

— Esse lugar é indicado no mapa como jardim afundado — comentou Vi. — Agora entendo por quê.

— Explica o negócio da criança morta — pediu Nate.

— A questão é a seguinte — começou Stevie —, a escola e toda a fortuna dos Ellingham pertence a Alice, mas Ellingham meio que sabia que ela estava morta, mesmo que não conseguisse admitir para si mesmo. Quando o incidente completou dois anos, ele reabriu a escola.

— E as pessoas vieram? — perguntou Vi. — Depois dos assassinatos?

— Foi um caso isolado — respondeu Stevie. — E o país ainda estava na Grande Depressão. Este era um dos lugares mais famosos dos Estados Unidos. Educação gratuita oferecida por um dos homens mais ricos do país... Não era pouca coisa. Ninguém pensava que os sequestradores voltariam. Eles meio que levaram tudo o que havia para levar. Então esta escola deveria ser um lugar bonito para Alice retornar. Albert Ellingham queria que o espaço tivesse vida. Estava meio que... se certificando de que haveria pessoas com quem Alice pudesse brincar.

— Isso é muito macabro — disse Janelle. — Fofo, porém... macabro.

— E quantos milhões de pessoas afirmaram ser Alice? — questionou Nate. — Antes de existir teste de DNA, todo mundo deve ter alegado ser ela.

— Essa era uma questão — concordou Stevie, assentindo. — Mas Ellingham tinha um plano. A babá de Alice era devota a ela e à família. Ela se recusou a fornecer qualquer detalhe sobre a menina. Ellingham mantinha um arquivo secreto de informações sobre a filha, então, se alguém se pronunciasse, eles poderiam checar.

— O quê, tipo uma marca de nascença ou algo assim?

Stevie deu de ombros.

— Esse é o ponto. Ninguém sabe, exceto as pessoas de confiança, e elas não podem ser herdeiras. Quem definiu esse círculo de confiança foram os guardiões da Alice. Quer dizer, agora a polícia pode simplesmente usar o DNA, então o arquivo secreto não importa tanto.

— Bom saber que frequentamos a escola mais mórbida dos Estados Unidos — disse Nate. — Agora vamos. Estou com fome e continuo bem certo de que não deveríamos ter entrado aqui.

— Já disse — insistiu Vi —, o portão estava aberto.

— É melhor irmos — sugeriu Janelle. — Mas isso é incrível.

E era mesmo incrível. Por diversos motivos.

13 de abril, 1936, 20 horas

Flora Robinson tinha uma percepção de problema iminente bem evoluída, habilidade que desenvolvera na época em que trabalhou num bar clandestino. Era preciso ser capaz de sentir a onda que percorria o lugar quando a polícia estava se aproximando da porta. Era preciso saber diferenciar um falso alarme de um problema real. Era preciso aprimorar o reflexo de apertar o botão de emergência no momento exato — o botão que virava as estantes e abria o alçapão que mandava centenas, ou às vezes milhares de dólares em bebidas e copos para uma área escondida abaixo. Se fizesse isso direito, você poderia salvar o clube de ser fechado e todos os patrões de serem presos. Se errasse, poderia simplesmente estragar tudo.

Flora sentia medo e ansiedade no ar aquela noite. Ela se virou para checar o pequeno relógio de prata na mesa lateral. Fazia muito tempo que Iris e Alice tinham saído. Ela se despedira das duas ao meio-dia. Normalmente, os passeios de carro de Iris levavam uma ou duas horas. Mas já estavam fora havia oito horas. Ninguém chamara Flora para jantar.

Essa quebra na rotina a deixou extremamente inquieta. Algo ruim acontecia em algum lugar dessa mansão silenciosa escondida no topo das montanhas. Ela ficou sentada na cama, abraçada aos joelhos, escutando e esperando. Sua audição aguçada e a acústica da casa permitiu que ela ouvisse quando alguém chegou à porta da frente. Iris tinha voltado. Ela pulou para fora da cama e foi até a beira da sacada para ver o que atrasara a amiga.

Mas, em vez de Iris, o mordomo guiava um homem para dentro. Era George Marsh, amigo próximo da família e integrante do círculo íntimo de Ellingham.

Num dia normal, George entraria e trocaria algumas palavras amigáveis com Montgomery enquanto lhe entregava o chapéu e o casaco. Naquela noite, ele não tirou nenhuma das duas peças, e os dois caminharam rápida e silenciosamente até o escritório particular de Ellingham.

George era ex-detetive da polícia de Nova York. Vários anos antes, ele salvara a vida de Albert de uma bomba plantada em seu carro por um anarquista. Repleto de gratidão e impressionado por sua inteligência e coragem, Albert ligou para J. Edgar Hoover, chefe do FBI, e recomendou a contratação de George como agente. George tendia a estar onde quer que Ellingham e seu círculo estivessem — se fosse em Nova York, ele trabalhava de lá, fora do escritório. Se estivessem em Vermont, George era transferido para Burlington a fim de investigar casos de contrabando vindo do Canadá pelo lago Champlain.

George Marsh era o segurança *de facto* de Albert, e Flora percebeu que ele estava numa missão aquela noite. Fora de serviço, o homem era tranquilo e sociável. Aquela era a versão em serviço de George, com passo apressado e tom conciso. George e Montgomery falavam muito baixo, mas Flora conseguia distinguir algumas palavras.

— Trinta e cinco minutos — disse George. — Você já...

— Não, senhor — respondeu Montgomery. — Nada de polícia...

Em poucos segundos, os dois tinham se refugiado no escritório de Albert.

Polícia. Flora não queria ter ouvido aquela palavra. Precisava agir.

Ela desceu pela escada de serviço até o andar de baixo e se esgueirou pelas paredes até o quarto de vestir de Iris. Tirou uma chave do bolso do vestido e destrancou a porta do amplo cômodo — um oásis de conforto. O carpete cinza perolado era macio sob seus pés descalços. As longas cortinas prateadas de cetim permaneciam abertas, deixando entrar um luar pálido que fazia os acabamentos e as ferragens douradas nas mobílias estilo Luís XV reluzirem levemente.

Iris tinha muitas coisas, mas Flora precisava apenas de um objeto em particular. Ela olhou para a penteadeira espelhada, onde a extensa coleção de cosméticos de Iris era mantida em rigorosa ordem por sua empregada — batons enfileirados como soldados, perfumes franceses agradavelmente arrumados, escovas de cabelo e espelhos prateados organizados lado a lado. Flora revirou as gavetas de talcos, sombras, grampos de cabelo, cremes, loções... Onde estava? Passou para uma dezena de gavetas que guardavam luvas, grampos para chapéu, estojos para cigarro, óculos escuros e diversos outros pequenos acessórios de Iris. Nada. Ela examinou todo o quarto, de maneira atenta e rápida, gaveta por gaveta, até a exaustão.

Flora ouviu batidas nas portas do corredor e seu nome sendo chamado. A empregada a procurava. Não havia muito tempo. Ela precisava raciocinar. Qual fora o último lugar em que a vira?

Uma bolsa social. A de seda cor-de-rosa que elas compraram naquele dia em Paris, quando choveu tanto que elas precisaram correr descalças pela rua.

Flora correu até o armário, abriu a porta de feltro e acendeu a luz. O armário não era simplesmente um armário — era outro quarto cheio de prateleiras e estantes de seda e cetim com pedras preciosas e pele, além de sapatos o suficiente para encher uma loja, todos enfileirados. Uma parede inteira era tomada por bolsas. Flora a escrutinou até encontrar a que buscava. Então arrancou-a da estante, abriu-a com pressa e tirou lá de dentro um pó compacto da Schiaparelli no formato de um disco de telefone.

As batidas se aproximavam. Flora precisava se apressar. A empregada chegou à porta do quarto de vestir, onde bateu e chamou.

— Estou indo! — respondeu Flora.

Como só tinha alguns segundos, ela enfiou o pó compacto no decote do vestido, cruzou os braços na frente do corpo para disfarçar qualquer calombo e foi abrir a porta para a empregada.

— Você está sendo chamada no andar de baixo — avisou a mulher.
— Neste instante, senhorita.

— Por quê? O que está havendo?

— Não tenho certeza, senhorita. A sra. Ellingham e a srta. Alice não voltaram para casa, e o sr. Marsh chegou há pouco. É tudo que sei.

Flora empurrou o pó compacto na direção do cinto enquanto seguia a empregada até o andar de baixo; teria que lidar com seu conteúdo mais tarde. Foi guiada até o escritório, onde só estivera uma ou duas vezes. Era o núcleo dos negócios de Albert, sua área particular. Naquela noite, o amplo cômodo estava estranhamente fechado, as longas cortinas puxadas, o fogo na lareira provocando um calor abafado.

— Flora — disse Albert.

Sua voz carregava uma urgência que ela nunca ouvira.

— Iris disse algo a você sobre aonde estava indo de carro hoje?

— Não — respondeu Flora. — Só disse que ia dar uma volta.

— Mas ela não disse aonde ia? Se era na direção de Waterbury? Burlington? Que lado?

— Não sei, Albert. O que está havendo?

Albert se virou para o fogo.

Flora olhou para George. Os dois se conheciam muito bem. Em geral, ela conseguia ler a expressão dele instantaneamente. Seu rosto era largo, a mandíbula marcada e grandes olhos castanhos — o tipo de rosto capaz de aguentar um golpe, meter medo num bandido ou se desmanchar em uma risada contagiosa. Naquela noite, era uma incógnita.

— Por favor — disse ela. — O que aconteceu? Onde está Iris? Onde está Alice?

— Está tudo bem — afirmou George.

Ele era um péssimo mentiroso, e de que serviria mentir naquelas circunstâncias?

— Se você puder apenas voltar ao seu quarto...

— Quero saber o que aconteceu com Iris — exigiu ela.

— Flora, por favor! — gritou Albert.

O desespero em sua voz lhe causou um frio físico. Robert, o secretário, balançou a cabeça, indicando que ela não insistisse no assunto.

— Muito bem — disse Flora. — Vou para o andar de cima, Montgomery.

A empregada aguardava no átrio do lado de fora, andando de um lado para o outro com agitação. Era óbvio que tentava arrumar o que fazer perto do escritório a fim de poder monitorar o que acontecia do lado de dentro.

— Estou desesperada por um café — disse Flora para ela. — Você poderia pedir para alguém levar uma xícara ao meu quarto?

— Sim, senhorita — respondeu ela, afastando-se depressa.

Quando a empregada se retirou, Flora seguiu com passos rápidos e silenciosos até o salão de baile ao lado do escritório de Albert. Os dois cômodos tinham sido construídos lado a lado de propósito, porque raramente eram utilizados ao mesmo tempo, e ambos contavam com pés-direitos altos.

As luzes do salão estavam apagadas, e as cortinas, fechadas. O chão preto e branco parecia áspero e sujo das festas do fim de semana; a equipe ainda não o limpara. Ali, embaixo da pele macia dos seus pés, havia fitas de papel decorativo, o cascalho da entrada de carros trazido para dentro por sapatos dançantes e manchas grudentas intermináveis de champanhe derramado.

Iris havia lhe mostrado um truque em relação àqueles cômodos: os espelhos da parede do salão eram intercalados com painéis cobertos de um papel de parede que retratava os personagens da *comedia dell'arte*. No último painel à esquerda havia uma arandela no formato de uma máscara veneziana. Sem fazer barulho, Flora subiu numa das cadeiras douradas contra a parede e se esticou para alcançá-la. Enganchou os dedos por dentro dos buracos para os olhos da máscara e puxou-a com firmeza. O painel se inclinou, revelando um espaço embaixo. Quando Flora empurrou-o, ele se abriu como uma porta numa dobradiça bem-feita.

O salão de baile e o escritório, apesar de parecerem dividir só uma parede, na verdade compartilhavam um espaço secreto de uns sessenta centímetros de largura. Os espelhos daquele lado do salão eram unidirecionais e poderiam ser usados para espiar acontecimentos curiosos ali. Havia interruptores com os quais era possível fazer as luzes enfraquecerem e piscarem, e painéis minúsculos pelos quais alguém podia roubar o copo de um convidado confuso. O segundo e talvez não intencional uso do espaço era ouvir com perfeição o que acontecia no escritório de Ellingham. Flora deslizou pela parede até encontrar a pequena porta que dava para o cômodo ao lado. Ficava longe o bastante dos homens e escondida o suficiente na parede, então ela se sentiu segura para entreabri-la sem que ninguém notasse, exatamente como Iris lhe mostrara.

"A maior parte do que eu ouço é bem entediante", dissera Iris ao mostrar a passagem e a porta a Flora. "Bem que ele podia arranjar uma amante para me oferecer algo melhor para ouvir."

Flora tinha a sensação de que o assunto daquela noite não seria entediante.

— ... aquele que chegou na quinta-feira — falava George. — Você o guardou?

— É claro — respondeu Robert Mackenzie. — Aqui.

Ele entregou um papel ao patrão.

— "Olhe, uma charada, hora de brincar!" — leu George. — "Uma corda ou uma arma, qual devemos usar? Facas são afiadas e têm um brilho tão lindo. Veneno é lento, o que é um castigo. Fogo é festivo, afogamento demora. Enforcamento é um jeito nodoso de ir embora. Uma cabeça quebrada, uma queda grave. Um carro colidindo contra uma trave. Bombas fazem um barulho bem animado. Tantas formas de punir meninos malcriados! Qual devemos usar? Não conseguimos decidir. Assim como você não pode correr ou fugir. Haha. Cordialmente, Cruel."

— O envelope estava com selo de Burlington — adicionou Robert.

O telefone soou e foi arrancado do gancho antes mesmo de terminar o primeiro toque. Albert Ellingham falou um alô sem fôlego. Os homens se juntaram ao redor do telefone sobre a mesa, e Flora teve dificuldade de ouvir as respostas até que a voz de George se destacasse do aglomerado, causando uma reação do outro lado da linha.

— Nós vimos o seu homem — disse uma voz com um sotaque estranho e implacável. — Você chamou a polícia.

— Não — retrucou Albert. — George é um amigo. Ele só veio visitar.

— Nós sabemos quem ele é — respondeu a voz. — Você piorou sua situação. Eis o que vai fazer agora. Vai juntar todas as joias e todo o dinheiro que tem. Vai colocar tudo dentro de fronhas. Vai mandar seu amigo aqui sozinho, de carro. Ele vai dirigir para o leste da interestadual dois e virar à esquerda em direção a West Bolton. Nós vamos assumir depois disso, e você vai reavê-las. Melhor se apressar. Você tem uma hora a partir de agora.

O telefone ficou mudo. Albert disse alô várias vezes, mas ninguém respondeu. Flora arriscou abrir um pouco mais a porta para ver o que estava acontecendo. Os homens estavam reunidos em volta da mesa, imóveis e silenciosos.

— Eu vou sozinho — declarou George, por fim.

— Não — rebateu Albert. — Estamos falando da minha esposa e minha filha...

— Você ouviu, Albert — argumentou George. — Eles querem a mim, então eu vou.

Robert Mackenzie abrira um mapa em cima da mesa.

— Aqui — disse ele. — Eles querem que você siga para o leste da interestadual dois e pegue a esquerda para West Bolton. É uma estrada de terra. A viagem deve levar meia hora, talvez mais, dependendo do que acontecer depois que você virar.

— Então precisamos nos apressar — afirmou George. — Peça a Montgomery que comece a juntar os itens. Joias, relógios, tudo o que puder.

— Por que você? — questionou Robert. — Você é um oficial da lei. Você tem treinamento.

— Eu valho menos — explicou George. — Se Albert fosse e algo acontecesse a ele, se fosse ferido ou morto, o caso viraria notícia internacional. Envolveria o presidente. Daria cadeira elétrica. Um agente do FBI de quem ninguém nunca ouviu falar? Não é grande coisa. Acontece. Eles não podem deixar nada acontecer a você, Albert.

— Tem razão — disse Robert. — E eles também não ganhariam mais nenhum dinheiro, se fosse esse o caso.

— Temos que nos apressar — insistiu George. — Precisamos juntar tudo que eles pediram. Onde estão as joias?

— Tem dois cofres no andar de cima, um no meu quarto de vestir e outro no de Iris. A combinação de ambos é 5 para a esquerda, 27 para a direita, 18 para a esquerda e 19 para a direita. Vá, Robert. Peça ajuda a Montgomery. Esvazie tudo.

Robert Mackenzie se apressou para fora, deixando George e Albert a sós com o mapa.

— Eu deveria ir — repetiu Albert.

A voz de George, mesmo que baixa, preencheu o cômodo e perturbou o ar.

— Você precisa me escutar. Eu fui chamado aqui por um motivo. Parece que eles estão prontos para soltá-las, então só precisamos manter a cabeça fria. Nós seguimos as regras, agimos com inteligência. Eu vou trazê-las de volta para você. Sei que acha que tem que ir, mas precisa deixar os sentimentos de lado.

Albert se recostou numa cadeira e ficou em silêncio por um momento.

— Se você conseguir — falou enfim —, eu lhe devo minha vida.

— Fico satisfeito com uma bebida forte — disse George, pegando o casaco.

Ao fazê-lo, Flora notou que seu olhar passou pelo ponto onde ela estava escondida, mas ele não pareceu ter visto a minúscula abertura no painel da parede. Apenas pegou o casaco e se virou de costas.

— Tranque este lugar inteiro. Não quero que nem um rato seja capaz de entrar. Você tem um revólver?

— Tem um na mesa — informou Robert.

— Deixe-o carregado. Tranque a escola. Posicione a equipe em todas as portas. E vocês dois, permaneçam trancados aqui com a arma carregada até eu voltar. Se eu não aparecer até, digamos, uma hora da manhã, chamem a cavalaria. É assim que devemos agir. É assim que as traremos de volta para casa.

Agachada no corredor secreto com a cabeça no vão da porta, Flora sentiu o coração acelerar a ponto de deixá-la tonta. Ela deslizou até o chão, fazendo o mínimo de barulho possível.

6

Quando o grupo voltou à Casa Minerva, os dois outros residentes estavam confortavelmente jogados no sofá, as pernas de Ellie casualmente sobre o colo de Hayes enquanto ela contava sobre Paris. Hayes não parecia ouvir. Estava mexendo no celular. Pix tinha voltado a ocupar a mesa, mas sua coleção de dentes fora substituída por folhetos brilhosos do Instituto Ellingham e mais alguma papelada.

— Vocês voltaram! — disse ela. — Certo. Preciso de alguns minutos para passar o básico...

— Você não tem que esperar pelo David ou algo assim? — perguntou Ellie com um grunhido.

— O voo dele de San Diego atrasou. Quanto mais cedo começarmos, mais cedo terminamos. É rápido.

— Mas ele vem, né?

— Ele vem — afirmou Pix.

Stevie, Nate e Janelle sentaram à mesa. Ellie e Hayes continuaram num amontoado, e ele ainda olhava para a tela do celular.

— Hayes — chamou Pix. — Só olha pra cá por cinco minutos.

Ele ergueu o rosto bem-esculpido e abriu um sorriso tranquilo, baixando o telefone no sofá.

— Então — começou a professora, consultando uma lista —, sejam todos bem-vindos a Ellingham. Cartões de identificação. Cada um de vocês vai receber um. Eles são programados para permitir o acesso a prédios onde precisam entrar.

Ellie rolou dramaticamente do sofá para o chão, onde aterrissou de rosto para baixo. Pix continuou.

— Visitantes de outros prédios têm que ficar nas áreas comuns, o que significa este cômodo e a cozinha, apenas. Todos vocês receberam as regras oficiais de conduta de Ellingham, o que inclui informação sobre consentimento e respeito a outros alunos. A palavra "não" realmente significa "não" aqui. Muito bem...

Pix passou os olhos pela lista.

— Coisas de senso comum. Nada de álcool, nada de drogas ilegais. Qualquer comida na cozinha precisa estar em recipientes selados e rotulados para alergias alimentares, mas ninguém aqui tem alergia a amendoim, então acho que não teremos problemas quanto a isso. Nada de fogo. Exceto neste cômodo, quando eu estiver presente. É sério, Ellie, nada de fogo...

Ellie grunhiu.

Janelle ergueu a mão.

— E soldagem? — perguntou.

— Na sala comunal, tudo bem. Ninguém tem direito a um micro-ondas, certo... Nada de deixar o campus sem autorização. Oferecemos transporte para Burlington nos fins de semana partindo às dez horas da manhã e voltando às quatro da tarde. Alertem-me imediatamente em caso de emergência médica. Uma enfermeira mora no campus, o médico faz três visitas por semana e a equipe de segurança pode responder a qualquer chamado que necessite de ajuda imediata. Se precisarem conversar com alguém, podem falar comigo em particular, e há dois terapeutas disponíveis na escola com quem vocês podem marcar um horário pela internet ou pessoalmente. Acho que é isso...

Ela deu mais uma olhada na página.

— A maior parte do que eu falei vocês podem ler aqui. Já disse, nada de fogo. É sério, Ellie...

— Nada de fogo — murmurou Ellie para o chão.

— Muito bem! Então é isso. Todo mundo pegue um folheto.

Na mesma hora, Nate segurou um e escapuliu para o quarto. Pix voltou ao apartamento dela. Ellie se desgrudou do chão e foi até a mesa para se debruçar por cima de Stevie e Janelle.

— Quarto da banheira — disse ela, em voz baixa. — As duas. Quinze minutos. Levem uma caneca.

Parecia uma ordem que deveria ser obedecida.

De canecas em mãos, Janelle e Stevie bateram na porta do cômodo e no horário combinados. Ellie estava dentro da banheira, vestida com o que parecia ser uma calça pantalona do século XIX e um corset. O traje por si só já teria chamado a atenção de Stevie, mas o que a prendeu de verdade foi o fato de que a água estava tingida de um tom vívido de cor-de-rosa.

— Fechem a porta — pediu Ellie. — Precisamos fazer uma festinha para comemorar a chegada de vocês.

Ela indicou uma pilha de toalhas molhadas e usadas como se fosse um divã confortável.

Stevie não sabia nem por onde começar. O fato de elas terem acabado de ouvir um sermão sobre beber. O fato de Ellie estar dentro da banheira, vestida de pantalona, tingindo-se de rosa. Ou o fato de que havia um saxofone apoiado contra a banheira. Havia isso também.

Ela decidiu deixar tudo para lá e ver aonde a conversa chegaria. Era uma técnica usada na investigação criminal quando se queria sondar alguém: deixar a pessoa falar, deixá-la no comando, e ela exporia sua identidade.

— Estou só tingindo minha roupa para hoje à noite — explicou Ellie.

Tanto Janelle quanto Stevie decidiram ignorar o fato de que Ellie também estava se tingindo de rosa. Ninguém precisava atestar o óbvio.

— O que tem hoje? — perguntou Janelle.

— Hoje é a festa! — disse Ellie. — Aqui. Canecas. Aqui.

Ela esticou o braço sem jeito atrás de si e puxou uma garrafa de champanhe.

— Canecas — pediu Ellie de novo, estendendo a mão.

— Mas Pix acabou de falar... — começou Janelle.

— *Canecas.*

Stevie lhe passou o recipiente e, depois de um momento, Janelle fez o mesmo. Ellie serviu um pouco de espumante em cada uma.

— Está morno — comentou ela. — Só consegui trazer algumas garrafas da França, e foi barato, mas mesmo as coisas baratas de Paris são melhores do que a maioria das coisas aqui. Muito bem. Vou explicar tudo a vocês. Primeiro...

Ela ergueu a caneca, e Stevie e Janelle entenderam que era uma deixa para brindar.

— *Skål.*

Ellie bebeu com vontade. Janelle olhou para dentro da caneca. Stevie hesitou só por um instante antes de decidir ir em frente. Ela só tinha bebido algumas vezes na vida, mas se havia uma hora e um lugar, provavelmente, era ali. E elas conseguiriam esconder os recipientes a tempo. Provavelmente. O champanhe estava morno e tinha um gosto mineral forte, e o gás subiu pelo seu nariz. Não foi desagradável.

— Álcool — disse Ellie, virando a caneca. — Eles sabem que nós bebemos. Estamos no meio do nada, então isso meio que limita o que acontece. Este é realmente um lugar do tipo ninguém-vai-ouvir-você--gritar.

Janelle continuava encarando o interior da caneca. Ela a ergueu até os lábios algumas vezes, e era óbvio que fingia beber.

— Eles não ligam mesmo, desde que você não fique bêbado demais — continuou Ellie, rolando para o lado a fim de ajustar a roupa molhada. — Se Pix descobrir, ela só vai fazer você jogar tudo fora. Meu conselho: compre barato, compre com frequência, transfira para outro recipiente. A maioria das pessoas usa os ônibus para Burlington nos fins de semana. Só é preciso tomar cuidado porque o Segurança Larry tem um monte de dedos-duros nas lojas de bebida, e eles o chamam ao sinal de qualquer aluno de Ellingham. Eles tornam as coisas difíceis, mas não impossíveis. Um bando de gente na rua está disposto a comprar para você por cinco paus. Mas não deixa o Larry descobrir. Ele vai acabar com sua raça. Ok! Próximo ponto.

Ela serviu um pouco mais para si.

— Toque de recolher. Esse é fácil. Tem algumas opções. Uma delas é pedir para alguém levar seu crachá de volta para a casa e bater o ponto em seu lugar. Às vezes funciona, mas se Pix estiver na sala comunal e vir que não é você, dá problema. A melhor solução é voltar e sair pela janela. De novo, Larry vai acabar com sua raça se descobrir, mas não é tão ruim quanto beber. Os outros seguranças variam, depende do quanto Larry está no pé deles. Não é tão difícil levar pessoas para seu quarto. Pix não costuma conferir muito. Ela é tranquila. E também se distrai com facilidade. É superinteligente, mas a cabeça está sempre em outro lugar.

Os braços de Ellie estavam numa posição que dava a Stevie uma visão completa de sua tatuagem. Na verdade, ela estava bastante certa de que Ellie fazia a pose universal de "pergunte-me sobre minha tatuagem". Era composta por uma caligrafia elegante. A tinta estava muito escura, e mesmo que não houvesse nenhuma vermelhidão, era possível perceber com um olhar atento que a pele ao redor estava descamando um pouco. Era recente, e se estendia da parte interna do cotovelo até o punho:

Mon coeur est un palais flétri par la cohue...

— É Baudelaire — comentou Ellie ao ver a total concentração de Stevie. — Eu a fiz durante o verão em Paris. Você fala francês?

— Eu falo — respondeu Janelle. — Bem, um pouco. Acho que quer dizer... Meu coração é um palácio... alguma coisa...?

— ... degradado pela multidão.

Stevie não fazia ideia de que droga aquilo queria dizer, mas assentiu.

— Eu estava lendo esse poema uma noite em Paris — contou Ellie, girando o braço com elegância. — E ele mexeu comigo, então disse para minha mãe: preciso ter isso no braço. No braço inteiro. Ela concordou. Nós tínhamos bebido um pouco de vinho, então saímos e encontramos um lugar no canal Saint-Martin. O novo amante da minha mãe é um artista de rua da região e conhecia um lugar.

Stevie refletiu momentaneamente sobre como passara o verão. Durante a maior parte do tempo, ela estava trabalhando numa imitação de Starbucks do Monroeville Mall. Quando não trabalhava, lia. Ouvia podcasts. Andava até a sorveteria. Comprava livros baratos de mistério da mesa de promoção em frente à biblioteca. Fazia tudo o que podia para abafar os assuntos políticos. A vida dela era o oposto de passear por Paris e fazer tatuagens com a mãe e o novo amante dela.

— Outra coisa — continuou Ellie. — O sinal de celular aqui em cima é uma porcaria. O wi-fi cai o tempo todo.

— Como fazemos para ver TV? — perguntou Janelle.

Stevie teve a sensação de que Ellie estava prestes a responder que não via TV.

— Eu não vejo TV — afirmou Ellie.

Stevie se deu um ponto em seu placar mental.

— Você não vê *TV*? — perguntou Janelle, da mesma maneira que alguém perguntaria "Você não respira *oxigênio*?".

— Eu crio arte — declarou ela.

— Eu crio máquinas — retrucou Janelle. — E mantenho a TV ligada durante o processo. Preciso da TV. É como eu me concentro.

Janelle olhou para Stevie com certo pânico. Stevie sabia pelas conversas que as duas tiveram durante o verão que ela não estava brincando. Janelle parecia conhecer todos os programas. Ela era a melhor multitarefas da natureza, alguém que conseguia falar, construir um robô e acompanhar um programa, tudo ao mesmo tempo.

— Não posso ajudar — disse Ellie, oferecendo a garrafa outra vez.

Quando Stevie e Janelle recusaram o refil, ela encheu a própria caneca até a boca.

— Eu não vejo nem um pouco de TV. Nunca vi. Nunca tivemos uma em casa. Sempre focamos em criar arte. Cresci numa colônia de arte em Boston, depois numa comuna em Copenhagen, então no Novo México antes de morar por um tempo em Paris.

— Em que escola você estudou? — disse Janelle.

— Onde estivéssemos. A comuna tinha uma boa escola. Se eu pudesse fazer alguma coisa, se ficasse rica ou algo assim, abriria uma comuna. Este lugar daria uma ótima comuna. Enfim, me contem sobre a vida amorosa de vocês.

Ellie pontuou essa ordem com o barulho da garrafa sendo pousada no chão. Stevie sentiu um frio na barriga. Não era seu assunto preferido.

— Terminei com minha namorada — contou Janelle, encarando o fundo da caneca. — Foi quando reprogramei o micro-ondas.

— Criatividade pode vir de um período ruim — comentou Ellie. — Eu estava num marasmo na primavera passada quando vi a Roota numa loja de penhores em Burlington. Eu precisava tê-la. Não tinha dinheiro na época, mas dei um jeito. Fiz um pouco de arte, ganhei um pouco de dinheiro, consegui a Roota. Estamos juntas desde então.

Ela deu um tapinha no saxofone.

— Deixa eu contar outra coisa — continuou ela. — Este lugar transforma as pessoas em coelhos. É o isolamento. Ficamos trancafiados nas montanhas, presos na neve. Quando a luz se apaga, as coisas ficam loucas. E você?

A pergunta foi direcionada a Stevie.

Bem nesse momento, as bolhas do champanhe chegaram ao cérebro de Stevie. Sentada naquela torre de pé-direito alto na semiescuridão, com sua nova amiga Janelle e essa estranha porém divertida artista que se tingia de rosa... ela foi tomada por uma brandura e um tipo de relaxamento lento. Simplesmente seria honesta.

— Eu nunca conheci ninguém por quem realmente... Não sei. Eu não venho de um lugar interessante. Tipo, meus pais são... Vocês sabem quem é Edward King?

— O senador? — perguntou Janelle. — Aquele imbecil?

— Esse mesmo — confirmou Stevie.

— Quem? — perguntou Ellie.

— Edward King é um babaca da Pensilvânia — explicou Janelle. — Ele gostaria que tudo voltasse aos velhos tempos ruins.

— Meus pais o amam — falou Stevie, recostando-se no aquecedor. — Trabalham para ele. O escritório dele na cidade é a nossa casa.

— Ai, meu Deus — disse Janelle. — Você não me contou isso.

— Não é o tipo de coisa que se escreve numa mensagem — respondeu Stevie. — Mas fiz o que pude para ajudar. Encontrei o documento com a lista de voluntários na noite antes da última sessão de campanha por telefone e mudei todos os números. Eles fizeram muitas ligações interessantes. O escritório central da Krispy Kreme, a embaixada do Canadá, a Disney, o Centro de Celebridades da Cientologia, o SeaWorld...

— Maravilhoso — disse Ellie, tombando a cabeça para trás e gargalhando. — Amei.

Ellie havia tirado o anel e o deixado sobre a borda arredondada da banheira. Enquanto ria, balançou o braço e o derrubou. A joia rolou para o chão debaixo dela.

— Ai, merda — falou.

Stevie deitou-se no chão e enfiou a mão embaixo da banheira. Ao puxá-la de volta, algo arranhou sua pele.

— Cuidado — disse Ellie, devolvendo o anel ao dedo. — Tem alguns canos velhos ou algo assim aí embaixo. Podem cortar você.

Stevie achou que o aviso deveria ter sido dado antes que ela enfiasse a mão ali. Mas, pensando bem, Ellie parecia o tipo de pessoa que pulava antes de checar se havia uma piscina embaixo, e, provavelmente, dava conselhos no mesmo estilo.

— Enfim — concluiu Stevie —, essa é minha história. E meus pais são meio obcecados por arranjar alguém para mim. Para eles, namorar é uma das maiores conquistas da adolescência, então...

— Entendi — falou Ellie. — Então faça o que quiser aqui em cima.

— Com certeza — concordou Janelle. — Quer dizer, meus pais são meio que o oposto. Só pensam na escola. Escola agora, garotas depois. E agora estou aqui, então...

Janelle soltou um longo suspiro.

— É melhor nos arrumarmos para sair — sugeriu Ellie, levantando-se de repente e acabando com a conversa bem quando Stevie se sentia à vontade.

Suas roupas pingavam, pesadas e cor-de-rosa.

— Venho buscar vocês em alguns minutos. Está na hora da festa. Vão se arrumar!

Janelle e Stevie se abrigaram na escuridão morna do corredor por um momento.

— Que droga foi essa? — perguntou Janelle. — Tipo, eu gosto dela. Eu acho. Mas aquilo do poema, toda a coisa da França, morar numa comuna, o negócio de não ver TV? Não sei.

— Talvez tenha sido para isso que viemos, não?

— Talvez. Alguma coisa sobre pessoas que fazem muito caso sobre não ver TV. Acho que nunca convivi muito com gente da arte. Será que esse negócio do wi-fi vai ser grave? É sério, eu preciso de TV. Vou ter que pensar numa solução. Tem que haver uma maneira de conseguir uma boa conexão. Bem, acho que devemos nos vestir. Vejo você em um minuto.

No quarto, Stevie encarou suas roupas, passando rapidamente pelas peças. Não contara com uma festa tão cedo. Na verdade, ela nunca estava pronta para ocasiões com essa. Quando as pessoas na escola procuravam trajes e looks para festas na internet, ela ficava confusa. Tinha gente que parecia não só entender dessas coisas, como ser bem-sucedida. Uma regata listrada, um chapéu de aba larga e short para aquele "fim de semana especial na praia". Batons para o outono, calças jeans que combinavam perfeitamente com um passeio no trator de feno, brincos pendentes para uma festa do feriado e brigas de bolas de neve. Quem vivia essas vidas?

O traje da festa seria short preto e regata preta. Stevie não tinha nenhuma joia. Sua concessão à ocasião era um par de chinelos vermelhos.

Janelle apareceu à porta com um vestido azul-bebê com estampa de limões que combinava com um brinco da mesma fruta e um perfume cítrico suave. Isso tudo era aceitável vindo de Janelle, porque fazia sentido. Se ela era capaz de criar uma máquina, podia criar um look.

Uma espécie balido aleatório e dissonante veio do andar de cima. Ellie estava tocando o saxofone, e uma coisa ficou clara: ela não sabia tocar.

— Ah — falou Janelle, olhando para cima. — Isso pode cansar rápido.

— Minha roupa está "festa" o suficiente? — perguntou Stevie.

— Você está ótima — respondeu Janelle, soando sincera. — Eu só... fiquei nervosa. Visto meus limões quando fico nervosa.

Um momento depois, Ellie, ainda rosa, ainda pingando, desceu as escadas cutucando à frente um relutante e infeliz Nate. Ela usara o saxofone para tirá-lo de seu esconderijo.

Estava na hora de ir a uma festa.

7

O LENTO CREPÚSCULO DO VERÃO APARECIA, E OS VAGA-LUMES SE ERGUERAM DA grama e flutuaram por ali enquanto grupos de pessoas chegavam à festa, que acontecia no *yurt*. As janelas do Casarão Ellingham refletiam os últimos raios do sol poente, brilhando em laranja e dourado. Ellie guiou o bando, soprando uma série de grasnidos desafinados que faziam os pássaros voarem para fora das árvores quando eles passavam.

— David precisa chegar logo — disse ela. — Vocês vão amá-lo. Ele é demais.

Conforme atravessavam uma das muitas áreas arborizadas com estátuas, Ellie parou por um instante em frente a uma delas, enfiou a mão na bolsa e pegou uma pequena lata de spray. Ela escreveu ISSO É ARTE nas costas da estátua com letras azuis escorridas, guardou a lata e continuou saltitando à frente e soprando de forma estridente no sax.

— Alguém sofre de excesso-de-esforço — disse Nate, em voz baixa.

O *yurt* estava cheio quando eles chegaram. Um murmúrio de vozes vinha do interior. Ellie puxou a lona da entrada e ergueu a Roota acima da cabeça. Algumas pessoas num sofá pequeno aos fundos comemoraram, e a garota foi se juntar a elas. No minuto seguinte, estava envolta num boá preto que se materializara do nada. Havia uma aluna do primeiro ano nesse grupo arrasando de batom preto e vestido vermelho de franjinhas. Seu nome, como Stevie ficaria sabendo ao longo da noite, era Maris Coombes, e ela era cantora de ópera. Stevie descobriu essa última informação porque a garota não parava de entoar partes de árias numa voz aguda e límpida.

Um garoto de olhar intenso e cabelo rebelde que vestia uma camisa social muito maior do que ele, como algo que um pintor poderia usar para se enrolar, gesticulava com um vaporizador. Hayes também estava ali, afundado nas dobras do sofá. Maris mantinha-se bem perto enquanto eles conversavam.

Janelle olhou ao redor do cômodo e encontrou Vi, que estava sentada num tapete com mais três pessoas brincando com algum jogo de peças.

— Vamos sentar ali — sugeriu para Nate e Stevie.

Era um lugar bom o bastante. Vi se arrastou no chão a fim de abrir espaço para todos e fez as apresentações.

— Esses são Marco, DeShawn e Millie — disse ela. — Vocês gostam de Castelos de Arcádia? Nós íamos começar uma partida.

— Claro! — respondeu Janelle. — Eu não sei jogar, mas me mostra como é.

Stevie também não sabia jogar. Nate sabia, o que lhe trouxe um pouco de entusiasmo. Ele passou a explicar na mesma hora o valor das peças impressas com imagens de grãos e tijolos, a importância dos vários quadrados verdes, por que era importante construir perto de rios, colecionar as minúsculas ovelhas e vacas de madeira e colocá-las em áreas cercadas. Janelle permaneceu concentrada, mas Stevie não conseguiu evitar que seu olhar vagasse pelo lugar, e logo já não sabia sequer sobre o que o jogo deveria se tratar.

Uma garota entrou com uma postura meio majestosa. Ela tinha uma coroa de cabelo longo muito ruivo, espesso e cacheado. Stevie já conhecera pessoas com cabelo longo, pessoas com cabelo cacheado e pessoas com cabelo ruivo, mas o dela era como uma força da natureza. Não era totalmente cacheado — era eriçado, cheio e dourado. Era menos como um cabelo e mais como uma constante da natureza. Alguém chamou seu nome, Gretchen, e Ellie saltitou pelo cômodo para recebê-la. Stevie observou a garota olhar de cima para o grupo no sofá e estreitar o foco em Hayes e Maris. Ela falou com Ellie, então jogou o cabelo num gesto grandioso e deixou bem clara sua decisão por não se juntar ao grupo. Hayes apenas tombou a cabeça por um momento, depois voltou a atenção para Maris.

Algo estava acontecendo ali.

Germaine Batt, a garota do ônibus, conversava com Kaz, embora parecesse olhar ao redor durante a maior parte do tempo. Ela continuava mexendo no celular com uma intensidade que Stevie raramente presenciara.

— Ela apresenta aquele programa — comentou Janelle. — O Relatório de Batt. É meio que uma jornalista.

À medida que o lugar tornava-se mais barulhento e cheio, ficou claro que não haveria partida alguma de Castelos de Arcádia. Millie, Marco e DeShawn se separaram num grupo menor, enquanto Vi e Janelle se envolviam numa conversa. Nate e Stevie permaneceram juntos; ele ainda segurava com tristeza um punhado de vacas de madeira.

— Que divertido — disse Nate. — O que deveríamos estar fazendo?

— Conhecendo pessoas — respondeu Stevie.

Ele fez um som de balão murchando.

— Você não gosta de conhecer pessoas novas — presumiu Stevie.

— Ninguém gosta de conhecer pessoas novas.

— Não tenho tanta certeza disso — comentou Stevie, observando Janelle e Vi.

Stevie percebeu que ficava estranhamente nervosa enquanto Janelle e Vi conversavam, cabeças se aproximando mais e mais a cada frase trocada, as risadas um pouco mais altas. Uma bolha de ciúmes se ergueu dentro dela, mas Stevie a reprimiu.

— É verdade — insistiu Nate. — Todo mundo finge gostar. É só mais uma dessas coisas que precisamos fingir gostar.

— Eu sou uma pessoa nova que você está conhecendo — retrucou Stevie.

Nate não respondeu.

— Então — continuou ela, puxando papo —, você está trabalhando no próximo volume do seu livro?

— O quê? — Foi como se um holofote houvesse se acendido em cima de Nate e ele estivesse encurralado contra uma parede de tijolos, encarando os guardas. Ele apertou as vacas de madeira. — Eu comecei.

— Quantos capítulos você já escreveu?

— Não é assim que funciona — rebateu ele de um jeito brusco. — Por que você está me perguntando isso?

— O quê?

— Quer dizer... — Nate se remexeu com nervosismo. — Ninguém escreve alguma coisa e pronto. Ninguém simplesmente *senta e escreve*. Você escreve algumas partes e reescreve e tem novas ideias e mexe no texto. Não quero falar sobre o livro.

— Tudo bem — disse Stevie.

Ela se afundou mais no futon, até sentir a estrutura de madeira fazer pressão contra a base da coluna.

Nate também estava desconfortável.

— Eles me aceitaram aqui por causa do livro — disse ele. — *É por isso que estou aqui*. Sabe quantas páginas já escrevi?

— Achei que você não quisesse...

— Duas mil. *Duas mil.*

— Parece bom, não?

Stevie não sabia bem o que estava acontecendo.

— São duas mil páginas em que *nada acontece*. Está tudo *péssimo*. Escrevi o primeiro livro e depois *esqueci como se escreve*. Antes, eu sentava e escrevia e viajava para outro mundo; enxergava tudo. Como se estivesse totalmente em outro lugar. Mas no momento em que virou uma obrigação, algo se quebrou dentro de mim. É como se eu tivesse perdido o mapa para a minha terra mágica. Eu me odeio.

Ele se recostou contra a almofada e expirou.

— Então, não, não quero falar sobre isso.

Stevie lançou olhares ansiosos para Nate com o canto do olho até ter certeza de que ele não falaria mais nada. Então voltou observar o resto da festa.

Hayes se aproximava lentamente de Maris. Em pouco tempo, os dois haviam voltado a uma conversa intensa. Stevie pensou em Beth Brave — ela provavelmente não ficaria feliz em saber que Hayes conversava de pertinho com outras pessoas na escola. A menina também notou que não era a única pessoa a prestar atenção em Hayes e Maris. Germaine Batt os observava com cautela e, em certo momento, ergueu o celular para tirar uma foto. A garota de cabelo ruivo, Gretchen, também não parecia gostar do que via, porque de tempos em tempos virava, deliberadamente, para o lado oposto.

Havia muitos focos de atenção em Hayes, cada um puxando para um lado.

— É David! — exclamou Ellie, erguendo os braços e quebrando a concentração de Stevie em Hayes e sua órbita. — David, David, David!

Quando David David David entrou, os fios de luz balançaram e uma brisa noturna perfumada soprou para dentro do *yurt*. Ele levantou bem os braços, de maneira triunfal. Ellie pulou em cima dele, envolvendo-o num abraço de boá. Ele a ergueu um pouco do chão, ela enlaçou as pernas ao redor de sua cintura e ficou ali, sendo carregada pelo cômodo.

Ellie guiou o triplo David até o grupo da Minerva. Ele era alto e tinha uma moita de cabelo meio cacheado e meio selvagem que parecia não ver uma tesoura havia meses. Muitas pessoas ali estavam vestidas de maneira informal, mas David tendia mais para um estilo desleixado: bermuda cargo visivelmente gasta e com buracos; uma camiseta fina azul-marinho com uma estampa que havia desbotado a ponto de desaparecer; tênis de skate de aparência destruída.

Num primeiro momento, Stevie teve a impressão de já ter conhecido David. Algo sobre ele sugeria... algo que ela não conseguia identificar. Algo que a deixava encucada.

— Este é David — apresentou Ellie, ainda pendurada em suas costas. — Ele é o último integrante da Casa Minerva. Diga olá, David.

Stevie teve um pensamento estranho no qual torceu para que ele não respondesse "olá, David", mas foi exatamente isso que aconteceu. Outro ponto no placar. Talvez as pessoas de Ellingham não fossem tão diferentes, afinal.

Os olhos de David, castanho escuros e luminosos, encararam os dela como se ele tivesse percebido sua insatisfação. Suas sobrancelhas se arquearam ainda mais, e ele abriu um longo e fino sorriso. Então baixou Ellie nas costas do sofá e se jogou entre Stevie e Nate num espaço ligeiramente pequeno para comportá-lo. Ellie fez as apresentações enquanto enfeitava o cabelo de David com penas soltas do seu boá.

David enterrou a mão num dos bolsos e tirou um maço desgastado de cartas de baralho.

— Escolha uma — disse, estendendo a mão para Stevie.

Quando ele se inclinou para perto, Stevie distinguiu uma variedade de aromas. Havia algo fraco e desagradável que ela não conseguiu identificar, e um cheiro de ar parado de avião.

Stevie não queria escolher uma carta, mas o maço estava na sua frente, então ela pegou uma.

— Olhe para ela — pediu David. — Não me mostre.

Stevie encarou o valete de copas na palma da mão.

— Muito bem — continuou ele, tombando a cabeça para trás e olhando o teto do *yurt*. — Você tirou um... três de paus?

— Não.

— Tá. Seis de ouros?

— Não.

— Ás de espadas?

— Não.

David fez "hum". Nate se mexeu com comiseração, mas Janelle deu um sorriso gentil. Ellie se pendurou nas costas do sofá.

— Sete de copas?

— Acho que é melhor você desistir — falou Stevie.

— Não, não — respondeu ele. — Eu sempre acerto nas primeiras 52 tentativas.

Isso provocou uma risadinha em Janelle, mas Stevie suspeitou que fosse apenas por educação.

— Tudo bem — disse David, baixando a cabeça e respirando fundo. — Última tentativa. Você tirou um... rei de paus?

Stevie mostrou o valete de copas.

— É — falou ele. — Eu não ia acertar. Estava só chutando.

Ele arrancou a carta da mão dela e guardou-a de volta no baralho. Stevie sentiu as bochechas arderem. Ele estava zombando dela? Que droga foi essa? Stevie conseguia lidar com zombaria. O que ela não suportava era *não entender*.

O *yurt* estava fechado, e o ar, pesado. Ellie deu um tabefe delicado na cabeça de David, fazendo penas voarem.

— Você é tão bobo, David — disse, carinhosamente.

Ela lançou um sorriso tranquilizador para Stevie por cima do ombro do garoto antes de completar:

— Estava começando a achar que você não viria.

— Quase não consegui chegar — respondeu David.

Depois, para todo mundo:

— Eu estava um pouco distraído no ano passado.

— Ele ficava no quarto fumando maconha e jogando videogame — explicou Ellie.

— Você faz parecer que eu não estava fazendo nada — rebateu David. — Era tudo pesquisa.

— David cria videogames — comentou Ellie. — Ou é o que ele diz.

— Então — começou ele, mudando de assunto. — Quem são vocês?

Mais apresentações foram feitas, graças a Janelle. Nate foi novamente destacado como o cara que escreveu aquele livro certa vez. Depois chegou a vez de Stevie.

— Ela pesquisa crimes — resumiu Janelle.

— Pesquisa crimes? — repetiu ele. — O que isso significa?

— Significa o que parece — disse Stevie.

— Você... vê muito Discovery ID?

Ela de fato assistia bastante ao Investigação Discovery. Era um canal dedicado só a assassinatos. Mas não admitiu isso.

— Ela faz criminologia e coisas do tipo — justificou Janelle, talvez um pouco na defensiva. — E sabe tudo sobre o Caso Ellingham. É por isso que está aqui.

— Como assim? Está aqui para solucionar o caso? — perguntou ele.

Stevie engoliu em seco.

Sim, esse era meio que o plano. Mas ninguém mais deveria falar isso, muito menos desse jeito. Foi como se ele tivesse pegado os sonhos dela, que passaram o dia flutuando delicadamente acima de tudo, e furado com a ponta de uma agulha, explodindo-os. Pedaços borrachudos de sonhos voaram por todo o *yurt*.

— Você não ia dizer isso, né? — perguntou ele, os olhos muito iluminados e penetrantes.

Houve uma pausa constrangedora no grupo. A fim de quebrar o silêncio, Ellie rolou das costas do sofá para o colo de David e falou para Stevie:

— Achei que o caso tivesse sido resolvido, não? Não teve alguém que confessou?

— Uma pessoa foi considerada culpada — disse Stevie. — Ele provavelmente é inocente. Só confessou porque...

Uma explosão de gargalhadas veio de trás do grupo, e Ellie ergueu a cabeça para ver o que estava acontecendo. Ninguém queria escutar o motivo pelo qual Anton Vorachek, o anarquista local que fora preso e julgado pelo crime, confessara.

— Ele confessou porque estava no tribunal... — disse Stevie.

Todos pararam de escutar quando uma dança começou. David abriu um sorrisinho estranho e sarcástico enquanto Janelle, Vi e Nate pareciam vagamente desconfortáveis.

Dá para saber quando seu momento acabou.

Um frasco de bebida apareceu de algum lugar. Ellie tomou um pouco. David dispensou. Quando ofereceram para Janelle, Nate e Stevie, todos eles fizeram que não com a cabeça. Stevie achava nojento beber de recipientes alheios. Ela se baseava na Teoria de Locard: todo contato deixa um rastro, o que, nesse caso, significa resto de saliva.

Ellie e David se afastaram para conversar com outros alunos do segundo ano, deixando os mais novos sozinhos.

— Ele parece divertido — comentou Janelle com falsa animação.

Nate não conseguiu se forçar a mentir.

— Eu me sinto um pouco melhor — falou para Stevie. — Acho que você está ainda mais ferrada do que eu.

As noites sempre traziam a preocupação. As noites eram difíceis.

Eram três da manhã, e Stevie estava totalmente acordada. Se fosse ter um ataque de pânico, seria naquela noite. Nova escola, novo começo, novos amigos, nova casa ali em cima da montanha, sendo que ela nunca passara mais do que alguns dias longe de casa e dos pais. A noite trouxera uma brisa mais fresca, mas o quarto ainda parecia um pouco abafado. Ao abrir a janela, uma mariposa enorme foi soprada para dentro. Ela fez uma rota apressada até a luminária do teto e pousou na lâmpada com um *pof*.

— Sei como é — disse Stevie para o inseto.

Ela começara a ter ataques de pânico aos doze anos. Ninguém sabia por quê. Os pais tentaram ajudar, mas ficavam bastante confusos. A medicação ajudou com parte do problema, mas Stevie lidou com o resto graças à assistência da terapeuta da escola e ao fato de ter lido basicamente a internet inteira.

Fazia um ano e três meses que ela deixara de ter ataques de pânico o tempo todo, e pelo menos seis meses desde que tivera uma crise grave. Mas as noites ainda a preocupavam. Ela ainda andava de um lado para o outro antes de se deitar, encarando a cama, se perguntando se aquela seria uma das noites em que acordaria de repente com o coração disparado feito um carro sem motorista e com uma tábua pressionada contra o pedal do acelerador.

Ela se sentou no chão embaixo da janela, fechou os olhos e deixou a brisa acariciar sua nuca. Inspire. Expire. Conte. Um. Inspire. Expire. Dois. Apenas deixe que os pensamentos fluam.

Você não ia dizer isso, né?

Deixe para lá.

Você sempre pode voltar para casa.

Deixe para lá, de verdade. Fique livre como a Elsa em *Frozen*.

Você está ainda mais ferrada do que eu.

Ela abriu os olhos e encarou a cômoda. Poderia tomar um Lorazepam e apagar, mas ficaria grogue no dia seguinte.

Não. Ela conseguiria. Ficaria tudo bem.

Então ela se voltou para o outro remédio — seus mistérios. Stevie amava mistérios desde pequena. Com a chegada das crises, ela descobriu que eles eram sua salvação. Se ficasse acordada à noite, podia contar com seus romances de suspense, seus livros de crimes reais, seus programas de TV, seus podcasts. Talvez a maioria das pessoas não se acalmasse ao ler sobre assassinatos em banho de ácido, sobre Lizzy Borden ou H. H. Holmes, sobre homicídios em autoestradas, sobre uma vizinhança tranquila com segredos obscuros, sobre corpos dentro da parede e impressões digitais ocultas, sobre treze convidados num jantar ao qual você sabe que nem todos vão sobreviver... Tudo isso eram problemas nos quais sua mente podia trabalhar, e quando sua cabeça trabalhava num mistério, ela não entrava em pânico.

Por isso Stevie se tornou uma máquina de investigação, com crimes reais tocando em seus ouvidos nos intervalos entre as aulas na escola e enquanto enchia os compartimentos com grãos de café na cafeteria do shopping. Ela nunca se cansava. Quando entrou para a comunidade on-line Websleuths, encontrou pessoas como ela, que passavam o tempo pesquisando casos arquivados. Foi lá que desenvolveu a obsessão pela história de Ellingham.

Sim, parecia improvável que ela solucionasse o caso. Era uma adolescente de dezesseis anos vinda de Pittsburgh. Aquele caso tinha décadas. Todo mundo tentara solucioná-lo. O FBI não conseguira. Um grande número de investigadores sérios (e não tão sérios) não conseguira. Centenas de pessoas se tornaram obcecadas com o caso o tempo inteiro. O próprio Ellingham, um gênio, tentara descobrir o que acontecera, e sua busca o matara.

Ninguém simplesmente aparecia e solucionava o Caso Ellingham.

Ela encarou as paredes com sua camada grossa de tinta e seus possíveis segredos.

Não estava ferrada. Seu nome era Stevie Bell, e ela fora aceita no Instituto Ellingham por mérito próprio. Não é como se eles aceitassem alunos por engano.

A não ser que *fosse* um engano.

E se eles tivessem cometido um erro? E se aquele fosse o primeiro erro da história deles? Por que haviam feito isso com ela?

Não não não não.

Stevie deu play em um podcast, arrastou uma caixa ainda lacrada pelo chão e a abriu. Lá de dentro, tirou várias pastas cheias de impressões e cópias perfeitamente organizadas, um rolo de fita extraforte e uma tesoura. Quando a caixa estava vazia, ela se concentrou em separá-la em partes e achatá-la, arrancando as abas para formar belos retângulos uniformes. Seus movimentos eram ágeis, e sua mente se dividia entre o podcast e a tarefa.

Nos procedimentos policiais, sempre havia um quadro do caso — um lugar para armazenar imagens de vítimas e suspeitos, mapas e diagramas. Uma referência visual para quando você precisasse analisar todos os fatos. A caixa serviria como quadro.

No topo, ela prendeu três fotos: Iris Ellingham, Alice Ellingham e Dottie Epstein. Depois adicionou as plantas baixas do Casarão na época do sequestro. O quadro começava a tomar forma conforme era preenchido.

No centro do quadro, Stevie posicionou a prova mais notória de todas, aquela da qual as pessoas sempre falavam: a carta do Cordialmente Cruel.

Olhe! Uma charada! Hora de brincar!
Uma corda ou uma arma, qual devemos usar?
Facas são afiadas e têm um brilho tão lindo
Veneno é lento, o que é um castigo
Fogo é festivo, afogamento demora
Enforcamento é um jeito nodoso de ir embora
Uma cabeça quebrada, uma queda grave
Um carro colidindo contra uma trave
Bombas fazem um barulho bem animado
Tantas formas de punir meninos malcriados!
Qual devemos usar?
Não conseguimos decidir.
Assim como você não pode correr ou fugir.
Haha.
Cordialmente, Cruel.

A carta original se perdera no caos da investigação, então nunca pôde ser testada para DNA ou impressões digitais. Só restou uma foto — uma comunicação resoluta e assustadora que chegara à casa dos Ellingham uma semana antes do sequestro. Ela havia sido composta por palavras recortadas de revistas e jornais, naquele estilo sinistro e clássico de esconder a própria caligrafia.

Entre os diversos aspectos intrigantes do Caso Ellingham, era para aquele que ela sempre voltava — essa estranha declaração de uma pessoa desconhecida que dizia: "Eu sou cruel. Tenho a intenção de fazer o mal. Estou lhe fazendo o mal agora através do medo. Eu sou a faca. Eu sou o Cordialmente Cruel."

Era como pregar uma peça, mais ou menos. Só que bem complicado. Mexer com os nervos de uma pessoa famosa dava mais trabalho nos anos 1930. Era preciso arranjar uma coleção de revistas e jornais, encontrar as palavras necessárias, cortá-las e colá-las com precisão angular, então mandar o resultado por correio, sem nunca saber que efeito causaria.

Por que se anunciar, Cordialmente Cruel? Por que avisar que está chegando?

Stevie adicionou outra foto ao quadro: Anton Vorachek. Era a carta do criminoso que sempre convencia Stevie (e outras pessoas) de que Vorachek era inocente. O homem mal falava inglês — era improvável que escrevesse um *poema* na língua, um poema inspirado, no mínimo, no estilo de Dorothy Parker. Ninguém nunca viu sentido nisso, mas foram encontradas notas roubadas com Vorachek, ninguém gostava dele, e ele confessou no tribunal.

Cordialmente Cruel assombrava o caso feito um espírito maligno.

Durante a hora seguinte, Stevie ordenou as imagens, organizou os arquivos. Havia plantas baixas, cópias de entrevistas, relatórios policiais. Fora preciso muito tempo, uma bibliotecária solícita e a assistência de outros integrantes do Websleuths para coletar todo o material. Ela usara dois cartuchos de tinta e uma caixa de papel que pertencia à campanha de Edward King (pelo menos foi bom para isso) para imprimir esse bloco de informação. E *era* um bloco. Era pesado. Stevie gostava de segurar os arquivos e os montes de papel, de lê-los e relê-los até que tudo passasse por sua cabeça como um riacho antigo. Com certeza outras pessoas foram a Ellingham com interesse no caso. Algumas delas chegaram antes da existência da internet, então não tinham acesso a tudo que Stevie tinha. E os outros...

Não. Ninguém tinha sua paixão. Você sabe quando é o fã número um — aquele que sabe as letras e preenche as lacunas e sente as quebras. Você sabe quando é *a pessoa que entende*.

Amanhecia quando Stevie terminou de montar seu quadro e organizar todos os documentos em ordem sobre a mesa e na estante. Ela foi até a janela e se deparou com uma manhã suave e amigável que trazia uma brisa leve e doce. Fechou os olhos e respirou fundo.

A cena crucial de um mistério é quando o detetive chega. A ação passa a acontecer na sala de estar de Sherlock. O pequeno homem belga de bigode encerado aparece na recepção do grande hotel. A delicada senhora com a bolsa de crochê chega para visitar a sobrinha quando as cartas maldosas começam a circular pelo vilarejo. O detetive particular volta ao escritório depois de uma noite de bebedeira e encontra a mulher de cigarro e véu no chapéu. Era ali que as coisas mudariam.

A detetive chegara ao Instituto Ellingham.

14 de abril, 1936, 4h

Quando George Marsh parou em frente ao portão principal da propriedade dos Ellingham, dois homens de macacão portando armas o cumprimentaram. Eles gesticularam para que entrasse, e George guiou seu Ford Model B pelo caminho sinuoso pela segunda vez em poucas horas.

Albert Ellingham e Robert Mackenzie o aguardavam na entrada da casa. Mackenzie estava encolhido dentro do casaco, mas Ellingham nem parecia sentir o frio. Ele correu até a porta do carro e foi pego de surpresa pelo que viu.

— O que houve? Onde elas estão? Seu rosto! O que houve?

Albert se referia à trilha de hematomas pela mandíbula de Marsh e ao redor do olho, além de um longo corte na bochecha esquerda. O olho esquerdo estava quase fechado de tão inchado.

— Elas não estavam lá — respondeu Marsh, saindo do veículo.

— Como assim elas não estavam lá? Você não as viu?

— Depois de fazer a curva para West Bolton, só consegui avançar por pouco mais de um quilômetro antes de me deparar com um carro bloqueando a estrada. Quando saltei, fui emboscado. Pediram mais duzentos mil. Não havia sinal de Iris ou Alice.

Robert soltou um suspiro chiado.

— Você estava certo, Robert — constatou Ellingham. — Eles querem mais. Então vamos conseguir mais. Quanto tempo nós temos?

— Vinte e quatro horas — respondeu Marsh. — Vai haver outra ligação. Disseram para deixar alguém esperando no orelhão da Church Street às onze horas da noite de hoje. Eles queriam que você fosse fazer a entrega, mas os convenci a me aceitar no lugar.

— Certamente agora podemos contatar a polícia e o FBI — falou Robert para Marsh. — Podemos mandar alguém acordar J. Edgar Hoover. Não podemos continuar desse jeito.

— Eles alegaram que o aumento do resgate foi porque você envolveu a polícia — explicou Marsh. — Ou seja, eu.

— Eles não querem a polícia envolvida — declarou Ellingham. — Eu posso lhes dar qualquer coisa que quiserem.

— Isso não vai acabar — retrucou Robert, a voz falhando de urgência. — Você é uma fonte infinita de renda. Não percebe?

Uma coruja atravessou o céu com um grasnado.

— É melhor conversarmos do lado de dentro — sugeriu Marsh, em voz baixa. — O vento leva as palavras.

O Casarão estava silencioso, mas não quieto. A eletricidade no alto da montanha era frequentemente errática. As luzes do salão principal piscavam e falhavam. A casa em si parecia pulsar. Mais dois homens de macacão esperavam na frente da porta, com armas em punho. Pareciam confusos, assustadiços, e ver o rosto machucado de Marsh não os tranquilizou. Montgomery, o mordomo, ainda estava acordado e ativo.

— Devo trazer água e curativos, senhor? — perguntou.

— O quê? — perguntou Ellingham.

Então se lembrou dos ferimentos de Marsh e acenou, completando:

— Sim, sim. Traga.

Dentro do escritório, Ellingham caminhou com ansiedade até a mesa de bebidas e serviu algumas doses de uísque com a mão trêmula. Entregou uma para o detetive e ficou com a outra para si.

— O que você disse para o resto das pessoas da casa? — questionou Marsh. — Elas devem ter notado que a sra. Ellingham e Alice ainda não retornaram.

— Dissemos que recebemos uma das ameaças usuais — explicou Robert. — Anarquistas. Foi aconselhado que a sra. Ellingham passasse a noite na casa de uma amiga em Burlington até resolvermos a situação.

— Acha que acreditaram?

— Pouco provável.

Os três ficaram em silêncio por vários minutos. Marsh sentou-se numa cadeira. Ellingham se manteve de pé perto da lareira, segurando a cornija com ambas as mãos. Montgomery voltou com a água e os curativos. Marsh limpou o sangue do rosto.

— Vamos trazê-las de volta — afirmou Ellingham, bruscamente. — Vamos dar tudo que eles pedirem. Iris é forte e engenhosa. Vai conseguir cuidar de si e de Alice.

— Com todo o respeito — respondeu Robert —, preciso ser franco nessas circunstâncias. A sra. Ellingham é engenhosa. Também é obstinada e atlética. É campeã de natação e de esqui. Acha que vai permitir que ela e a filha sejam levadas sem lutar? Ela vai lutar. Isso já deu errado de muitas formas. Cada momento em que adiamos o contato com a polícia é um momento em que ela está em perigo.

— Eles já se aborreceram por termos envolvido outra pessoa. Olha o que fizeram com Marsh! Vai dar certo. Nós podemos arranjar qualquer coisa que eles peçam sem chamar mais atenção.

— Talvez não tenhamos escolha — respondeu Robert. — Mesmo que queiramos, você acha mesmo que isso vai continuar em segredo? Temos cerca de vinte pessoas na casa, além da escola, e, em algumas horas, uma centena de homens aparecerá para trabalhar. Como isso pode ficar longe da imprensa?

— Cancele o trabalho desta semana e se certifique de que os homens sejam pagos mesmo assim.

— Isso não vai impedir as pessoas de comentarem — argumentou Robert. — Burlington inteira vai estar sabendo até o amanhecer.

Ellingham olhou para Marsh, que dava goles cautelosos no uísque com os lábios inchados.

— Você consegue arranjar essa quantidade de dinheiro até amanhã? — questionou Marsh.

— O banco de Burlington não tem como lidar com um saque desse porte sem aviso prévio — respondeu Ellingham. — Robert, acorde alguém em Nova York, mande-o para o banco no momento em que abrir e traga-o de avião para cá. Ative nossos contatos. Dinheiro, pilotos. Quero pessoas acordadas neste instante. Vou garantir que a propriedade esteja segura.

Quando ele deixou o cômodo, o policial e o secretário se olharam à luz do fogo.

— Entendo sua desaprovação, Mackenzie — começou Marsh. — Também não gosto da situação. Mas acredito que é assim que precisamos agir agora.

— Aquela carta... Uma corda ou uma arma, qual devemos usar? Facas são afiadas e têm um brilho tão lindo. Cordialmente Cruel. A pessoa que escreveu está falando sobre *assassinato*, não sequestro.

— Agiremos assim por 24 horas — disse Marsh. — Quem quer que esteja por trás disso conhece bem o terreno. Parta do princípio de que estamos sendo vigiados. Se o lugar for inundado por agentes do FBI, os bandidos podem entrar em pânico e reagir com violência. Precisamos ficar na nossa, fazer o que mandam.

Ellingham reapareceu na porta do escritório.

— Acabei de ficar sabendo que um dos alunos sumiu: uma garota chamada Dolores Epstein. Precisamos fazer uma busca pela propriedade. Isso só pode estar conectado. Ela é uma boa garota. Não teria fugido. Meu Deus, precisamos proteger os alunos. Não podemos entregar o jogo. Temos que arrumar uma desculpa para tirá-los daqui.

Robert Mackenzie fechou os olhos, exausto. Sentia que assistia a um desastre acontecer e não podia fazer nada para impedi-lo.

8

Stevie acordou com um sobressalto na manhã seguinte, na cama nova. Seu trabalho da noite anterior estava no chão. Os rostos dos Ellingham a olhavam de baixo enquanto ela organizava seus itens de banho no porta-shampoo de plástico azul que escolhera com tanto cuidado, mexendo o shampoo para um dos lados, empurrando o sabonete líquido e procurando o melhor lugar para apoiar a gilete. Ela vestiu a parte de baixo do pijama e um robe, calçou os chinelos, pegou o porta-shampoo e ficou dois minutos inteiros parada na frente da porta reunindo coragem para sair em direção ao corredor.

Isso era estranho. Por que era tão estranho? Ela sabia que tratava-se de um dormitório. Já dormira na casa de amigas antes. Mas era diferente — ela moraria com aquelas pessoas, e algumas delas eram garotos. Metade delas eram garotos.

E daí. Ela estava usando um robe e... E daí?

Stevie abriu a porta. Não havia ninguém no corredor. Sentindo-se vitoriosa, ela seguiu com passos lentos e calculados. Havia outro banheiro no andar de cima; parecia improvável que todos da casa estivessem usando aquele. Não era muito grande, no entanto, e já estava cheio de vapor; alguém ocupava o único boxe.

Stevie apoiou o porta-shampoo no parapeito da janela e examinou a cobertura fosca no vidro para ter certeza de que era impossível ver lá dentro. A cortina do chuveiro se abriu de repente, revelando uma Ellie encharcada. Em teoria, ela estava de toalha, mas a usava para secar o cabelo. O restante do corpo estava exposto.

— Ah, oi — disse ela. — A água está meio fria agora. Foi mal.

Ellie seguiu em frente, deixando pegadas empoçadas pelo caminho. Ao chegar à porta, envolveu-se com a toalha, mal cobrindo as maiores partes do corpo, e saiu.

Isso que é confiança, pensou Stevie.

Além disso, Ellie estava descalça. Stevie calçava chinelos idiotas. A mãe dela a convencera de que, caso os tirasse por um segundo que seja, seus pés seriam atacados por germes terríveis. O chão do boxe parecia limpo... mas mesmo assim.

Para completar, a água não estava meio fria. Estava congelante.

No entanto, um banho frio não é a pior coisa quando já se acorda cansado numa manhã de verão. Aquela água era totalmente natural, vinda direto das montanhas. (Provavelmente tratava-se de algum tipo de água encanada do município, mas é importante contar uma boa história a si mesmo quando está embaixo de uma corrente congelante de água.)

Janelle já estava à mesa, lendo algo com atenção no tablet enquanto comia uma tigela de cereal. Pix estava acomodada na rede, fazendo crochê. Ninguém mais parecia estar acordado.

— Bom dia! — cumprimentou a diretora docente da casa. — As coisas do café da manhã estão na cozinha.

Stevie arrastou os pés até a cozinha, desejando café. Ela rondou o pequeno cômodo, analisando os cereais dentro de recipientes e a geladeira.

De repente, uma tigela se materializou ao seu lado, fazendo-a pular de susto.

— É de graça — disse David. — Pix não conta os cereais e te manda um boleto pela quantidade consumida.

Ela não sabia se a frase tinha o objetivo de ser uma alfinetada sobre dinheiro e a falta dele. Quem falava aquele tipo de coisa? Pessoas como David, que também se esgueiravam pelas suas costas de manhã, enquanto você ainda estava meio sonolenta. Será que ele sabia que a família dela tinha pouco dinheiro?

Será que estava brincando com ela? Porque ela também sabia brincar. Não precisa ser legal, Stevie. Sinal verde.

Ela o avaliou. Estava vestindo as mesmas roupas da noite anterior, e ainda trazia uma ou duas penas teimosas presas ao cabelo. Ou não dormira, ou não se trocara para dormir. Ela inalou levemente. Seu hálito cheirava a vinho. Palpite provável: passou a noite em claro bebendo com Ellie.

Interessante, mas não era o bastante. Olhe com mais vontade. À luz do dia, era possível dar um parecer melhor do que na escuridão do *yurt*. O nariz dele era longo e fino. Ao lhe estender a tigela, Stevie notou que seu braço era magro e musculoso e o pulso exibia um relógio surrado, porém de aparência cara. O cristal sobre o mostrador estava arranhado, mas se recusava a quebrar por completo, e a pulseira de couro, mesmo que gasta, ainda aguentava firme. Ela deu uma olhada no mostrador. Rolex.

Stevie estava chegando a algum lugar. Ele exibia marcas incomuns de bronzeamento e queimadura de sol nos braços. Um deles estava vermelho-vivo, o outro, apenas moreno. Do mesmo modo, um dos lados do seu rosto estava muito mais rosado do que o outro. Era o tipo de queimadura irregular que acometia quem se cobrira pela metade ou virara para o lado errado por tempo demais.

— Então — disse ela, segurando a tigela com força.

Stevie posicionou-a com firmeza sob o recipiente de Froot Loops e encheu-a.

— Você é da Califórnia?

— É o que dizem — respondeu ele, pegando uma caneca.

Ela olhou o bronzeado desigual de novo, as listras de queimaduras antigas e os trechos brancos. Prestou atenção à voz. Não tinha o tom lento e relaxado dos californianos.

— É recente?

— O que é recente?

A voz dele transparecia uma levíssima irritação. Bom.

— Você se mudou para lá recentemente? — perguntou ela, jogando alguns Froot Loops secos na boca.

— Por que acha isso?

Ele sorria, mas de maneira forçada. Seu tom foi um pouco seco. A mudança era recente, e as circunstâncias não foram agradáveis. Garoto rico, mudança recente, o assunto o deixava um pouco de cara fechada, estava claramente se rebelando e querendo chamar atenção.

— Só tive essa impressão — respondeu ela.

— Você tem muitas impressões?

O sorriso se ampliou, mas não de forma sincera. Ele se recostou na geladeira enquanto a cafeteira soltava chiados. Girou um pouco o relógio no pulso.

Stevie observou o movimento por um instante. David pareceu perceber e parou, enfiando a mão no bolso.

Havia algo esquisito sobre o relógio.

— Pode chegar para lá? — pediu ela. — Preciso do leite. É melhor garantir o que posso pagar.

Ele ampliou ainda mais o sorriso e saiu da frente da geladeira.

— Claro — disse ele. — A garota detetive precisa tomar café da manhã.

Stevie retribuiu o sorriso enquanto servia o leite e o devolvia ao lugar.

— O filhinho de papai rebelde precisa fazer terapia.

Ele riu alto; uma gargalhada que pareceu uma tosse. Ela encontrara um alvo. Um grande e fácil, mas que funcionara.

Aquela pequena troca deveria bastar. Seria perfeito se tivesse acabado ali. Mas, é claro, não havia como escapar. Ele morava ali também. David se sentou numa das pontas da mesa e encarou de cima toda sua extensão.

Nate se juntou aos dois, entrando de mansinho na cozinha com o cabelo desgrenhado. Parecia um pouco mais animado naquela manhã, e até cumprimentou todos os presentes.

— Então — disse David, um pouco alto demais. — Onde todo mundo se enfiou hoje?

— Reuniões com os orientadores — respondeu Janelle. — Como eles são? Eu fiquei com o dr. Hinkle.

— Você gosta de ouvir pessoas contando histórias sobre se perder dentro do Grande Colisor de Hádrons? — perguntou David.

— Sempre.

— Então vai dar tudo certo. Você ficou com quem, Nate?

— Dra. Quinn — respondeu.

— Ah.

David balançou a cabeça.

— Cubra suas feridas. Ela sente cheiro de sangue.

— O quê?

— E você, Stevie? — perguntou ele, com o mesmo sorriso forçado de antes.

— Dr. Scott.

— O Mestre do Entusiasmo!

Stevie notou Pix abrir um sorrisinho enquanto fazia crochê.

— Ele é empolgado. Vocês vão solucionar mistérios juntos? — completou ele.

— David — alertou Pix.

— Só perguntei — respondeu o garoto.

— O que você quis dizer em relação ao sangue? — insistiu Nate. — Ela pega pesado?

— Apenas se lembre de que chorar não é vergonha alguma — respondeu David. — Digo, depois. Tipo eu depois que perdi a virgindade.

— *David* — alertou Pix, de novo. — Não apavore as pessoas. A dra. Quinn é ótima. Você vai ficar bem, Nate.

Stevie ainda estava pensando no que ele dissera sobre perder a virgindade. Havia sido uma piada? Só podia ser. O que significava? Era uma daquelas situações em que alguém falava algo muito vulnerável para parecer estar acima de tudo? Ele dissera virgindade mais alto do que todas as outras palavras? Será que estava falando da virgindade dela?

Ah, ele a observava. Tinha preparado uma armadilha.

Ela enfiava os Froot Loops na boca, mas não os saboreava. O açúcar arranhava seus dentes.

— Ela vai fazer muitas perguntas sobre meu livro? — Nate quis saber.

— Tipo o quê? — perguntou David. — Sobre a história? O melhor dragão?

— Tipo, se eu terminei, se estou escrevendo?

— Ah. Sim. Provavelmente. Qual é seu tipo sanguíneo, aliás? Só para saber.

— *David.*

Ele ergueu as mãos.

— Estou brincando, estou brincando. Ele sabe que estou brincando. Você sabe que estou brincando, não sabe, Nate?

Nate não parecia saber. E Janelle, que assistira à cena em silêncio, estava pronta para intervir.

— Vem comigo mais tarde, Stevie — disse ela. — Vou dar uma olhada na oficina. Preciso ver onde eles guardam os equipamentos de soldagem. Mal posso esperar para experimentar meu novo maçarico.

Na palavra "maçarico", Hayes apareceu, molhado de banho. Seu cabelo dourado estava colado à cabeça. Ao contrário de David, ele estava impecavelmente vestido com um short branco e uma camisa azul. Mesmo naquele estado do início da manhã, ele tinha uma aparência excepcionalmente boa. Exceto pelos olhos. Eles estavam totalmente vermelhos.

— A que horas você acordou? Deixa eu adivinhar, às 4h20? — provocou David, analisando-o.

— Não dormi muito essa noite — explicou Hayes com um sorriso malandro.

— Sei — falou David. — Vamos ser todos convidados para o casamento? Beth também?

Hayes deu de ombros e se jogou numa cadeira.

— Então — continuou David —, você é famoso ou algo do tipo agora?

— Ou algo do tipo — confirmou Hayes com um sorriso. — É. Talvez.

— O mercado está em alta para zumbis — disse David. — As pessoas amam mortos-vivos.

— História da minha vida — comentou Stevie. — Trabalho no Monroeville Mall.

Nenhuma resposta de Hayes.

— Em Pittsburgh — explicou ela. — O Monroeville Mall.

Hayes inclinou a cabeça e sorriu, mas com uma expressão que dizia *Eu não faço ideia do que você está falando*. Foi definitivamente parecido com a maneira como os pais olhavam para ela, e Stevie sentiu as bochechas esquentarem.

Nate ergueu o olhar das profundezas leitosas da sua tigela de cereal e encarou primeiro Hayes, depois Stevie.

— O que levou você a querer escrever sobre zumbis? — perguntou Janelle, no que pareceu uma tentativa de manter um fluxo de conversa normal.

Ellie entrou cambaleando com uma calça saruel surrada e uma camiseta que dizia FAÇA MAIS ARTE. Seu cumprimento foi sentar no chão, apoiar um dos pés descalços sobre a mesa e examiná-lo por um momento.

— Não sei — respondeu Hayes. — Eu fui para casa, na Flórida, no ano passado, surfei por alguns dias, e me ocorreu a ideia. Às vezes, quando você dá uma escapada, tira um tempo para pensar, é que a ideia vem.

— Você nunca sabe de onde elas vão surgir — adicionou Ellie. — Em Paris, nós sentávamos em roda, bebíamos um pouco de vinho e deixávamos que viessem naturalmente.

— Estou meio que conversando com P. G. Edderton sobre um filme — comentou Hayes.

— P. G. Edderton? — repetiu Nate. — O P. G. Edderton de *Hotel do luar prateado*?

— Estamos só conversando — disse Hayes, com um sorrisinho. — Mas, sim.

Até Ellie se interessou. P. G. Edderton era o tipo de diretor que ela devia conhecer. Fazia filmes peculiares do tipo que passam em cinemas de arte sobre personagens excêntricos e idealizados, filmes que se tornavam milhares de memes, cheios de frases conhecidas por todos.

— Bem — disse David —, boa sorte.

Novamente, a intenção dele não ficou clara. A frase não soou como um desejo de sucesso.

— É melhor vocês se arrumarem — exclamou Pix dos degraus que levavam aos seus aposentos. — Terão suas reuniões em breve.

A vida real de Ellingham estava chamando.

9

Stevie caminhou no sol claro da manhã de Vermont pelos caminhos serpenteantes sob a copa das árvores na direção do Casarão. Tocou a campainha da enorme porta de entrada. Nos tempos de Ellingham, a porta seria atendida pelo mordomo, Montgomery. Ele era muito citado em livros sobre o caso. Chefiava a equipe de funcionários, fora treinado na Inglaterra, servira à realeza e fora roubado de uma das casas mais refinadas de Newport para liderar o Casarão. Depois dos sequestros, ele continuou em serviço, mas ficou destruído e abalado, morrendo poucos anos depois.

Nada de mordomo nos dias de hoje. Apenas um zumbido baixo para indicar que a porta estava aberta. Ela entrou no espaço cavernoso. O Segurança Larry ocupava sua mesa escura à direita da entrada.

— Dr. Scott, certo? — perguntou ele.

Stevie assentiu.

— Sente-se ali — completou, apontando para algumas cadeiras ao lado da imensa lareira.

Já havia algumas pessoas esperando, inclusive Germaine Batt, que mexia no celular com muita concentração.

— Quando chegar sua vez, suba as escadas e vire à esquerda no corredor — explicou ele, apontando para o mezanino bem acima de sua cabeça. — Ele fica na última sala, na face frontal da casa.

— O antigo quarto de Iris Ellingham — afirmou Stevie, olhando para o teto.

— Isso mesmo — confirmou Larry, se recostando. — Você tem interesse no caso? Qual é seu livro preferido sobre o assunto?

— *Assassinato na montanha*, de Sanderson — respondeu Stevie sem hesitar. — Ele tem um estilo de escrita irritante, mas acho que é quem explora mais profundamente o caso.

— É bom mesmo — disse Larry, assentindo. — Você leu *Os arquivos do Caso Ellingham*?

— Acho que esse tira muitas conclusões precipitadas.

Ele fez um aceno em concordância.

O ar estava fresco e levemente esfumaçado dentro do Casarão, apesar de ser muito improvável que qualquer pessoa tenha fumado ali desde os anos 1930. Stevie sabia muito mesmo sobre aquela casa. O salão onde estava era feito de jacarandá importado da Índia. A lareira de 2,5 metros de altura fora construída com mármore rosa da região de Carrara, na Itália, de onde vinha o mármore de Michelangelo. Os acabamentos eram todos de cristal austríaco, escolhido a mão por um dos seis arquitetos que trabalharam no projeto. Os vitrais coloridos em destaque por todo o lugar tinham o estilo da Escola de Arte de Glasgow (o que significava alguma coisa muito chique da qual Stevie não se lembrava direito), incluindo um jardim de inverno cujo teto era composto por flores intercaladas e pássaros escondidos.

— Stevie? Stevie Bell?

Ela ergueu o olhar ao ouvir seu nome. Me Chame de Charles estava no andar de cima, apoiado no corrimão e olhando para baixo. Vestia uma camiseta do Lanterna Verde e calça chino, e o cabelo era desleixado e bagunçado como o de um menino.

— Suba aqui — disse Me Chame de Charles.

Ele a recebeu no topo da escada, estendendo a mão para cumprimentá-la.

Uma mulher saiu de uma porta próxima. A primeira coisa que Stevie notou foi sua altura, acentuada por sapatos pretos de salto alto com um brilho suave. Quando ela se virou, Stevie teve um vislumbre da sola vermelha. Não era nenhuma especialista em moda, mas sabia que sapatos como aquele eram caros, assim como a saia lápis bem-cortada e a grande e complicada blusa suéter que esvoaçava e fazia dobras de maneira misteriosa. Seu longo cabelo era delicadamente pintado numa gama de ruivos e louros. A mulher mexia no celular.

— Bom dia, Jenny — disse Charles.

— Oi — respondeu ela sem erguer o olhar.

Ela saiu desfilando, sem parar de digitar nem por um segundo. Foi impossível não notar a atitude desdenhosa. Stevie nunca vira ninguém parecido com ela no seu colégio antigo. Charles sorriu e disfarçou bem.

— Essa é a dra. Quinn — explicou Charles. — Ela ministra um seminário sobre história e cultura americana para todo o primeiro ano. Venha. Vamos para a minha sala.

O piso de madeira era coberto por longos tapetes que abafavam os rangidos. Todas as portas do andar eram feitas de madeira escura e pesada, com maçanetas de cristal em ângulos afiados que pareciam dolorosas ao toque.

A última porta, de Iris e Me Chame de Charles, contava com um painel de cortiça todo coberto por placas, pequenos pôsteres e adesivos: QUESTIONE TUDO; CUIDADO, VOU TENTAR FAZER CIÊNCIA!; EU REJEITO SUA REALIDADE E A SUBSTITUO PELA MINHA. A maior placa estava no meio e tinha aparência artesanal. Nela se lia: ME DESAFIE.

Era o resumo de tudo o que seus pais temiam, e a empolgava tanto quanto a repelia.

O interior do cômodo fora definitivamente transformado. Era provável que o papel de parede cinza-claro fosse original, mas o restante da sala estava abarrotado de estantes de livros, algumas cadeiras, uma mesa e um pequeno sofá. Havia livros por todo lado, enchendo as estantes, amontoados de lado em cima de outros livros, empilhados no chão, apoiados no encosto do sofá, enfileirados ao longo da cornija. Seis diplomas e certificados diferentes se exibiam nas paredes, todos com molduras grossas — Harvard, Yale, Cambridge. Havia uma foto de um time de remo, um retrato em grupo de Cambridge... Provas de uma longa e importante carreira acadêmica por todo lugar.

Charles gesticulou para Stevie sentar-se numa cadeira.

— Então — começou ele —, preciso confessar, Stevie, sua ficha de inscrição foi uma das mais interessantes que já li.

Stevie inspirou com força. "Interessante" era uma dessas palavras incertas.

— Você tem muito entusiasmo pela história deste lugar, assim como em crimes e procedimentos criminais. Gostaria de trabalhar no FBI?

Stevie assentiu de forma tensa.

— Excelente. Vejamos o que temos aqui para você.

Ele consultou o laptop, colocando um par de óculos com calma.

— Então, com base nos seus interesses, nós criamos um programa. Você vai ter aulas de anatomia e fisiologia, estatística, espanhol... Isso cobre suas bases e se alinha aos seus interesses. Tudo muito útil. Também vamos providenciar um tutor para interpretação de textos de justiça criminal e história legal dos Estados Unidos. Sua educação física se baseia em ioga três vezes por semana. Todo mundo assiste ao seminário da dra. Quinn sobre literatura e história. Normalmente, os alunos desenvolvem um pequeno projeto no primeiro ano que evolui para um maior no segundo. Você chegou a pensar no assunto durante o verão?

Stevie engoliu em seco. Ela dissera em voz alta na noite anterior, mas nesse momento, cara a cara com Charles, com a realidade concreta da situação, será que conseguiria repetir? Ela forçou as palavras para fora, apesar do nó na garganta.

— Meu projeto... é solucionar o caso.

— Solucionar? — perguntou Charles, inclinando a cabeça. — Fazer um relatório sobre ele?

— Não. Quero dizer... Descobrir o que aconteceu.

Charles tirou os óculos, dobrou-os e se reclinou na cadeira.

— Essa é uma tarefa um tanto difícil — comentou ele. — Defina-a melhor para mim.

— Já li todas as teorias — explicou ela, firmando-se na cadeira. — Li todas as transcrições.

— São muitas, acho.

— As entrevistas principais têm mais ou menos oitocentas páginas. Acredito que a resposta esteja aqui. Acredito que alguém que estava na casa naquele dia tenha sido o responsável.

— Espere um minuto — disse Charles.

Ele se recostou na cadeira e a analisou por um momento, com o punho cerrado apoiado no queixo. Cada segundo daquele silêncio fazia Stevie afundar mais e mais no assento.

— Tenho uma ideia — falou enfim. — Vem comigo.

Ele deu um sorriso digno de um apresentador de programa educacional cujo mascote era um cachorro de desenho animado, como se dissesse: "Vem comigo se quiser *aprender*."

Stevie se levantou num pulo e o seguiu de volta para o corredor e por um lance de escadas nos fundos. Eles subiram um andar até uma porta com uma educada placa de PRIVADO e um painel de acesso digital. Stevie gostava de cômodos com placas de PRIVADO e painéis de acesso digitais. Observou enquanto Charles digitava o código no painel. Ele não fez nenhum esforço para esconder o número, o que levou Stevie a pensar que ele queria que ela o visse.

— O código é 1936?

— Não muito criativo — respondeu ele, com um sorriso. — Mas fácil de lembrar.

Os degraus do sótão eram estreitos, lisos e com manchas escuras. No topo, o espaço se abria em um cômodo enorme que cobria toda a extensão da casa. Estava muito escuro; as janelas estavam cobertas de persianas blecaute e cortinas.

— Obviamente — falou ele, apertando os botões digitais num painel de luzes —, os Ellingham tinham muitas posses. Os documentos foram para Yale, alguns para a Biblioteca do Congresso. Os pertences realmente valiosos foram para o Smithsonian ou o Met ou o Louvre ou vários museus ao redor do mundo. O que temos aqui são os resquícios da vida deles. As mobílias. As louças. As roupas. Os itens domésticos.

Plic, plic, plic. O lugar se iluminou.

O espaço era todo cantos e recantos, com estantes de metal do chão ao teto por todas as direções. Caixas de arquivos e livros num canto. Baús no outro. Lâmpadas, vasos, peças extras de móveis — estrados de cama empilhados ao lado de uma janela, cadeiras amontoadas umas nas outras, divãs, guarda-roupas com fundos encostados uns nos outros. Havia rolos de papel de parede antigo, globos, caixas de maçanetas de cristal.

Stevie sentiu como se o próprio cérebro tivesse sido substituído por algumas dezenas de abelhas, que rodopiavam e se chocavam dentro do crânio.

— Por aqui — disse ele.

Ela seguiu sem dizer uma palavra. Charles a levou até a parede do lado oposto, onde havia um grande volume, com aproximadamente 1,20 metro de altura e 1,80 metro de largura, coberto por um lençol de cetim prateado. Ele ergueu o pano com cuidado. Era uma miniatura do Casarão. Uma réplica perfeita em forma de casa de bonecas que incluía até os canteiros na entrada, repletos de minúsculas flores.

— Albert Ellingham mandou fazer isso para Alice meses depois do seu desaparecimento — contou o professor.

Ele estendeu a mão para um dos lados e apertou um botão escondido, então abriu a casinha por uma dobradiça, como um livro gigante. Ali estava o átrio, a escadaria imensa. Era tudo perfeito; as luminárias e as minúsculas maçanetas de cristal e as lareiras. E o melhor: tudo estava arrumado como na época.

— Eu li sobre essa casa de bonecas — contou Stevie. — Não sabia que ainda estava aqui.

— Você pode ter acesso aos outros cômodos abrindo a parte de trás e a lateral — explicou Charles. — Não é linda?

Stevie se aproximou e se curvou para analisar os quartos pequeninos. Havia o de Alice, completo com ursinhos de pelúcia na cama. O quarto de vestir de Iris contava com pequenas escovas de cabelo prateadas e cosméticos minúsculos. A cozinha era repleta de louças do tamanho de unhas. E ali estava o escritório de Ellingham, com duas mesas, minúsculos telefones, fotografias na parede... Uma réplica do passado.

— É uma obra de arte — disse Charles. — Custou dez mil dólares em 1936. Teríamos mandado para um museu, mas todos os pertences de Alice precisam permanecer na casa, como parte da propriedade. Tudo que é de Alice fica aqui.

Stevie o ajudou a fechar a casinha e a reposicionar o lençol.

— Então — começou ele —, por que acha que eu mostrei isso a você?

— Porque é incrível?

— É mesmo. Mas não foi por isso.

Uma casa de bonecas. A casa em miniatura. O mundo reduzido.

— É simples — respondeu Charles, indo direto ao ponto. — Um homem de luto fez um brinquedo perfeito para a filha, que nunca o veria. Estamos falando de pessoas de verdade, não personagens fictícios. Sei que esse episódio é popular, que crimes por si só são populares. Mas eles têm uma face humana. Se você vai estudar crimes, precisa se lembrar das pessoas envolvidas.

Stevie não soube dizer se aquilo era uma reprimenda de algum tipo ou apenas uma dessas lições pra-levar-pra-vida, mas fazia sentido. Pelo menos Charles a levava a sério.

— Com isso em mente — continuou ele —, antes que você mergulhe na tentativa de desvendar esse caso, quero que se envolva num projeto menor, algo que devolva uma face humana a essa tragédia.

— Que projeto? — perguntou Stevie.

— Ah, essa não é minha função. É sua. Você tem que me apresentar alguma coisa.

— Mas é um trabalho escrito ou...

Charles balançou a cabeça.

— O restante é com você. Preciso ir ao meu próximo compromisso. Estou empolgado para ver o que você vai criar.

Enquanto retornava ao andar de baixo, Stevie sentia a cabeça girar com tudo o que acabara de ver. Germaine Batt saiu pela porta da dra. Quinn e correu escada abaixo, passando direto por Stevie. A expressão em seu rosto sugeria que havia lido um documento detalhando a própria morte naquele mesmo instante.

Nate aguardava a vez dele. Observou Germaine passar, então olhou para Stevie.

— E aí? — perguntou.

— Foi bom. Ele me mostrou o sótão e alguns pertences da família.

Nate assentiu e cruzou os braços sobre o peito, olhando ao redor, sem prestar atenção de verdade.

— Você notou algo estranho em relação ao que Hayes disse mais cedo? — perguntou Stevie.

Nate voltou a encará-la.

— Está se referindo ao fato de ele não saber nada sobre o Monroeville Mall, o local de filmagem de *Madrugada dos mortos* e uma parada superfamosa sobre zumbis? É.

Stevie ficou satisfeita com a velocidade com que ela e Nate pareciam se compreender.

— O que você acha?

— Não faço a menor ideia. O cara parece ter saído de uma impressora 3-D.

— Nathaniel — chamou uma voz vinda de cima.

A dra. Quinn os olhava por cima do corrimão.

— Pode subir.

— Você vai se sair superbem — afirmou Stevie, fazendo a expressão mais positiva possível.

— Ah, nem tenta — retrucou Nate.

— Tudo bem. Vai ser horrível.

— Obrigado. Acho que vejo você no almoço ou algo assim.

Ele ajeitou a mochila de lona marrom nos ombros e subiu as escadas como um homem subindo numa plataforma de guilhotina.

Larry assistiu à cena de sua mesa e interceptou Stevie na saída.

— Dr. Scott fez um pequeno tour com você?

— Pelo sótão — confirmou Stevie.

Larry inclinou a cadeira para trás e pegou uma caneta, erguendo-a como se fosse um dardo.

— E o que você achou?

— Que é o melhor lugar que já conheci.

A expressão de Larry não mudou. Seu rosto era tão firme e impassível quanto as montanhas ao redor.

— Fora isso, a reunião foi boa? — perguntou ele.

— Acho que tenho muito a fazer.

— Você vai ficar bem. Eles fazem todo mundo trabalhar pesado aqui, mas ninguém nunca morreu por isso.

— Imagino que, se fosse o caso, bastaria levar o corpo até a floresta e enterrar — respondeu Stevie, sorrindo.

Larry não retribuiu o sorriso. Apenas franziu levemente as beiradas dos olhos numa expressão que Stevie não soube interpretar.

Talvez esse fosse o tipo de lugar em que não se brinca sobre corpos enterrados.

14 de abril, 1936, 10h

LEONARD NAIR HOLMES ESTAVA ACOSTUMADO A TER BURACOS NO CALENDÁRIO, dias que simplesmente passavam em branco. Certa vez, em 1928, ele se esqueceu do mês de junho inteiro. Também não tinha nenhuma prova sólida de que 1931 existira. As pessoas garantiam que sim — mostravam jornais e tudo o mais —, mas não se pode acreditar em tudo o que se lê.

Por isso, quando Leo acordou em seu quarto escurecido na casa dos Ellingham naquela terça de manhã depois de um sono tranquilo e renovador, seguiu com sua vida normalmente. Estava na hora de arranjar um café da manhã. Ele saiu do quarto deslizando os pés em chinelos e vestindo um robe de seda maltrapilho e longo demais que se arrastava às suas costas, acumulando poeira. Era um fato impressionante, visto que Leo passava bastante de 1,80 metro de altura. Ele tinha mandado fazer o robe para um gigante, com mangas largas, bolsos profundos e cauda longa. Mal avançara pelo corredor quando foi interceptado por Flora Robinson, que o empurrou de volta para o quarto.

— Mesmo que eu quisesse, querida — disse para ela —, vou precisar de uma tangerina, quatro ovos e mais ou menos cem mililitros de gin antes de...

Ela espalmou a mão sobre a boca de Leo e fechou a porta.

— O que deu em você? — perguntou ele, enfiando a mão de dedos longos no bolso do robe em busca do estojo de cigarro.

— Leo! Iris e Alice foram *sequestradas*!

Ele ergueu lentamente as sobrancelhas pretas arqueadas e tirou um cigarro do estojo de prata e jade. Deu algumas batidinhas numa das pontas antes de colocá-lo na boca. Apalpou os bolsos. Ao não encontrar o que buscava, foi até a cabeceira da mesa e tateou por ali, acendendo a luz e se encolhendo. Remexeu numa pilha de livros e detritos até finalmente achar uma caixa surrada de fósforos para acender o cigarro.

— Elas foram levadas ontem durante o passeio de carro, e houve um pedido de resgate — continuou Flora em voz baixa. — Albert chamou George Marsh de volta. Eles estão contando uma ladainha para os funcionários da casa sobre ela ter passado a noite em Burlington com uma amiga, e estão tentando manter os policiais de fora por enquanto. Sei que fizeram um pagamento na noite anterior que não deu certo. Os sequestradores pegaram o dinheiro, mas não devolveram Iris e Alice. Pediram mais dinheiro. Albert está providenciando.

Leo deu algumas tragadas profundas, enchendo os pulmões para fazer o cérebro funcionar.

— Ah — falou ele.

— Ah? Isso é tudo que você tem a dizer? Elas foram *sequestradas*.

Leo tragou o cigarro com força, produzindo um som de papel queimando audível em todo o quarto, e acariciou a barba que crescera durante o sono com as unhas azuis. Examinou os cantos do esmalte por um momento.

— Você fez a limpa? — perguntou ele.

— Fiz o que pude. Por *ela*. Fui ao quarto dela assim que percebi que havia algo errado.

— Por todos nós, Flora. Uma maré violenta afunda todos os barcos.

— Precisamos fazer alguma coisa.

— Tipo o quê? Eu não sei onde ela está. Mal sei onde *eu* estou.

— Temos que *pensar*. Quem faria isso? Talvez devêssemos contar tudo. Talvez precisemos.

— Flora — disse Leo devagar —, entendo que você tenha uma consciência, e que ela esteja falando por você agora, mas como isso vai ajudar? Não vai nos ajudar, e certamente não vai ajudar Iris nem Alice.

— Você não sabe...

— *Pense*, Florinha. Pense. Você notou onde nós estamos? Estamos na remota casa de Albert Ellingham, um magnata. Qualquer pessoa que goste de dinheiro pode ter raptado Iris e Alice, e todo mundo gosta de dinheiro. E qualquer um pode ter feito isso porque estamos na encosta de uma montanha. Albert vai pagar.

Flora se afundou de volta contra a parede.

— Você, meu bem, precisa de algo para os nervos — completou ele.

— Não — retrucou Flora, ríspida. — Não preciso.

Eles foram interrompidos por uma batida forte na porta. Leo gesticulou para que Flora abrisse.

— Bom dia, Albert — disse Flora. — Eu estava apenas tirando Leo da cama. Está tudo bem?

— Não — respondeu Albert, sem mais nenhum fingimento. — Não está. Nair, preciso que você faça um lote da sua tinta invisível.

— Não estou com meu equipamento.

— Temos um laboratório de ciência completamente equipado.

— Claro — disse Leo. — Me dê algumas horas...

— Não — retrucou Albert. — Imediatamente. Neste momento. Faça a maior quantidade no menor tempo que você puder. Quanto tempo demora?

— Uma hora? Talvez duas. Depende da quantidade.

— Então você tem uma hora. Pode pegar o que precisar de qualquer lugar, mas precisa ser rápido.

— Deixe-me trocar de roupa, então vou ao trabalho.

Quando Albert partiu, Flora fechou a porta.

— Tinta? — perguntou Leo.

— Dinheiro de resgate — respondeu Flora. — Ele deve estar marcando as notas. Vá trabalhar, e eu vou ver o que mais consigo descobrir.

Quando Flora saiu, Leo trancou a porta e entrou no closet. No interior, sobre uma mesinha, havia um pequeno kit de balanças, tubos de ensaio e maçaricos. Delicadas garrafas azuis continham uma quantidade nada insignificante de químicos de todo tipo. Leo amava química desde criança. Ele misturava as próprias tintas, o que explicava sua tonalidade tão vívida. Também fazia maquiagem, o que explicava como ele ficara com as unhas azuis e como Iris e Flora tinham sombras e blushes tão memoráveis. Era por tal motivo que suas próprias bochechas apresentavam um leve brilho prateado com frequência.

Aquilo não era um kit para pintura. Nem para maquiagem.

Ele não perdeu tempo. Guardou as garrafas e os tubos de ensaio na bolsa, vestiu uma calça por cima do pijama e caminhou até o andar de baixo como se não estivesse nada preocupado.

10

Stevie nutria grandes expectativas para a sala de jantar da escola. Sabia que não podia esperar velas flutuantes e fantasmas, mas longas mesas de madeira pareciam razoáveis. Longas mesas também apareciam em vários mistérios de assassinatos, quando todos os convidados da casa estavam sentados, se olhando por cima das taças de vinho, se perguntando quem Lorde Dudley incluiria no testamento ou quem poderia ter matado Ratchets com o taco de golfe.

O que encontrou era mais parecido com a área de buffet do hotel para conferências no qual Stevie se hospedou quando o clube de ciência forense da escola participou de um torneio em Hershey, apenas um pouco mais artesanal e talvez misturado com um estilo de chalé de esqui. (Ou pelo menos a sua ideia de um chalé de esqui. Ela nunca estivera dentro de um.) O salão tinha um teto alto e pontudo, paredes claras de pinus e pedra e era repleto de mesas com diferentes formatos e tamanhos — algumas redondas que acomodavam grandes grupos, outras quadradas para quatro cadeiras e um grande número de mesinhas onde se sentavam apenas uma ou duas pessoas. Também havia alguns sofás xadrez e pufes ao longo da parede mais distante da comida, acompanhados de algumas mesas baixas — claramente algum tipo de café para pessoas que estavam numa montanha alta demais para chegar a um Starbucks.

O quadro de giz enfatizava bastante que tudo era produzido localmente e levava muito xarope de bordo. O bife era acompanhado de molho barbecue de xarope de bordo. O macarrão com queijo era feito com queijo de bordo defumado. Havia tofu de bordo e molho do mesmo xarope para as saladas.

— Você esqueceu por um segundo que estava em Vermont? — falou Stevie para Janelle ao pegarem bandejas. — Olhe para baixo. Você está pisando em xarope de bordo.

— É — respondeu Janelle, um pouco desanimada, ao se servir de tofu e vegetais. — Não sou muito fã.

Nate olhou para as carnes cheias de bordo através da tela de proteção sobre a comida.

— Eu poderia beber direto das árvores — afirmou. — Amo muito.

A área das bebidas contava com água gaseificada na torneira (chique) e um recipiente térmico cheio de refrigerantes naturais caros que os alunos podiam pegar à vontade, incluindo um de sabor-bordo-limão-e--pícea que Stevie pegou para avaliar por intensa curiosidade. Era o tipo de coisa que ela nunca vira e não teria dinheiro para comprar, e estava bem ali. Mais do que qualquer aspecto, aquele parecia indicar que tipo de lugar a escola era. Refrigerantes chiques cheios de bordo à vontade.

Ela pegou um. Teve que pegar.

Como ainda estava quente e claro, havia lugares postos do lado de fora. Ellie havia se apropriado de uma mesa de piquenique e começou a acenar para que os três se juntassem a ela. Hayes estava na sua frente.

Janelle e Stevie começaram a se dirigir à área externa, mas Nate hesitou.

— Comer a céu aberto é a pior coisa — comentou ele, sacudindo a mão para espantar uma mosca do prato, que parecia só conter carnes.

— Vitamina D — argumentou Stevie. — Você precisa.

— Você não pode afirmar isso — retrucou ele. — Eu quero comer minha carne no meu quarto com as luzes apagadas.

— Como um escritor, essas são *realmente* as palavras que você quer usar?

— Sim.

— Vamos sentar com as outras pessoas só por hoje? — sugeriu Janelle. — Comeremos do lado de dentro da próxima vez.

Nate suspirou e acompanhou as duas.

— E aí, como foi? — perguntou Ellie enquanto o trio se sentava.

— Foi ótimo — respondeu Janelle. — Vou ganhar acesso à oficina e espaço no celeiro da arte para trabalhar na minha máquina Rube

Goldberg para a competição Sendell Waxman. É a versão para o ensino médio. Tenho até financiamento para comprar suprimentos. Este lugar é incrível.

— O meu foi ok, acho. — Contou Stevie. — Tenho que criar um projeto esta semana sobre como trazer uma face humana ao crime.

Nate ficou em silêncio.

— E aí? — disse Janelle.

— Ela me odeia — respondeu abertamente.

— Ah, vai — falou Janelle, balançando a cabeça. — Para com isso. Você não pode ficar assim no seu *primeiro dia*.

— É, não estou brincando.

— Ela *disse* que odeia você?

— Ela não olhou para mim em nenhum momento. Falou alguma coisa sobre como é fácil ser publicado hoje em dia, depois leu uma lista de matérias e me mandou embora.

— Isso não significa que ela te odeie.

— Você precisava estar lá para saber — concluiu Nate.

Stevie sentiu olhares atrás dela. Olhares na lateral. Ao espiar ao redor com o máximo de discrição possível, se deu conta de que ninguém a observava — as pessoas observavam Hayes. Ele parecia um centro de gravidade.

— Que droga é essa que você está bebendo? — perguntou Nate, girando a garrafa de refrigerante para ler o rótulo.

— Refrigerante natural — respondeu Stevie. — Estava lá. Decidi provar.

— Por quê?

— Porque eu quero saber.

— Vai ser ruim — afirmou Nate. — O que mais você quer saber?

— Não tem como você saber.

— Ah, meu Deus — disse Janelle, passando a mão no rosto. — Sério, Nate. Você precisa gostar de alguma coisa. Não dá para ficar por aí sendo infeliz em relação a tudo.

Nate fez um sinal para Stevie beber e cruzou os braços. Ela deu um longo gole. Assim que o líquido atingiu o fundo de sua garganta, ele atacou o palato com uma sensação amadeirada, ácida, tipo de um fluido de limpeza que subiu pelo seu nariz. Ela se impulsionou para a frente, espalmando a mão sobre a boca bem a tempo de evitar jorrar uma fonte de bordo-limão-e-pícea em cima de Nate. Tossiu tão alto que as pessoas das mesas ao lado a encararam.

— Aham — disse Nate. — Entendi.

— Me conte mais sobre seu livro — falou Stevie quando conseguiu parar de engasgar.

Nate voltou a analisar seu prato cheio de carne.

De repente, Janelle se levantou um pouco e acenou.

— Vi! — chamou. — Vem sentar aqui!

Vi estava de volta, com seus óculos escurecidos, macaquinho, regata vermelha e meias três quartos listradas. Talvez o cabelo estivesse um pouco mais arrepiado do que no dia anterior. Se acomodou ao lado de Janelle.

Outra vez, Stevie sentiu aquela pequena bolha de pânico efervescer em seu âmago. E se acabasse totalmente sem amigos? E se Janelle não criasse uma relação com ela e Nate nunca conversasse? Talvez ela tivesse aberto mão de sua antiga vida e subido essa montanha só para não ser amada por alguém e precisar voltar para casa como um fracasso abjeto.

Aquilo era a ansiedade falando. Janelle gostava dela. Tudo que ela fez foi pedir que Vi se sentasse com eles, e foi só porque queria flertar. E Nate também estava ali. Ele só demorava a se abrir.

As coisas se acertaram por um momento, até David sair da sala de jantar com o cabelo rebelde espetado em ângulos estranhos. Ainda não trocara de roupa. Stevie sentiu aquele mesmo tremor de reconhecimento, como se o conhecesse bem. Mas não havia chance de eles já terem se conhecido.

— Olá — disse alto demais, ao se sentar. — Você adora me encarar. Entendo. Não bebeu isso, né?

Ele apontou para a garrafa de refrigerante na frente de Stevie.

— Peguei para você — respondeu ela, empurrando a garrafa na direção de David.

Ellie sorriu e se esticou no banco, apoiando os pés descalços no colo de David.

— Más notícias, Hayes — falou ele. — Alguém estava observando você ontem à noite.

Ele passou o telefone ao longo da mesa.

— Pelo visto, nós temos nosso TMZ particular — disse David. — Alguém que se chama Germaine Batt?

Enquanto ele falava, Stevie sentiu uma mudança no ar ao redor. As pessoas estavam olhando, e uma corrente de cochichos começou a se espalhar.

— Sua namorada vai ficar puta — comentou David.

Hayes olhou para a tela, mas não pareceu preocupado.

— É, bem — comentou ele, devolvendo o celular.

— Acho que é o que acontece quando se é famoso — concluiu David. — Olhos por todo lugar.

Por alguma razão indeterminável para Stevie, Ellie pôs o pé no rosto de David e ele o mordeu. Ela deu um gritinho risonho. Isso apenas aconteceu, do nada — algo tão esquisito e familiar. Stevie sentiu as entranhas se curvarem e retorcerem um pouco, e uma onda de ansiedade tomou seu corpo.

Vi e Janelle trocaram olhares. Nate, teimoso, se recusava a erguer o olhar. Hayes, de alguma forma, nem sequer parecia fazer parte do grupo de verdade.

Stevie se sentia muito solitária, exceto pela abelha que decidira se demorar ao lado de seu ouvido, zumbindo furiosamente. Em geral, ela não se importava em ficar sozinha, mas ali era como se estivesse sendo cada vez mais afastada do grupo.

Você sempre pode voltar para casa...

Já no seu quarto, Stevie se sentou no chão por um tempinho, olhando para seu quadro de pesquisa.

E se aquele lugar não fosse diferente? E se fosse, como Ellie falou, um monte de coelhinhos numa montanha? Stevie tinha ido até ali porque deveria ser um lugar diferente. O que havia esperado?

Ela batucou com os dedos no chão por um momento e encarou os rostos da família Ellingham. Então tirou o computador da bolsa. Não podia ficar dando corda para aquele tipo de pensamento. Se conseguisse aprender mais sobre as pessoas ao redor dela, talvez ajudasse.

Primeiro, David. Qual era a dele? Seu sobrenome, como ela descobrira pelo registro de estudantes, era Eastman. David Eastman era um nome relativamente comum, então havia muito a ser filtrado, dezenas e dezenas de resultados. Ela adicionou Ellingham à busca. Adicionou Califórnia. Olhou todas as redes sociais de cima a baixo. Uma hora se passou, e sua bunda ficou dormente de permanecer na mesma posição curvada, com o computador pressionado entre o peito e os joelhos. Quanto mais procurava, menos David parecia existir. Nenhum perfil em lugar algum.

— Onde está você, droga? — murmurou para si mesma.

Alguém bateu na porta e a empurrou delicadamente. Janelle apareceu no espaço entreaberto.

— Oi — cumprimentou ela. — Posso entrar?

— Claro.

Stevie fechou o laptop.

Janelle flutuou para dentro. Ela tinha um jeito delicado de caminhar nas pontas dos pés, erguendo a barra do vestido longo de verão. Ao contrário de Stevie, que vestia short preto de novo (houvera uma promoção compre-três-pague-dois e ela comprou três, todos pretos), Janelle parecia um piquenique no verão. Um leve aroma alaranjado exalava dela conforme se mexia. Seu cabelo trançado estava enrolado num coque bem no topo da cabeça.

— Desculpe — disse ela, sentando-se na frente de Stevie.

— Pelo quê?

— Eu ignorei você no almoço. Não era minha intenção.

— Tudo bem — disse Stevie. — Você estava...

— É — completou Janelle, incapaz de conter o sorriso.

Ela prendeu o vestido florido ao redor dos joelhos, esticando o tecido.

— Você sabe que terminei com minha namorada na primavera, né?

— Você me contou.

— E eu não achei... Mas Vi? Não sei. Eu só... Não quero ser o tipo de pessoa que fica obcecada e ignora os amigos.

Stevie se sentiu tomada por um quentinho, e algo que ela não sabia que estava prendendo se soltou dentro dela.

— Você gosta dela?

— Gosto delu — corrigiu Janelle.

— Desculpe. Bem, elu parece gostar de você.

— Eu só preciso respirar um pouco.

Janelle tirou um gloss da lateral do sutiã, passou-o nos lábios com perfeição mesmo sem espelho e guardou-o de volta no lugar.

— Acabamos de chegar aqui. Talvez isso seja algum tipo de... Não sei. Preciso manter a mente atenta. Tenho uma máquina para construir, e a programação que me passaram essa manhã é insana. Eu amo matemática, mas fico assustada. Equações diferenciais de manhã, cálculo à tarde, física no meio.

— Isso não é nada para você — disse Stevie.

— Gostei do seu quadro — elogiou Janelle.

— Todo mundo precisa de um mural da conspiração.

— Não — disse Janelle, apontando. — Você veio para cá fazer isso. Já ouvi você falando desse caso. Me deixou interessada, e eu nem ligo pro assunto. Você e eu, nós vamos conseguir. E, não importa o que aconteça, vamos nos manter juntas este ano. Eu vou construir minhas máquinas e você vai solucionar um crime.

Quando Janelle saiu, Stevie escorregou até deitar de costas e olhou para o teto.

Ela teria Janelle. E, sim, solucionaria o caso. Mas agora também tinha outro caso. Quem era David? Havia algo nele. Ela sentia no fundo de sua alma.

Stevie não tinha medo dos mortos. Os vivos, no entanto, às vezes lhe davam arrepios.

II

Na manhã seguinte, Stevie arrastou os pés até a janela esfregando os olhos para afastar o sono. Puxou a beirada da cortina e se deparou com um céu verde. Se acreditasse em presságios, poderia muito bem ter interpretado isso como um mau sinal para a primeira manhã de aulas. Mas Stevie não acreditava em presságios. Um céu verde era uma esquisitice meteorológica, e talvez algo para postar no Instagram. Não um sinal.

Ela levou um guarda-chuva.

A primeira aula, anatomia, acontecia no Salão Gênio, cujo nome não era nada sutil. Havia apenas seis pessoas na sala. O fato de Pix ser a professora ajudou; ao menos algo seria familiar.

— Sejam bem-vindos à aula de anatomia e fisiologia — disse ela. — Nós falaremos sobre o corpo humano sem pele, sobre a massa de músculos e ossos e órgãos. Bem aqui...

Ela andou até o esqueleto pendurado ao lado do quadro branco e pegou sua mão.

— ... temos 206 ossos humanos perfeitamente articulados. Uma das primeiras perguntas que ouço sobre o esqueleto é: é de verdade? Em geral, eles são de plástico, mas este aqui é real. Foi uma doação particular ao instituto, e todo ano alguém tenta roubá-lo. Temos um alarme para isso. Não roubem o esqueleto. O nome dele é sr. Nelson. Sejam legais com o sr. Nelson. Ele está aqui para ensinar o que existe dentro de você, dentro de todos nós.

O esqueleto de verdade, sorriu para eles com seus olhos grandes e vazios.

— Os ossos têm sua própria geografia, elevações e depressões onde se associam com músculos e tecidos. Vocês vão aprender a relação entre essas coisas, entre todos esses sistemas: esquelético e muscular, nervoso e endócrino, digestivo, reprodutivo, excretor, tegumentar, cardiovascular, respiratório. Uma vez que aprenderem o que é tudo isso, vão aprender o funcionamento.

Ela falou sobre questionários e provas (haveria muitas), laboratórios (duas vezes por semana) e dissecações (numa frequência grande demais para o conforto de Stevie). A professora Pix pegava muito mais pesado do que a diretora de casa Pix.

Quando Stevie saiu para o gramado, a chuva começou, e no instante seguinte ela já se via numa chuva com granizos do tamanho de bolas de gude despencando ao seu redor. Abriu o guarda-chuva, mas os golpes eram muito fortes. Stevie apertou o passo, chegando até o domo na extremidade inferior do gramado, onde ficou ilhada por alguns minutos. Quando não parecia mais provável que as pedras de gelo a açoitassem até a morte, ela correu até Eunômia, onde deveria se encontrar com o dr. Velman para um tête-à-tête sobre criminologia e sociologia.

Dr. Velman parecia ter em torno de setenta anos e, depois de ler a bibliografia que Stevie deveria providenciar — e descobrir que ela já lera dois dos maiores livros teóricos —, passou a dedicar uma hora e meia à arte e habilidade do carrasco, e como os melhores sabiam dar um nó no local certo, de modo que a vítima quebrasse o pescoço imediatamente em vez de sufocar. Durante a meia hora seguinte, falou sobre criação de dachshunds.

Depois da aula, Stevie se demorou um pouco do lado de fora do prédio enquanto a chuva caía com força sobre o guarda-chuva. Faltavam duas horas para a próxima aula. Ellingham funcionava como uma faculdade: você ia até suas aulas e podia fazer o que bem entendesse no intervalo. Nada de ser levado pela multidão de um corredor de colégio. Nada de salas de estudo que fediam a Doritos e ao vapor da lava-louças do refeitório. Ali ela vivia como uma adulta.

Então Stevie ficou parada na chuva feito uma idiota. Todos os outros alunos pareciam ter alguma ideia do que fazer. Ela se perguntou se deveria comer ou ir para o quarto ou talvez só continuar ali para sempre.

Inspirou profundamente o ar úmido da montanha. Ela tinha tempo. Onde mais queria ir? O que parecia certo?

Ela se virou para a biblioteca.

Quando entrou, não encontrou ninguém além de Kyoko, sentada sozinha à enorme mesa, comendo uma maçã.

— Oi! — exclamou para Stevie. — Entre! Você é nova, certo?

— Sou. Meu nome é Stevie Bell. E tem uma coisa que eu queria ver...

— Você quer ver o livro da Dolores — afirmou Kyoko, equilibrando a maçã sobre a mesa e limpando as mãos.

Stevie estivera prestes a lhe perguntar se eles tinham materiais sobre o caso, então a oferta do livro de Dottie a deixara num silêncio estupefato.

— Recebo sempre um arquivo sobre os alunos novos — explicou Kyoko. — É função do bibliotecário saber quais materiais são necessários. Você tem interesse no Caso Ellingham. Venha aqui atrás.

Ela gesticulou para que Stevie desse a volta na mesa e a seguisse até uma porta de madeira escura na qual se lia, em tinta dourada, ESCRITÓRIO DA BIBLIOTECA.

Do outro lado, ela encontrou um cômodo grande, porém aconchegante. Tudo ali dentro era original: mesas, carteiras e gabinetes de madeira. Havia grandes mesas com livros no processo de serem costurados ou encapados.

— Então, você sabe que o livro foi devolvido a nós em 1993 — disse Kyoko. — Nós o mantemos fora de circulação devido à sua importância histórica. Aqui.

Ela tirou um par de luvas de nitrilo de uma caixa e indicou que Stevie deveria vesti-las, o que não poderia tê-la deixado mais feliz. Não havia nada que ela quisesse mais do que ouvir o estalo satisfatório das luvas de análise. Era algo pequeno, mas deixava a investigação um tantinho mais legítima.

— Aqui vamos nós — disse Kyoko.

A bibliotecária vestiu as próprias luvas, abriu um arquivo de porta de vidro e pegou um grosso volume. Baixou-o sobre uma das mesas e acenou para que Stevie se aproximasse.

O livro estava bem-preservado devido aos anos mantido como prova e depois na biblioteca. Tinha uma sobrecapa original com uma ilustração de Sherlock Holmes com seu chapéu característico sobre um desenho de um cachimbo meerschaum num fundo vermelho e branco.

O volume estalou ligeiramente quando Stevie o abriu. As páginas estavam um pouco amarelas e a fonte era muito apertada e densa. Havia um espaço destinado a cartões de livraria no qual se lia BIBLIOTECA DO INSTITUTO ELLINGHAM, mas o compartimento estava vazio. O livro havia sido emprestado, mas tecnicamente nunca devolvido. Stevie virou as páginas com cuidado e, ao chegar à primeira história, *Um estudo em vermelho*, parou.

Havia uma marca irregular de lápis numa das primeiras páginas, sublinhando uma passagem de forma grosseira. Era uma passagem muito famosa, uma das mais famosas da história.

> *Sherlock disse: "Considero que, originalmente, o cérebro do homem é como um sótão vazio, e é preciso escolher as mobílias que o encherão."*

— Foi Dottie quem fez isso? — perguntou Stevie.

— Não faço ideia. Este livro foi emprestado a vários alunos antes dela. Qualquer um deles pode feito a marca. Mas também notei.

Stevie passou os olhos pelo restante do livro, mas não havia mais nada. Era simplesmente uma obra de histórias de Sherlock Holmes. Mas tratava-se DA obra. Era isso que importava.

— Olha, nós sabemos bastante sobre as leituras de Dolores — comentou Kyoko. — Isso também pode te interessar você.

Ela abriu um dos gabinetes de madeira e tirou um arquivo espesso de dentro.

— A primeira bibliotecária de Ellingham, Diana Cloakes, era uma pessoa notável: uma das melhores profissionais de pesquisa da Biblioteca Pública de Nova York. Albert Ellingham a contratou para trabalhar aqui. Ele só chamava os melhores de cada área. Ela trouxe consigo uma coleção incrível, e tomava notas meticulosas sobre tudo.

Kyoko tirou um calhamaço de papéis escritos à máquina da pasta e o folheou, depois arrumou algumas pilhas numa das grandes mesas.

— Quando Albert Ellingham abriu a escola — explicou ela —, estabeleceu como política que qualquer livro requisitado por um aluno fosse encomendado, e nós temos todos os registros do primeiro ano. Essa pilha...

Ela apontou para um dos montes.

— ... mostra todos os pedidos de 1935 a 1936. Dolores sozinha requisitou mais de quinhentos exemplares. A escola encomendou 487 da lista. O restante estava numa biblioteca de uma universidade da Turquia que se recusou a vendê-los. Os de Dolores trazem as letras *DE* depois do título.

Stevie passou os olhos pela lista. Dolores pedira diversas obras em grego, um monte de romances de que Stevie nunca ouvira falar, alguns clássicos. Havia todo tipo de solicitação de outros alunos, inclusive alguns títulos bem intrigantes.

— *Gun Molls Magazine* — leu Stevie. — *Vice Squad Detective, Dime Detective, Histórias Reais de Detetives*...

— Ah, esses — disse Kyoko. — Sim, eu amo esses. São todas revistas *pulp*. A maioria das bibliotecas e bibliotecárias nunca as encomendaria, mas a política era clara: tudo o que for pedido. Queria muito que ainda tivéssemos esses exemplares, mas acho que os alunos os pegaram e nunca chegaram a devolver.

Stevie sentiu que teria se dado bem com aqueles alunos.

Dois dias no Instituto Ellingham se passaram numa série de flashes. Em primeiro lugar, havia apenas o *peso* de tudo. As leituras. A reflexão. A escrita. A expectativa de conhecimento. Era meio como uma competição de *monster truck*. Tudo passava tão depressa. Aula a aula, leitura a leitura.

As refeições adquiriram um ritmo mais estável.

Os grupos passaram a fazer mais sentido: alguns se sentavam de acordo com sua casa. Alguns gostavam de jogar. Outros liam. Algumas pessoas sempre levavam a comida para outro lugar. Germaine Batt costumava se sentar longe de todo mundo, observadora, sempre com algum aparelho eletrônico. Gretchen, com seu cabelo vermelho impressionante, frequentemente, era o centro das atenções de uma mesa comprida do lado de dentro. Hayes se afastou da mesa da Minerva e começou a se sentar com Maris e um grupo muito diverso de pessoas com aparência artística. Vi frequentava regularmente da mesa da Minerva. Nate passou a falar um pouco mais. Ellie ia e vinha, assim como David, mas eles não iam e vinham juntos. Os dois não pareciam formar um casal — estavam mais para duas pessoas muito confiantes e não muito conscientes do que deixava os outros desconfortáveis.

Numa quarta-feira, depois da aula de literatura, Stevie estava atravessando o gramado quando um par maior de tênis surrados começou a espelhar seus passos. Espelhar de verdade, de forma deliberada e ritmada. Stevie não precisava erguer o olhar, nem queria, mas seu pescoço se virou aparentemente por conta própria, como uma flor se curvando na direção do sol, se o sol fosse uma pessoa irritante que mora no andar de cima. Tinha conseguido evitar conversas com David pelos últimos dias. Se estivessem na mesma mesa, ele se sentava na extremidade oposta. Na Minerva, ele ficava no quarto. Mas ali estava ele, sorrindo, com o cabelo rebelde balançando e uma camiseta azul-marinho de aparência notavelmente gasta. Havia buracos em sua bermuda, grandes o suficiente para deixar um celular passar.

— E aí, Garota do Assassinato. Como vai o caso? Algum incriminado? Algum duvidoso? Como estão seus incriminados e duvidosos? Estou usando os termos certos? Incriminado? Duvidoso? Suspeito?

Stevie contraiu a mandíbula. Ela podia ser zoada. Podia levar um chute na canela. Sabia lidar com essas coisas. Mas não permitiria que ninguém mexesse com seus mistérios. Isso a abalava de verdade.

— Sabe de uma coisa? Numa história de assassinato, você acabaria morto — respondeu Stevie.

Ele alargou o sorriso e assentiu. Seu corpo era... nodoso. Como na carta do Cordialmente Cruel. Ele era alto, magro e, provavelmente, forte. Parecia feito de nós.

— O que você quer? — perguntou Stevie, acelerando.

— Só estou andando naquela direção. Nós moramos na mesma casa. Qual é o problema?

— Nenhum.

— Ah, que bom.

Eles passaram pelo conjunto de cabeças de estátuas a caminho da Minerva. Era um ponto de referência estranho do caminho de casa. Stevie estava se acostumando a elas, mas esse agrupamento de cabeças sem corpo ainda era desconcertante. Parecia que estavam no meio de uma conversa e silenciavam quando estranhos passavam por perto.

— Então, Ellie estava me contando sobre a conversa de vocês outro dia — disse ele.

— Que conversa?

Stevie tivera várias conversas com Ellie, mas nenhuma parecia digna de ser recontada.

— Sobre você.

Stevie precisou pensar por um momento. Será que ele estava falando da conversa no cômodo da banheira? Aquela na qual Ellie perguntara sobre suas vidas amorosas e ela explicara que a sua era inexistente?

— Ela me contou que seus pais trabalham para Edward King — disse ele.

Ela soltou o ar. Conversa certa, assunto diferente.

— É — confirmou ela, afastando uma abelha. — Acho que às vezes a gente dá sorte.

— Você também é uma grande fã?

— O que *você* acha?

— Vai saber! — disse ele. — Por acaso as pessoas se conhecem de verdade? Você ama lei e ordem.

Não havia insulto mais baixo do que esse, e ser obrigada a dizer que não gostava de Edward King era ainda pior. O homem era conhecidamente repulsivo — rico, corrupto, vaidoso. Ele era a raiz de muitos problemas na vida de Stevie. Em menos de trinta segundos, David fizera duas investidas bem-sucedidas nas partes mais sensíveis da sua psique.

— Não sou fã — respondeu ela em voz baixa.

— Ah. Não é por nada, mas parece que seus pais...

— Eu não sei por que eles gostam daquele cara — retrucou ela com rispidez. — Tento entender essa questão o tempo todo. Meio que queria fugir dela aqui, então...

— Claro — falou ele, acompanhando seus passos. — Não dá para controlar os próprios pais. Quer dizer, minha mãe é apicultora e meu pai inventou o smorgasbord.

Eles haviam chegado à porta azul da Minerva. Ele posicionou o crachá sobre o painel para admitir a entrada dos dois.

— Nós temos tempo para nos conhecermos — disse David. — Bastante tempo. Vejo você por aí.

Ele se virou e voltou pelo mesmo caminho da ida. Nem sequer entrou. A Stevie restou pensar em que droga acabara de acontecer.

Aquele não seria o único encontro estranho dela naquele dia. O seguinte aconteceria uma ou duas horas depois, com Hayes Major inclinando-se para dentro da sua porta enquanto ela tentava ler.

— Oi — disse. — Posso falar com você?

Ele usava uma camiseta branca apertada. Uma nova. Provavelmente nunca usada. (Stevie não comprava camisetas brancas. Tinham uma vida útil muito curta.)

— Tudo bem se eu entrar? — perguntou ele.

— Claro?

Ele deixou a porta bem aberta e entrou com seu jeito tranquilo e confiante. Ela indicou que o chão era todo dele, se quisesse ficar. Mas Hayes não se sentou; ele se agachou. A pose não parecia nem um pouco confortável, apenas destacava os músculos de suas pernas e o desenho de sua patela. (Palavra de anatomia! Osso do joelho. Ela já estava colocando o conhecimento em prática.)

— Eu tive uma ideia — começou ele, balançando-se no banquinho invisível. — Você mencionou outro dia que precisava de um projeto. Eu também preciso. Estava pensando que podíamos trabalhar juntos em alguma coisa, que tal?

Partículas de poeira dançavam no ar entre Hayes e Stevie. À luz clara do fim de tarde, seu cabelo exibia um brilho de verdade, como se fosse tecido de fios dourados. Ele poderia ter sido um modelo de estátua na Grécia ou em Roma. A luz naquele momento era tão rica que o fazia parecer uma estátua de outro mundo feita de claridade e sombra, com sotaque sulista e uma camiseta justa. Stevie não tinha certeza se a tontura que sentia perto dele era por atração ou só uma confusão estarrecida conforme seu cérebro tentava identificar aquela espécie. "Parece humano", dizia a si mesma. "Mas não pode ser. Maçãs do rosto impossíveis. É uma simulação. Origem desconhecida."

— Juntos? — repetiu ela, distanciando-se dos devaneios mentais.

— Veja só, meu *agente*...

Ele pressionou timidamente as unhas bem-feitas no chão de madeira ao falar a palavra.

— ... acha que eu deveria começar outra série. Eu venho me perguntando o que fazer e pensei... E aquelas coisas que aconteceram aqui? Os crimes. Toda a questão do sequestro. Você sabe sobre o assunto.

— Assunto?

Era muito difícil se manter concentrado durante uma conversa de perto com Hayes, ainda mais quando ele começava a sugerir a criação de uma série. Nada daquilo fazia sentido.

— Os crimes — repetiu ele. — Você sabe sobre os crimes, não sabe? O crime que aconteceu aqui? Crimes?

— Crimes — repetiu ela. — Sim. Sei. Mas... e daí?

Ela não estava se saindo bem.

— Você seria, tipo, a diretora técnica. A especialista. Eu até tenho uma ideia de trailer. Podemos filmar naquele túnel embaixo do jardim afundado.

Ela recobrou o foco num segundo.

— O túnel? Está referindo ao usado pelos sequestradores?

— Embaixo do jardim afundado — repetiu ele.

— Aquele túnel está fechado desde 1938 — afirmou Stevie.

— Eles reabriram na primavera — informou Hayes com um sorriso maior. — Para construção. Começaram a obra no fim do ano letivo passado. Eu já estive lá dentro.

— Você esteve no túnel?

Ela se inclinava para a frente, sem fazer esforço algum para disfarçar a urgência na voz.

— Uma vez — confirmou ele. — Ano passado, quando começou a escavação.

Stevie nunca havia cogitado a possibilidade de o túnel ser reaberto. Não acreditava em destino, mas o timing era impressionante.

— Só fiquei pensando em como seria um bom lugar para filmar algo. E você está aqui agora e sabe tudo sobre os crimes. As pessoas gostariam do resultado. Nós seríamos os primeiros a mostrar como os túneis são.

Stevie sentia o coração martelando com força.

— Nós temos permissão para entrar?

— Bem...

Hayes abriu um sorriso lento.

— Tecnicamente, não sabemos. Eles tentaram esconder que ele foi reaberto, mas eu estava ali atrás um dia e vi que havia toneladas de terra sendo escavadas.

— E você entrou de verdade?

— Entrei de verdade. Mas é só uma ideia. Se você estiver muito ocupada, vou entender...

— Eu topo — disse Stevie. — Eu escrevo. Ou, sei lá. Eu topo.

— Ótimo! — exclamou Hayes. — Então vai falar com Nate. E vocês podem escrever algo durante o fim de semana? Para segunda?

— Calma aí, o quê?

— Não precisa ser longo. Cinco páginas ou algo assim. Dez. Só alguma coisa sobre o crime, alguma coisa que aconteceu no túnel. Não teve um aluno que morreu? Ou o negócio com o resgate? Não teve um negócio com o resgate? Com um barco ou algo assim? No jardim afundado?

Stevie assentiu.

— Então — continuou Hayes. — Faz isso. Escreve alguma coisa que envolva o túnel ou o dinheiro de resgate no jardim afundado. Nós vamos conseguir. Vai ser ótimo.

Minutos depois ele tinha ido embora, e Stevie ficou se perguntando como escrever um roteiro. Isso era um detalhe. Ela entraria no túnel. Era só isso que importava.

A terceira conversa estranha foi instigada por Stevie.

— Pensa só — disse ela, sentando-se na escrivaninha de Nate mais tarde naquela noite. — Eu posso te passar todos os fatos. Tenho transcrições. Tenho arquivos. Já está praticamente escrito. Você mal teria trabalho.

— Eu não sei nada sobre escrever roteiros — respondeu Nate.

— Mas você escreve!

— Roteiros são totalmente diferentes. Roteiros são... Eles são como raios X de um livro. Só os ossos. As palavras ditas pelas pessoas e as coisas que elas fazem. Livros são... tudo. O que os personagens veem e sentem e como tudo é contado.

— Parece mais fácil — argumentou Stevie.

— São coisas diferentes. A dra. Quinn me mandou apresentar um esboço dos próximos três capítulos do meu livro, além de tudo o que preciso ler...

— Talvez, se você escrever isso, a dra. Quinn dê a você mais tempo para fazer o livro. Talvez você possa escrever *isso* em vez de *aquilo* por um tempo? Eles amam projetos em grupo por aqui.

Assim como Stevie havia sido seduzida pela ideia do túnel, Nate não conseguia resistir à oferta de se livrar do seu livro.

— Então eu transformo essas coisas em alguns roteiros — disse ele. — E você faz o quê?

— Dou orientações técnicas.

— Tipo?

— Explico o que aconteceu. Ajudo você. Podemos chamar de *Cordialmente Cruel*.

Nate expirou longamente pelo nariz.

— Tá bom — disse. — Qualquer coisa é melhor do que fazer o que eu deveria estar fazendo.

14 de abril, 1936, 15h

Robert Mackenzie supervisionava uma grande entrega de dinheiro vinda de Nova York. Havia duzentos mil dólares empilhados no chão ao longo do dia. Enquanto ele e George Marsh separavam a grana, Ellingham tirou duas garrafinhas azuis e um pincel fino de um armário.

— O que é isso? — perguntou Marsh.

— Uma solução feita por Nair que usamos em nossos jogos — explicou Ellingham. — Fica totalmente transparente quando seca. Para vê-la, é preciso usar uma substância e uma luz especial. Esse negócio é tão bom que já sugeri diversas vezes que Nair o venda para o governo. Se, por algum motivo, as coisas não saírem como esperado hoje, quero poder rastrear essas notas.

A lateral das notas foi marcada com uma pincelada da tinta. Para garantir, Ellingham ainda marcou as fitas que as prendiam com suas digitais. Ventiladores foram ligados pelo cômodo para secar tudo mais depressa e, em seguida, o dinheiro foi posto em quatro bolsas.

— Mandei algumas pessoas vigiarem as esquinas esta noite — contou Marsh. — Não expliquei por que ou para que, apenas que notassem placas e qualquer atividade incomum. Prometi cinquenta centavos para cada um se trouxerem boas informações.

— Dê cinco dólares para cada um — retrucou Ellingham. — Dê qualquer coisa que quiserem!

— Por cinco dólares eles vão saber que o assunto é sério e podem começar a inventar histórias. Cinquenta centavos vai mantê-los honestos e discretos.

Robert Mackenzie assistia a tudo com nervosismo.

* * *

A nova ligação chegou às 19h07. As instruções diziam para levar o dinheiro para Burlington e esperar ao lado de uma cabine telefônica específica para um novo contato. O próprio Ellingham dirigiu o carro, com Robert Mackenzie e George Marsh de carona. Cada homem levou uma arma. Quando chegaram, logo antes das oito da noite, o telefone tocou. Dali, foram instruídos a dirigirem para Rock Point.

Rock Point, ou Ponta de Pedra, é exatamente o que o nome sugere: uma ponta rochosa na fronteira de Burlington que se projetava acima do lago Champlain. Tratava-se de um terreno pouquíssimo habitado e de solo irregular. Ao chegarem, encontraram uma flecha marcada com giz no chão apontando para a trilha de terra e pedra que levava à água.

— Robert — disse Ellingham —, fique aqui no carro.

Robert olhou para o caminho escuro como breu que adentrava o espaço rochoso e arborizado.

— Sr. Ellingham, isso é...

— Você me ouviu, Robert. Fique aqui. Se não nos vir nem ouvir em uma hora, dê meia-volta, vá à cidade e peça ajuda.

Ellingham ligou a lanterna. Seus sapatos escorregaram um pouco nas rochas lisas quando ele começou a avançar para a escuridão.

— Tem uma luz ali na frente — disse.

O caminho estava marcado por uma fileira de lampiões improvisados feitos de latas que seriam mais tarde ligadas a uma lanchonete da cidade. Ela não parecia ter nada a ver com o crime; apenas haviam colocado o lixo para fora na noite anterior. O gari que fazia aquela rota relatou que o lixo do estabelecimento estava vazio de manhã. Alguém o roubara.

Mesmo com os minúsculos lampiões feitos de lata, a trilha era traiçoeira e escura, e isso só piorou quando as luzes se espaçaram e os guiaram para a borda do precipício. Finalmente, numa saliência rochosa, os homens encontraram três latas e uma corda enrolada. Abaixo, uma lanterna piscou.

— Tem um barco lá embaixo — informou Marsh, olhando cuidadosamente por cima da pedra, com a arma em punho.

— Use a corda — gritou uma voz de baixo. — Baixe o dinheiro.

— Só depois que você nos mostrar a sra. Ellingham e Alice — respondeu Marsh.

— Olhe para o lado.

Ellingham se virou para todos os lados, chamando a esposa, mas só encontrou uma bolsa e um sapato infantil.

— Precisamos de um sinal melhor — exigiu Marsh. — Prova de vida.

Ellingham baixou a bolsa no chão e amarrou a ponta da corda nas alças. Marsh suspirou e o ajudou.

— Estou prendendo o dinheiro na corda — gritou Ellingham. — Por favor, levem minha esposa e minha filha para um lugar seguro onde possamos buscá-las. Não temos nenhum interesse em vocês, só nelas.

Eles baixaram todas as quatro bolsas de dinheiro pela lateral do precipício. Ellingham jogou a ponta da corda por cima da margem.

— É tudo que eu tenho! — gritou Ellingham.

Abaixo, a lanterna começou a piscar num padrão estranho.

— O que eles estão fazendo? — perguntou Ellingham. — O que é isso? Não é Morse.

— Não faço ideia — respondeu Marsh, puxando o ferrolho do revólver.

— Não atire no barco! Elas podem estar lá dentro!

A lanterna se apagou. Por um minuto inteiro, não se ouviu nenhum som além do leve bater das ondas e do vento.

— O que está havendo? — perguntou Ellingham.

Pela primeira vez naquela noite, ele parecia verdadeiramente vulnerável e com medo.

— Não sei — disse Marsh.

— Olá! — gritou Ellingham. — Eu lhes dei o dinheiro! E agora? Onde elas estão?

O pequeno barco flutuou para o vazio, levando consigo qualquer chance de recuperar Iris ou Alice.

12

O PROCESSO DE ESCRITA DE *CORDIALMENTE CRUEL*, A SÉRIE DE VÍDEOS, NÃO correu de forma tão tranquila quanto Stevie havia prometido.

Na manhã do primeiro dia, Nate cumprimentou Stevie com um enorme sorriso.

— Escrevi dois capítulos do livro novo ontem à noite! — contou ele. — Quer dizer, são esboços. Mas eu estava digitando tão rápido, Stevie. Juro que escrevi tipo quinze mil palavras ontem à noite.

— Isso é... bom?

— Não sei! Mas, no fim das contas, me fazer escrever esse roteiro me fez querer escrever qualquer outra coisa, o que significa que trabalhei no livro!

— Calma — falou Stevie. — Calma aí, isso quer dizer que você não escreveu o roteiro?

Nate fez que não com alegria.

— Aham!

Na hora do jantar, a história já havia mudado.

— Tudo que escrevi ontem à noite é péssimo — lamentou ele. — E ficamos sem roteiro. Vamos escrever esse negócio. Me mostra aquelas coisas de novo.

Esse padrão se repetiu várias vezes. Stevie providenciava cópias de transcrições de interrogatórios policiais. Estava tudo disponível na internet. Nate ia escrever. Nate acabava fazendo outra coisa. Finalmente, Stevie sentou lado a lado com o amigo na mesa comunal e, depois de cinco horas passando o computador de um para o outro, eles produziram um roteiro de dez páginas.

A primeira cena começava no túnel, com Hayes lendo a carta do Cordialmente Cruel. Depois seguia para a cena do pagamento do resgate, com Hayes interpretando Albert Ellingham. Como Hayes interpretaria um homem trinta anos mais velho não era problema deles. Nem o fato de que a cena envolvia Albert remando um barco por um lago que não existia mais. O que importava era que tudo se passava no jardim afundado, porque talvez assim Stevie conseguisse entrar no observatório.

Prioridades.

De modo geral, ela ficou satisfeita com o trabalho. O resultado tinha cara de roteiro, com pessoas dizendo palavras e fazendo coisas.

Na noite de segunda, enquanto relampejava do lado de fora, Stevie e Nate apresentaram o roteiro para um pequeno grupo reunido no celeiro da arte. Além dos dois, o grupo contava com Maris, que estava totalmente *femme fatale* em um casaco de pele colado no corpo, preto e pesado demais para o clima. Seus lábios estavam pintados com um vermelho forte e luminoso. Usava uma meia-calça semibrilhosa com uma costura na parte de trás, que ela exibia ao esticar as pernas pelo chão e girar os pés, expondo as panturrilhas. Segurava uma caneca de chá fumegante, cujo vapor perfumava o cômodo.

— Acho que vocês conhecem Maris — disse Hayes. — Ela vai ajudar com a filmagem e a direção.

Também estava presente uma pessoa que Stevie já vira — na primeira noite, no *yurt*. Ele tinha o rosto comprido, testa alta e queixo protuberante, além de rugas precoces de preocupação na testa. Usava um casaco preto longo e um cachecol escarlate pendurado nos ombros.

— Esse é o Dash — falou Hayes. — Ele vai ser nosso diretor de palco. Dash é o melhor.

Hayes leu o roteiro em voz alta no computador enquanto Maris acrescentava algumas orientações. Tinha algumas partes truncadas, e a maior parte do texto havia sido copiada de diversos documentos sobre o caso, mas Nate o deixara bem-acabado o suficiente. Stevie escolhera as melhores partes das transcrições. E, para não deixar de dar crédito, Hayes fez um bom trabalho interpretando Albert Ellingham. De alguma forma, eles haviam conseguido criar algo parecido com uma série.

— Isso está incrível — disse Hayes ao terminar. — Ei, Maris, pode tirar algumas fotos? Só para registrar o processo de criação.

— Claro.

Ela sacou o telefone e tirou algumas fotos analisando o computador.

— Preciso de mais detalhes — disse Dash. — Como estava o tempo naquela noite?

— Nublado — respondeu Stevie.

— Podemos ter neblina — afirmou Dash, pegando o celular. — Você quer neblina? Podemos ter neblina com certeza.

— Muita neblina — completou Hayes.

— Ah, sim. — Dash assentiu. — Posso instalar alguns T-90s por todo o jardim afundado. Aquela fumaça se acumula perto do chão. Podemos fazer parecer que o lago está cheio de neblina.

— Ótimo — disse Hayes.

— Vou precisar de máquinas de fumaça, alguns postes para pendurar as lâmpadas. Podemos fazer isso funcionar.

Os passos seguintes envolviam fazer tudo funcionar, e Stevie e Nate ainda não estavam liberados. Havia figurinos a serem criados e objetos de cenário a serem preparados.

Para as roupas, Maris e Stevie foram ao teatro do Instituto Ellingham. Era um espaço pequeno e planejado cujo exterior parecia um templo grego minúsculo. Tinha um palco longo e baixo que acomodava mais ou menos cem pessoas e paredes pretas. O acesso ao quarto de figurino era por uma escada embutida no canto do lobby que levava a um sótão composto de dois cômodos compridos separados por um corredor de apenas setenta centímetros de largura.

O closet ficava num dos lados, com um teto muito rebaixado no qual Stevie batia a cabeça toda hora. Era totalmente entulhado de araras superlotadas com roupas aleatórias que pareciam agrupadas sem muito critério. Uma delas estava repleta de ternos masculinos de todo tipo, outra de casacos, outra de vestidos de todas as eras, outra de peças de pele, armaduras de gesso e plástico, itens amorfos que, provavelmente, faziam sentido em algum contexto, como um enorme recipiente de batata frita feito de espuma e um saco marrom coberto de olhos de feltro.

O chão era um mar de sapatos e botas, e as prateleiras mais elevadas continham chapéus, capacetes, bolsas, escudos, penas (só penas? Só penas. Por quê?) e itens de natureza e procedência desconhecidas. O lugar inteiro parecia um brechó assado em forno baixo e causava a sensação de que você estava dentro de um abraço apertado e longo demais de um Muppet rejeitado.

Por fim, dois ternos foram escolhidos, assim como um chapéu e um sobretudo. Do closet de acessórios, que era tão opressivo quanto o outro e ainda mais desorganizado, elas pegaram uma bolsa de lona e um remo para o barco de mentira.

A noite de quarta-feira trouxe consigo algo inesperado: construção. O grupo se reuniu na oficina, uma estrutura feito um celeiro de um dos lados da área de manutenção. O lugar era aberto, frio, e guardava itens não muito presentes no cotidiano de Stevie: mesas com serras circulares, estantes de ferramentas, grandes recipientes industriais. Era onde os alunos de Ellingham iam fazer coisas que exigissem espaço, ferramentas e fogo. Não se tratava de um grupo grande, mas incluía Janelle, que usava uma máscara de solda e encarava dois pedaços de metal. Ela ergueu a máscara do rosto e acenou quando Stevie entrou.

— Preciso que você corte isso em tiras — disse Dash para Stevie, apontando para uma pilha de madeira. — Aqui estão as medidas.

Ele entregou uma folha de papel a Stevie.

Ela olhou para um bando de números, inexpressiva.

— O quê?

— Cortar. A madeira. Em tiras.

Dash apontou para a madeira, depois para a serra circular.

— Você deve estar brincando.

— Deixa comigo — falou Maris.

A voz dela saiu carregada de um tom que queria dizer *dá para acreditar que essa daí nem sabe usar uma serra circular?*. Ela desfilou até a mesa em seu casaco de pele e se inclinou sobre ela com um jeito experiente.

A serra zumbiu ao ser ligada, e Maris posicionou uma tábua e cortou-a em dois pedaços. O ar se encheu com o aroma de serragem. No meio de toda essa atividade, Hayes entrou calmamente, cumprimentou os presentes e sentou-se no chão para estudar o roteiro.

— Oi — disse Janelle quando Dash pegou alguns postes de uma caixa de armazenamento vertical num canto. — O que você vai fazer com isso?

— Estruturas de iluminação — respondeu ele.

— Ah, mas não vai mesmo. Esses postes são *meus*.

— Não é possível que você precise de todos eles.

— Preciso.

— Só precisamos usá-los por alguns dias.

— Meus postes foram cortados do tamanho exato para minha máquina. Não são qualquer coisa — explicou Janelle.

— Olha só, não tem como você precisar de todos esses postes. Vou pegar alguns.

— Podemos pegar alguns emprestados? — perguntou Stevie, baixinho. — Vou me certificar de que serão devolvidos.

— Para você — disse Janelle. — Eu só daria meus postes para você.

Dash tirou os postes do balde num segundo e correu para a oficina. Maris havia parado de serrar e olhava dentro de um grande recipiente industrial na lateral do cômodo.

— Tem gelo seco aqui — disse ela para Dash. — Um monte.

— Eu tenho máquinas de fumaça o suficiente — respondeu ele. — É mais fácil trabalhar com o líquido.

Maris deu de ombros e fechou o recipiente.

Depois de construir as rampas e organizar os postes e tudo o que seria necessário para a filmagem no jardim afundado no sábado, eles começaram a planejar a incursão para o túnel. Ela aconteceria na noite seguinte, quando o grupo se encontraria atrás do celeiro da arte às sete.

Ainda cheirando a serragem, Stevie foi para casa e se jogou na cama. Por alguns minutos, permaneceu deitada de barriga para cima, totalmente vestida, sentindo a brisa fresca que entrava pela janela roçar em seu rosto. O crepúsculo tardio do verão se transformou em escuridão. Ela ouviu passos acima, fazendo as tábuas rangerem. David estava em casa. Ela sabia identificar todo mundo ali pelos passos. Começara a entender como a Minerva assentava e mexia quase com musicalidade. Stevie ergueu a mão e sentiu o metal frio da cabeceira. Puxou o cobertor sobre si, se fechando num casulo com o cheiro de serragem que vinha da calça de moletom. Janelle estava atrás de uma das paredes, Ellie, da outra. Ela ficava no meio, e a sensação era completamente normal.

O pensamento lhe chamou a atenção. Havia se acostumado. Estava em casa, e havia quase concluído um megaprojeto sobre o Caso Ellingham com os amigos. Bem, Nate era seu amigo, e talvez Hayes, Maris e Dash. Sua amiga Janelle lhe dera suprimentos.

Uma onda agradável de satisfação percorreu seu corpo, inspirando Stevie a pegar o celular na mesa de cabeceira. Tinha um aplicativo de notas com arquivos cuidadosamente organizados de imagens e informações sobre o Caso Ellingham. Ela clicou na pasta intitulada SOCIAL. Ali ficava sua pesquisa sobre a vida levada pelos Ellingham antes da tragédia, quando a casa não passava de uma estranha e maravilhosa obra de arte nas montanhas, onde amigos famosos iam esquiar no inverno, observar as folhas no outono e beber o tempo todo. Era provável que alguns deles ficassem naquela casa, naquele quarto, antes da escola existir, quando a Minerva era só uma casa de hóspedes. Stevie passou pelas fotos, parando numa de suas preferidas: uma lista de convidados de uma festa em 1929. Ela não fazia ideia de quem eram aquelas pessoas, mas adorava ler os nomes: Gus Swenson, os gêmeos Billbody, Esther Neil e Buck Randolph, as irmãs Davis (Greta e Flo), Bernard Hendish, Lady Isobella de Isla, dr. Frank Dodds, Frankie Sullivan, os Van-Warner, "Telegraph" McMurray e Lorna Darvish...

A lista se estendia por vários nomes. Eles iam ali tomar champanhe, dançar sob as estrelas. Atores, escritores, artistas, socialites. E também tinha o fato de que Dottie Epstein morara ali. Stevie lera sobre Dottie — uma das mais inteligentes da escola. Obstinada. Brilhante. Uma garota durona do Lower East Side capaz de roubar maçãs e citar Virgílio. Ela abriu as fotos de Dottie no celular pela milésima vez. Tinha cabelo castanho cacheado, maçãs do rosto proeminentes e um espaço entre os dentes da frente. Era a vítima frequentemente esquecida por não ser rica. Não era proprietária de uma escola. Tratava-se apenas de uma garota inteligente tentando ser alguém no Instituto Ellingham. Ela lia mistérios. Tinha ido ao observatório para ler, deixando o livro para trás.

Stevie descansou o celular na barriga e encarou o teto por um longo tempo. O caso precisava ser solucionado por todos eles, mas talvez especialmente por Dottie. Ela, que amava mistérios. Na noite seguinte, ela entraria no túnel que estivera bloqueado desde 1938. Aquilo era, de fato, algo que nenhum estudioso do caso nas últimas décadas fizera. Ela estaria em terreno novo. Dottie passara por aquele túnel. Ela morrera nele, ou perto dele, ou por causa dele. O túnel marcava o lugar onde a menina passou da vida à morte.

Stevie adormeceu naquela posição, com o celular sobre a barriga, pensando em Dottie e no túnel. Uma luz a trouxe de volta à consciência.

Stevie piscou, confusa. Seu cérebro tentou identificar a fonte da luz por um milésimo de segundo. Faróis de carro?

Não.

Ainda meio adormecida, ela se ergueu sobre um dos braços.

A luz, ou algo feito de luz, estava na parede. Preenchia o espaço ao lado da lareira. Borrões de cores. Letras, palavras.

Estava tudo misturado em seu cérebro até ela perceber que os borrões eram letras cortadas e formavam uma mensagem:

Enigma, enigma meu
O assassinato de visita apareceu
Um corpo num campo isolado
serão seus segredos revelados?
Ou a moça no lago?
Será que vai ter
o azar virado?
Alice, Alice, onde você está?
Não pode mandar
uma dica pra cá?
O detetive chegou.
Está na hora de brincar!
Cordialmente Cruel.
Volta a atacar.

Com outro lampejo, a mensagem havia sumido.

13

Stevie se levantou da cama num segundo, caindo com força no chão. Seus olhos latejavam de leve em resposta ao súbito despertar, à mudança da escuridão para a luz.

As palavras quicavam em sua cabeça enquanto ela rastejava até a janela. Ao alcançá-la, ficou encolhida no chão por um momento, tremendo de adrenalina. Havia alguém ali? Será que ficaria cara a cara com alguém ao se levantar? A janela estava uns quinze centímetros aberta. Será que alguém esticaria a mão para dentro do quarto?

Só havia um jeito de descobrir.

Com um movimento ágil, ela ficou de joelhos. Estava escuro e tranquilo do lado de fora. Ela agarrou a borda da janela, sem saber se deveria batê-la ou abri-la mais e olhar para fora. Seu aperto na moldura se intensificou.

Outra ideia: ela pegou seu livro mais pesado de criminologia, aquele que tinha conseguido numa liquidação de livraria por três dólares, seu bem mais precioso. Estendeu-o para fora da janela e soltou.

Ninguém gritou. Ela ouviu o livro cair na grama com um baque. Deslizou até o armário, pegou a lanterna fornecida pela escola, ligou-a e investigou a área. Nada. Apenas escuridão e mais escuridão e o leve farfalhar da noite.

Ela fechou e trancou a janela, puxou as cortinas e enfiou a cabeça entre os joelhos. O que a mensagem dizia? *Enigma, enigma meu, assassinato alguma coisa alguma coisa...*

Então tudo começou.

Ataques de pânico são uns bostinhas cruéis.

Primeiro veio o coração acelerado. Depois o aperto na garganta, a tontura, a sensação de acelerar cegamente para a escuridão. Veio o estranho vento que parecia soprar dentro de sua cabeça, derrubando tudo e transformando numa imitação da realidade. Todas as avenidas estavam bloqueadas. Todas as opções levavam à ruína. Nada fazia sentido. Parecia haver mãos em volta do seu pescoço. Stevie engoliu com força, provando para si mesma que era capaz, que a passagem de ar estava aberta.

— Está tudo bem — disse a si mesma. — Respire. Um, dois...

Mas ela não conseguia respirar porque o universo estava convergindo para um ponto. Seria um sentimento bem-vindo desmaiar, exceto pelo pavor de que, de alguma forma, o carrossel continuasse a girar, mesmo num estado inconsciente.

As pessoas afirmam que a depressão mente. Que a ansiedade é idiota. Ela é incapaz de distinguir coisas verdadeiramente assustadoras (por exemplo, ser enterrado vivo) de coisas nada assustadoras (estar na cama, embaixo das cobertas). Tudo aciona os mesmos botões. Pare. Vá. Para cima. Para baixo. É tudo igual para a ansiedade. As cortinas diziam medo e o chão dizia medo. O escuro dizia medo e, caso acendesse a luz, ela provavelmente também diria medo. Mas decidiu ligar a luz mesmo assim. Os rostos dos Ellingham assassinados a encararam de maneira acusatória do quadro. Ela correu até a cômoda e abriu uma gaveta com mãos trêmulas. Pegou um Lorazepam, voltou rapidamente para a mesa de cabeceira e engoliu o comprimido com um gole d'água de uma garrafa ao lado da cama.

Levaria algum tempo para fazer efeito, e o universo continuava uivando em seus ouvidos.

Ela precisava de ajuda.

Stevie saiu em direção ao corredor, chocando-se contra o batente no caminho. Chegou à porta de Janelle e bateu. Depois de um momento, ouviu um "Sim?" sonolento.

Stevie tentou abrir a porta e descobriu que estava destrancada. Sentia-se atordoada demais para ficar com vergonha ou culpada por acordá-la.

— O que foi? — disse Janelle, ao se sentar. — Você está bem?

— Ataque de pânico. Eu posso... Você pode...

Janelle levantou-se da cama, pegou seu robe e o colocou sobre os ombros de Stevie. Guiou a amiga para a cama e sentou-a, passando um dos braços por seus ombros.

— Desculpa — chiou Stevie, respirando com dificuldade. — Desculpa.

— Aqui — disse Janelle, segurando a mão dela. — Está tudo bem. Nós vamos conseguir. Segura minha mão.

Segurar a mão de Janelle lhe devolveu certo senso de realidade.

— Posso ficar aqui por um minuto? — pediu Stevie.

— Você pode ficar até passar. O quanto precisar. Aconteceu alguma coisa?

Stevie não conseguia se forçar a explicar. Tudo estava balançando. Ela se reclinou para trás contra Janelle e a parede atrás da cama, e esperou que o mundo parasse de se mover, que as palavras parassem de correr por sua mente, que Cordialmente Cruel fosse embora.

Na manhã seguinte, quando Stevie saiu do quarto, Janelle estava na sala comunal, com uma aparência incrivelmente animada para quem passara metade da noite acordada ajudando uma amiga. Usava um casaco de lã no qual se lia ME PERGUNTE SOBRE MEU GATO e legging, e suas tranças estavam enroladas sob um cachecol vermelho-vivo. Stevie, por outro lado, continuava com a calça de moletom coberta de serragem. Não havia checado o cabelo. Poderia estar de qualquer jeito. Não se dera ao trabalho de lavar o rosto ou os olhos sonolentos, nem de escovar os dentes. Ela só precisava se levantar e esquecer aquela noite.

Stevie ficou envergonhada ao olhar para a amiga. Nunca passara por uma situação como aquela, exceto com os pais, de precisar ser cuidada daquele jeito. Janelle a levara de volta para a cama logo antes do amanhecer, e Stevie dormira profundamente por algumas horas. Tinha acordado grogue, pesada e lenta.

— Como você está? — perguntou Janelle em voz baixa.

— Bem — respondeu Stevie. — Um pouco enjoada. Cansada. Mas bem.

Não conseguia externar as palavras "graças a você", mas tentou comunicá-las com os olhos e depois apenas agindo de maneira constrangida. Janelle só balançou a cabeça num jeito que dizia *não se preocupe*.

Stevie saiu da casa. A manhã estava fresca e clara — céu azul e nuvens bagunçadas e felizes sobrevoando as montanhas. Era o tipo de manhã que fazia troça do medo da noite anterior. Esse tipo de amenidade quase tornava tudo pior. Como ela podia ficar ansiosa quando tudo era tão alegre?

Com muita facilidade, pelo que parecia. A química cerebral não se importa com a beleza das coisas.

Ela deu a volta na casa pela grama úmida para recuperar o livro que jogara para fora da janela. Estava um pouco molhado, mas não aparentava nenhum estrago real.

O que tinha acontecido? Ela ficara lendo textos sobre o caso até dormir. Estava pensando sobre o sequestro e o túnel. Poderia facilmente ter sonhado com aquele bilhete na parede. Mas era vívido, nítido. Ela saíra da cama. Jogara um livro pela janela tentando pegar um estranho.

Stevie observou o céu por um momento, segurando o livro molhado, e tentou distinguir o que era real, depois esfregou os olhos cansados, que ardiam. Ainda precisava ir às aulas. Secou a capa com a camiseta e o levou de volta para dentro.

A caminho do quarto, ela deu um encontrão em David, que descia as escadas.

Não foi nada de mais. Ele só abriu um meio-sorriso para ela. A boca larga com as beiradas curvadas. Só um sorriso. Mas algo nele fez o sangue de Stevie ferver. Ela bloqueou sua passagem.

— Teve uma boa noite?

— Muito gentil da sua parte perguntar — respondeu ele, recostando-se na parede. — Claro. E você?

Seu tom era neutro, mas o sorriso se alargou apenas alguns milímetros.

— Estava ocupado ontem à noite?

— Você faz muitas perguntas.

Ainda neutro, ainda com um meio-sorriso. Havia algo nos seus olhos, no entanto. Um lampejo. Era impossível dizer o que estava acontecendo, mas havia *algo* ali.

— Isso é muito divertido e tal — disse ele —, mas posso tomar café da manhã?

Stevie deu um passo para o lado, mas observou-o se afastar. Será que David poderia ter posto aquele bilhete em sua parede?

Ela estava bastante distraída durante a discussão sobre *Folhas de relva* naquela manhã. Passou a maior parte do tempo tentando lembrar as palavras que vira.

Enigma, enigma... alguma coisa assassinato, alguma coisa lago, alguma coisa Alice. Definitivamente Cordialmente Cruel escrito em algum lugar. No entanto, quanto mais tentava lembrar, mais as palavras lhe escapavam e deixavam até de parecer palavras.

Walt Whitman começou a lhe atrair agora:

E os sinais sobre velhos e mães, e os
   Bebês tirados
Sem demora dos seus colos.
O que você acha que foi feito dos jovens e velhos?
E o que você acha que aconteceu com as mulheres
E as crianças?

Estão vivos e bem em algum lugar...

Enigma, enigma. Uma mulher no lago, uma garota num buraco...

Ela seria uma garota num buraco mais tarde, quando entrasse no túnel.

Sua atenção ia e vinha durante a explicação das funções do esqueleto axial e apendicular na aula de anatomia. O almoço a trouxe mais de volta à realidade, e quando chegou à aula de espanhol, o pavor começou a se evaporar e ela passou a focar em entrar no túnel. Sentia um agito de empolgação dentro de si que a impulsionou pelo restante da tarde.

Stevie correu de volta para a Minerva no meio da tarde para pegar a lanterna e as luvas, depois se encontrou com Janelle para irem à primeira aula de ioga das duas, às cinco horas. Ioga foi a disciplina que ela escolheu dentre a seleção obrigatória de Ellingham para educação física. Parecia melhor do que corrida para exercício e clareza, intensivão cooperativo, ou perspectivas em movimento. Na antiga escola de Stevie, eles deixavam que ela ficasse meia hora na esteira e depois ouvisse podcasts em paz, o que era a única coisa que ela preferia em comparação ao Instituto Ellingham.

Janelle a encontrou em frente ao celeiro da arte com um tapete de ioga enrolado embaixo do braço.

— Está se sentindo bem?

— Aham — respondeu Stevie. — Acho que sim.

— Sonhos causados por ansiedade são a pior coisa.

Em algum momento da noite anterior, Stevie havia conseguido explicar para Janelle o que vira. Deve ter falado de uma maneira que deixou claro que se tratava de um sonho, e não de algum tipo de acontecimento improvável que pode ou não ter sido real.

— Pois é, acho... acho que foi um sonho. — disse Stevie. — Não sei.

Janelle assentiu, como se aquela fosse a única resposta que esperava.

— Mas — continuou Stevie enquanto elas entravam no celeiro —, vamos só supor por um instante que não tenha sido um sonho. Quão difícil seria projetar algo na parede daquele jeito? Acho que seria necessário um projetor, não?

— Ah, isso é fácil — respondeu Janelle. — Dá para construir um com papelão, fita adesiva e um espelho. Nada impossível, mas...

— Quer dizer — interrompeu Stevie. — Eu acordei. Estava na cama e vi a escrita na parede. Joguei meu livro pela janela tentando pegar quem quer que estivesse ali. Tipo, tentei derrubar o livro na cabeça da pessoa.

— E conseguiu acertá-la? Viu alguém?

— Não.

— Dependendo da fase do sono em que você acorda, sonho e realidade podem se misturar por algum tempo. E o fato de você estar aqui em cima nas montanhas pela primeira vez pode causar sonhos por ansiedade. Nos meus, eu nunca consigo ir às aulas. Sonho que estamos no fim do ano e eu faltei todas elas. Numa noite boa, sonho sobre avanços tecnológicos nas impressoras 3-D e com a Gina Torres vestida de Mulher-Maravilha. Mas escuta só...

Ela fez Stevie parar antes de entrarem na sala de ioga.

— Acho que todos nós viemos para cá por não conseguir tirar alguma coisa da cabeça. Somos todos meio obcecados por algo. Eu quero construir máquinas, você quer solucionar mistérios, Nate quer escrever (ou não quer escrever), Ellie quer viver na própria comuna de arte. Hayes faz séries. Acho que David cria jogos. Eu o vejo programando, então sei que ele consegue. Estamos todos imersos no nosso próprio mundo. Seu mundo se torna um lugar real aqui. Acho que seu cérebro está um pouco ocupado processando essa informação. Você teve um sonho intenso. Algo te acordou. É possível prolongar alguns desses estados, ver coisas e pensar que está acordado e não ter saído totalmente do estado adormecido. O sono é uma coisa engraçada.

Falando desse modo, tudo parecia fazer sentido.

— Como você é tão inteligente? — perguntou Stevie.

— Eu leio bastante — respondeu ela, sorrindo.

Janelle abriu o zíper da mochila, enfiou o crachá dentro dela, prendeu o cordão num clipe e voltou a fechar o zíper. Ela fazia tudo de maneira completa, até guardar o crachá.

— E sou apenas incrível — concluiu.

A aula acontecia numa pequena sala. Todo mundo deixou as bolsas no corredor e ocupou o local. Ioga era popular, e os tapetes estavam a centímetros uns dos outros. Stevie usou um do estoque da escola; era borrachudo, roxo e cheirava um pouco a desinfetante e pé.

A professora, Daria, tinha um pequeno instrumento tipo um piano-acordeão que ela tocava enquanto mandava todos sentarem sobre mantas e fecharem os olhos para dar início à aula. Eles deveriam focar na respiração, mas a mente de Stevie não parava de voltar ao momento fugaz da noite anterior no qual havia sido arrancada do sono e lido as palavras na parede. A cena se repetia incessantemente em sua cabeça. Quão acordada estivera ao pisar no chão, ao tentar memorizar as palavras?

Era impossível saber. O sono tinha seus próprios mistérios, e Daria estava pedindo que assumissem a postura do cachorro olhando para baixo. Stevie era nova nesse negócio de ioga, e logo a professora estava parada ao lado dela ajeitando suas mãos, quadris e pés. A menina assistira a alguns vídeos para se preparar, mas estava completamente perdida, como se todos os seus movimentos estivessem, de alguma forma, errados. Passou a aula toda atrasada por dois movimentos, no mínimo. O joelho ficava no lugar errado, o braço, baixo demais, a torção torcida de menos. Daria a rondava e, com uma voz sussurrada e gentil, ajustava e reajustava suas posições, até que se plantou ao lado de Stevie enquanto guiava a aula. Como é que todo mundo, menos ela, sabia fazer ioga?

A única vantagem foi que sua mente se esqueceu do restante do mundo. Stevie já ouvira falar que exercícios tinham esse poder. Era disso que estavam falando? Você ficava tão ocupado com a própria confusão, tentando impedir as mãos suadas de escorregarem num tapete, que não conseguia mais pensar?

No entanto, Stevie gostou do fato de a aula terminar na postura do cadáver, com todos deitados no chão.

— Você vai fazer aquela sua filmagem hoje, certo? — perguntou Janelle ao fim da aula, conforme seguiam para o corredor a fim de recuperarem seus pertences. — Porque Vi e eu vamos...

Ela começou a revirar a mochila com vontade, investigando o fundo e os bolsos com a mão.

— Meu crachá — disse ela. — Sumiu. Eu o guardei e fechei o zíper. Você viu quando eu fiz isso, não viu?

— Sim — confirmou Stevie. — Tem certeza de que não está aí?

Janelle escancarou a bolsa. Nenhum crachá.

— Como essa droga pode ter sumido? Será que alguém pegou? Preciso encontrá-lo. Eu tenho acesso a coisas, e se perder isso...

— Vamos procurar — afirmou Stevie já no chão.

Ela vasculhou em meio às outras bolsas conforme as pessoas saíam da sala e as levavam embora.

— Eles cobram 150 dólares por um novo — falou Janelle. — Merda. *Merda.*

— Está tudo bem — disse Stevie para tranquilizá-la. — Alguém deve ter feito besteira.

— Como? Abrindo minha bolsa e pegando meu crachá? Eu preciso contar para Pix. Quem rouba um crachá? Quem abriu minha bolsa?

Janelle estava ficando irritada. Aquele tipo de desordem a agitava. E ela com certeza guardara o crachá na bolsa.

— Talvez tenha sido uma pegadinha?

— Roubar meu crachá?

Stevie quase completou com: "Ou projetar uma carta na minha parede." Mas como o júri ainda não se decidira se o acontecimento havia sido real ou não, ela se segurou. Era outra ocorrência estranha num breve período de tempo. Uma carta e uma chave. Parecia um jogo estranho, e enchia Stevie com uma preocupação baixa e borbulhante.

Jogos não são divertidos quando você não sabe que está jogando.

14

ERA UMA NOITE PERFEITA PARA ENTRAR EMBAIXO DA TERRA.

O outono ali em cima era diferente, notou Stevie enquanto seguia com Nate na direção do celeiro da arte às oito horas daquela noite. Era mais... selvagem. Provavelmente deveria ser um fenômeno esperado, mas pegou-a de surpresa mesmo assim. Havia mais movimentos rápidos nos arbustos, mais drama nas copas escuras das árvores, mais vento. O ar estava espesso com o aroma fértil das folhas que caíam precocemente e a decomposição perfumada de camadas de subsolo. Tudo estava vivo ou vocalizando sua partida. O cheiro, a sensação; era *aquele* o motivo de Albert Ellingham ter insistido no local.

— Meu reino por uma Starbucks ou algo do tipo — falou Nate. — Você também sente como se estivéssemos aqui há uma eternidade? Quando vamos começar a devorar uns aos outros ou a brigar por sobrevivência?

Os dois haviam vestido roupas escuras para a ocasião. Nate usava uma calça jeans escura e larga e um moletom preto desleixado cujas mangas desciam até os dedos, fazendo os braços longos parecerem ainda mais longos. Tinha uma expressão tão animada quanto sempre, mas Stevie já se acostumara. Nate era como uma nuvem de chuva, mas uma nuvem de chuva amigável, e o mundo precisa de um pouco de chuva. Ela estava totalmente preparada para a missão com uma calça cargo preta e um moletom de capuz da mesma cor. Seu guarda-roupa não a decepcionara. Tanto ela quanto Nate levavam na bolsa as lanternas profissionais disponibilizadas pela escola.

— Então, esse túnel — disse Nate, enquanto eles faziam uma curva perto das cabeças de estátuas sussurrantes. — O que ele era?

— Servia para o abastecimento de álcool durante a Lei Seca — explicou Stevie. — Eles costumavam fretar caminhões do Canadá. Mantinham as bebidas no observatório para o caso de haver uma batida policial, mesmo que ninguém fosse fiscalizar Albert Ellingham.

— Eu perguntei do *túnel* — falou Nate. — Alguma coisa sobre ter sido reaberto?

— Ele passou um tempo aterrado — respondeu ela de forma vaga.

Não queria completar com: "Desde 1938. Acabou de ser reaberto, ninguém nem sabe o que tem ali embaixo agora."

— E nós temos permissão para entrar?

— Ninguém disse que não podemos — respondeu Stevie.

— Mas também não devemos contar para ninguém.

— Aja primeiro, peça desculpa depois.

Ela sentiu que Nate a encarava, mas virou a cabeça para o outro lado a fim de observar uma das cabeças sorridentes.

— Eu não sei se isso vai realmente contar por três capítulos — comentou Nate, enfiando as mãos nos bolsos. — Só faz uma semana que começamos.

— O que a dra. Quinn disse?

— Que avaliaria quando visse o material. Mas ela tem cara de quem considera garrafas quebradas como parte de um café da manhã completo.

— Acho que você se preocupa demais — disse Stevie.

— É claro que eu me *preocupo* demais. Mas normalmente estou certo. Pessoas que se preocupam estão sempre certas. É assim que funciona.

Stevie resolveu não contrariá-lo daquela vez.

Hayes, Maris e Dash já esperavam na ala mais distante do celeiro da arte, onde os equipamentos de construção e as caçambas se encontravam, perto da estrada de manutenção. Também usavam preto — Hayes numa roupa justa que marcava os músculos, Dash em algo artisticamente largo e esvoaçante, e Maris de legging preta e um suéter felpudo grande demais, além de um chapéu preto apertado. Ela até usava um perfume almiscarado e defumado para combinar com a ocasião.

— Muito bem — disse Hayes, acendendo a lanterna. — Vamos lá.

Eles adentraram a floresta: o círculo de natureza verdadeira que rodeava o Instituto Ellingham, onde as árvores não eram organizadas e não havia estátuas. Ao menos foram pela pequena área próxima à estrada de manutenção. Stevie tinha uma boa noção de por onde o túnel passava e onde deveria ficar a abertura, mas o alçapão estaria tomado pela vegetação. Hayes parecia ter bastante certeza do caminho.

— Como você encontrou isso? — questionou Maris.

— A escavação é a melhor parte — respondeu ele com um sorriso. — Esse aqui foi aberto na primavera. Não queriam que alguém soubesse.

— Mas você sabia?

— Eu vi.

Ele sorriu e posicionou a luz da lanterna sob o queixo.

Hayes guiou o grupo por quase trinta metros pelo aglomerado denso de árvores. Então parou e começou a bater com os pés no chão. Ouviu-se um *tunc* pesado de metal grosso.

— Luz — pediu ele.

Maris iluminou o solo enquanto ele cavava uns três centímetros de terra solta.

— Eles cobriram a entrada — falou, abaixando-se. — E parece que colocaram um cadeado. Não estava trancada antes. Isso vai ser um problema.

— Deixa eu ver — falou Stevie, ajoelhando-se ao lado dele.

O solo era esponjoso e frio.

— É só um cadeado padrão. Pode iluminar aqui?

Maris apontou a lanterna para o cadeado. Stevie abriu a bolsa e tateou o fundo até encontrar dois clipes de papel. Ela os desdobrou e encaixou as pontas no lugar destinado à chave. Usou um deles para aplicar tensão e, com o outro, começou a manipular os pinos. O segredo era manter os movimentos lentos e cuidadosos; sentir cada milímetro. Cadeados são minúsculos, e seus pinos, menores ainda. Bastava apenas um toque leve para erguer um deles.

Por sorte, ela já abrira muitos cadeados como aquele. Era um hobby bom e barato para praticar enquanto assistia a mistérios, e lhe parecia o tipo de habilidade que ela deveria ter.

Ele se abriu.

— Caramba — disse Hayes. — Como aprendeu a fazer essa droga?

Stevie apenas sorriu, levantou-se e limpou as mãos.

— Boa — elogiou Maris.

Finalmente havia algo que Stevie sabia fazer e Maris não.

Dash digitava uma mensagem no celular, e Nate permanecia num silêncio atordoado.

Hayes abriu as portas do alçapão, revelando um buraco escuro feito breu. Stevie apontou a lanterna para uma dezena de degraus de concreto que levavam a mais escuridão.

— Isso não parece nem um pouco agourento — comentou Nate.

Stevie se aproximou da entrada, agachou-se e iluminou o vazio. O espaço diante dela era de uma escuridão violenta e palpável. Poderia haver qualquer coisa ali. Um milhão de aranhas. Alguém com uma faca. Ou pior: só um monte de túnel escuro.

Ela contou os degraus, sentindo o terreno com os pés para ter certeza de que chegara ao fim da escada antes de virar a lanterna para cima. Os milhões de aranhas, se presentes, estavam bem escondidas, e não havia ninguém com uma faca. O túnel era feito de tijolo e concreto e se mantinha em condições razoavelmente boas, exceto por alguns entalhes e rachaduras preocupantes provavelmente causados por anos de neve e gelo. O lugar trazia um cheiro opressor de terra, idade e ar estagnado. O túnel parecia mais apertado do que ela imaginou que seria, comportando duas pessoas lado a lado sem folga. Fazia sentido, é claro. Não é fácil construir um túnel secreto embaixo da terra. Ele só precisava ser grande o bastante para que as caixas de bebida passassem, ou para que os convidados pudessem se esgueirar com os amigos durante os famosos jogos de Ellingham. Os tijolos lhe passavam uma sensação de estar dentro de uma chaminé horizontal.

Stevie se sentiu tonta por um instante e passou a mão pelas paredes. Pareciam úmidas enquanto ela seguia os desenhos do rejunte com os dedos. Aquilo era história, história de verdade, revelando-se diante de seus olhos. Era quase informação demais para absorver. Ela ignorou a agitação ao redor conforme Dash tirava um tripé da bolsa e o abria, e Maris e Hayes se juntavam para ler a carta do Cordialmente Cruel no celular dele e decidir onde filmar.

Nate surgiu ao lado de Stevie, arrancando-a de seus devaneios.

— Por que você sabe arrombar cadeados? — questionou ele.

— Porque tem vários tutoriais na internet.

— Isso é como. Eu perguntei por quê.

— Quem não quer saber como arrombar cadeados? Só levei algumas horas para aprender. Basta comprar um a cinco dólares...

— Continua não respondendo a minha pergunta.

— Porque fazem na TV — respondeu Stevie, enfim. — Parecia algo bom de se saber. Eu gosto de detetives, beleza? Todo mundo tem seus hobbies.

— Me lembre de nunca deixar de ser seu amigo.

Stevie encarou a escuridão. Apontou a lanterna para a frente, mas não havia fim à vista. Apenas mais breu.

— Você tem certeza sobre a integridade estrutural? — Nate quis saber. — Deveríamos mesmo estar aqui dentro? Parece um fosso de elevador do *Titanic*.

— Está tudo bem — respondeu Stevie.

Porque *provavelmente* estava. Quase sempre está.

Stevie girou a luz ao redor, desviando de uma rachadura apavorante numa lateral, então apontou-a diretamente para a frente.

— Vou até o fim — afirmou ela.

— É sério? — perguntou Nate.

— Foi por isso que eu vim. Meus dragões estão lá embaixo.

— Stevie, eu não...

— Você é você, eu sou eu. Se eu morrer, lute pela minha vingança.

Era uma piada, mas não cem por cento. Ela precisava ir até o fim, mas sabia que podia ser um erro.

Alguns erros precisam ser cometidos.

Stevie sabia que a distância era de uns 120 metros. Mais de cem metros de túnel escuro pode não parecer muito, mas na verdade é. Ela iria até o fim, porém, assim como aquelas pessoas que engatinhavam para dentro de buracos de pirâmides selados por milhares de anos sem a menor ideia do que encontrariam. Havia mistérios enterrados e, às vezes, era preciso entrar embaixo da terra.

Ela se perguntou se entraria em pânico. Mas, para sua surpresa, seu batimento cardíaco se manteve baixo e estável conforme ela avançava passo a passo pelo vazio palpável do túnel. Em breve, encontraria uma porta. Stevie esticou o braço na frente do rosto e, em dado momento, sentiu a madeira maciça sob a ponta dos dedos.

Seu coração literalmente pulou uma batida, fazendo seu sangue borbulhar em confusão.

A porta era feita de tábuas grossas de madeira presas com uma faixa de ferro e tinha uma janelinha com painel deslizante que parecia ter saído de uma prisão medieval. Não tinha maçaneta, nem tranca. Originalmente, ela abriria pelo lado de dentro, então, se estivesse trancada, esse seria o fim da sua aventura.

Ela empurrou.

A porta se abriu.

Ela iria adiante. Passaria pela porta. Parecia um sonho.

O cômodo era pequeno. Estantes cobriam três paredes. Era o antigo estoque de bebidas. As entregas chegavam pelo túnel e eram guardadas naquele quarto. Uma escada de metal subia até um alçapão no teto. Stevie a balançou para testar sua firmeza. Parecia bem presa à parede e em perfeito estado de conservação. Será que ela podia fazer aquilo? De fato ir ao *lugar onde tudo aconteceu*?

O restante do grupo ficara para trás. Ela estava por conta própria.

Stevie fez outro teste na escada, então guardou a lanterna na bolsa. Subiria no escuro. Seguiu lentamente, confiando na escada e sabendo que, em algum momento, a cabeça se chocaria contra o alçapão. Usaria o toque como guia.

Ela subiu mais e mais e mais na escuridão, diminuindo a velocidade a cada degrau. Então sentiu o alçapão contra a cabeça, contra o couro cabeludo. Recuou um passo e ergueu a mão para tentar abri-lo. Não cedeu a princípio, mas Stevie empurrou com mais força. As dobradiças arcaicas emitiram um grasnido medonho ao serem forçadas a funcionar novamente, mas não resistiram por muito tempo.

Algumas pessoas querem ver a Torre Eiffel ou o Big Ben. Algumas pessoas sonham com formaturas e prováveis casamentos. Algumas pessoas sonham em voar em um balão de ar quente ou mergulhar nas águas cristalinas do Caribe. Todo mundo tem um lugar dos sonhos, e Stevie Bell estava subindo em direção ao dela.

O observatório abobadado parecia menor uma vez que ela estava ali dentro. Os grossos triângulos de vidro que compunham a maior parte da estrutura estavam encrustados de sujeira, tornando o lugar escuro. Ela apontou a lanterna para o chão de pedra, o banco que circundava o espaço. Não havia nada além de folhas secas e terra. Cheirava como um galpão.

Dottie estivera ali. Foi ali que encontraram seu livro de Sherlock Holmes. Albert Ellingham entrara bem por aquela porta robusta. Fora golpeado e caíra no chão. Onde? Naquele ponto? Será que o dinheiro havia sido contado ali? Aquele era o lugar onde tudo começara a dar muito errado?

Ela fechou os olhos por um momento. Talvez, se respirasse aquele ar e sentisse aquele espaço, pudesse voltar no tempo...

— Ei! — gritou Dash, quebrando o silêncio. — Vem cá. Precisamos de você.

O momento tinha acabado.

A filmagem foi bem rápida. Só era preciso que Hayes recitasse a carta do Cordialmente Cruel enquanto caminhava pelo túnel. Ele e Maris passaram a câmera para a frente e para trás a fim de conseguir algumas cenas em plano geral, mas estava escuro e frio e difícil de filmar, e o tempo não estava a seu favor. Às 20h30, todo mundo voltou às escadas. Uma rápida espiada do lado de fora provou que ninguém os esperava sair do buraco. As portas estavam fechadas.

— Não podemos sair todos juntos — disse Hayes com o cadeado na mão. — Se alguém nos vir vindo dessa direção, pode imaginar que estávamos aqui embaixo. Nate, Stevie, vocês vão primeiro. Dash, é melhor você ir pelo outro lado. Maris, nós podemos ir por último.

Enquanto Stevie e Nate faziam o caminho de volta pela escuridão, Nate relanceou por cima do ombro e disse:

— Acho que eles vão voltar e trepar naquele túnel.

— Trepar — repetiu ela. — Você precisava dizer *trepar*?

— Trepador do túnel. Um novo perfume masculino.

— Eles não fariam isso. Não vão fazer.

— Por quê?

— Porque aquele é... o túnel. Você não simplesmente *trepa* naquele túnel.

— Às vezes, um túnel é só um túnel — concluiu Nate.

Stevie contraiu um pouco a mandíbula e continuou andando, as mãos enterradas nos bolsos no casaco. Ela ainda sentia a magia do túnel e do observatório no corpo, e queria mantê-la pelo máximo de tempo possível.

Pensou na carta que vira na parede. Realmente parecera tão vívida. Os sonhos costumavam embaçar e esmaecer assim que terminavam. Mas sua lembrança era clara, com cores fortes. Era como se a mente houvesse tirado uma foto.

Será que foi real?

Era possível; a maioria das coisas eram *possíveis*. Não era *provável*, no entanto. O que era provável era que seu cérebro ansioso e agitado houvesse conjurado uma imagem vívida e reluzente para ela, algo tão mágico e estranho que ficou gravado em suas células cerebrais por mais tempo do que o normal. Pensando de maneira lógica, quem a conhecia ou se importava tanto assim com ela para ir tão longe, e com que propósito?

Tinha sido um sonho, como Janelle disse. Janelle fazia sentido.

Ainda assim, a sensação estava ali, como se Cordialmente Cruel a chamasse do passado. Cordialmente Cruel, o espírito do mal, o assassino risonho.

Mas algumas coisas — como túneis e segredos — não se mantêm enterradas. Cordialmente Cruel não era imune.

Postdetetive.com
13 de abril, 2016

No dia 8 de abril de 1936, uma carta chegou ao escritório de Albert Ellingham em Burlington, Vermont. Ele era, na época, um dos homens mais ricos dos Estados Unidos. Havia construído uma propriedade e uma escola nas montanhas da fronteira de Burlington, onde morava com a esposa e a filha, respirando o ar fresco e limpo. Um oficial da cidade recebia e juntava suas correspondências pessoais e profissionais, e todo dia um carro levava sacolas de cartas para a casa localizada bem no alto do Monte Machadinha, onde seriam separadas e avaliadas por seu secretário.

Naquele dia, uma das cartas se destacou entre as centenas. O envelope trazia um selo de Burlington. O endereço da propriedade dos Ellingham estava escrito na frente com um lápis sem ponta e letras quadradas e rabiscadas com força. No interior havia uma única folha de papel com as seguintes palavras:

Olhe! Uma charada! Hora de brincar!
Uma corda ou uma arma, qual devemos usar?
Facas são afiadas e têm um brilho tão lindo
Veneno é lento, o que é um castigo
Fogo é festivo, afogamento demora
Enforcamento é um jeito nodoso de ir embora
Uma cabeça quebrada, uma queda grave
Um carro colidindo contra uma trave
Bombas fazem um barulho bem animado
Tantas formas de punir meninos malcriados!
Qual devemos usar? Não conseguimos decidir.
Assim como você não pode correr ou fugir.
Haha.
Cordialmente, Cruel.

Ameaças a Albert Ellingham e sua família não eram novidade — na verdade, ele mal sobrevivera a um carro-bomba vários anos antes. Era uma época na qual magnatas viviam constantemente sob ameaça. Por que aquela carta era tão diferente?

Para começar, porque fora composta por palavras e letras coloridas que, mais tarde, seria determinado terem vindo de revistas populares. Com um texto claro e animado, a carta descrevia um plano diabólico que listava as diversas maneiras pelas quais Albert Ellingham podia morrer. O autor se deu um nome: Cordialmente Cruel.

Cinco dias depois, enquanto dava um passeio de carro, a esposa de Albert Ellingham, Iris, foi sequestrada com a filha de três anos, Alice. Além das duas, uma menina chamada Dolores Epstein, que estudava no novo colégio de Ellingham instalado na propriedade, também despareceu.

Um resgate foi pedido naquela noite, dando apenas alguns minutos para Albert Ellingham juntar o dinheiro que tinha no cofre e levar até seu lago particular. Ellingham estava com pouco dinheiro, então os sequestradores espancaram a pessoa que foi enviada para buscar Iris e Alice e exigiram um valor mais alto.

Robert Mackenzie, o secretário de Ellingham de trinta anos, implorou para que chamassem a polícia. Mas o patrão estava convencido de que isso só colocaria a família em maior risco. Em vez disso, ele e um amigo da família, George Marsh, levaram duzentos mil dólares em notas marcadas para um ponto remoto de Burlington e baixaram o dinheiro até um barco que os aguardava abaixo, no lago Champlain.

O barco navegou para longe. No dia 16 de maio de 1936, o corpo de Dolores Epstein foi encontrado numa cova rasa de um campo em Jericho, Vermont. Ela foi descoberta por um motorista de caminhão leiteiro de uma fazenda de laticínios local que parou fora da estrada a fim de atender a um chamado da natureza. A causa da morte fora um golpe fortíssimo na cabeça.

Três semanas depois, no dia 5 de junho, o corpo de Iris Ellingham apareceu numa praia perto de South Hero, Vermont. Maude Loomis, a moradora local que encontrou o corpo, atestou: "Ela estava enrolada num pano impermeável e seu estado era muito, muito ruim. Parecia que tinham tentado afundá-la." Três ferimentos a bala foram encontrados no corpo de Iris.

Cordialmente Cruel parecia seguir a lista à risca: havia um carro envolvido, mesmo que não houvesse colidido contra uma trave. (De fato, a Mercedes cor de cereja de Iris Ellingham foi encontrada bem-estacionada numa ruazinha de terra a onze quilômetros da casa, sem sinal de luta.) Havia uma cabeça quebrada, uma arma e um corpo encontrado na água.

O FBI foi chamado três dias depois do sequestro. Os agentes confiscaram as cartas e começaram a examiná-las no mesmo instante. Especialistas determinaram que o papel viera de um estoque comum, vendido em milhares de lojas. As únicas digitais na carta pertenciam a Albert Ellingham e Robert Mackenzie. As letras foram presas com cola branca comum e haviam sido cortadas de publicações populares como a revista *Life*, *Photoplay* e *The Saturday Evening Post*. Resumindo, não havia nada notável na carta exceto o conteúdo.

Psiquiatras de todo o país deram opiniões sobre a identidade do autor. Havia diferentes teorias sobre o diagnóstico exato, mas todos concordavam que se tratava de uma pessoa inteligente, muito verbal e confiante. Poetas e professores de literatura avaliaram o poema, oferecendo opiniões extremamente divergentes. Alguns diziam que era uma obra infantil. Outros, que a carta fora escrita por um grande conhecedor de poesia que escondia o próprio talento. Um surrealista chamou-a friamente de "a melhor e mais verdadeira obra do nosso tempo".

Isso causou certo problema no julgamento. Por mais que Anton Vorachek guardasse parte do dinheiro do resgate em sua casa e tivesse admitido o crime, seu inglês era bastante limitado. A maioria dos experts envolvidos no caso o considerou incapaz de escrever aquela carta, mas um especialista do FBI discordou. Dois anos depois da morte de Vorachek, uma mulher alegou que estava na companhia dele no dia do crime, mas sentira medo para se manifestar mais cedo. Seu relato foi amplamente debatido.

Oitenta anos depois, as perguntas permanecem.

Com a tecnologia moderna, poderíamos aprender mais sobre a carta de Cordialmente Cruel — mas há um problema. Ela não existe mais. A prova foi levada ao tribunal de Burlington para o julgamento. Uma semana depois, houve um incêndio no porão do tribunal, provavelmente causado por um cigarro em brasa. Uma dezena de caixas de provas foi destruída antes que o fogo fosse apagado, inclusive a caixa contendo a obra de Cordialmente Cruel. Por isso, é possível que nunca saibamos seus segredos.

"Haha!", talvez dissesse Cordialmente Cruel.

15

— Quer ouvir algo estranho? — disse Janelle, na porta do quarto de Stevie.

Ela ainda estava na cama, o despertador do celular tocando de forma estridente, lembrando-a de que, mesmo que fosse sábado de manhã, estava na hora de levantar e gravar um vídeo com Hayes. Ela esfregou os olhos e se virou para a amiga, que parecia tão perturbada quanto poderia parecer uma pessoa usando um pijama azul felpudo cheio de cabeças de gato estampadas.

— Isso é estranho — disse ela.

Janelle ergueu o braço e, pendurado no pulso, havia um cordão de Ellingham com um crachá preso na ponta.

— Adivinha onde estava.

Stevie não fazia ideia.

— Literalmente na frente da casa. No caminho. Alguém pegou meu crachá e o trouxe de volta, mas nem se deu ao trabalho de trazer até a casa. Poderia ter enfiado embaixo da porta ou algo assim. Em vez disso, a pessoa o largou no meio do caminho. *Quem faz isso?*

— Alguém pregando uma peça? — perguntou Stevie, esfregando o cabelo curto. — Um babaca?

— Com certeza a última opção. Pelo menos eu o recuperei. Crise evitada.

Uma vez que o mistério estava resolvido, apesar de não solucionado, Stevie foi tomar banho e se vestir. Estava fresco, então ela vestiu uma calça de moletom e o casaco de Ellingham. Ao entrar na sala comunal, ficou surpresa ao encontrar David acordado, com uma calça de pijama e uma camiseta velha de uma marca de surfe, sentado de pernas cruzadas no sofá roxo e curvado sobre o laptop.

— Você está trabalhando? — perguntou ela.

Ele ergueu a cabeça. Seus olhos estavam vermelhos como se ele não tivesse dormido, e a linha da sua mandíbula apresentava uma leve sombra de barba por fazer. Seu cabelo cacheado estava para cima. Ele estava *acabado* e... bonito.

— Eu estudo aqui — respondeu ele. — Lembra?

— É mesmo? — perguntou Stevie em tom despreocupado, andando para a cozinha.

É sério que ela tinha acabado de achar David bonito? Será que ele percebeu? Era aceitável pensar isso, mas não era aceitável deixar ele saber disso, e de alguma forma, ele ficaria sabendo.

Ela encheu a garrafa de alumínio de Ellingham com café e saiu depressa da casa, antes mesmo de Nate sair do quarto.

A manhã estava muito bonita, como se a estação quisesse se exibir antes que tudo desmoronasse e as árvores ficassem nuas e tudo morresse. O céu era extenso e azul. Stevie se sentia repleta de uma verdadeira sensação de propósito e elevação enquanto seguia para o jardim afundado. Era como ir à aula, pensou ao admirar os arredores. Acordar cedo numa manhã fresca de sábado, café em punho, para fazer um projeto. A energia do túnel ainda não a deixara.

A porta que levava ao jardim afundado estava aberta, e Stevie entrou. Ninguém havia chegado ainda, e ela aproveitou o momento para se sentar com seu café e observar.

A jovem tinha plena noção de que aquele lago artificial era grande, mas quando o viu frente a frente, e se deparou com essa gigantesca cratera no chão, passou a entender de verdade até onde Albert Ellingham estava disposto a ir para fazer a família feliz. A esposa adorava nadar, então o solo havia sido aberto, a rocha dinamitada. No entanto, à menor dica de que a esposa ou a filha ou qualquer prova do crime estivesse no fundo do lago, ele foi drenado, seco e escavado. Nos dias atuais, só restaram os monumentos — as estátuas que olhavam por cima do vazio, o observatório posicionado ridiculamente sobre seu montinho de terra.

— Valeu por esperar — disse Nate, chegando às costas dela.

— Foi mal.

Ele usava bermuda cargo apesar do frio e uma camiseta com os dizeres MEU OUTRO CARRO É UM DRAGÃO.

— Você adora de verdade essas coisas, né? — comentou ele, sentando ao lado dela na grama úmida. — Parece que está na Disney dos assassinatos.

— Uma Disney dos assassinatos seria incrível.

— É verdade. Eu iria também.

— É só que...

Stevie parou, escolhendo as palavras.

— Eu já vi tantas fotos deste lugar. Li tantas coisas. É como se tudo que eu imaginasse estivesse...

Ela gesticulou vagamente para a frente. Por sorte, Nate pareceu entender.

— É — disse Nate. — Acho que eu sentiria a mesma coisa se pudesse ir a algum lugar de um livro. Sempre quis que as histórias fossem reais, por isso comecei a escrever a minha própria. Parecia tornar tudo mais real. Tenho meio que inveja de você por poder ver a sua parada. Gandalf não vai aparecer para mim.

— Nunca diga nunca.

Eles ouviram o leve som de um carrinho de golfe se aproximando, então o viram, com Mark, da manutenção, dirigindo e levando seus equipamentos, e Dash de carona. Hayes e Maris chegaram por último, e, apesar de não estarem de mãos dadas, caminhavam próximos um do outro e trocavam olhares que deixavam claro que os dois haviam passado mais tempo juntos na noite anterior.

Houve muita movimentação naquele dia, muita correria e leva e traz. Os amados postes de Janelle foram dispostos como uma estrutura para as luzes. A rampa foi posicionada dentro do jardim afundado para criar um lugar de onde Hayes pudesse remar seu barco imaginário. Havia um gerador para fornecer energia às luzes e às máquinas de fumaça, o que requeria muitos testes de posicionamento. Depois, os tripés foram instalados e as luzes foram apontadas para os lugares certos. Levou horas, e foi entediante. Nate e Stevie não faziam muito além de obedecer ordens para segurar coisas e mover coisas e buscar coisas. Quando Stevie e Nate foram do jardim para o armário de figurino e voltaram, ela notou que Hayes não parecia estar correndo ou segurando ou movendo muita coisa. Ele passou a maior parte do tempo sentado num banco de pedra e olhando para o computador. Stevie pensou que ele estivesse repassando as falas. Eram todas dele; tratava-se de um monólogo. O restante do diálogo seria gravado separadamente e inserido por cima como narração, então ele tinha muito a decorar. Mas, quando passou atrás dele, viu que estava olhando fotos e respondendo mensagens.

Enquanto a rampa era posicionada pela quinta vez, Stevie notou que eles tinham uma nova companhia. Germaine Batt passara sorrateiramente pelo portão, rondara pelo lugar e começara a se aproximar de Hayes. Stevie se perguntou como a situação se desenrolaria, visto que Germaine o havia fotografado sem autorização algumas noites antes e postado o conteúdo na internet. Mas ele cumprimentou a garota com simpatia e até posou para algumas fotos. Stevie também notou que ele fez questão de parecer bem ocupado nas imagens.

Eles definiram um breve intervalo de almoço, durante o qual Hayes disse que sumiria por um tempinho para ir à Minerva e passar sua maquiagem. Quando tudo estava finalmente no lugar, horas depois, ninguém sabia onde ele estava.

— Onde ele se enfiou, droga? — perguntou Dash, olhando ao redor. — Stevie, você pode ir procurá-lo?

Ela estava sentada na mochila, tentando arrumar sinal no celular para baixar o último episódio do seu novo podcast de crimes reais favorito, *Falando de assassinatos*.

— Ah — disse ela, levantando-se. — Posso. Claro.

Ela caminhou ao redor do lago vazio e pelos cantos do jardim. Até que ouviu vozes vindas do pergolado nos fundos da casa. Ao se aproximar, escutou uma voz feminina; estava bem irritada, por sinal.

— Você é um palhaço, Hayes — disse a voz. — Está me *devendo*.

— E vou pagar — respondeu o acusado.

— Você já disse isso antes.

— Porque é verdade.

Stevie ficou bem quieta para escutar.

— Você acha que as pessoas não sabem? — perguntou a voz desconhecida, cheia de desprezo.

— Sabem o quê, Gretchen?

Gretchen. A garota do cabelo. A majestosa.

— Ah, por favor. Você vai ficar de fingimento pra cima de *mim*?

— Por que você se importa?

— Bom, em primeiro lugar, porque nunca vou ser paga. Vamos parar de fingir. Você faz isso com todo mundo. Comigo. Provavelmente com Beth. Pelo menos agora ela sabe, graças à garota que fez aquele vídeo. E quanto àqueles filhos da mãe idiotas que estão fazendo seu trabalho nesse momento?

Filhos da mãe idiotas? Stevie era um deles.

— Gretchen...

O nome saiu como um longo suspiro.

— E se eu contar tudo para aquela garota com o programa?

— Acho que você deve fazer o que quiser, Gretchen — disse ele. — Ou então pode tomar um Rivotril e me dar uma ou duas semanas.

Antes que Stevie pudesse se mexer, Hayes saiu de trás do pergolado. Era obviamente Hayes, só que mais velho. O cabelo estava grisalho e o rosto, cheio de linhas e rugas. Maris fizera um bom trabalho com a maquiagem.

— Oi, Stevie — cumprimentou ele, um pouco mais alto do que o necessário.

— Oi — respondeu ela. — Está na hora.

Hayes deu um sorrisinho, e Stevie notou que ele pensava que ela o estava ajudando a se livrar da conversa. Uma vez que tinha acabado de ser rotulada de filha da mãe idiota que estava fazendo o trabalho de Hayes, ela encarou aquele sorriso com muito mais suspeita.

— Valeu — disse ele.

Sua voz ficou mais arrastada e doce feito mel.

Gretchen também apareceu. Ela viu Stevie, mas, parafraseando Sherlock Holmes, não a observou. Era como se fizesse parte da paisagem. Passou direto sem nem uma palavra.

— Valeu — repetiu Hayes, apoiando lentamente um braço nos ombros de Stevie. — Minha ex. Quer dizer, ela terminou comigo e continua irritada, pelo jeito. É estranho. Mas você sabe como são essas coisas.

Stevie não sabia como eram essas coisas, mas assentiu.

— É complicado — falou ela.

Hayes assentiu e abriu um sorriso ainda mais largo e confortável. Seu sorriso era como uma rede — um convite para deitar, dormir e esquecer seus problemas e preocupações.

Eis algumas coisas que Stevie aprendeu depressa naquela tarde:

Primeira: filmar um vídeo envolvia muitas horas de não filmagem e vagar por aí e falar sobre fazer coisas de novo e então, às vezes, refazê-las de novo, e depois ir ao banheiro e descobrir que tudo está exatamente da mesma forma quando voltar.

Segunda: Hayes era um bom ator. Não havia como negar.

Terceira: neblina falsa fedia.

Quarta: era possível para Stevie se cansar de ficar parada no jardim afundado e ouvir a história do sequestro de Ellingham ser revisada mais e mais vezes.

Conforme as horas se passaram, ela começou a se arrepender de ter permitido que Hayes escolhesse Cordialmente Cruel como tema do vídeo. Claro, ela concordara, mas havia algo de errado sobre isso, sobre filmar aquele videozinho esquisito. E, por mais que Hayes estivesse fazendo um trabalho bom o bastante e que a maquiagem estivesse bem aplicada, ele continuava sendo um garoto de dezessete anos interpretando um homem de quarenta e muitos. Aquela era a parada de Stevie, e alguma coisa sobre todo esse processo de filmagem lhe parecia errado e oblíquo, de uma maneira que ela não conseguia definir muito bem.

Às seis da tarde, Maris avisou que eles, provavelmente, já tinham filmado tudo o que precisavam, e Dash anunciou um intervalo para o jantar.

— Vamos comer e depois voltar para arrumar tudo — falou.

— Esta noite? — perguntou Nate. — Não podemos deixar para amanhã?

Maris ajudava Hayes a limpar o rosto com um lencinho demaquilante. Quando terminaram, o grupo seguiu para fora do jardim em direção à sala de jantar. Stevie ouviu o estômago de Nate roncar alto.

Quando chegaram ao gramado, Hayes deu um passo atrás e falou:

— Vão indo na frente. Esqueci uma coisa.

— Eu vou com você — disse Maris.

— Tudo bem, não precisa — insistiu ele, andando para trás. — Vai na frente e guarda um lugar para mim.

Stevie e Nate nem pensaram em discordar.

Era estranhamente constrangedor sentar com um grupo diferente para jantar. Stevie fez um prato de frango frito e milho, observando enquanto alguns dos seus colegas de casa se organizavam em grupos pelo lugar. Janelle se sentou com algumas pessoas da casa de Vi. Ellie dividia uma mesa com pessoas que Stevie mal conhecia. David não apareceu. Nem Hayes.

— Por que será que ele está demorando tanto? — perguntou Maris, se remexendo no assento. — Ele não está respondendo minhas mensagens.

— Deve estar numa ligação — sugeriu Dash, devorando seu purê de batata.

Maris sentou sobre as mãos e observou os arredores. Seu olhar recaiu sobre Gretchen quando ela entrou na sala de jantar. Ela passou a língua sobre os dentes.

— É melhor eu ir olhar — declarou.

— Maris, ele já vem — falou Dash. — Só está fazendo alguma coisa.

— Temos que voltar para mover a rampa, de qualquer maneira.

— Ai, meu Deus — disse Dash. — Tudo bem. Posso só terminar de comer por um segundo?

Gretchen se virou para eles de maneira indiferente, seu olhar passando acima do grupo como uma nuvem.

Sobre o que ela e Hayes falavam mais cedo? O que Hayes devia a Gretchen? Será que se associar a ele causava esse tipo de turbulência? Maris estava nervosa, todos trabalhavam em algo que o beneficiava mais do que aos demais, Gretchen esperava que alguém pagasse.

Como as pessoas levavam esse tipo de vida?

O jantar terminou depressa, para o desgosto de Nate, e os quatro — Maris, Dash, Stevie e Nate — seguiram de volta para o jardim afundado.

A noite começava a cair, e o céu assumia um tom de azul elétrico que destacava bem as árvores. No caminho, Stevie ouviu alguém se aproximando depressa e, ao se virar, encontrou Germaine Batt ao seu lado.

— Aonde vocês estão indo? — perguntou ela.

— Ao jardim afundado — respondeu Nate. — Para mover a rampa. Ou algo assim. Não sei. Achei que eu só precisasse escrever.

— Posso ir junto?

— Você quer mover uma rampa? — perguntou Stevie.

— É o sonho de todo mundo — falou Nate, ajeitando a mochila nos ombros. — Venham para o Instituto Ellingham e movam uma rampa para fora de um buraco no escuro.

— Só quero ver o que vocês estão fazendo — explicou Germaine.

— Mais novidades sobre Hayes? — supôs Stevie.

— Consegui cinquenta mil visualizações na última postagem.

— Seria um ótimo epitáfio — comentou Stevie. — *Consegui cinquenta mil visualizações na última postagem.*

— Fale o que quiser — disse Germaine, com um toque de frieza. — Eu não me importo.

Quando as pessoas dizem que não se importam, é porque se importam. Germaine não fizera nada a Stevie. Não havia razão para alfinetá-la. Claro, o que ela estava fazendo era de um pouco de mau gosto, mas não parecia causar mal algum a Hayes. Pelo contrário: rendera uma nova namorada que estava correndo atrás dele nesse momento, na frente no grupo, na escuridão cada vez mais intensa.

— Foi mal — disse Stevie. — Só estava brincando.

— Tudo bem — respondeu Germaine, com rispidez.

Não parecia estar tudo bem.

Os últimos vaga-lumes da estação dançavam sobre a grama quando eles passaram pelo portão. O buraco no chão parecia mais ameaçador no escuro, e o vidro sujo do observatório refletia a lua nascente. O lugar estava tomado por pilhas de postes, lonas dobradas e pela rampa.

— Hayes? — chamou Maris.

Ninguém respondeu. Um pássaro escondido na escuridão farfalhou na copa das árvores acima deles.

— Cadê ele? — perguntou ela.

— Vai saber! — respondeu Dash. — Provavelmente está no telefone com alguém e nos largou com tudo isso para arrumar. Vamos.

— Ele tem que estar em algum lugar por aqui — disse Maris. — *Hayes!* Sua voz alta e dramática ecoou por todos os cantos do jardim.

— Você vai aprender isso rápido — comentou Dash, recolhendo alguns postes. — Ele nunca está por perto quando é hora de arrumar a bagunça.

Maris olhou de um lado para o outro, e Stevie a enxergou pela primeira vez como mais uma aluna do primeiro ano, alguém que se apaixonara depressa e estava rapidamente se dando conta de que aquela relação não era equilibrada.

Ao voltarem para casa naquela noite, Nate foi direto para o quarto. Stevie decidiu se sentar na rede da sala comunal e esperar por Hayes. Não sabia muito bem por quê. Talvez por irritação. Talvez por aquilo ter alguma coisa a ver com o túnel. Será que Hayes voltara lá? Por que havia dado meia-volta e se afastado daquele jeito deliberado?

Fosse qual fosse o motivo, a rede era um bom lugar para se sentar e assistir a alguns episódios de *Tempo chuvoso*. Ela merecia. As horas se passaram. Quando o relógio marcou dez horas, Janelle voltou, o rosto corado.

— Oi — disse ela, jogando-se no chão aos pés de Stevie com um sorriso largo. — Eu estava só fazendo uns trabalhos com Vi. Obrigada por trazer meus postes de volta.

— Seus postes estarão sempre seguros comigo. E... fazendo uns trabalhos com Vi?

— Estudando. No *yurt*.

— *Estudando no yurt?*

Janelle bateu com o fio do fone de ouvido nas canelas de Stevie de brincadeira.

— Vou pegar minhas coisas — disse ela. — E ficar um pouco com você.

O relógio marcou 22h30. O toque de recolher era às onze, e ainda não havia sinal de Hayes. Stevie começou a pensar mais sobre o túnel. Hayes obviamente já entrara ali antes. Será que era estável? Tinha passado décadas cheio de terra. Aguentara todo tipo de clima. Estava trancado. Havia rachaduras. E se ele tivesse entrado lá embaixo sozinho? E se tivesse desabado na cabeça dele?

Não. Hayes estava só sendo Hayes.

Ele não estava com Maris, no entanto. Será que estava com Gretchen? Não importava. Então por que ela se sentia tão ansiosa?

Porque sofria de ansiedade.

Pix também foi para a sala comunal, vestida com uma calça de algodão esvoaçante e uma regata preta que deixava os braços musculosos à mostra enquanto tricotava e assistia a um documentário no laptop. Ellie e David chegaram logo antes das onze, sorrindo. Eles se jogaram juntos no sofá.

— E aí — disse David para Stevie —, noite de sábado animada?

— O que houve? — perguntou Ellie. — Você parece meio assustada.

Antes que Stevie conseguisse responder, Pix tirou os fones de ouvido e olhou para o grupo.

— Alguém sabe do Hayes? Ele está prestes a se atrasar para o toque de recolher.

Todo mundo respondeu que não. Stevie decidiu fazer uma expressão neutra e ignorar a pergunta.

Pix pegou o celular e começou a digitar.

Stevie sentiu a vibração elétrica da ansiedade percorrer seus braços. Ele entraria pela porta a qualquer momento. Estava só sendo burro. Não mencione o túnel. Deixaria todo mundo encrencado, provavelmente, sem motivo.

O relógio marcou 23h30.

— Odeio ter que ligar pro Larry porque alguém está atrasado — disse ela. — Hayes não está respondendo minhas mensagens. Ele não falou para ninguém onde estava?

Stevie sentiu uma veia pulsar na testa.

— Olha — começou —, eu não sei aonde Hayes foi... Não mesmo... Mas, algumas noites atrás? Ele entrou no túnel.

David e Ellie levantaram a cabeça de repente. Janelle estava com fones de ouvido e não escutou.

— Você precisa ser mais específica — pediu Pix. — Tem muitos túneis por aqui.

— Aquele embaixo do jardim afundado.

— Ele está soterrado.

— Não está mais. Parecia tudo bem lá dentro, mas... Não sei. Talvez ele tenha voltado?

— Você está brincando, né? — disse Pix. — Ai, meu Deus.

Dez minutos depois, Larry estava na porta da Minerva.

— Mark já está a caminho do túnel — informou ele. — Stevie, vista um casaco. Venha comigo.

Alguns minutos depois, Stevie estava do lado de fora ao lado de Larry, a respiração dos dois formando nuvens no ar frio, suas lanternas criando pontos longos e dançantes no chão.

— Eu sabia que alguém tentaria entrar lá — disse Larry, gesticulando para que Stevie subisse no carrinho de golfe. — Sabia que devíamos ter soldado a entrada.

Stevie se abraçou com força enquanto o carrinho avançava pela trilha.

— Pelo menos você teve o bom senso de nos contar — continuou Larry. — Meu Deus.

— Estava tudo bem no túnel — disse Stevie, mas a voz saiu baixa. — Parecia estar tudo bem.

— Aquele negócio não é seguro — respondeu o segurança. — Provavelmente não era seguro quando foi construído, e deixá-lo oitenta anos soterrado não pode ter ajudado. Eu disse para selarem a entrada. Se ele não estiver lá dentro, nós vamos atrás de todo mundo com quem vocês vêm trabalhando, porque vou encontrá-lo e ter uma conversa com ele. Meu Deus, aquele túnel...

O coração de Stevie começou a martelar. Outro carrinho, que levava Mark e a enfermeira, sra. Hix, juntou-se a eles enquanto avançavam ao longo da parede do jardim, depois por dentro da floresta. Ambos estacionaram na estrada de terra usada pela manutenção.

— Fique aqui — falou Larry para Stevie.

Mark pulou para fora do carrinho com um capacete de obra. A sra. Hix usava um grande casaco impermeável e trazia uma bolsa laranja fluorescente de emergência no ombro. Os três avançaram para dentro da mata. Stevie se encolheu dentro do casaco.

— O alçapão está destrancado — disse Larry.

A dobradiça rangeu ao ser aberta. Ele desceu alguns degraus, apontando a lanterna para o espaço.

— Hayes? — gritou. — Hayes, responda se estiver aí!

Nenhuma resposta.

— Eu vou entrar — avisou para Mark. — Fique a postos.

A escuridão se adensava ao redor de Stevie. Os dedos começaram a ficar dormentes nas pontas. Sozinha naquele carrinho sob a espessa copa das árvores, ela sentiu um pavor crescente, do tipo gerado por lugares frios e selvagens e breu ininterrupto e problemas inomináveis. Haveria problemas aquela noite. Como eram as punições em Ellingham? Por que a noite era tão vasta? Que droga vivia nas árvores e embaixo da terra que farfalhava tanto? Será que morcegos atacavam a cabeça de pessoas em carrinhos de golfe?

Um grito arrancou-a de seus devaneios. Veio de Larry.

— Mark! Mark, ligue para a emergência! Avise que precisamos do helicóptero!

As palavras atingiram Stevie como um raio. A sra. Hix correu para dentro do túnel. Mark seguiu até uma clareira para fazer a ligação. Stevie saiu do carro com passos lentos e deliberados, como se o solo pudesse ceder a qualquer instante, e se aproximou da abertura no chão. Ouvia vozes abafadas. Vinham do fundo do túnel, e dava para perceber que havia algo muito errado.

Ela não levara a lanterna grande, mas o celular estava no bolso, então o usou para iluminar o caminho. Com cuidado, sentindo a pulsação cada vez mais acelerada, Stevie desceu os degraus. Ouvia uma conversa agitada bem à frente; as vozes vinham da sala de bebidas. Stevie avançou como se entrasse num sonho, guiando o caminho com sua luzinha minúscula. Ignorou tudo que Larry dissera sobre a instabilidade do túnel. Algo estava acontecendo, e uma força a puxava na direção de um desconhecido sombrio.

Ao se aproximar da porta, ouviu a enfermeira usar as palavras *sem reação, frio, cianótico*. Larry se virou e apontou a lanterna para ela.

— O que aconteceu? — perguntou Stevie.

Larry andou na direção dela. Ele não correu. As pessoas corriam quando precisavam de ajuda. As pessoas andavam quando precisavam começar a conter a cena com cuidado.

A lanterna poderosa de Larry estava apontada para baixo, focada em algo no chão. Uma massa imóvel. Stevie levou um momento para registrar que a massa era Hayes, com os pés na direção da porta. Encontrava-se numa posição semifetal, com uma das pernas esticadas. A pele estava azul arroxeada.

— Stevie — disse Larry, bloqueando a porta com o corpo.

Mas ela não precisava ver mais nada. Todo mundo reconhece a morte quando a vê.

16

C HOQUE É UMA COISA ENGRAÇADA. T UDO FICA NÍTIDO E CONFUSO. O TEMPO se estica e se distorce. As coisas entram em foco depressa e parecem maiores do que são. Outras coisas se convergem num único ponto.

— Vem comigo — disse Larry.

Ele virou Stevie pelos ombros com delicadeza e guiou-a para fora do túnel, de volta ao carrinho.

— Ele está morto — disse Stevie, olhando para o céu e inalando profundamente o ar fresco. — Hayes está morto.

Larry continuou a levá-la na direção do carrinho, em silêncio. Então acomodou-a no banco do passageiro e olhou-a no rosto antes de perguntar:

— Você está bem?

— Só me diz se estou certa.

Larry exalou devagar.

— Ele está morto — confirmou.

— Por quê?

A pergunta soou simples, como de uma criança.

— Não sei — respondeu Larry. — Você sabe? O que ele estava fazendo aqui embaixo, Stevie? Você precisa me contar.

— Eu não sei. De verdade. Eu não sei.

Larry avaliou o rosto dela por um momento, então pareceu aceitar a resposta. Stevie sentia como se estivesse pairando suavemente acima da cena, como num sonho recorrente que tinha no qual flutuava por todos os cômodos da casa do vizinho, observando-os fazer atividades mundanas. Um fantasma na casa de outra pessoa.

— O que vamos fazer? — perguntou ela.

Outra pergunta estranha. Por dentro, Stevie conseguia raciocinar. Por fora, abraçava o próprio corpo e dizia coisas estranhas.

— Eu vou levá-la de volta à Minerva — respondeu Larry.

Eles fizeram o caminho de volta em silêncio. O Instituto Ellingham passava diante de seus olhos como o cenário de um filme. Nada era real. Um barulho distante rompeu o ar. Larry se inclinou para a frente e olhou para cima no momento em que as luzes de um helicóptero apareceram acima da cabeça deles e apontaram para a mata. A ambulância havia chegado, mas o paciente já partira.

Stevie sempre quisera ver um cadáver — mas não aquele, não de alguém de verdade. Não tênis virados para cima ao fim daquelas pernas, as mesmas pernas que agacharam de maneira tão estúpida no quarto de Stevie dias antes. Os joelhos — as patelas —, o humano de verdade que se tornara imóvel e frio em algum lugar atrás deles, no escuro.

Quando eles chegaram à Minerva, Larry pediu que Stevie esperasse por um momento, e ela obedeceu. Ele conversou com Pix na porta da casa. A professora levou as mãos à boca ao ouvir a notícia, então se aproximou do carrinho e segurou as mãos de Stevie.

— Estou bem — disse Stevie.

— Stevie.

Larry se inclinou para dentro do carro pelo lado do motorista, a mão apoiada no teto.

— Preciso que não comente nada com ninguém da casa agora, só por enquanto. Você entende?

— Você não quer causar pânico e precisa manter a área livre para investigar o que aconteceu — disse Stevie.

— Isso mesmo — confirmou Larry. — Muito bem.

— Stevie — começou Pix —, vou te levar para meu quarto...

— Se você me levar para cima, os outros vão saber — argumentou ela. — Eu vou pro meu quarto. Tudo bem. Vou ficar bem.

Larry assentiu.

— Ela está bem — afirmou o segurança. — Só vá para o seu quarto e fique na cama. Fique lá que eu já volto para buscá-la. Vamos precisar de você outra vez.

Stevie pisou de leve no chão antes de levantar do carrinho e descobriu que suas pernas estavam firmes. Pix tentou passar um dos braços por seus ombros, mas ela resistiu à oferta. A sala comunal parecia clara demais. A parede vibrava em vermelho, e o alce pendurado era grotesco. Janelle havia se retirado, mas Ellie e David ainda estavam no sofá, com os pés virados um para o outro, rindo de alguma coisa. Pararam quando Pix e Stevie entraram.

— E aí? — perguntou Ellie. — Hayes está ferrado?

— Não — respondeu Pix em voz baixa.

David olhava para Stevie. Ela percebeu que ele tentava se infiltrar por sua expressão neutra e acessar seus pensamentos.

— Vou pra cama — anunciou Stevie, virando-se.

David a seguiu com o olhar. Então seu telefone bipou.

— Alguém viu um helicóptero — falou para Pix.

— Achei ter ouvido alguma coisa esquisita — comentou Ellie.

— Pix, tem um helicóptero pousando na propriedade? — insistiu David.

— Está tudo bem — falou Pix.

Stevie correu para o quarto e fechou a porta. Escorou-se contra ela, batendo a cabeça no gancho. Uma onda de náusea percorreu seu corpo, e ela se aproximou da lixeira por precaução, mas o enjoo passou. Ela deitou na cama totalmente vestida e puxou a coberta para que cobrisse seu corpo.

Seis subiram a montanha, então restaram cinco.

Talvez ela devesse dormir...

Choque. Ela estava se entregando ao choque. Sentou-se na cama. Papel. Precisava de papel. Foi até a escrivaninha e pegou o caderno de anatomia. Precisava escrever tudo o que acontecera. O que tinha visto? O que sabia? Apenas escreva tudo, de forma direta, sem pensar sobre o significado de qualquer detalhe.

Houve uma batida na porta, e ela se entreabriu antes que Stevie tivesse tempo de responder.

— Oi — disse David. — Não havia humor algum em seu rosto. — O que está havendo?

— Não posso — disse Stevie, curvando-se sobre o caderno com as sobrancelhas franzidas.

— O que você está fazendo?

— *Não. Posso. Falar.*

— O quê?

— Atrapalha a memória — explicou ela com impaciência.

— Tem alguma coisa acontecendo. Eles só mandam helicópteros em raras ocasiões. Além disso, você parece que perdeu dois litros de sangue. Que droga está acontecendo?

— Eu não posso. Preciso anotar tudo. Histórias podem mudar sem querer quando você começa a falar, então não posso falar. Por favor, só feche a porta.

A mão dela tremia de leve. Stevie a fechou em punho e enfiou-a embaixo das cobertas. David recuou lentamente, saindo.

Ela forçou a mente a funcionar. Apenas liste tudo. O que você viu, Stevie? Ela começou a escrever. Começou na quinta-feira.

- Levamos a rampa e os equipamentos para o jardim
- Instalamos as máquinas de fumaça

Mais detalhado, Stevie. Ponha em ordem.

- Há algumas noites, entramos no túnel. Nós

Não.

- Nós Eu arrombei o cadeado para entrar

Havia barulho dentro e fora da casa. Ela ouviu o zumbido do helicóptero voando para longe, as vozes na sala comunal. Colocou os fones de ouvido para abafar o som. A informação estava sendo passada, e logo tudo viraria um caos. Precisava organizar os pensamentos imediatamente. Quando teve certeza de que registrara tudo o que sabia, arrancou a página. Então se levantou, tirou a capa vermelha do armário e a vestiu, refugiando-se no vinil. Colocou um Lorazepam no bolso esquerdo e a lista dobrada no direito. Então, sentou-se na beirada da cama com as mãos no colo e até Larry chegar.

Levou uma hora, talvez. Stevie não tinha certeza. O tempo se tornara escorregadio. Stevie passou pela sala comunal feito um fantasma, sem olhar para ninguém. Do lado de fora, parecia haver luzes azuis e vermelhas por toda parte, piscando por entre as árvores, ecoando céu adentro e lançando sombras estranhas em todos os cantos. A temperatura parecia ter caído uns dez graus. Nate esperava do lado de fora com Pix. Estava com a expressão perdida e o rosto pálido.

Larry levou Stevie e Nate até o Casarão. Os dois se sentaram lado a lado atrás de Larry no carrinho de golfe, absorvendo um pouco de calor um do outro. Uma viatura da polícia estadual estava estacionada embaixo do pórtico, e o oficial do lado de dentro digitava informações num computador. Havia mais policiais dentro da casa. Vários membros do corpo docente estavam aglomerados na sacada, todos com aparências derrotadas. Maris e Dash já estavam no salão, sentados ao lado da imensa lareira. Maris soluçava, e Dash encarava o celular com olhos vidrados.

— Acho que vou vomitar — disse Nate.

— Respira fundo — sugeriu Stevie, pegando a mão dele. — Junto comigo.

Os dois se sentaram no último degrau da grande escadaria.

— O truque — continuou ela — é deixar a exalação mais longa do que a inalação. Por isso, vamos inspirar por quatro, segurar por sete, exalar por oito. Faz comigo. Eu vou contar. Um, dois, três, quatro...

Nate respirou com Stevie, acalmando a reação do corpo, acalmando o medo.

Esse era um detalhe engraçado sobre a ansiedade de Stevie: quando encontrava alguém se sentindo mais ansioso do que ela, Stevie se estabilizava. Ela descobrira isso havia alguns anos, quando ficou presa no elevador de um hotel com outra pessoa, durante uma das poucas férias da família Bell. O edifício tinha vinte andares. Stevie e outra mulher entraram no décimo oitavo. As portas se fecharam e o elevador começou a descer, então, de repente, despencou por mais ou menos um andar, sacolejou e parou. O coração de Stevie quase saiu pela boca, mas quando ela viu a mulher gritar e se encolher em pânico num canto do elevador, um novo sentimento a dominou. A mulher passou a meia hora seguinte sentada no chão do elevador, quase chorando, tremendo. Stevie conversou com ela durante todo o processo, e quando foram resgatadas, a mulher só tinha coisas boas a falar sobre Stevie, e comprou para ela um cupcake gigante e um café da lanchonete do hotel.

Talvez aquele fosse seu futuro: conversar com pessoas que tinham acabado de testemunhar eventos traumáticos. Stevie conversaria com elas e as acalmaria até chegarem a um estado em que conseguissem falar.

— Nate — disse Stevie, voltando a segurar sua mão —, qual é seu livro favorito?

— O quê?

— Só me fala qual é seu livro favorito. Não pense demais. Só fale um título do qual você gosta.

— *O hobbit*.

— E do que você gosta nele?

— De tudo.

— Mas cita um ponto. Fecha os olhos e pensa sobre *O hobbit* por um momento, depois me fala do que você gosta.

Nate fechou os olhos. Sua expressão suavizou um pouco.

— A porta redonda — respondeu ele. — Na casa do Bilbo. Eu li esse livro quando era pequeno e sempre pensava nessa porta.

— Ótimo. Continue pensando na porta. Continue pensando em Bilbo. Vamos respirar de novo. Inspira por quatro. Segura por sete. Expira por oito.

Em pouco tempo, Stevie notou que Nate estava ficando um pouco mais tranquilo. Seus ombros relaxaram de leve, e a tensão que dominava seu corpo enquanto tentava não vomitar se dissipou. Ele exalou uma última vez, abriu os olhos e a encarou.

— Tudo bem — disse, assentindo. — Tudo bem. O que vai acontecer? O que está acontecendo? Stevie, que droga está acontecendo?

— Eles vão nos perguntar o que vimos.

— Eu não vi nada. Nem sei o que está acontecendo. Disseram que Hayes morreu, é verdade?

— Quero dizer que vão perguntar como foi o dia — explicou Stevie.

— Eles precisam estabelecer os fatos.

— Mas o que aconteceu? Como Hayes morreu?

— Não sei.

No entanto, Stevie pensava no alçapão. Ela sentira seu peso nas mãos enquanto se equilibrava na escada de degraus estreitos.

— Mas é importante que a gente não tente inventar nada. É só ser claro. Só diga o que sabe.

— Bom conselho.

Quem falou aquilo foi Larry, que tinha parado na frente dos dois. Ele se agachou e deu uma olhada em Nate, depois em Stevie, então assentiu com aprovação.

— Essa aqui tem uma cabeça boa. A polícia precisa de algumas informações.

Um dos oficiais chamou o nome de Nate e levou-o para uma saleta na entrada da casa. Larry se sentou no degrau ao lado de Stevie.

— Como você está?

— Anotei algumas coisas — respondeu ela, mostrando o papel. — Enquanto tudo estava o mais fresco possível.

Larry leu o papel com cuidado. Stevie seguiu seu olhar por cada linha.

— Muito bom — comentou, devolvendo a lista. — Você está lidando bem com isso.

— Você sabe o que aconteceu?

Larry fez que não com a cabeça.

— Não sabe? — insistiu ela. — Ou não pode dizer?

— Estão prontos para receber você — anunciou um policial, guiando Stevie até o escritório de segurança.

Ali estava ela, observando um caso de perto, dando um testemunho, vivenciando todas as coisas que tanto desejara vivenciar.

Só foi preciso que alguém morresse.

Stevie ficou cerca de meia hora com a polícia. As perguntas foram exatamente as que ela esperava. Repassar os acontecimentos do dia. Quem foi aonde e que horas? O que Hayes estava fazendo no túnel?

Ela sabia que a coleta de informações era um trabalho clínico. Não presuma nada. Não seja amigável. Faça as perguntas. Estabeleça a linha do tempo. Registre de forma acurada e rápida. Ela tentou manter as respostas claras, curtas, porém completas. Nenhum embelezamento. Nenhuma opinião sobre o significado das coisas.

Quando terminou, encontrou Larry e Nate esperando para voltarem juntos à Minerva. Ao saírem da casa, uma van de perícia criminal entrava na propriedade. Isso pegou Stevie de surpresa, causando-lhe uma leve onda de pânico. Ela voltou a pensar no alçapão. Mas era bem provável que todos os casos em que a morte não tivesse uma causa imediatamente clara precisassem ser analisados por uma equipe de peritos.

A lua estava fina como um anzol, e as corujas piavam. O cheiro de folhas secas soprou no ar, e Hayes estava morto.

Ao retornarem, encontraram a Minerva bem desperta. Quando Nate e Stevie entraram, pareceu acontecer um tipo de sucção no ar — como se eles tivessem aspirado a conversa.

— Ai, meu Deus — disse Janelle, correndo para Stevie e abraçando-a. — Você está bem? Ai, meu Deus. É verdade que ele está morto? Stevie? O que aconteceu?

Stevie viu Ellie e David por cima do ombro da amiga. Estavam encurvados juntos num canto do sofá roxo. Ela estava enroscada — sem chorar, mas com um olhar vazio. Ele, ao lado dela, com um dos braços envolvendo seus ombros com delicadeza.

Nate começou a dar uma risadinha.

— Do que diabo você está rindo? — perguntou Ellie com rispidez.

— Não faço a menor ideia — respondeu Nate.

— É de choque, El — esclareceu Pix. — Pode rir, Nate. Você não tem culpa das suas reações.

Nate começou a rir mais alto, então ficou com soluço.

Stevie sentiu o sono bater com vontade. Estava extremamente calma, só muito cansada.

— Vou me deitar — disse apenas.

De volta ao quarto, Stevie se deu conta de que agia com movimentos precisos e lentos. Na maioria das noites, ela só tirava a roupa e jogava no cesto. Naquela noite, ela pendurou a capa com cuidado, puxou cada braço da camiseta com calma, tirou a calça como se fosse frágil. Ela enrolou a roupa e pousou-a com cautela dentro do cesto, depois encontrou o pijama quente da escola no fundo da gaveta e o vestiu.

Deitou na cama com as luzes acesas e ficou olhando fixo para a frente, agarrada ao celular como se esperasse uma ligação. Ninguém ligaria. Era só algo para segurar.

Não fazia ideia de quanto tempo se passara quando ouviu uma leve batida na porta. A princípio, decidiu ignorar, mas então se forçou a levantar e abrir.

De alguma forma, sabia que seria David.

— Sua luz estava acesa — disse ele baixinho. — Posso entrar?

Ela piscou e massageou o pescoço, então deu de ombros e abriu mais a porta. Ele entrou e fechou-a. Stevie se sentou no chão e recostou-se no pé da cama. Ele se apoiou numa parede. Seu cabelo havia sido um pouco domado e sua expressão trazia uma seriedade incomum.

— Você sabe o que aconteceu? — perguntou ele.

— Sei que ele está morto. Só isso.

David sugou os lábios para dentro, pensativo, e esfregou as mãos uma na outra. Andou devagar até a escrivaninha e tamborilou os dedos por um momento. Não parecia focar em nada. Deslizou para o chão. Stevie encarou a parte de baixo da calça de moletom dele, que parecia um lugar seguro para encarar. Era muito velha e poderia um dia ter sido azul-marinho. Atualmente, apresentava um tom azul acinzentado desbotado com a palavra YALE na perna em letras brancas rachadas.

— Por que você disse mais cedo que não podia falar? — perguntou ele, enfim.

— Porque testemunhas não são confiáveis.

— Você acha que as pessoas vão mentir?

— Não — respondeu ela. — Não é isso. É que as pessoas não sabem do que se lembram. Não é que elas mintam, só se enganam sobre o que viram. Humanos são ruins em estabelecer tempo, distância e duração de eventos, especialmente se estão assustados ou estressados. E tudo piora muito no escuro. Mas uma das piores coisas é quando as testemunhas começam a conversar entre si. Assim que você começa a falar com alguém, a história muda na sua cabeça. A memória humana é reescrita como a de um computador. É por isso que, se você vir algum tipo de acidente, deve registrar na mesma hora o que vivenciou, antes de falar com qualquer um. Esse vai ser seu testemunho mais claro. Você pode até ainda estar fora de si, mas não vai começar a interiorizar erros.

A explicação deslizou com naturalidade para fora de sua boca, como se ela tivesse passado a vida inteira esperando para passá-la a alguém. Estava totalmente formada. Uma vez que passara a falar sobre crimes de maneira mais hipotética, Stevie sentiu o corpo aquecer um pouco e os sentidos retornarem.

— Como é que é? — perguntou David.

Stevie olhou ao redor, procurando uma maneira de explicar. Os únicos objetos que tinha à disposição eram canetas, papel e clipes. Eles serviriam como exemplo. Ela tirou algumas tampas.

— Vamos supor que tenha acontecido um roubo — começou ela —, com um carro de fuga e vários ladrões com armas. A Testemunha Um pode se lembrar de três ladrões, dois de máscara e um de chapéu, e um carro preto.

Ela colocou uma tampa preta e dois clipes no chão.

— A Testemunha Dois talvez se lembre de quatro ladrões, todos de máscara, e um carro azul.

Ela adicionou dois clipes e trocou a tampa preta por outra azul.

— E talvez eles tenham pensado ver uma moto.

Ela colocou um rolo de fita na frente.

— A Testemunha Três tinha certeza de que eram três ladrões — continuou, tirando um clipe. — Um de máscara e chapéu, com um carro verde. Eu não tenho uma tampa de caneta verde, então... que seja. A Testemunha Três tem certeza do que viu. Isso é uma questão importante; pessoas que acham que têm uma boa memória às vezes são as menos confiáveis e as com mais chances de confundir as outras. E essa testemunha alega que a moto estava com o carro verde.

— A moto é a fita? — perguntou David. — E o carro verde é a tampa azul?

— Meu ponto é: agora que a Testemunha Um conversou com a Testemunha Três e notou que a Testemunha Três parece muito certa do que viu, a Testemunha Um pensa melhor e passa a ver três ladrões de chapéu, não de máscara. A Testemunha Dois começa a duvidar das máscaras e acha que o carro era verde. E um dos ladrões era muito alto. A Testemunha Três afirma que todos eram altos. E, de repente, todos concordam que todos eram altos, e que a moto estava com o carro verde.

David chegou mais perto e examinou a pilha. Na verdade, chegou bem perto.

— Tudo bem — disse, em voz baixa. — Mas o que aconteceu de verdade?

— O quê?

— Eram três ou quatro ladrões? O carro era azul, preto ou verde? Tinha uma moto envolvida?

— Meu ponto é... — repetiu Stevie.

— E que testemunha era essa? — perguntou ele, pegando um clipe.

David pressionou o clipe contra a palma da mão de Stevie. A mão dele estava quente.

Ela realmente tinha acabado de ver o corpo de Hayes no chão daquele túnel? Tinha visto a sola de um par de sapatos, a pele acinzentada...

Não pense nisso. Não torne a cena real.

Outra coisa começou a tomar espaço na sua cabeça. Bem, não na cabeça. Em outras partes do corpo. Sua mente estava perdendo todos os pensamentos racionais. Ela e David se aproximavam, centímetro por centímetro.

Aquilo ia mesmo acontecer?

Os últimos centímetros entre os dois foram fechados depressa, e David pressionou os lábios contra os dela. Ela sentiu o corpo relaxar e uma tranquilidade morna recair sobre si. Deitou no chão, e David se inclinou sobre ela, segurando o peso do corpo com um cotovelo. Ele a beijava com muita delicadeza, passando os lábios em seu pescoço, fazendo cócegas em seu ouvido, e Stevie devolvia com mais intensidade, com desejo. David apoiou o corpo no chão, e ela se surpreendeu ao rolar para cima dele.

Tudo em seu cérebro dizia *não faça isso* — seria uma bagunça. Era David, e havia algo tão estranho sobre ele, e ele morava no andar de cima, e uma pessoa acabara de *morrer*. Ela acabara de ver um *cadáver*.

Mas, provavelmente, era isso que a incitava. Que a enchia de um sentimento estranho e urgente e da necessidade de fazer alguma coisa, qualquer coisa, não importava o quê. Ela beijou a estranha curva do seu nariz, a testa alta, e voltou à boca. Eles trocaram de posição, rolando até a lareira. Stevie sentiu as costas colidirem contra seu quadro sobre o Caso Ellingham e soube que devia estar amassando um pouco o papelão, mas não se importou. Ela não se importaria se o chão abrisse e a engolisse, ou se ela fosse sugada pela chaminé. Suas mãos estavam nos cabelos dele, e David murmurava algo que ela não conseguia entender direito.

— Ei.

Quem falou foi uma voz totalmente diferente, vinda da porta. Os dois pararam de rolar. Ninguém se mexeu por um momento.

Stevie percebeu que suava e que David estava sem ar, o coração pulsando acima do dela. Stevie curvou o pescoço para trás e encontrou uma Pix de cabeça para baixo.

— Acho que talvez você devesse voltar para seu quarto — disse a professora, sem grosseria.

— Aham — respondeu David, rolando para longe de Stevie com cuidado e se levantando, de costas para Pix. — Aham. Vou fazer isso.

Ela deu um passo de volta para o corredor a fim de permitir que David passasse.

— Você deveria tentar dormir um pouco — sugeriu Pix quando ele foi embora. — Precisa de alguma coisa?

— Não — respondeu Stevie, com a voz aguda e estranha. — Estou bem. Obrigada, Pix.

— Tá bom. Estarei no andar de cima.

Stevie permaneceu onde estava por um momento, encarando o teto, onde uma mariposa se chocava inutilmente contra a luminária. Então, com movimentos lentos e deliberados, bateu com a cabeça contra o chão de madeira.

DEPARTAMENTO FEDERAL DE INVESTIGAÇÃO (FBI)

ENTREVISTA ENTRE AGENTE SAMUEL ARNOLD E FLORA ROBINSON
17 DE ABRIL, 1936, 12h45
LOCAL: PROPRIEDADE DOS ELLINGHAM

SA: Eu gostaria de repassar os acontecimentos da segunda-feira. Tudo bem?

FR: É claro.

SA: Faz duas semanas que você está hospedada aqui na casa dos Ellingham? Desde o dia quatro de abril?

FR: Sim.

SA: Você os visita com frequência?

FR: Sim.

SA: E você mora em Nova York. Foi assim que conheceu a sra. Ellingham?

FR: Nós nos conhecemos há nove anos.

SA: Onde?

FR: Numa ocasião social.

SA: Que tipo de ocasião social, srta. Robinson?

FR: Um clube de leitura.

SA: Um clube de leitura?

FR: Sim.

SA: Onde acontecia esse clube de leitura?

FR: Em Nova York.

SA: *Era um estabelecimento que fornecia bebidas alcoólicas, srta. Robinson?*

FR: *Por que isso é relevante?*

SA: *Nós só precisamos construir uma imagem dos contatos da sra. Ellingham. Queremos saber se ela pode ter conhecido alguém que queria lhe fazer mal. Álcool não é mais proibido, e ninguém se importa com o que aconteceu há nove anos.*

FR: *Posso garantir que aquele estabelecimento era frequentado pelos melhores tipos de pessoa.*

SA: *Estabelecimentos que forneciam bebidas alcoólicas há nove anos também eram frequentados por criminosos, srta. Robinson. Por definição, eles eram gerenciados e abastecidos por criminosos.*

FR: *Dificilmente se trata do mesmo tipo de criminoso que... Era diferente.*

SA: *Entendo. Vamos falar da relação de vocês duas agora. A senhorita é considerada a amiga mais próxima da sra. Ellingham, certo? Passa muito tempo com a família aqui em Vermont. A equipe de funcionários disse que você está aqui na maior parte do tempo em que os Ellingham estão.*

FR: *Acho que podemos dizer isso, sim.*

SA: *No dia 11, sábado, houve uma festa na casa. Foi uma festa pequena ou grande?*

FR: *Pequena. Depois que a escola inaugurou, as festas são sempre bem pequenas.*

SA: *Quem estava presente?*

FR: *Eu, Leo...*

SA: *Leonard Holmes Nair. O pintor.*

FR: *Sim. Maxine Melville, a atriz, e o marido, John Porter. Um ou dois parceiros de negócio de Albert, mas eles não ficaram muito.*

SA: *Parece que a maior parte das pessoas foi embora no domingo. Quanto tempo você planejava ficar na casa?*

FR: *Até que eu achasse que estava na hora de ir. Meus convites não têm prazo de validade.*

SA: *O que você fez no domingo?*

FR: Albert estava trabalhando, e estava chovendo, então nós passamos a maior parte do dia na sala de desenho com Leo. Ele trabalhava numa nova pintura.

SA: Mais alguma coisa?

FR: Nós brincamos um pouco com Alice. Eu tomei um banho longo.

SA: E à noite?

FR: Fiquei acordada até tarde conversando com Iris e Leo. Talvez até tarde demais. Não acordei me sentindo bem na manhã seguinte.

SA: Na manhã seguinte, a sra. Ellingham a convidou para passear de carro, certo?

FR: Sim. Ela passou no meu quarto às dez. Eu ainda estava na cama. Sentia uma dor de cabeça terrível. Eu disse...

[Silêncio.]

SA: Sim?

FR: Me desculpe.

SA: Não precisa ter pressa.

FR: Eu disse que não estava me sentindo bem, e que ela deveria ir. Se eu tivesse ido junto...

SA: Então você não foi no passeio de carro porque sentia dor de cabeça.

FR: Queria ter ido. Queria ter ido.

SA: A que horas se levantou?

FR: A empregada me levou um pouco de comida ao meio-dia. Pedi que me preparasse um banho. Passei o resto do dia no quarto, lendo.

SA: Você foi ao quarto de vestir da sra. Ellingham naquela noite. Por quê?

FR: Eu ouvi alguma coisa acontecendo. Queria olhar pela janela. As janelas de Iris dão vista para o jardim da frente.

SA: Assim como várias outras janelas.

FR: Bem, eu sabia que a vista dela era livre. Só entrei para olhar. Estava chateada.

SA: Não é atípico entrar no quarto de vestir particular da sra. Ellingham quando ela não está?

FR: Eu vou ao quarto de vestir de Iris com frequência.

SA: Mesmo quando ela não está presente?

FR: Sim. Tenho liberdade para usar as coisas dela.

SA: A sra. Ellingham permitia que outras pessoas tivessem tanto acesso ao espaço pessoal dela?

FR: Não faço ideia.

SA: Muitas vezes ela não permitia nem que a empregada entrasse no quarto de vestir.

FR: Não sou uma empregada.

SA: Ela normalmente mantinha a porta trancada, não?

FR: Eu tenho uma chave. Você tem um isqueiro?

SA: Claro.

[Pausa.]

SA: Então você entrou no quarto de vestir particular da sra. Ellingham com sua própria chave? Há quanto tempo tem uma cópia?

FR: Ah, não sei. Algum tempo.

SA: Me parece estranho que você tenha perdido tempo entrando num quarto trancado para olhar por uma janela.

FR: Pode parecer estranho para você... Mas foi o que aconteceu.

SA: Quanto tempo você passou dentro do quarto?

FR: Não sei. Perdi a noção do tempo.

SA: Se pudesse estimar...

FR: Não sei... Quinze minutos?

SA: Então alguém entrou para buscá-la. A empregada, Ruth. Ela contou que procurou você e a encontrou às 8h50. Ela chamou, mas você não respondeu.

FR: Eu não escutei.

SA: Ela estava logo no corredor.

FR: Eu estava muito distraída.

SA: A sra. Ellingham guarda alguns bens muito valiosos naquele quarto.

FR: A maioria dos pertences dela é valioso. Tudo nessa casa é valioso. Não fica tudo trancado.

SA: É um argumento justo, srta. Robinson. Mas há objetos de valor extraordinário naquele quarto. Não é por isso que costuma ficar trancado?

FR: Claro.

SA: Você não é tão abastada quanto a sra. Ellingham, é, srta. Robinson?

FR: Poucas pessoas são.

SA: Você não é uma mulher abastada, certo? É isso que estou perguntando.

FR: Acho isso ofensivo. Minha melhor amiga está...

SA: Nós estamos fazendo isso porque sua melhor amiga está desaparecida. Não ser rico não é nenhuma vergonha, srta. Robinson. Estou apenas atestando que vocês vêm de origens diferentes.

FR: Ela me daria qualquer coisa. Qualquer coisa. Iris é uma pessoa generosíssima. Olhe essa escola! Eles construíram uma escola onde as crianças podem estudar de graça! Eles as convidam para essa casa!

SA: Eles são muito generosos mesmo. Mas vamos nos ater ao assunto. Que caminho você fez até o quarto da sra. Ellingham?

FR: Que caminho?

SA: Você não desceu pela escada principal.

FR: Não, peguei a lateral.

SA: A de serviço.

FR: Sim.

SA: Por que não usou a via direta, pela escada principal?

FR: Não sei.

SA: E você não ouviu ninguém a chamando?

FR: Não.

SA: No mínimo, srta. Robinson, eu esperaria que você estivesse mais atenta a alguém a chamando nesse momento. Ficou esse tempo todo olhando pela janela?

FR: Eu estava nervosa.

SA: Mas você ouviu a empregada batendo na porta.

FR: Sim.

SA: Ela disse que se passaram vários minutos até que a porta fosse aberta.

FR: Eu estava nervosa. Tinha acabado de ouvir que minha melhor amiga estava desaparecida. Apenas demorei a abrir a porta. Não sei por quê.

SA: Há muitos objetos de valor naquele quarto.

FR: Por que você não para de mencionar o quanto as coisas dela valem?

SA: Porque ela está desaparecida, e tem uma pessoa pedindo muito dinheiro para devolvê-la.

FR: Minha melhor amiga está desaparecida. Por que você está fazendo isso?

SA: Preciso estabelecer os fatos.

FR: Que fatos?

SA: Preciso saber por que você estava naquele quarto.

FR: Eu acabei de dizer. Você deveria estar procurando por elas.

SA: Praticamente todos os policiais num raio de 160 quilômetros estão procurando por elas, e ainda mais policiais além desses, por todas as cidades da Costa Leste. Mas o que preciso saber de você agora é o que ficou fazendo no quarto de vestir da sra. Ellingham por quinze minutos.

FR: Eu disse a você...

SA: Você estava olhando pela janela.

FR: Sim.

SA: Srta. Robinson, deixe-me ser totalmente claro. Essa não é a hora de mentir. Cada segundo que você gasta mentindo é um segundo que Iris e Alice Ellingham podem estar em perigo. Quando mente, coloca tanto elas quanto você mesma em risco.

FR: Eu não estou...

SA: Você pôde escutar seu nome sendo chamado no corredor. A casa estava um caos. Não havia nada para ver do lado de fora. Estava escuro. Tinha neblina.

FR: Eu sei.

SA: Então você passou quinze minutos olhando para o nada?

FR: Mais ou menos, sim.

SA: Nós sabemos um pouco sobre você, srta. Robinson. Sabemos que era recepcionista no Carmine's, o bar clandestino na 29th Street. O dono do Carmine's era o Grande Bill, chefe da máfia. Você trabalhava diretamente para ele.

[EDITADO DEVIDO A INVESTIGAÇÃO EM PROCESSO. VER ARQUIVO 248B-2.]

FR: *Meu trabalho era cantar, entreter, conversar com as pessoas. Era um trabalho social, e eu e Iris ficamos amigas porque gostamos uma da outra.*

SA: *Uma das mulheres mais ricas dos Estados Unidos e uma recepcionista de bar clandestino.*

FR: *Eu conheci muita gente importante no Carmine's. Metade da sociedade nova-iorquina já passou por aquela porta. Artistas. Escritores. Atores e atrizes. Políticos. Policiais. Víamos muitos policiais por lá.*

SA: *Grande Bill Thompson também está envolvido com operações de contrabando vindas do Canadá. Seus parceiros foram vistos nessa área. Você pode saber disso pelo fato de que tem outro agente do FBI que frequenta essa casa.*

FR: *Você acha que George Marsh fala sobre o trabalho dele? George Marsh é um túmulo sobre qualquer que seja a atividade que faz para vocês. E eu não falo com Bill há anos. Estou aqui visitando a minha amiga Iris, que está desaparecida.*

SA: *Deve ser bom ter amigos ricos.*

FR: *É bom ter amigos, não importa quanto dinheiro eles têm. Iris é minha amiga, e ainda seria minha amiga se fosse pobre. Para ser sincera sobre Iris, ela me faz rir.*

SA: *Faz a senhorita rir?*

FR: *Isso mesmo. E essa não é uma tarefa fácil. Eu e Iris somos amigas, amigas de verdade. Eu a entendo. Faria qualquer coisa por ela. Você não sabe como foi para ela vir morar aqui. A vida dela era ótima em Nova York. Iris é atleta. Você sabia disso? Deveria vê-la nadando. Ela escreve, sabia? Escreveu um romance inteiro. Eu li. É bom. Ela não mostra para ninguém porque acha que vão desmerecê-la como sendo apenas a esposa de Albert Ellingham. Mas ela é mais do que isso. Ela nunca deveria ter subido nessa maldita montanha, mas é muito leal, então apoiou a criação dessa escola porque era o sonho de Albert. Você não conhece Iris. Eu conheço. Ela precisa de estímulo...*

SA: *E como ela consegue esse estímulo aqui?*

[Silêncio.]

SA: Srta. Robinson...

FR: *Contei tudo que sei a você. Não tenho mais nada a dizer. Vou fazer tudo dentro do meu poder para ajudar minha amiga, mas isso não está ajudando. Eu iria até o fim do mundo por aquela mulher e por Alice. Então por que você não dá o fora daqui e vai procurá-la? Porque, se você não o fizer, eu juro, vou entrar num carro e procurá-la por conta própria. Quero ver alguém tentar me impedir.*

[Fim da entrevista, 13h13]

18

AS PROVAS ESTAVAM POR TODO O CHÃO — OS CLIPES DE PAPEL E AS TAMPAS DE caneta. Um raio de sol iluminava um amassado que ela fizera no quadro do caso.

A manhã chegara, trazendo a realidade consigo. E perguntas. Muitas perguntas, que dançavam por sua cabeça em círculos.

As perguntas, sem ordem específica:

Como a mídia veria o acontecido, mais uma morte no infame Instituto Ellingham?

Espere, esqueça a mídia — como os pais dela veriam o acontecido? *Escola chique acaba matando um aluno.* E quanto ao fato de que ela *estivera* presente?

Será que a escola fecharia?

Talvez por alguns dias. Não poderia fechar por um *ano* por causa disso, poderia?

Por que ela estava pensando assim? Uma pessoa estava *morta*. Hayes estava *morto*.

Porque é isso que cérebros fazem. Eles pensam. O sótão do seu cérebro estava cheio de coisas novas e estranhas que ela ainda não tivera tempo de classificar e organizar. Stevie não podia se sentir culpada por seus pensamentos e não podia se dedicar a todos eles. Isso era algo ensinado na terapia para ansiedade: os pensamentos podem vir, mas você não precisa correr atrás de todos eles. Era meio que o oposto de um bom trabalho de detetive, no qual era preciso seguir todas as pistas.

Ela afundou o rosto no travesseiro por um tempo, sentindo a cabeça latejar de leve. Sua boca ainda tinha um gosto estranho, o gosto de...

Do lado de fora, Stevie escutava vozes estranhas e eventuais chiados de rádio. Ela se forçou a erguer o rosto do casulo seguro e macio do travesseiro e esfregar o grude dos olhos.

Hayes. Isso realmente acontecera. Ele realmente tinha morrido. Hayes morrera, e seu corpo foi encontrado. E sua reação foi voltar e rolar no chão com David. Era tudo real demais, imediato demais, todos os sentimentos se juntando num nó de terror e abalo e enjoo e vergonha.

Foco.

Seu cérebro flutuou pelos fatos por um momento. Hayes estava no chão, morto. Como aquilo poderia ter acontecido? Em sua imaginação, ela analisou o pequeno espaço ao fim do túnel. Espiou as estantes vazias nas paredes. Arrastou a sola dos sapatos no chão de pedra. Olhou para o topo da escada, para o alçapão que levava ao observatório...

Uns três metros e meio de altura. Se uma pessoa caísse daquela distância no chão, ficaria em mau estado. Poderia morrer.

Stevie continuou imaginando. Ela subira ali. Fechara o alçapão ao sair. Será que Hayes havia ido lá em cima dar uma olhada? Talvez ele tenha dado um passo em falso no escuro e caído pelo buraco.

Por que ele tinha voltado? Provavelmente para filmar alguma coisa. Mas, se fosse o caso, ele teria levado alguém junto. Parecia mesmo que queria ir sozinho. Ela notou a maneira como ele andou para trás, tentando se separar do grupo discretamente.

Mas ele não voltara ao jardim. Ele havia ido para o outro lado, para a estrada de manutenção, para a floresta, para o túnel. Voltou e morreu.

Enigma, enigma meu...

Ela quase havia se esquecido daquilo, do terror que a acordara algumas noites atrás. Só podia ter sido um sonho. Estava pensando em assassinatos, mortes, túneis e Cordialmente Cruel, e seu cérebro projetou o enigma na parede.

Certo?

Stevie deitou de barriga para cima e praticou alguns minutos de exercícios respiratórios, deixando as exalações mais longas do que as inalações, levando o ar até o abdômen.

Ela ainda sentia um leve cheiro almiscarado de sabonete ou shampoo na pele. David.

Também tinha acontecido isso. Em qualquer outro dia, a pegação com David seria o único assunto. Naquele dia, mal tinha relevância.

— Tudo bem — disse a si mesma. — Agora. Ok. Agora. Levanta. Agora.

Ela se levantou.

Pouco tempo depois, Stevie entrou na sala comunal de banho tomado, vestida numa calça de moletom fina e soltinha e um casaco de capuz preto. Janelle e Nate estavam à mesa, ainda de pijama. Pix, na cozinha, falava ao telefone. David estava no sofá com uma calça jeans surrada e uma camisa polo sem colarinho, marrom e amassada. Os cachos molhados se grudavam na testa. Ele olhou para Stevie quando ela entrou — um olhar direto e desejoso, mas sem humor. Parecia simplesmente estar assimilando, notando sua presença.

Havia pouco a ser dito, alguns cumprimentos murmurados, alguns acenos de cabeça. O que dizer quando seu colega de casa morre, mesmo que você não o conhecesse tão bem? Mesmo que você não gostasse do pouco que conhecia?

Quase nada.

Ellie apareceu na sala usando ceroulas com textura quadriculada e manchas de tinta, uma camiseta grande e rasgada de uma banda francesa e meias esportivas compridas nos braços. Os olhos estavam muito vermelhos e inchados. Ela se jogou no sofá ao lado de David, encolheu-se em posição fetal e deitou a cabeça no colo dele. Distraído, ele apoiou a mão na massa de cabelos emaranhados dela.

Stevie sentiu uma onda de náusea. Será que eles falariam sobre o ocorrido? Se sim, o que seria dito? Talvez não tocassem no assunto. Talvez, coisas que acontecessem em noites como a anterior não contassem.

Sentiu algo afundar em seu coração diante daquele pensamento, e encarou o café. Tinha um gosto forte e amargo, mas estava quente, e lhe provocava outras sensações além da estranheza. Por isso, ela bebia.

— Stevie — chamou Pix, voltando à sala. — Era Larry ao telefone. Precisam falar com você de novo, lá no Casarão. Ele vem buscá-la.

Janelle lançou um olhar assustado para a amiga. Nate empalideceu.

— É normal — afirmou Stevie. — A polícia faz isso. Eles precisam fazer as mesmas perguntas várias vezes para esclarecer a informação.

— Todos vocês precisam ficar aqui — avisou Pix.

— O dia todo? — perguntou Ellie, erguendo o olhar do colo de David.

A voz dela saiu com aquele tom rouco de quem passou muito tempo chorando.

— Por enquanto — respondeu Pix. — Tem terapeutas a caminho, se vocês precisarem conversar.

David revirou os olhos.

Havia duas viaturas da polícia estadual de Vermont sob o pórtico do Casarão quando Stevie e Larry chegaram.

— Só diga o que sabe — aconselhou Larry. — Só conte a verdade.

— Eu sei — disse Stevie.

— Como você está?

— Acho que estou bem. Talvez a ficha ainda não tenha caído. É um mau sinal?

— Nem mau nem bom. É só o que é. Trata-se de uma coisa que você vai descobrir se decidir seguir essa carreira. É preciso encarar os fatos como eles são, e não como você ouviu que eles deveriam ser.

Aquela era uma das frases mais sensatas que um adulto já lhe dissera.

Ao entrarem, Stevie achou que iria à sala de segurança, mas, em vez disso, Larry a guiou até a imensa porta de carvalho do escritório de Albert Ellingham.

— Aqui dentro? — perguntou ela.

— É onde a detetive está conversando com as pessoas — confirmou ele. — Apenas responda às perguntas. Vai ficar tudo bem.

Ela falaria com um detetive daquela vez. Não com um policial uniformizado.

Havia duas cadeiras de couro dispostas na frente da imensa lareira de mármore rosa, separadas por um tapete de pele perturbador. Uma mulher mignon de terno cinza ocupava uma das cadeiras, escrevendo num caderninho.

— Stephanie? — disse ela, consultando o livro. — Eu sou a detetive Agiter. Sente-se.

Stevie sentou na cadeira oposta à da mulher, que pertencia à coleção pessoal de Albert. Mesmo que fosse muito velha, o couro ainda estava em boas condições e o estofado cedia de maneira suave e confortável. Era ali que ele se sentava enquanto gerenciava seu império e pensava na filha e na esposa perdidas.

A detetive Agiter era uma paleta cuidadosamente selecionada de itens neutros. Tinha mãos longas e elegantes. Seu cabelo escuro estava repuxado para trás e preso num coque, sem um fio fora do lugar. O que Stevie mais admirou foram seus sapatos, sapatilhas pretas totalmente discretas. Sua expressão trazia uma tranquilidade estudada. Nunca deixe nada transparecer. Stevie precisava dominar aquela expressão. Era essa a aparência de um detetive.

— Eu vou gravar nossa conversa — avisou ela, posicionando um gravador digital na pequena mesa art déco entre elas. — Entrevista entre Stephanie Bell e detetive Fatima Agiter, domingo, 10 de setembro, 9h45 da manhã. Agora, Stephanie ou Stevie?

— Stevie.

— Stevie, você estava envolvida na filmagem do vídeo sobre o sequestro em Ellingham. De quem foi a ideia do vídeo?

— De Hayes.

— Como você se envolveu?

— Ele veio me pedir ajuda.

— E por que ele pediu ajuda para você?

— Porque sei muito sobre isso.

— Sobre os sequestros em Ellingham, é isso? — esclareceu a detetive.

Stevie assentiu e se reprimiu internamente. Ela deveria ser clara. *Isso* não era claro.

— Sei muito sobre o caso Ellingham. Foi o que vim aqui estudar. O crime... A história dele.

— Então Hayes queria fazer uma série sobre os sequestros em Ellingham e foi procurar você por causa do seu conhecimento sobre o assunto. E você procurou Nate porque ele é escritor?

— Hayes me pediu para procurá-lo — afirmou Stevie.

— Então parece que Hayes estava formando um grupo de pessoas com diferentes áreas de conhecimento. Também contava com Maris

Coombes, que tem experiência em teatro, e Patrick Dashell, que estuda cinema. E, juntos, vocês organizaram esse projeto.

— Correto.

— Como vocês acessaram o túnel?

Stevie sentiu o coração descompassar.

— Eu abri o cadeado — respondeu ela.

— Como?

— Arrombando.

A detetive ergueu as sobrancelhas bem-feitas, sua única reação reveladora da entrevista.

— Você arrombou o cadeado?

— Isso mesmo — confirmou Stevie.

Não havia como negar. Ela arrombara um cadeado. Adeus, Ellingham. Foi divertido enquanto durou.

— Como você sabe arrombar cadeados?

— YouTube — respondeu Stevie, dando de ombros.

O gesto deveria passar a impressão de que não era nada de mais, só uma coisa que as pessoas faziam, mas ela não sabia muito bem como fora interpretado.

— Por alguma razão?

— Porque é fácil? Não. As pessoas fazem isso. É só um hobby.

Aquilo não soou bem. *Nada para ver aqui! Eu só arrombo cadeados por diversão.*

— Larry me contou sobre seu interesse pela carreira policial — afirmou a detetive.

— Sim.

— Nós não arrombamos cadeados normalmente.

— Não. Eu sei.

A detetive Agiter coçou a orelha por um momento, então continuou.

— Quando vocês terminaram, saíram do túnel juntos ou em grupos?

Que estranho. Ela não sabia que o alçapão do observatório fora aberto. O coração de Stevie parou por um segundo e o cérebro deu um nó momentâneo.

— Nós saímos juntos — respondeu. — Maris e Hayes... ficaram para trás.

— Você sabe o que eles estavam fazendo?

— Posso imaginar.

— E o que você imagina que eles estavam fazendo?

— Ficando? Ou algo assim?

A detetive deu um meio-sorriso e consultou o caderno antes de continuar.

— Durante a filmagem, houve neblina cenográfica. Você sabe como ela foi criada?

— Com máquinas de fumaça.

— Vocês usaram mais alguma coisa?

Que pergunta estranha.

— Não — respondeu Stevie.

— Só as três máquinas.

— Correto.

Sério. Por que ela estava perguntando sobre máquinas de fumaça?

— Acho que é isso, Stevie — falou a detetive. — A não ser que você consiga pensar em alguma coisa fora do comum que tenha acontecido para nos contar.

Stevie vasculhou pelo sótão do seu cérebro. Havia, é claro, o bilhete na parede. O bilhete provavelmente imaginado. Não se podia contar para a polícia algo que você achava que provavelmente imaginara.

Ou podia? As pessoas faziam isso nos mistérios de assassinato o tempo todo, e sempre era importante.

— Nada — concluiu Stevie.

— Ok. Entrevista encerrada às 10h20.

Ela interrompeu a gravação, e Stevie se levantou da poltrona acolchoada.

— O que aconteceu com Hayes? — questionou Stevie.

A detetive ergueu o olhar para ela e respondeu:

— Precisamos esperar o laudo do legista.

— Ah — disse Stevie, corando. — Claro. Desculpe.

Ela seguiu em direção à porta e, assim que segurou a maçaneta angulosa de cristal, um pensamento lhe veio à cabeça.

— Aconteceu uma coisa — disse. — O crachá de Janelle.

A detetive Agiter ergueu o olhar do caderno.

— Como é?

— Minha amiga Janelle — explicou Stevie. — Alguém pegou o crachá dela, que dá acesso à casa Minerva. Quando fomos para a aula de ioga, quinta-feira, o cartão estava com ela. Mas, quando saímos, não estava mais na bolsa. No dia seguinte, ele apareceu na frente da nossa casa.

— Por que você diria que alguém pegou? Ela não pode ter perdido?

— Estava preso no bolso da frente da mochila dela. Eu mesma vi. Ela usou o crachá para liberar nosso acesso à sala de ioga e o guardou de volta. Quando saímos da aula, tinha sumido. Então reapareceu na manhã de sexta, do lado de fora.

— Qual é o sobrenome de Janelle?

— Franklin.

A detetive anotou a informação no caderno.

— Obrigada, Stevie — disse, dispensando-a. — Por que você não volta para sua casa?

Duas pessoas da equipe de segurança conversavam com policiais no salão principal. Nenhuma delas pareceu prestar atenção em Stevie quando ela saiu do escritório de Ellingham. No andar de cima, avistou Charles imerso numa conversa com a dra. Quinn e alguns outros membros do corpo docente. Stevie saiu da casa desacompanhada.

Do lado de fora, o céu fora tomado por uma camada de nuvens. O campus estava quieto de uma maneira perturbadora, visto que a maioria dos alunos estava em suas casas. Havia muitas preocupações no momento, muitos sentimentos e medos. Mas o que ocupava um lugar de destaque na mente de Stevie era fumaça. Por que perguntar sobre a *fumaça*, entre todas as coisas? Quem se importava com a droga da fumaça? Tinha que haver um motivo. Ela perguntara duas vezes.

Stevie repassou tudo o que sabia sobre as máquinas de fumaça. Eram alugadas. Expeliam neblina de mentira. Meio que fediam.

Havia um pequeno eco no fundo de sua mente. Neblina. O assunto surgira em outro contexto. Neblina...

Gelo seco. Ela vira gelo seco havia pouco tempo, na oficina, quando Janelle e Dash discutiram sobre os postes. Ele havia olhado dentro da caixa com gelo seco e dito que era mais fácil trabalhar com máquinas de fumaça.

Stevie parou no meio do caminho para a Minerva, sacou o celular e buscou "gelo seco" no Google. Ela passou pelos vários resultados até encontrar aquele que continha as palavras *risco de segurança*.

Gelo seco é dióxido de carbono solidificado... Normalmente, não é perigoso, mas deve ser manuseado com cuidado... Transforma-se em gás dióxido de carbono ao sublimar... Deve ser usado em locais ventilados ou pode apresentar risco de hipercapnia, visto que toma o espaço do oxigênio, especialmente em estruturas abaixo do nível do solo, como porões, devido ao seu peso. Isso pode levar rapidamente à inconsciência e à morte...

Stevie engoliu em seco.

O gelo seco estava na oficina. O crachá de Janelle foi roubado. O crachá de Janelle dava acesso à oficina.

Ela deveria ir para casa. Já quebrara regras demais.

Ela deveria voltar à Minerva.

Então por que estava dando meia-volta e seguindo na direção da oficina? Seu crachá não liberaria sua entrada. O que ela achava que encontraria? No entanto, todos os seus instintos a impulsionavam a continuar.

— Vou checar os registros. — Era a voz de Larry.

Ele e a detetive Agiter se aproximavam por trás. Stevie só teve tempo de se abaixar atrás de um carrinho de golfe.

— Vocês têm acesso ao horário de cada entrada e saída? — questionou a detetive.

— Temos, o sistema grava tudo. Só um minuto.

Larry levou o celular ao ouvido.

— Jerry? Preciso que você acesse um histórico para mim. O nome é Janelle Franklin. Preciso saber os acessos do crachá dela na quinta-feira à noite.

Stevie os seguiu a uma distância segura conforme os dois se encaminhavam para a oficina. Eles fizeram uma pausa enquanto Larry pegava o próprio crachá e abria a porta. Quando entrassem, Stevie deixaria de ouvir a conversa, o que parecia uma péssima ideia.

Ela foi dominada por aquela sensação de sonho de novo e se flagrou rastejando até a porta e segurando-a antes que fechasse. Stevie a manteve aberta com um dedo para deixar que eles avançassem mais para dentro do cômodo. Quando abriu-a um pouco mais, descobriu que eles já estavam do outro lado, olhando dentro da caixa azul de gelo seco.

Ela realmente estava fazendo aquilo? Sim, estava.

Stevie abriu mais a porta e se esgueirou para dentro, escondendo-se atrás de uma estante de ferramentas de jardinagem.

— Meu Deus — disse Larry —, esse negócio estava cheio. Como diabos... Isso, Jerry. Tá bom. Vamos lá. Entrou no celeiro da arte às 16h50. Depois nada até 1h20 da manhã seguinte, quando o crachá foi passado aqui na oficina. Ok.

Ele guardou o celular.

— Então, de acordo com Stephanie Bell — disse a detetive —, o crachá de Janelle Franklin sumiu durante a aula de ioga.

— Vou conferir a agenda dela, mas a aula de ioga acontece no celeiro da arte. Isso procede. Então alguém pegou o crachá...

— E o usou para vir aqui uma hora da manhã. Precisamos imprimir esse histórico. Está fazendo sentido para você? Ele entra aqui, pega...

E foi nesse momento que o celular de Stevie começou a tocar.

Larry e a detetive viraram a cabeça ao mesmo tempo.

Não fazia sentido tentar continuar escondida. Stevie se levantou.

— Oi — disse.

Então olhou de relance para a tela do celular.

Nela se lia: PAIS.

19

Larry não estava tão amigável quando guiou Stevie para fora da oficina.

— Eu sei — falou ela. — Eu...

— Escute só, Stevie. Você é uma garota inteligente, e eu gosto de você. Mas deixe-me ser claro. Você precisa fazer exatamente o que eu mandar.

— Eu sei. É só que...

— Não. Você sabe. Fala que você sabe.

— Eu sei — repetiu Stevie. — Mas Janelle...

— Então agora você vai ficar aqui. No escritório de segurança. E não vai falar com ninguém até eu disser que pode. Entendeu?

O celular de Stevie voltou a tocar.

— Quem é? — perguntou Larry.

Ela ergueu a tela. Novamente, lia-se: PAIS. Ele indicou que Stevie deveria atender e a observou enquanto ela o fazia.

— Stevie!

O pai e a mãe estavam na linha, e foi impossível definir quem falou o nome dela primeiro.

— Acabamos de receber uma ligação da escola — falou a mãe. — Estamos indo buscar você.

Stevie passou uma das mãos sobre o rosto.

— Eu estou bem — afirmou.

— Stevie, uma pessoa *morreu*.

— É, eu sei.

— Então nós vamos subir aí e trazer você para casa — declarou o pai.

— Veja bem — começou Stevie, olhando para o chão em pânico. — É horrível, mas... Poderia ter acontecido em qualquer lugar.

— Ninguém morreu na sua escola antiga.

— Isso não é verdade — argumentou Stevie. — Teve um acidente de carro no...

— Escute — interrompeu a mãe. — Seu pai e eu tiramos um dia de folga e vamos até aí. Só se passaram alguns dias. Podemos rematricular você na escola antiga.

Aquele não deveria ser o momento em que Stevie começava a chorar. Ela não queria que aquele fosse o motivo. Hayes deveria ter sido o motivo. Mas, como Larry explicara mais cedo, as coisas não aconteciam da maneira que você queria. Ela secou uma lágrima com as costas da mão e tentou não deixar o tremor transparecer na voz.

— Olha só — disse ela —, foi... Podemos conversar melhor quando vocês chegarem?

Eles concordaram com relutância. Stevie conseguiu desligar. A expressão de Larry havia suavizado um pouco, de uma rocha dentada para outra um pouco menos afiada e pontuda.

Um barulho soou no alto, como aquele da noite anterior. Larry e Stevie ergueram a cabeça ao mesmo tempo e avistaram um helicóptero vermelho e branco.

— Imprensa — afirmou ele. — A notícia vazou. Eles vão ficar nos portões.

Ele exalou ruidosamente e começou a caminhar depressa.

— Vem comigo. Preciso levá-la de volta à Minerva e depois lidar com isso.

— Perdi a cabeça por um minuto — disse ela. — Estava preocupada com Janelle. Mas não vou mais fazer isso. Prometo que vou voltar direto, não vou desviar do caminho nem fazer nada de errado. Desculpe. Pode ir fazer o que precisa. Confie em mim.

Larry a observou por um momento.

— Tudo bem — disse, por fim. — Mas se eu descobrir que você descumpriu com a palavra, ficará queimada comigo. E eu tenho como checar.

Ela se virou e começou a se afastar, provando que tinha palavra, mas Larry a chamou de volta.

— Se cuida, Stevie. Vá ficar com seus amigos. Mesmo que você não gostasse do cara, esse não é o momento de ficar sozinha.

— Quem disse que eu não gostava dele? — perguntou ela.

— Eu trabalhei por vinte anos como detetive na polícia estadual. A gente acaba criando faro para essas coisas.

— Você era detetive? Sério?

— Quinze anos na seção de homicídios.

— Por que saiu?

— Porque abri portas demais e vi coisas terríveis demais — respondeu ele, em voz baixa. — E algumas dessas cenas nunca saem da cabeça. Todo policial carrega algo assim consigo, algo que lhe vem à lembrança na hora de dormir. Vinte anos é tempo o bastante. Eu sei que você tem interesse na área, mas não brinque de detetive, entendeu? Nada de se esgueirar atrás da polícia.

— Eu sei.

— Estamos entendidos?

— Aham — disse Stevie. — Acho que estamos.

Stevie voltou para a Minerva se sentindo dormente. Os pais seriam um problema, e voltar para casa era uma possibilidade real, se Ellingham não a expulsasse primeiro. Ela olhou para sua casa sob uma nova perspectiva ao se aproximar da grande porta azul. Talvez aquele lugar não estivesse escrito na história dela. Erros aconteciam o tempo todo. O destino tinha planos...

Não.

Stevie não era dessas pessoas que achavam que o destino fazia decisões de vida. O destino se constrói fazendo escolhas. O destino se constrói ao menos *tentando*. A escola ainda não a expulsara, e os pais ainda não a haviam levado para casa. E algo estava acontecendo. Se Hayes pegara o crachá, se Hayes pegara o gelo seco... Que droga estava fazendo dentro do túnel?

Ela ainda pensava nisso quando entrou na sala comunal. Ninguém parecia ter se mexido desde que ela saíra. Alguém acendera a lareira, e o cômodo estava quente. O fogo dava todo um novo aspecto ao ambiente: o cheiro de madeira, a intimidade. Soava como vidro quando estalava.

— Tá tudo bem? — Janelle quis saber.

Nate também se virou para ela.

— Aham — respondeu, tirando o casaco de capuz.

Ela olhou ao redor, procurando lugar para sentar. Ellie e David continuavam no sofá, mas um espaço se abrira entre eles. Ellie desenhava num caderno preto sobre o colo. David estava com o computador, mas a encarou diretamente mais uma vez.

Stevie fez contato visual, mas desviou depressa. Sentou-se à mesa.

— Eles te contaram o que aconteceu? — perguntou Nate.

Stevie só fez que não com cabeça.

— E vão deixar a gente sair de casa? — insistiu ele.

— Acho que sim — respondeu Stevie. — Em breve. Meus pais me ligaram. Acho que a escola ligou para eles. Então seus pais também vão ficar sabendo. Todo mundo vai ficar sabendo.

— É — confirmou David.

Stevie se assustou com a voz dele. Janelle percebeu, e olhou da amiga para David com curiosidade.

— A notícia vazou. O que significa que vão nos afogar em terapeutas em breve.

Ele não parava de olhar para Stevie. E não era um olhar normal. Era penetrante, inabalável.

— É melhor eu ligar para meus pais primeiro — disse Janelle, sacando o celular. — Nós podemos ligar? Acha que tem problema?

Stevie deu de ombros.

— Vou esperar — concluiu Janelle, baixando o aparelho. — Vou perguntar para Pix quando ela sair do banho.

— *Après les déluge* — falou Ellie do nada. — *Les parents.*

Ninguém sabia o que responder.

— Então esperamos — concordou Nate.

— Esperamos — repetiu David.

Stevie estava muito consciente da posição de David na sala. Sim, eles só tinham se beijado na noite passada, mas foram muitos beijos. Também tinham rolado bastante. O que se dizia a uma pessoa com quem você rolou para lá e para cá?

Ellie se levantou de repente e saiu batendo o pé para o quarto. Os quatro restantes ficaram num silêncio desconfortável até que houve uma batida na porta. Era Larry com um policial uniformizado.

— Janelle — chamou Larry. — Você pode pegar seu crachá e nos acompanhar por um momento?

Ela arregalou os olhos, mas se levantou na mesma hora para pegar o crachá no quarto e depois saiu.

— Por que eles querem o crachá da Janelle? — perguntou David para Stevie.

— Porque alguém o pegou da bolsa dela na quinta-feira — respondeu, de olho na porta.

— E daí?

Stevie não disse mais nada. David se levantou e sentou na cadeira ao lado.

— Você não tem a menor ideia? — insistiu ele.

— Não posso contar.

— Então você tem alguma ideia.

Nate observava a cena em silêncio. Pix desceu as escadas e perguntou:

— Tinha alguém na porta?

— A polícia levou Janelle e seu crachá lá para fora — explicou David. — Por alguma razão que Stevie não pode falar.

— Não estou sendo babaca — defendeu-se ela. — Eu só não posso falar.

Pix se apressou até a porta e saiu.

A atmosfera da sala continuou a pesar. Stevie olhou para as mãos de David sobre a mesa. Ele tinha dedos longos. Aqueles dedos haviam passado por seu cabelo na noite anterior, e por outros lugares. As mãos eram fortes, muito mais fortes do que aparentavam. Ela relanceou para ele. As sobrancelhas eram espessas e muito expressivas. Elas se erguiam quando ele estava sendo brincalhão e arqueavam quando estava sendo um idiota. Naquele momento, encontravam-se retas. Ele estava atento.

Ela sentiu um estranho desejo de sentar no colo dele. De puxar o rosto dele para perto do seu. De beijá-lo de novo, bem ali, perto do fogo, na frente de Nate e da cabeça de alce.

De onde viera aquele pensamento? Ele passou por seu cérebro feito um coelho atravessando uma estrada.

David empurrou a cadeira para trás e seguiu pelo corredor na direção do quarto de Ellie, deixando Nate e Stevie sozinhos.

— Então — disse ele.

— Pois é — respondeu ela.

— Você está bem de verdade?

Stevie assentiu.

— Porque você parece apavorada. E não tem problema ficar apavorada. Eu estava apavorado ontem à noite, e hoje não estou mais. É sua vez, se quiser.

— Eu sempre quis estar por perto quando uma morte acontecesse — contou ela. — Você sabe que eu curto essas coisas. E agora estou envolvida numa morte. Me sinto mal em dizer que queria isso, mas eu...

Ela balançou a cabeça.

— Você se interessa — completou Nate. — Eu vi sua cara quando Larry veio aqui e disse que a polícia queria falar com você.

— Isso é ruim?

— Não. Tudo acabou de acontecer. E nós estávamos presentes quando aconteceu.

Ele afundou as unhas nos veios da madeira.

— Obrigada — disse Stevie.

— Pelo quê?

— Acho que você me entende, só isso.

— Eu entendo — confirmou ele, dando de ombros. — Nós temos um vocabulário emocional limitado. Fomos criados dentro de casa.

A porta voltou a se abrir. Janelle entrou e sentou ao lado de Stevie, apoiando a cabeça no ombro da amiga.

— Eles vão ficar com o crachá — contou ela. — E vão subir no quarto de Hayes para dar uma olhada. Não sei por que eles querem meu crachá. Eu não fiz nada.

Stevie pôs a mão na cabeça da amiga. Era um sentimento pouco familiar ter aquela cabeça morna no seu ombro. Ver Janelle confiando e se apoiando nela. Nate demonstrando interesse.

E David, a pessoa de quem ela mais se aproximara, num silêncio cheio de significado.

20

A PRISÃO DOMICILIAR TERMINOU ÀS TRÊS DA TARDE.

Pareceu natural que a vigília acontecesse no *yurt*. Não houve anúncio algum, nada formal. As pessoas só começaram a aparecer, ocupando lugares nas almofadas empoeiradas no chão ou nos sofás e futons velhos e acabados. O clima estava confuso, com um pouco de eletricidade — todo mundo sussurrava ao mesmo tempo, produzindo um ruído baixo e constante. As pessoas levaram comida. Havia sacos de salgadinhos e doces e todo tipo de guloseima circulando pelo lugar.

Stevie, Janelle e Nate foram juntos. Vi os esperava na porta do *yurt*, e jogou os braços ao redor do pescoço de Janelle. Pareciam um casal.

Assim que entrou, Stevie notou que era o foco de muita atenção. As pessoas se viravam para olhá-la da mesma forma que faziam com Hayes havia pouco tempo. Elas sabiam. Stevie tinha sido Aquela Que Estava Lá.

Maris e Dash monopolizavam a atenção de algumas pessoas numa área especial ao fundo, no sofá maior. Um pequeno grupo estava sentado em almofadas em frente aos dois. Maris estava toda de preto: meia-calça, suéter justo e cinto dourado. Parecia estar fantasiada de Mulher Gato. Dash vestia uma camiseta grande demais e estava encolhido, os joelhos próximos ao peito. Maris chorava baixo e sem parar. Quando Stevie entrou, ela ergueu o olhar e estendeu os braços.

— Stevie! Nate!

Stevie se aproximou. Quando estava perto o bastante, Maris agarrou uma de suas mãos.

Stevie olhou para a mão prisioneira. Não sabia dizer se aquele era um gesto genuíno, dramático ou genuinamente dramático. Estava muito cansada e muito alerta ao mesmo tempo, e uma estranha culpa a seguia como um cheiro.

— Você falou com a polícia hoje de novo? — perguntou Dash. — Nós dois falamos.

— Aham — respondeu Stevie.

— Eles contaram alguma coisa para você?

— Ficaram perguntando sobre as máquinas de fumaça.

— É — disse Maris. — Pra gente também. E onde estávamos. E que horas nós fomos para casa na noite em que entramos no túnel.

— Que horas vocês se separaram?

Stevie deu de ombros como se a pergunta fosse motivada por uma necessidade tácita.

— Quer dizer, ele deve ter chegado em casa na hora.

— Logo antes das onze — disse Maris. — Ele foi pra casa. Eu fui pra casa.

Dash parecia honestamente abalado.

— Sinto muito — disse Stevie. — Vocês trabalharam juntos no ano passado? Você participou de *O fim de tudo*?

— Não — respondeu Dash. — Ele fez a série totalmente sozinho. Produziu aquilo tudo do zero durante o verão. Ele ia virar um astro, sabe? Acredito de verdade. Acho que ele iria para Hollywood, faria filmes e seria famoso. Era esse tipo de ator.

— Foi o que eu disse da primeira vez que o vi — comentou Maris. — Astro. Astro astro astro.

Stevie optou por não destacar o fato de que Hayes meio que já era um astro quando Maris o conheceu.

— Ele era honesto — continuou Maris. — Era a pessoa mais honesta que eu já conheci. Era por isso que atuava tão bem.

— Honesto? — perguntou Stevie.

— Bem, não honesto. Puro. Tipo... *desonerado*. Eu soube desde o primeiro instante que precisava ficar com ele.

Ela parou por um momento e encarou as unhas. Depois ergueu o olhar de repente. Stevie se virou para ver o que era. Gretchen entrara no *yurt*.

— Ela — disse Maris — é uma piranha.

— É a ex do Hayes, certo?

— Ela o magoou. Olha só para ela.

Gretchen parecia acabada, na verdade. Estava chorando.

— O negócio de Hayes com Beth era pela série — continuou Maris. — Eu sei o que as pessoas vão dizer, mas era tudo combinado.

Tudo combinado. Aquela frase trouxe à tona um pensamento que Stevie não conseguia expressar em palavras. Alguma coisa nessa história toda parecia... Não ensaiada, mas... Havia algum elemento de espetáculo. Eles estavam produzindo um programa. E a maneira como Hayes deu meia-volta e não deixou Maris ir com ele. Os olhares exagerados e dramáticos.

Do outro lado do cômodo, Janelle acenou para que Stevie se aproximasse. Ela, Nate e Vi estavam encurvados sobre o computador de Nate. David também havia chegado em algum momento e se juntado ao grupo.

— Germaine Batt de novo — disse Nate, virando o computador para Stevie.

Novamente, a silenciosa e observadora Germaine Batt fizera um relatório, e esse incluía o sumiço do gelo seco. A notícia se espalhou pelo lugar à medida que as pessoas pegavam os celulares para ver.

— Gelo seco? — disse Janelle em voz baixa. — Foi isso o que aconteceu? Foi por isso que pegaram meu crachá? Foi assim que Hayes morreu?

— Como alguém morre por causa de gelo seco? — questionou Nate.

— É possível morrer por envenenamento com dióxido de carbono — explicou Janelle. — Se uma pessoa ficar fechada num espaço pequeno com gelo seco o suficiente, pode ficar sem oxigênio. Era uma quantidade muito grande?

— Parece que pode ter sido isso o que aconteceu — disse Stevie. — Ouvi algo sobre o assunto quando me levaram ao Casarão.

Janelle franziu as sobrancelhas e falou:

— Ele deve ter pegado muito. E esse negócio é pesado. Muito pesado.

Um silêncio pensativo recaiu sobre o grupo por um momento. Vi acariciou a mão de Janelle.

— O que vai acontecer agora, então? — perguntou Nate.

— Não acho que eu vá continuar aqui por muito mais tempo — comentou Stevie.

— Acha que vão expulsar você? — perguntou Vi.

— Não vão — afirmou David.

Ele havia se aproximado por trás do grupo e se encarapitado no encosto do sofá.

— Eles não expulsam ninguém. Eu já tentei.

— Meus pais podem me levar embora — respondeu Stevie.

— Por que eles fariam isso?

— Porque eles nem queriam que eu viesse.

— Por que seus pais poderiam não querer que você viesse? — perguntou Vi.

— Porque eles gostam de coisas normais. Ellingham não é normal. É cheio de tudo que os preocupa. *Outras* pessoas. Eles me deixaram vir porque é chique e gratuito, mas usariam qualquer desculpa para me levar de volta. E acho que uma morte conta como uma desculpa bem grande. Então não acho que eu tenha muito mais tempo nesse mundo chique e especial. O que me resta é voltar à sede de Edward King e ficar ouvindo pessoas que acreditam em alienígenas, mas não na mudança climática.

— Ai, meu Deus — disse Vi. — Não tem nada que você possa fazer?

— Não faço ideia. Talvez se eu virasse uma patricinha popular. Eles gostam disso.

— Talvez todo mundo tenha que ir — comentou Nate. — Talvez a escola feche.

— Gente — interrompeu Janelle. — Por favor. Hayes morreu.

— Isso não significa que a gente não deva falar sobre o fechamento da escola — rebateu Nate.

Stevie ouviu algumas pessoas sussurrando "a escola vai fechar?" num grupo ao lado. A vida passa rápido, mas boatos são ainda mais rápidos.

A porta do *yurt* se abriu, e Ellie entrou a passos largos. Ela se desequilibrou, obviamente bêbada, e levantou a Roota sobre a cabeça.

— Hayes está morto! Viva Hayes!

Ela começou a emitir longos grasnidos com o instrumento.

O anúncio não foi bem recebido. Ao contrário daquela primeira noite no *yurt*, ninguém estava muito aberto às demonstrações artísticas de Ellie. David deslizou do encosto do sofá, foi até a garota e sussurrou em seu ouvido. Ela o afastou de forma brusca e tocou com mais agressividade. Ele enlaçou o braço ao dela e tentou guiá-la para fora, mas ela se desvencilhou de novo.

Mais algumas pessoas ligadas a arte se levantaram de vários cantos e se juntaram ao redor dela. A princípio pareceu que tentariam fazê-la parar, mas então uma delas começou a pular para cima e para baixo numa dança estranha. Ellie a copiou. Então outra se juntou. David deu de ombros e se afastou do grupo, voltando à sua posição empoleirada. Maris, que num primeiro momento olhava a cena horrorizada, levantou-se e começou a dançar com toda vontade, balançando furiosamente os braços.

— Ai, meu Deus — disse Janelle, acima do barulho. — O que está acontecendo?

— As Bacantes — respondeu Nate.

O grupinho de dança sugou todo o restante de ar e energia do cômodo, continuando até que outro grupo de pessoas aparecesse. Mas esse era menos festivo, composto por Larry, Charles, dra. Quinn e dois policiais uniformizados. O lugar ficou em silêncio.

— Atenção — disse Larry, erguendo as mãos.

Ellie soprou a Roota uma vez.

— Element — pediu Larry. — Se não for pedir demais.

Ela baixou o saxofone.

— A polícia vai precisar falar com todo mundo por alguns minutos — anunciou o segurança. — Não há nada com que se preocupar. Nós só precisamos de uma base de informações sobre o que aconteceu para usar como diretriz. Por isso, peço que todos voltem às suas casas.

— O jantar vai ser levado às casas — informou Charles. — E, como já dissemos, temos terapeutas à disposição que podem ir até vocês. Se alguém precisar de ajuda, basta responder à mensagem que eu mandei ou falar com qualquer integrante do corpo docente.

Os alunos começaram a voltar para suas casas, mais nervosos.

— Todo mundo ganhou um interrogatório com um policial — disse David imitando a Oprah, enquanto o grupo da Minerva voltava para casa. — *Você* ganhou um interrogatório com um policial, e *você* ganhou um interrogatório com um policial, e *você*...

— Eu não vou falar com policial nenhum — retrucou Ellie.

— Boa sorte — respondeu David.

— Não sou obrigada, e não quero. Não vivemos num regime fascista.

— Não acho que tenha a ver com isso — falou Nate. — Parece que estão tentando descobrir o que aconteceu.

— E você está bêbada — disse David. — Café antes dos policiais.

Ela deu uma risada e o empurrou pelo peito, pegando-o desprevenido e derrubando-o no chão.

— Uma pessoa bêbada conseguiria fazer isso? — perguntou ela.

— Tenho bastante certeza de que sim — respondeu ele, levantando-se e limpando a roupa.

Ellie cambaleou alguns passos para a frente. Estava mais bêbada do que Stevie havia imaginado. Era muito difícil de dizer quando se tratava de Ellie.

— Vamos lá — pediu Janelle para Stevie. — Pega o outro braço dela.

Janelle se adiantou, levantou Ellie com habilidade pela dobra de um dos braços e esperou que Stevie segurasse o outro.

— Vamos juntas — falou Janelle. — Podemos ir juntas?

— Podemos ir juntas — respondeu Ellie. — Por que não? Juntas. Juntas!

Manter Ellie de pé estava se tornando um desafio.

— Sabe — disse ela para Stevie, baforando hálito quente de vinho em seu rosto. — Ele me disse para comprar a Roota. Ele entendia. Ele *entendia*.

— Tá bom — respondeu Stevie.

— Ele entendia sobre arte. Mais do que as outras pessoas.

— Tá bom.

David acompanhava o grupo, com as mãos enfiadas nos bolsos. Depois de ter sido derrubado, parecia satisfeito em deixar Stevie e Janelle lidarem com Ellie.

— Ei, Nate — disse Ellie. — Você entende. Você escreve. Você entende.

— Hum, claro? — respondeu Nate.

— Você faz o que vê na sua *cabeça*.

Ela tentou dar batidinhas na cabeça, mas Janelle segurava seu braço com firmeza.

— Água — disse Janelle. — Precisamos de água! E depois de café. E de um banho! Que tal um banho?!

— Um banho! — exclamou Ellie. — Você entende. Vocês todos entendem! Menos Stevie. Você entende, Stevie?

— Eu entendo — respondeu ela, sem fazer a menor ideia do que Ellie estava falando.

Eles conseguiram levar a amiga para dentro sem que Pix visse. Janelle preparou um banho. Sabendo que Ellie não tinha problemas em tomar banho totalmente vestida, elas a deixaram como estava.

Ellie ficou quieta dentro da banheira, bebendo o café com obediência. Estava num estado razoável o suficiente quando a polícia chegou, algumas horas depois. Janelle, Nate e Stevie já tinham prestado depoimento.

David foi o primeiro. O interrogatório aconteceu no quarto dele e durou em torno de dez minutos.

— O que eles perguntaram? — questionou Stevie.

— Eu sabia alguma coisa sobre o plano de Hayes? Ele disse alguma coisa sobre o túnel, sobre o gelo seco? Ele não disse. Eu estava aqui enquanto Hayes fazia todas essas coisas, fumando um bong com Ellie. Não falei essa parte, e não sei se ela vai falar, mas acho que vamos descobrir.

Ellie estava sóbria o bastante para não dizer essa parte. Ela alegou que estava fazendo dever de casa com David.

A exaustão do dia pareceu recair sobre todos ao mesmo tempo depois da visita policial. Os residentes da Minerva ficaram jogados na sala comunal por um tempo, depois, um a um, foram se encaminhando para as camas. Ellie foi a primeira, depois Janelle, depois Nate. David estava na rede, balançando lentamente para a frente e para trás.

— Então — disse ele —, você acha mesmo que seus pais vão fazer você voltar para casa?

— Acho que alguém vai — respondeu ela. — Se não eles, a escola.

David estendeu as pernas, esticando o tecido maleável da rede.

— A escola não vai expulsá-la — afirmou ele. — Isso não acontece aqui. Pode acreditar em mim. Já testei o sistema.

— Alguém *morreu* quando você testou o sistema?

— Nada que você fez causou a morte de Hayes, certo?

— Acho que não. Mas...

— Você não fez nada de que se arrependa, certo?

Ele olhou fixo para ela. Será que estava falando sobre o que eles haviam feito? Que tipo de jogo de palavras sombrio era aquele?

Um do qual ela não queria participar.

— Vou me deitar — avisou, levantando-se, de repente encontrando humor para citar *A princesa prometida*. — *Boa noite, Westley. É provável que me matem de manhã.*

— Talvez não seja uma boa ideia fazer piadas com morte — disse David, enquanto Stevie seguia pelo corredor.

DEPARTAMENTO FEDERAL DE INVESTIGAÇÃO (FBI)

ENTREVISTA ENTRE AGENTE SAMUEL ARNOLD E LEONARD HOLMES NAIR
17 DE ABRIL, 1936, 15h30
LOCAL: PROPRIEDADE DOS ELLINGHAM

SA: *Sr. Nair. Preciso lhe fazer mais algumas perguntas.*
LHN: *Parece que é só o que fazemos por aqui.*
SA: *Nós só precisamos estabelecer os fatos. Fiquei sabendo que você ministrou uma aula de arte para os alunos uma vez.*
LHN: *Por favor, não me lembre disso.*
SA: *Por quê?*
LHN: *Foi a tarde mais longa da minha vida, tentando explicar Max Ernst para crianças. Mas esse é um dos preços que se paga por conhecer Albert. Ele acredita que as crianças dele devem aprender com os melhores.*
SA: *Você conheceu uma aluna chamada Dolores Epstein naquele dia?*
LHN: *Não faço a menor ideia. Todas as crianças me parecem iguais.*

[Uma foto de Dolores Epstein é mostrada.]

LHN: *Como já disse, todas as crianças me parecem iguais.*
SA: *Dolores era uma aluna muito especial. Era considerada por muitos professores como a criança mais inteligente da escola.*

[Sr. Nair dá mais uma olhada na foto.]

LHN: *Agora que você disse, lembro que uma das alunas parecia mais ligada do que o restante. Tinha um conhecimento passável em arte grega e romana. Podia ser ela. O cabelo era cacheado desse jeito. Sim, acho que era essa mesmo. Foi a garota que desapareceu?*

SA: *Dolores Epstein foi vista pela última vez na tarde do dia 13, quando pegou um livro emprestado na biblioteca. Você já a viu fora da aula?*

LHN: *A gente vê todos eles vagando por aí. Sabe, Albert abriu essa escola e disse que a encheria de prodígios, mas metade dos alunos é formada por filhos dos amigos dele e estão longe de serem os mais espertos. A outra metade acho que é passável. Para ser justo, tem um ou dois que demonstram certo brilho. Um garoto e uma garota, sempre esqueço o nome deles. Os dois parecem ser um par. A garota tem cabelo preto como um corvo e o garoto se parece um pouco com Byron. Eles demonstraram interesse por poesia. Tinham uma luz por trás dos olhos. A garota me perguntou sobre Dorothy Parker, o que encarei como um sinal de esperança. Sou amigo de Dorothy.*

[Um isqueiro prateado é colocado sobre a mesa.]

SA: *Você reconhece este objeto, sr. Nair?*

LHN: *Ah! Eu estava procurando por isso!*

[Sr. Nair tenta pegar o isqueiro. É impedido.]

SA: *É uma prova, sr. Nair. Precisa ficar conosco.*

LHN: *É Cartier, agente Arnold. Onde você o encontrou? Tenho procurado há anos.*

SA: *Nós o encontramos no observatório, junto com o livro que Dolores pegara na biblioteca e um lápis.*

LHN: *Imagino que tenha deixado lá.*

SA: *Encontramos as digitais de Dolores nesse isqueiro. Por que ela estaria em posse disso?*

LHN: *Deve ter encontrado.*

SA: *O senhor não deu o isqueiro para ela?*

LHN: *Por que eu daria meu isqueiro Cartier a uma criança?*

SA: Eu não sei, sr. Nair.

LHN: Eu perco as coisas. Imagino que a garota o tenha encontrado e ficado com ele porque é um lindo objeto. Deve ter bom gosto. Vocês vão me devolver?

SA: Quando não for mais necessário, sr. Nair. Deixe-me perguntar outra coisa. Por que a srta. Robinson entraria no quarto de vestir privado e trancado da sra. Ellingham?

LHN: Por diversos motivos, imagino. Aquelas duas são unha e carne.

SA: Sendo mais específico, estou me referindo à noite do dia 13, quando todos da casa procuravam pela srta. Robinson. Ela não atendeu aos vários chamados e foi encontrada sozinha no quarto, onde passara os últimos quinze minutos, mais ou menos. Algo estranho a se fazer durante um claro momento de pânico.

LHN: Não tenho como justificar as ações de Flora.

SA: Você e a srta. Robinson são amigos?

LHN: Flora e eu somos amigos, sim.

SA: Onde vocês se conheceram?

LHN: Ah, num bar clandestino. Há muitos anos.

SA: Então você está me dizendo que Flora Robinson não te contou o que estava fazendo no quarto de Iris Ellingham na segunda de manhã, na hora em que o alarme se instalou?

LHN: Isso mesmo.

SA: Ela não disse nada sobre o assunto?

LHN: Flora não me fala todas as vezes em que entra ou sai de um cômodo.

SA: E quando você ficou sabendo do sequestro?

LHN: Quando Flora me acordou na terça de manhã, como o senhor sabe, porque já repeti isso no mínimo dez vezes. Se o senhor está sugerindo que Flora teve algo a ver com esse crime, não poderia estar mais enganado. Diferente de mim, Flora tem coração. Ela ama Iris como uma irmã e Alice como uma filha. Tome cuidado com esse isqueiro, ok? Eu realmente o quero de volta.

[Fim da entrevista, 15h56]

21

— Então — disse Charles —, vamos conversar.

Era a manhã seguinte, e Stevie estava sentada em frente a Me Chame de Charles no escritório dele. A chuva batia no vidro enquanto uma música clássica saía baixinho de pequenas caixas de som brancas. Stevie vinha esperando por aquele chamado e, quando finalmente chegou, ela sentiu que seu corpo e sua alma estavam prontos. Já lera sobre Maria Antonieta, esperando num palácio prisão em Paris enquanto construíam guilhotinas do lado de fora.

— Vamos conversar sobre o que aconteceu — disse Charles. — Primeiro, me diga como você está.

— Tipo, como eu me sinto? — perguntou Stevie.

— Responda como achar melhor.

Stevie não era muito fã de falar sobre sentimentos, mas, naquela circunstância, eles provavelmente eram melhores do que fatos.

— Então — começou Stevie —, estou bem. É estranho, mas eu não conhecia Hayes muito bem. Então, é horrível, mas... Nós não éramos próximos.

Charles assentiu com uma expressão preocupada.

— Você pode me contar o que aconteceu? De quem foi a ideia de entrar no túnel?

— De Hayes. Eu achava que o túnel estava soterrado.

— Não — afirmou Charles. — Nós o escavamos durante a primavera. Vai ser demolido e aterrado quando terminarmos de instalar a nova rede de água e esgoto para a expansão do celeiro da arte. Achei que estivéssemos mantendo a obra embaixo dos panos, mas...

— Fui eu que arrombei o cadeado — confessou Stevie.

Pareceu importante contar para ele. A polícia já sabia. Era melhor tentar se livrar daquele batimento cardíaco delator antes que enlouquecesse.

— Eu sei.

Vários longos minutos se passaram. Charles não parecia tão jovem e relaxado naquele dia. Nenhuma camiseta de super-herói por baixo do terno.

— Cavar túneis é uma atividade inerente a essa escola há muito tempo. Tentamos desencorajar a prática. E não foi o caso de Hayes; não foi o túnel que o machucou. O que aconteceu com ele foi um acidente extremamente infeliz. Extremamente infeliz. Você deveria ter entrado naquele túnel? Não. Mas não foi você quem levou Hayes lá naquela noite.

Stevie observou os desenhos das gotas que batiam na janela.

— Eu vou ser expulsa?

— Não — respondeu Charles. — Mas tem algo que vou exigir que você faça. Venha comigo.

Stevie o seguiu quase em transe até a entrada no sótão. Ela não seria expulsa... e estava sendo levada de volta ao sótão?

— Depois do que aconteceu com Hayes, nós decidimos dobrar todas as medidas de segurança — contou ele.

Charles digitou um código de segurança novo e mais longo no painel. Eles subiram a escada estreita.

— Na nossa última conversa — continuou, ligando as luzes —, eu disse que queria que você desenvolvesse um projeto que trouxesse uma face humana ao crime que aconteceu aqui, à perda. Você desenvolveu um projeto. Ninguém poderia ter previsto a terrível lição sobre perda que você aprenderia. Agora que você sabe que o túnel está aberto, tem algo que preciso mostrar.

Ele a guiou por diversos corredores e entrou num cheio de caixas de arquivo e três prateleiras de grandes livros idênticos de capa de couro verde rotulados com datas.

— Essa fileira contém muitos registros e pertences pessoais do escritório de Albert Ellingham e de gestão doméstica.

No fim da fileira, perto da janela, Charles se ajoelhou no chão e puxou da prateleira de baixo uma caixa de metal surrada de mais ou menos noventa centímetros de largura e trinta de altura. Era claramente muito velha. Algumas partes da tinta vermelha permaneciam visíveis, mas a maior parte estava gasta ou enferrujada.

— Quando a equipe entrou no túnel pela primeira vez, isso foi encontrado misturado à terra usada para selar o túnel. Estava trancada...

Charles ergueu com cuidado o ferrolho.

— Todo mundo ficou empolgado. Uma caixa enterrada no túnel... Poderia ser qualquer coisa. Então nós abrimos e...

Ela puxou a tampa, revelando duas pilhas de jornais amarelados. A manchete do primeiro informava: SEQUESTRO DA FAMÍLIA ELLINGHAM. Stevie se ajoelhou ao lado de Charles para olhar melhor. Os jornais eram totalmente diferentes — diferentes cidades, diferentes datas —, mas todos traziam o Caso Ellingham na manchete.

— Alguém enterrou uma caixa de jornais no túnel? — perguntou Stevie.

— Nós não sabemos quem foi. Mas acho provável que tenha sido Albert Ellingham. Talvez estivesse tentando enterrar o passado, enterrar a dor.

— Deve ter sido difícil para um dono de jornal se esconder das notícias.

— Bem pensado — disse Charles, assentindo. — Mas acho que você entende, aquele túnel era um espaço sagrado. Já viu tanta morte. As pessoas vão sensacionalizar o que aconteceu.

Stevie interpretou a fala de certa forma como um aviso.

— Então eis o que você vai fazer — continuou ele. — Essas fileiras...

Ele a levou de volta para o corredor e entrou em outra fileira, sinalizada como *38*.

— As fileiras 38 até a 45 estão cheias de itens da casa. Eles foram guardados em caixas, mas não bem classificados. Quero que você classifique e catalogue essas oito fileiras de material.

— Esse é meu castigo? — perguntou ela.

— Nós não aplicamos castigos. Nós fazemos projetos. Esse é seu projeto. Classificar, organizar, catalogar.

Stevie olhou a fileira. Parecia cheia de caixas de maçanetas, pilhas de revistas velhas, sacos de tralhas.

— Você pode começar agora — disse o professor —, se estiver disposta.

— Claro.

— Então vou deixá-la trabalhar. Só avise à equipe de segurança quando acabar. Você deve precisar de alguns dias para terminar, portanto vou providenciar alguém para acompanhá-la até aqui sempre.

Ele deixou Stevie sozinha com todos os tesouros. No quesito punições, aquela era a melhor possível. Ela vagou pelos corredores, absorvendo passivamente a vista. Permitiu que os padrões penetrassem em sua mente — roupas aqui, mobília ali. Globos, livros, louças... Eram só ela e os itens de Ellingham, que se tornaram familiares mediante a repetição.

Stevie passou algum tempo parada na frente de um enorme armário com prateleiras horizontais e frente de vidro até reunir a coragem para abri-lo e tirar do interior uma delicada tigela de sopa — branca, com desenhos de flores cor-de-rosa e graciosas vinhas verdes, de beiradas douradas. No fundo da tigela, também pintado em ouro, encontravam-se as letras AIE. Havia uma pilha de livros perto da louça.

Ela voltou à primeira fileira mostrada por Charles e observou os livros verdes compridos. Alguns continham pedidos de compras e suprimentos para a casa. Aquelas pessoas consumiam muita comida nos fins de semana — limões, laranjas, ovos e menta para drinques. Pedidos gigantescos de cigarros para serem postos em estojos. Notas de dezenas de taças de champanhe quebradas e pedidos de conjuntos novos. Cera de piso para os arranhões no salão de baile.

Um dos livros continha apenas menus da casa. Stevie os folheou até encontrar o dia 13 de abril de 1936. Estava escrito com uma letra caprichada e precisa:

MESA PRINCIPAL:
Sopa crème de céleri
Filé de linguado ao molho de amêndoas
Cordeiro assado
Ervilha com menta
Aspargos ao molho hollandaise
Batatas à lionesa
Suflê frio de limão

O dia 14 de abril não foi tão elaborado:

Sem serviço na mesa principal. Bandeja levada para o escritório.
Sanduíches de salada de frango frio e presunto
Aipo fatiado e azeitonas recheadas
Bolo de limão
Café

Hóspede srta. Flora Robinson, serviço de bandeja: sopa de legu-
mes, chá com leite, suco de tomate, sanduíches de salada de
frango frio, aipo fatiado, coalhada
Hóspede sr. Leonard Nair, serviço de bandeja: ovos mexidos, café

Por mais insignificante que pudesse parecer, as listas passavam uma ideia do dia e da mudança no clima da casa. Tudo estava normal no dia 13. No dia 14, era outro lugar. As bandejas de sanduíches frios, servidas porque eles precisavam comer para se manter de pé. A estranha adição de um pouco de aipo fatiado que provavelmente sobrara do dia anterior e algumas azeitonas (comer qualquer coisa, qualquer coisa, o que tivesse ali), um pouco de bolo que já devia estar pronto. Café para mantê-los de pé.

Pelo jeito, Flora Robinson e Leo Holmes Nair haviam se alimentado em seus quartos; refeições simples, do tipo que alguém come quando está doente ou de ressaca. Ovos mexidos. Sopa. E mais café e chá. Apenas mantenham-se acordados. A casa inteira estalando de energia nervosa, esperando pelo toque do telefone. E, mesmo assim, o mordomo registrou aquela refeição desesperada, porque era como as coisas funcionavam. A equipe da cozinha também deve ter sido interrogada, por isso não tiveram tanto tempo de preparar comida.

Ela seguiu seu trabalho pela fileira, puxando caixas com antigos materiais de escritório — três telefones, mapas enrolados, tubos de cera, agendas. Uma caixa grande com interior de veludo guardava uma coleção de itens únicos: um tinteiro de cristal, uma caneta fina, alfinetes, clipes, uma pilha de cartões de visita, um convite para um jantar no dia 31 de outubro de 1938.

Tratava-se de uma data significativa. Aqueles deviam ser os objetos que estavam na mesa de Albert quando ele morreu. Ela mexeu nos itens;

o bloco de anotações continha alguns círculos e números, com gotas de tinta pela página. Um pedaço de jornal rasgado com informações sobre a bolsa de valores. Um telegrama do Western Union com as palavras:

30/10/38
Onde você procura alguém que nunca está ali de verdade?
Sempre numa escada, mas nunca num degrau

Seu último enigma, sem nenhuma solução. No dia 30 de outubro de 1938, Albert Ellingham disse ao secretário que sairia para velejar. Parecia estranhamente animado. Levou George Marsh, seu leal amigo, consigo. Os dois velejaram para fora do Burlington Iate Clube. Mais tarde, os moradores de South Hero ouviram um barulho alto e viram um clarão na água. O barco de Ellingham explodira. Os destroços revelavam que uma bomba tinha sido montada a bordo. Pelo jeito, os anarquistas que o perseguiam havia tanto tempo, culpados pela morte da esposa e o desaparecimento da filha, atingiram seu objetivo, no fim das contas.

As últimas coisas das pessoas eram tão estranhas. A maioria das pessoas não tinha nenhum controle ou ideia de quais seriam seus últimos atos. Stevie se perguntou por um momento se Hayes percebera o que estava acontecendo com ele, se percebera que morreria enquanto filmava um vídeo numa escola.

Ela se lembrou da carta na parede, da sua visão. Parecera *tão real*, mas não tinha como ser. Não fazia sentido. Havia sido apenas um sonho vívido produzido por uma mente acelerada. Stevie não acreditava em médiuns, em precognição. Ela não achava que previra a morte de Hayes. A palavra *assassinato* aparecera em seu sonho, mas era porque assassinatos haviam acontecido ali. Não havia nada de sinistro sobre o sonho. Ela sonhara com um assassinato, acontecera um assassinato. Albert Ellingham escrevera um enigma, como já fizera tantas vezes, então morrera.

Ela olhou para o pequeno telegrama por um bom tempo, examinando as palavras, a tinta, o papel velho porém bem-preservado. Aquele deve ter sido o último enigma de Ellingham, algo no qual ele vinha trabalhando no dia de sua morte. Um pequeno disparate, um retorno ao seu antigo modo de ser. Então o destino interrompeu. Será que alguém já notara aquilo, aqueles pequenos vestígios da sua mesa? Ou será que ninguém deu importância à sua brincadeirinha, visto que havia um império a ser cuidado? Quem se importa com uma pequena charada quando um dos homens mais ricos do mundo morre?

Stevie devolveu o pedaço de papel à caixa com cuidado, como se colocasse uma flor em seu túmulo. Seus olhos lacrimejaram de leve e a garganta apertou.

Ela secou os olhos com as costas da mão e caminhou até uma das janelas para observar a extensão do campus e a paisagem além dele. A morte voltara ao Instituto Ellingham. A morte amava aquele lugar. Mas, se Stevie queria lidar com sua estadia ali, lidar com o trabalho que desejava fazer, precisava encarar a morte de frente. Não podia ficar com medo ou chorar toda vez que se deparava com uma lembrança triste. Precisava ser forte. Era isso o que a morte merecia.

No entanto, Stevie se perguntava qual seria a solução do enigma. O que estava sempre numa escada, mas nunca num degrau?

DEPARTAMENTO FEDERAL DE INVESTIGAÇÃO (FBI)

ENTREVISTA ENTRE AGENTE SAMUEL ARNOLD E GEORGE MARSH
17 DE ABRIL, 1936, 17h45
LOCAL: PROPRIEDADE DOS ELLINGHAM

SA: *Obrigado por disponibilizar tempo para falar comigo de novo.*
GM: *Qualquer coisa que você precisar.*
SA: *Os últimos dias têm sido difíceis.*
GM: *Eu não durmo há duas noites. Não importa. Iris e Alice ainda estão por aí. Pode me ceder um cigarro?*
SA: *Claro. Posso só relembrar sua relação com Albert Ellingham e as preocupações com segurança no passado? Você trabalhava no departamento de polícia de Nova York quando o conheceu?*
GM: *Isso mesmo. Eu era detetive. Vínhamos investigando uma gangue anarquista que estava causando problemas. Descobrimos que eles planejavam um ataque a bomba a um magnata importante. Descobrimos que o alvo era Albert Ellingham, e, por sorte, chegamos a tempo.*

SA: *Você salvou pessoalmente a vida dele momentos antes de o carro explodir.*

GM: *Fiz meu trabalho. Depois disso, o sr. Ellingham foi muito gentil e me indicou para o FBI. Eu trabalhava para o escritório de Nova York. Você já trabalhou para Nova York?*

SA: *Não. Só Washington. Quem me mandou aqui para investigar o caso foi o diretor Hoover.*

GM: *O sr. Ellingham pediu que eu viesse para Vermont quando construiu este lugar. Faço trabalho de campo para o FBI e consultoria para ele.*

SA: *Mas você não mora aqui nesta casa.*

GM: *Não. Moro em Burlington. Venho sempre que o sr. Ellingham precisa de mim. Normalmente estou aqui quando eles recebem visitas importantes. Vim para a festa do fim de semana em grande parte porque Maxine Melville, a estrela do cinema, estava aqui. Ele quer contratá-la para seu estúdio, então a convidou para uma visita. A festa do fim de semana foi basicamente para entretê-la. Eu fico de olho no lugar, na imprensa, me certifico de que os funcionários não se intrometam demais. Eles são ótimos, mas as pessoas tendem a ficar esquisitas perto de gente famosa.*

SA: *O que você pensa sobre a aluna desaparecida?*

GM: *Provavelmente estava no lugar errado, na hora errada. Verifiquei o histórico escolar dela. Boa garota. Muito esperta. Uma das mais inteligentes por aqui. Mas gostava de encontrar esconderijos para ler. Fiquei sabendo que vocês encontraram um livro dela no observatório, certo?*

SA: *Isso mesmo. Encontramos.*

GM: *Caramba. Coitada.*

SA: *Qual foi sua opinião sobre a carta que chegou no dia 8 de abril? Aquela que temos chamado de carta do Cordialmente Cruel.*

GM: *Quem cuida de toda a correspondência é Mackenzie. Ele me mostra aquelas que considera problemáticas.*

SA: *Mas ele só te mostrou essa carta depois do sequestro?*

GM: *Foi um fim de semana muito agitado. Acho que não houve tempo. Quando cheguei a ver a carta, tudo já havia começado. Mackenzie está sempre no controle. É uma pena que não tenha contado para mim. Não que eu fizesse alguma diferença.*

SA: O que você quer dizer com isso?

GM: Quero dizer que é difícil fazer Albert Ellingham mudar de ideia. Este lugar, por exemplo. Você enxerga o mesmo que eu. A vantagem e a desvantagem desta casa é a localização. Por um lado, é difícil de acessar, então não se torna alvo de crimes espontâneos. É preciso fazer um grande esforço para chegar até aqui, e um esforço maior ainda para sair. Mas, como descobrimos, a desvantagem é que a propriedade oferece muitos espaços para uma emboscada e muitas rotas de fuga.

SA: Imagino que, sendo a pessoa que já impediu um ataque a bomba a Albert Ellingham, você certamente chegou a pensar nisso?

GM: Eu ficava morto de preocupação. Conversava com Albert. Sugeria que trouxéssemos mais homens para vigiar a propriedade. Ele recusava.

SA: Por quê?

GM: Nas palavras dele, "não é favorável a um aprendizado lúdico". Palavras dele.

SA: Então ele optava por não ter a segurança necessária?

GM: Olha. Você precisa entender uma coisa sobre Albert Ellingham. Ele é um grande homem. Não há ninguém que eu admire mais, exceto o próprio J. Edgar Hoover. Mas ele pensa que é invencível. Que pode fazer qualquer coisa. Porque, em sua experiência, ele pode. Ganhou dinheiro por conta própria. Todas as suas posses — seus jornais, estúdio de cinema e tudo o mais — foi construído do zero. Ele era entregador de jornal quando garoto, não tinha dois centavos para esfregar um no outro. O homem é um gênio. Mas acha que nada o afeta. Eu não penso que ele me mantenha por perto por acreditar que eu realmente o ajude — acho que me vê como um amuleto da sorte. Eu o salvei daquela bomba, mas ele enxergou como sorte e me acolheu. Sou grato. Mas ele acredita que sua vontade basta. Era uma questão de tempo até algo assim acontecer. Eu sabia. Você entende. Era uma questão de tempo.

[Fim da entrevista, 18h10]

22

O SISTEMA DE ÔNIBUS DE ELLINGHAM VOLTOU À ATIVA NO DIA SEGUINTE, COM horários especiais para permitir o encontro entre alunos e pais.

Havia dois pontos de parada — o de descanso e o de Burlington. Stevie combinou de se encontrar com os pais na parada de descanso. Ela esperou pelo ônibus com várias outras pessoas. Para se acalmar, ouvia podcasts nos fones de ouvido.

E estava calma, até David surgir ao seu lado. Ele não usava seu visual normal de calça jeans surrada e camiseta velha. Vestia uma camisa social azul bem-passada e bem-ajustada que emendava com elegância numa calça preta bem-cortada. Estava até de sapatos sociais pretos. Tudo em sua aparência era impecável e feito sob medida, ressaltando sua silhueta magra e musculosa. O visual era arrematado por um casaco preto *slim*.

Stevie tinha uma experiência limitada com caras de roupa social. (Detetives de terno na TV não contavam.) David estava se exibindo, e isso mexia com sentimentos que a deixavam fisicamente agitada.

— Tomara que você consiga a vaga — disse ela, desviando o olhar. — Acho que você se daria muito bem em contabilidade corporativa.

— Você está fazendo uma dedução? Entendeu? Foi uma piada de economista e de detetive.

— Onde você vai se encontrar com seus pais?

— Eu não vou — respondeu ele, enfiando as mãos nos bolsos do casaco preto comprido. — Eles estão a uma distância segura, longe o bastante. Só vou dar o fora de Dodge.

— Então por que o...

— Gosto de me vestir bem quando vou visitar Sua Majestade, o Burger King. E aonde você está indo?

— Comer. E depois, assim espero, vou voltar para a escola, se meus pais não concluírem que este lugar está lotado de liberais insanos que deixam pessoas serem assassinadas, o que é meio o que eles estão pensando neste momento.

O ônibus encostou, e Stevie e David entraram. Ela se sentou na poltrona da janela, e David se jogou ao lado dela.

— Então — disse ele —, você quer conversar?

— Sobre o quê?

— Sobre aquela noite?

A maioria dos passageiros — não que houvesse muitos — já estava batendo papo ou ouvindo alguma coisa. Mesmo assim, ainda era um lugar público. Stevie suou frio.

— Tem alguma razão para você estar fazendo isso? — perguntou ela.

— Só quero saber. Gosto de aprender. Por isso que estudo em Ellingham. Aprender é divertido. Aprender é lúdico.

— Quão a sério a direção do colégio leva a política sobre o uso de linguagem violenta com outro aluno?

As mãos dela começaram a suar. E a testa. E os pés. Que droga era aquela? Por que o corpo humano era tão babaca? Por que ele nos inundava de hormônios e desejos sexuais e também de *suor nervoso*?

— A seríssimo — respondeu ele, sóbrio.

— Olha, tenho muito com que me preocupar. Meus pais provavelmente vão me tirar da escola hoje à noite, então...

— A vida encontra um meio — disse ele. — Você não aprendeu nada com *Jurassic Park*?

Ele recostou a cabeça para trás, colocou os fones de ouvido por cima da orelha e deixou Stevie pensar.

O ônibus voltou pelo caminho montanhoso, passou pelas fazendas, pelas lojas de bala de bordo, pelas fábricas de vidro soprado e pelos cartazes do Ben & Jerry. Pegou a estrada I-89 e seguiu até a parada de descanso onde os pais de Stevie aguardavam ao lado de sua minivan marrom.

David se levantou para deixá-la passar, depois continuou seguindo pelo corredor e saiu do ônibus. Ela achou que ele só estava tomando medidas exageradas para abrir caminho, mas então, em vez de entrar no ônibus, ele a seguiu até seus pais.

— Meu nome é David — disse, estendendo a mão. — David Eastman.

Por que David estava se apresentando aos pais dela?

— Prazer em conhecê-lo, David — respondeu a mãe de Stevie. — Você veio encontrar sua família?

— Não. Stevie disse que eu talvez pudesse pegar uma carona com vocês até Burlington? Se não for incomodar. Qualquer coisa, posso pegar o próximo ônibus.

Stevie viu os olhos dos pais se iluminarem. Eles olharam de David para Stevie e de volta para David, e gostaram do que viram. Stevie sentiu como se o chão se abrisse sob seus pés.

— Claro que não! — disse a mãe. — Você vem conosco.

— Nós vamos parar em algum lugar para comer — comentou o pai — Se você quiser nos acompanhar.

Stevie não conseguia se mexer. O corpo estava paralisado. David, não, David, isso não é uma piada, David...

— Claro — respondeu ele, sorrindo. — Não vou atrapalhar?

— Ah, imagina — disse o pai.

Stevie notou David reparando no adesivo EDWARD KING na traseira da minivan. Ele lhe lançou um olhar de canto de olho, depois foi até a porta traseira do carro e a abriu.

— Primeiro as damas.

— Eu vou matar você — respondeu ela em voz baixa.

— Estou falando, a escola leva a sério aquela política.

Ela deu a volta para entrar do outro lado.

Os quatro seguiram pela I-89 na minivan da família Bell enquanto a noite caía. A viagem até Burlington foi rápida. Eles passaram pela área da universidade, ficaram presos no trânsito da estrada à beira do lago Champlain e viraram em uma das muitas ruazinhas pequenas e charmosas.

O mundo estava de cabeça para baixo. David não deveria estar ali, com seus pais, naquele lugar. Mesmo que o volume estivesse baixo,

Stevie ouvia o falatório familiar do programa de rádio favorito dos pais — um que sempre falava sobre como "aquelas pessoas" eram problemáticas, e que catequizava sobre Edward King. Eles desligaram o rádio, o que foi um avanço.

Havia muitos restaurantes bons em Burlington, que tendiam a ser caros. Stevie encontrara na internet um lugar depois da Church Street, num centrinho de compras, que parecia ter bons sanduíches e saladas a um bom preço. Também havia lugares para estacionar de graça. O restaurante era do tipo que você fazia o pedido no balcão, pagava e levava uma senha de espera para uma mesa à sua escolha.

A mãe de Stevie e David pediram primeiro. O pai levou mais tempo para olhar o cardápio, e Stevie considerou se empalar na vitrine de batatas-fritas.

— Sanduíche de rosbife vegetariano — leu o pai. — Me pergunto como funciona isso.

— Eles usam um substituto para a carne — respondeu Stevie em voz baixa.

— Então não é rosbife, né?

Stevie fechou os olhos por um momento.

— Não faça essa cara — repreendeu ele. — Era só uma piada. Não posso fazer uma piada?

Não faça essa cara, Stevie. Não seja espertinha, Stevie. Você acha que sabe tudo, Stevie, mas espera só para ver, o mundo não funciona desse jeito...

— Nós viemos até aqui ver você. Não podemos ter uma refeição agradável? Podemos sempre levá-la de volta pra casa, se preferir.

Não reaja. Não desista. Aguente firme, volte para a escola.

O momento passou.

— Eu gosto dele — comentou o pai. — Muito educado. Abriu a porta para você.

— Ele é um amor — respondeu Stevie.

No fim da fila, no lugar onde os clientes buscavam seus pedidos, David parecia entreter totalmente sua mãe e... ah, não. Ele estava tirando a carteira do bolso. Estava insistindo, claramente *insistindo* para pagar. Ali estava o cartão de crédito. Outra piada. Ela estava morrendo de rir, toda derretida.

Stevie sentiu uma parte de sua alma morrer. Torceu para que não fosse uma parte importante.

Eles escolheram uma mesa próxima à janela. O ar frio penetrava pelo vidro, mas Stevie gostou da sensação. Combinava com seu humor. Ela examinou o sanduíche de frango recheado demais, viu que estava muito estufado para ser comido com as mãos, então o tombou de lado e catou partes dele com um garfo plástico enquanto os pais interrogavam David.

David, por sua vez, com seus cabelos e olhos escuros e sobrancelhas que subiam e desciam, conseguia morder o sanduíche gigantesco e conduzir uma conversa ao mesmo tempo. Stevie notou que a voz dele estava mais clara, como se estivesse fazendo uma apresentação.

Ele estava mexendo com a cabeça dela.

— Então, o que seus pais fazem? — perguntou o pai de Stevie.

— Minha mãe é pilota — respondeu David entre mordidas.

Stevie ergueu o olhar. David comeu uma batata-frita com calma e pousou o restante do sanduíche numa pilha perigosamente equilibrada.

— Pilota? — repetiu o pai. — Muito impressionante. Deve ser difícil ter família com um emprego desse tipo. O que seu pai faz?

— Bem — disse David, partindo uma batata no meio e analisando o interior macio. — Ele é gerente de uma fábrica de fertilizantes.

Stevie levantou a cabeça de repente. Será que ele estava zombando dos pais dela? Uma pilota e alguém que gerencia uma fábrica de cocô? Stevie sentiu uma onda de raiva inundá-la. Ela podia não concordar com os pais em muitos assuntos, mas eles eram *seus* pais, e ninguém mais podia insultá-los.

— Muito impressionante — falou o pai.

Seu rosto estava queimando. Ela encostou o copo na bochecha por um segundo para esfriar a pele.

— Pois bem — começou a mãe —, precisamos falar sobre o que aconteceu. Essa é uma conversa muito importante que precisamos ter com Stevie, David.

— Claro — respondeu ele. — Também tive essa conversa com meus pais.

— E o que eles disseram?

Ele se recostou para trás com aquela tranquilidade que só caras deveriam ter e que Stevie planejava dominar.

— É terrível — falou David. — Mas acidentes acontecem.

— Como a escola permite que isso aconteça? — retrucou a mãe. — Aquele negócio deveria estar trancado à chave.

— Estava — afirmou Stevie. — Ele arrombou.

— Não devia estar muito bem trancado, então — completou o pai.

— Tem gente se esforça bastante para entrar em locais trancados — disse David, lançando um olhar demorado e fixo para Stevie. — Ele roubou o crachá de outro aluno.

— Ele era famoso — comentou a mãe. — Os jornais o descrevem como um bom garoto.

— Isso não quer dizer nada — argumentou David. — As notícias não têm como retratar as pessoas de verdade.

— É verdade — falou o pai de Stevie. Ela ficou tensa. *Por favor, não começa.*— Minha filha e eu não concordamos em muitas coisas. Mas a mídia...

Ela sentiu a determinação se esvair. Ela reviraria os olhos e fugiria pela janela. Poderia morar nas montanhas e comer pedras.

— ... geralmente nos fala o que queremos escutar — completou David.

Stevie sentiu o coração parar por um minuto. Além disso, o pai passaria a atacá-lo, o que valeria a pena ser visto.

— Interessante — disse o pai, assentindo. — Esse aqui é inteligente, hein, Stevie.

Foi como se ela tivesse levado um soco no estômago. Stevie falava coisas assim *o tempo todo* e sempre ouvia que estava errada. David falou uma vez e ganhou uma concordância e um elogio.

Ah, a mágica de ser um homem. Quem dera eles engarrafassem essa poção.

— Recebemos uma ligação, Stevie — contou o pai, tirando um pedaço de tomate do sanduíche. — Edward King nos ligou. Quer dizer, seu escritório. Sua equipe.

— Edward King é nosso senador — explicou a mãe. — Ele é um grande homem. Mas Stevie não é muito fã.

Stevie entrelaçou os dedos das mãos e pressionou contra o plexo solar.

— Fomos chamados para ser coordenadores voluntários de todo o estado — falou o pai. — Sei que você não vai gostar da notícia, Stevie...

Seja uma pedra, Stevie. Transforme-se numa montanha.

— Que incrível — disse David, abrindo um enorme sorriso. — Meus parabéns.

Os pais a encaravam. Aquela era a prova de fogo. Ela poderia explodir. Era seu instinto. Aquela montanha na qual ela se transformou é, na verdade, um vulcão. Mas... se ela conseguisse engolir o sentimento — se conseguisse lidar com a situação —, poderia parecer mudada de um jeito que os agradasse. E, se fizesse isso, talvez a porta não se fechasse totalmente. Talvez, apenas talvez...

Doía. Doía de verdade. Os músculos do rosto resistiam. A garganta queria fechar.

Mas ela insistiu. Forçou o rosto a formar um... se não um sorriso, algo que meio que lembrasse um sorriso. Forçou o ar para fora dos pulmões, pela garganta e para fora da boca.

— Que ótimo.

Duas palavras. *Que ótimo.* As duas piores palavras que já havia articulado. Os pais olharam para ela. Olharam para David, de camisa social. Todo aquele estranho teatrinho surtira efeito. E, naquele momento, ela soube que eles a deixariam ficar na escola.

Então por que sentia como se tivesse acabado de perder o jogo?

23

Só havia dois assentos vagos no ônibus de volta quando David e Stevie o alcançaram, então os dois se sentaram juntos de novo. Ela sentia um aperto no peito e percebeu que fechava as mãos com tanta força dentro dos bolsos que estava cortando as palmas com as unhas.

— Eles pareceram gostar de mim — comentou David.

— Que droga foi aquela?

— De nada.

Stevie sacou o celular e encaixou os fones do ouvido. David puxou um dos lados.

— O que foi? Você conseguiu ficar em Ellingham. Por que está com tanta raiva?

— Porque sim — respondeu Stevie. — Eu não vou ficar graças a mim. Vou ficar graças a *você*. Porque meus pais acham que a gente está junto. Porque eles provavelmente acham que eu fisguei um namorado mimado e rico. Vou ficar porque tem um cara na jogada.

— Eu sei — disse ele, arqueando as sobrancelhas com irritação. — Foi por isso que fiz o que fiz. Você falou que eles se importavam com isso. Foi por isso que eu vim com você. Se quer que eu aprenda minha valiosa lição, precisa explicar melhor.

— Namorar — falou Stevie com frieza — é o que meus pais acham que garotas fazem. Elas namoram. Portanto, eu agora atingi todas as expectativas que eles tinham para mim. Além disso, aquele negócio do Edward King? É. Eu tive que ficar quieta engolindo aquele discurso.

— Parece ter funcionado. Continuo não entendendo por que está com raiva. Você está aqui, e eles estão bem longe.

— Porque, de novo, não foi por mérito meu. Foi por causa de Edward King, o cara que representa tudo que eu odeio. O cara é um babaca racista e fascista, e agora meus pais comandam seu exército de imbecis pelo estado, e eu precisei sorrir.

— Só para deixar claro, você não sorriu...

Stevie estava com raiva demais para falar. Respirou com esforço por um momento até conseguir recuperar a voz.

— E sua mãe não é pilota, seu mentiroso bizarro.

— Como você sabe? Talvez ela seja.

— E seu pai é gerente de uma fábrica de fertilizante?

— Isso é verdade.

— Perto da praia, em San Diego?

— Nunca nade por ali. Impróprio para banho. — disse David, balançando a cabeça com seriedade.

— Tem uma coisa que eu sei que é imprópria. Você.

Ele deu de ombros como se dissesse *Justo*.

— Qual é a droga do seu problema? — perguntou Stevie.

— Vários.

— Você é um mentiroso.

— Talvez nós dois sejamos um pouco sensíveis em relação aos nossos pais. Eu só queria ajudar a resolver seu problema. E o problema foi resolvido. Se quiser ficar com raiva, tudo bem. Toma.

Ele pegou o fone que balançava no ar, e ela o encaixou de volta do ouvido. Mas não deu play em nada. Olhou pela janela, para o reflexo pálido de David no vidro. Flagrou-se irritantemente obcecada pela linha da sua mandíbula. À primeira vista, parecera bem angulosa, quase pontuda. Mas o rosto não era tão anguloso assim, no fim das contas. Ele devia estar tenso antes, fazendo o músculo saltar.

David encarava o celular, sem lhe dar atenção alguma.

No entanto, havia dobrado os dedos como se fossem pernas de aranha e dançava com a mão ao longo da coxa. Ela observou o movimento, como certamente era esperado. David aproximou a mão da perna dela...

... então se afastou.

... depois voltou a se aproximar, estendendo uma perna de aranha hesitante e pairando sobre a coxa de Stevie sem tocar, sem tocar...

... apenas a pontinha do dedo a tocou; *será* que estava mesmo tocando? O corpo de Stevie estava estático, ansioso.

O ônibus fez uma curva brusca para a entrada da propriedade, dando um solavanco nos passageiros e levando a aranha embora.

Stevie saiu andando na frente de David ao saltarem. Quando estava na metade do caminho para a Minerva, reduziu a velocidade, esperando ouvir os passos dele atrás. Mas o garoto não estava em lugar algum. Ela entrou na sala comunal explodindo de frustração.

— Como foi? — perguntou Janelle, quando Stevie passou por seu quarto.

A amiga estava no meio de uma pilha de livros de matemática, fios e um computador aberto passando um programa de TV.

— Bom — respondeu Stevie, tentando parecer o mais informal possível. — Bom. Acho que está tudo bem. Por enquanto, eu vou ficar.

Janelle soltou um gritinho estridente e empolgado.

— Senta aqui — chamou ela.

— Eu só vou...

Stevie apontou com a cabeça para o quarto.

— Só preciso de alguns minutos.

Dentro do quarto, ela ficou andando de um lado para o outro, ainda de casaco. Ela se olhou no espelho. As bochechas estavam vermelhas por causa do frio. O cabelo curto estava achatado sobre a cabeça por causa do gorro de lã.

Estava na hora de se perguntar algo que nunca havia considerado de verdade: ela era bonita? O que tornava uma pessoa bonita? Do que as outras pessoas gostavam? Ela sabia do que gostava em si mesma: do cabelo curto. Gostava da aparência do seu rosto quando estreitava os olhos, porque ficava perspicaz e penetrante sem parecer franzido demais. Gostava dos lábios cheios, porque não tinha medo de usá-los para se expressar. Seus quadris largos a faziam se sentir forte.

Aquela pessoa no espelho era bonita?

Vai saber. De qualquer maneira, aquela era Stevie.

Ela segurou a beirada da escrivaninha, esticou os braços e olhou para o chão. Stevie conhecia o pânico. O que não conhecia tão bem era esse novo coquetel de hormônios que chegara ao cardápio do seu corpo, e o que ele representava para seus planos. Ela queria ir para o andar de cima. Ela queria... David.

Ela o *queria*. David, que acabara irritá-la de uma maneira que ninguém fora da família jamais conseguira. David, que ela via todo maldito dia. David, que chegava de uma corrida fedendo e voltava à sala comunal todo sexy, limpo e...

Por que ele? Entre todos, por que os deuses dos hormônios escolheram *ele*?

Ela ouviu-o entrar na casa. Ouviu-o caminhar até o corredor. Será que ia parar?

Não. Um ranger alto soou na escada.

Talvez ela tivesse que ir lá falar com ele. Não sabia muito bem sobre o quê. Ela tirou o casaco, atravessou o quarto e, quando viu, estava subindo as escadas.

Ao chegar à porta dele, Stevie parou, incerta. Não costumava subir muito ali. Os meninos precisavam descer, mas o andar de cima era opcional. Era mais escuro ali. O vento fazia mais barulho. Ela ergueu a mão para bater, então a manteve imóvel por um minuto inteiro antes de, timidamente, baixar os nós dos dedos na direção da madeira.

Quando David abriu a porta, não fez uma expressão convencida. O calor se acumulava lá em cima, deixando o quarto aquecido. A única luz acesa era a de um pequeno abajur ao lado da cama.

— Você quer alguma coisa? — perguntou ele.

— Eu quero... — O que ela queria? — ... entender.

— O quê? A vida? O universo?

— Quero saber qual é a sua — completou ela.

— Qual é a *minha*? A *minha* o quê?

— Tem algo que você não está dizendo. Tem alguma coisa...

— Tem algo que você não está dizendo também — rebateu ele. — Por que não menciona o fato de que a gente ficou?

— O que eu deveria falar sobre isso? — perguntou Stevie, corando.

— Caramba, você fica vermelha mesmo. É melhor trabalhar nisso.

Ela ergueu a cabeça com raiva e falou:

— Sobre que assunto deveríamos falar? Técnica?

— Pode ser. Achei a sua boa. Você gosta mesmo de explorar com essa sua língua. Imagino que todas as partes do seu corpo sejam detetives...

— Beleza — disse ela, virando-se para a porta. — Tchau.

— Eu irrito as pessoas. Pode acreditar. Tenho noção. É um jeito efetivo de se comunicar para quem não tem outra opção. Se não tenho como passar pela porta, eu jogo uma pedra na janela. E acho que talvez você seja do mesmo jeito.

Isso a fez parar por um instante. Fazia sentido, e ela estava sempre disposta a ceder quando alguém fazia sentido. Ele deixou a porta aberta e se afastou. Ela se aproximou, hesitante, abriu-a um pouco mais e deu um passo para dentro. Ele estava sentado na cama.

— Ela entrou — anunciou David.

Stevie deu batidinhas nervosas no batente da porta.

— Acho que talvez eu deixe você constrangida se falar sobre o que fizemos naquela noite — explicou ele. — Não quero mesmo constrangê-la. Não é meu objetivo. Talvez eu me sinta mais confortável ao falar desse assunto. Acho que simplesmente cago e ando para algumas coisas, pelos motivos certos. Posso afirmar que gostei do que fizemos.

Seus pulsos latejavam. Sua pulsação parecia forte a ponto de inflar as mãos como balões, talvez até fazê-las explodir pela pressão.

— O fato é que — continuou David — gostei de você desde o primeiro momento, quando parecia querer socar minha cara só por eu existir. Isso provavelmente diz algo sombrio sobre mim. E acho que você gosta de mim porque eu irrito você. Nós dois temos problemas sérios, mas talvez devamos deixar nossas personalidades estranhas trabalharem a nosso favor.

Com frequência, Stevie se perguntava como essas conversas funcionavam, quando as pessoas falavam sobre *sentimentos* e *carícias* e todas essas coisas que ela achava que deveriam permanecer cuidadosamente engarrafadas dentro de seu boticário particular. Mas alguém queria entrar, tirar as tampas dos frascos, espiar o conteúdo. Stevie nem sabia que era permitido falar sobre emoções com tanta franqueza. Não era assim na casa dela.

Ela fechou a porta. As mãos tremiam, mas não importava. Ela deu alguns passos nervosos até a cama e se sentou na ponta com cautela. Sentar na cama dele. Aquilo era território novo, perigoso.

David não se mexeu.

— E aí? — perguntou ela. — O que a gente faz?

— O que você quer fazer?

Os olhos de Stevie entravam e saíam de foco. Ela se aproximou, colocou uma das mãos na parte de trás da cabeça dele e o puxou para mais perto. Questionou se ele resistiria, se tudo aquilo estava errado, mas ele aproximou a cabeça. Stevie pressionou os lábios contra os dele.

Daquela vez, o beijo foi lento. Eles se equilibravam delicadamente na beiradinha da cama. Seus lábios se tocavam e ficavam juntos por um minuto, então paravam e ficavam onde estavam por alguns segundos, os rostos colados, antes de recomeçar. Não havia pressão nem ansiedade. Era como se conversassem com tranquilidade através dos beijos. Stevie deslizou a mão pelo peito dele e sentiu o batimento forte do coração. David acariciava o cabelo dela, passando as mãos pelas mechas curtas. Ele deitou na cama, e Stevie repousou o corpo suavemente sobre o dele.

Então, uma batida.

— David? — chamou Pix.

O mundo parou de repente. A realidade os atingiu com um ruído audível. Aquilo não podia acontecer de novo.

— Armário — sussurrou David.

Ao se levantar, Stevie descobriu que as pernas estavam bambas. Ela tropeçou na direção do armário e entrou no meio de uma pilha de sapatos, bolsas e equipamento de esqui, tudo embaralhado e cheirando a uso (não fedendo, mas mesmo assim), com calças e camisetas amontadas sobre a cabeça. Ela fechou a porta, escondendo-se do lado de dentro. David abriu a porta para Pix.

— Você precisa ir ao Casarão — disse a professora. — Não tem nada errado, Charles só quer falar com você sobre...

— Tudo bem — respondeu ele. — Claro. Vou agora. Meu casaco está lá embaixo.

Silêncio. Eles pareciam ter ido embora.

Stevie ficou de cócoras, com o coração martelando, amassada e com um pouco de calor, respirando depressa. Ela acalmou a respiração, acendeu o celular e iluminou o espaço ao redor. Observou os sapatos, pegando-os e virando-os. Todas as solas estavam relativamente sem sinais de uso. Stevie tinha tênis gastos até a palmilha, e a maior parte dos seus sapatos tinha arranhões na ponta e nas laterais, pequenas imperfeições que ela tentava esconder ou só aceitar. Aqueles sapatos eram novos. Substituídos com frequência. E todos de marca. Havia calçados sociais feitos de couro macio com o nome ELLIS, OF LONDON na palmilha. Equipamento de tênis. Esquis. Tudo confirmava o status de riqueza, e não de filho de uma pilota e de um gerente de fábrica de fertilizante, provavelmente. Ao perceber que não havia barulho do outro lado, Stevie engatinhou para fora do armário e andou até a porta. Silêncio.

Ela estava no quarto de David. Sozinha.

Existe um princípio bastante discutido em tramas de assassinatos. Agatha Christie até escreveu um livro intitulado: *É fácil matar*. A ideia é de que a primeira vez é a mais difícil, mas uma vez ultrapassada essa barreira, depois de tirar uma vida e se safar, o crime se torna cada vez mais fácil. Durante as leituras, Stevie nunca vira nada que mostrasse que o fato se aplica à vida real, apesar de certamente ser verdade que as pessoas poderiam cometer assassinatos adicionais num estado de pânico. No entanto, fazia sentido. É fácil matar. E é fácil bisbilhotar quartos, em especial se o dono do quarto em questão deixou você entrar e foi embora.

Stevie tinha tantas perguntas. Quem era este David que não existia nas mídias sociais? O cara que ficava contando mentiras estranhas sobre a família. O desejo de saber era como a fome — roncava, demandando informação.

Talvez ela pudesse dar só uma olhadinha? Só uma espiada. Haveria tempo. Andar até o Casarão, conversar com Charles, voltar... Isso levaria, no mínimo, vinte minutos, mesmo que o diretor fosse muito breve. De qualquer maneira, seria melhor se ela esperasse um ou dois minutos ali, só para garantir que Pix tinha ido embora.

Só uma olhadinha.

Ele tinha um videogame, muitos equipamentos de computador. Caixas de som de qualidade — Stevie já vira propagandas da marca. Tudo de qualidade. Os livros estavam empilhados de maneira aleatória. Os assuntos: filosofia, teoria de videogame, muita literatura, livros sobre como escrever (interessante), quadrinhos. Havia um e-reader ao lado da cama. Ela checou os títulos da biblioteca: mais quadrinhos, muita ficção científica (ele era claramente fã de ópera espacial), livros de história. David gostava de ler. Bastante.

Ela devolveu o e-reader à página na qual o encontrou e colocou-o no lugar. Observou o abajur na mesa de cabeceira: outro item caro, de uma marca italiana. Tudo naquele quarto era ligeiramente melhor, desde o peso e a suavidade do lençol (ela se sentou na cama e sentiu a textura; tudo exalava seu cheiro) até o cobertor pesado.

Ela se recostou para trás por um momento.

O que mais estava visível? A polícia tinha permissão de olhar o que estava visível quando entravam num lugar sem mandado. O quarto estava arrumado. Não *organizado*, mas arrumado de maneira geral. Um esforço havia sido feito para manter as coisas no lugar certo. Havia um antigo pôster do Led Zeppelin na parede, mas Stevie tinha a impressão de que ele fora resultado de um tipo de não decoração. Pegue o primeiro objeto que vir e prenda na parede. A maior parte do quarto era uma tela em branco, sem fotos nem decoração.

Ela se inclinou para trás, e a mão bateu em algo duro. Ao investigar os lençóis, encontrou o laptop de David.

O laptop de David, bem ali.

Ela o observou por um momento. Nenhum adesivo, nenhuma marca. Colocou as mãos na beirada do computador.

Abrir ou...

O problema de olhar só um pouquinho é que torna muito fácil olhar um pouco mais. Quando você já tocou o objeto, bem, já era, e se o computador está no seu colo e você o abrir e a tela se acender, então é isso.

Talvez seja assim que Pandora tenha se sentido quando ganhou sua famosa caixa. É só abrir para a luz se derramar para fora...

— Que droga você está fazendo?

Tudo parou por um instante. Como ele subira as escadas sem que ela ouvisse era um mistério. Devia estar concentrada demais no que estava fazendo — é claro, estava bisbilhotando o computador dele.

Responder à pergunta seria incriminador demais, então Stevie só ficou onde estava, parada e quieta. Coisas paradas podem às vezes passar por invisíveis.

— O que — repetiu David — você está fazendo?

— Eu estava só...

Ele se aproximou e estendeu as mãos para o computador. Ela o entregou.

— Eu... eu nem olhei.

— Parece que olhou, sim.

Bem, é. Parecia. Ele estava certo. Stevie voltou a se sentir na defensiva.

— Qual é o grande segredo? — retrucou ela, ríspida. — Você conheceu minha família. Simplesmente entrou no carro e foi junto. Você deu uma olhada na minha vida.

— E você também queria dar uma olhada. Nunca ocorreu a você que eu tenha um motivo para não falar da minha família?

— Todo mundo tem motivos. Você não é especial por ter uma relação esquisita com seus pais.

— Meus pais estão mortos — afirmou ele. — Isso conta como especial?

Certa vez, quando Stevie era pequena, ela estava brincando do lado de fora num dia frio. Ela ganhou velocidade num trecho de gelo e bateu em cheio numa parede. Quando a barriga fez contato com a superfície, ela se lembra de sentir o ar sendo violentamente expelido do corpo, arranhando a garganta pelo caminho.

Foi meio parecido com o que ela sentiu nesse momento. O rosto de David voltou a ficar anguloso e assumiu outra expressão.

Mágoa.

— Sai daqui — disse ele.

— Eu...

— Sai — repetiu ele em voz baixa.

ENTREVISTA ENTRE AGENTE SAMUEL ARNOLD E ROBERT MACKENZIE
17 DE ABRIL, 1936, 19h10
LOCAL: PROPRIEDADE DOS ELLINGHAM

SA: Só mais algumas perguntas, sr. Mackenzie. Precisamos repassar essas coisas várias vezes.

RM: Entendo.

SA: Quando você começou a trabalhar para Albert Ellingham?

RM: Quando saí de Princeton, há oito anos.

SA: O senhor é o assistente pessoal dele em assuntos profissionais?

RM: Isso mesmo. Sou seu secretário pessoal e profissional.

SA: Então o senhor vê uma boa quantidade das transações do sr. Ellingham.

RM: Eu vejo quase todas, se não todas.

SA: O senhor acha estranho trabalhar aqui em cima, no meio das montanhas?

RM: Acho que nenhum de nós esperava ficar tanto tempo aqui em cima.

SA: Como assim?

RM: Essa escola era só mais um projeto. O sr. Ellingham tem muitos projetos. Parecia que ele planejava que esse lugar fosse um retiro, talvez para ser usado por algumas semanas no verão. Mas está aqui desde setembro. Acho que todos nós esperávamos ele falar: "Muito bem! De volta a Nova York." Mas isso nunca aconteceu. Passamos o inverno inteiro aqui. O senhor tem ideia de como é o inverno aqui em cima?

SA: Frio, eu suponho.

RM: Durante metade do tempo, não podemos sair de casa por causa de toda a neve. Os locais não parecem se importar, mas todo o restante fica enlouquecido pelo isolamento. A sra. Ellingham...

[Pausa.]

SA: O que tem ela?

RM: A sra. Ellingham é cheia de energia. Gosta da vida atlética e social. Praticou um pouco de esqui, não foi o suficiente. Dava para ver que isso a desgastava.

SA: A situação causou atrito entre o sr. e a sra. Ellingham?

[Silêncio.]

SA: Sei que é leal à família, mas há algumas coisas que precisamos saber.

RM: Eu entendo. Sim, talvez um pouco. Os dois são muito diferentes. Um casal amoroso, é claro, mas muito diferentes. Acho que estar aqui em cima às vezes é difícil para ela. A srta. Robinson lhe faz companhia. Isso parece ajudar.

SA: As duas são próximas?

RM: Feito irmãs.

SA: E como é o sr. Nair?

RM: O sr. Nair é um artista brilhante e um ébrio.

SA: Bebe com frequência?

RM: Com frequência e em grandes quantidades. Certa vez eu o vi beber uma caixa inteira de champanhe sozinho. Fiquei surpreso por ele não ter morrido.

SA: Ele se torna agressivo nessas condições?

RM: Pelo contrário, ele normalmente só pinta ou fala até o encontrarmos dormindo em algum canto da propriedade. Os alunos uma vez o tiraram de dentro da fonte. Se o senhor está me perguntando se ele seria capaz de planejar um sequestro, minha resposta é: eu não acho que Leonard Holmes seja capaz de planejar um café da manhã. Foi um esquema organizado.

SA: O senhor é organizado.

RM: E é por isso que conheço organização quando a vejo. Sou profissionalmente entediante, agente Arnold. Fui contratado por esse motivo. Sou um contraste à exuberância do sr. Ellingham.

SA: O senhor me parece sensato. Na noite do dia 13, argumentou a favor de ligar para a polícia.

RM: E me arrependo de não ter ligado, mesmo sob ordens contrárias.

SA: Você obedeceu às ordens.

RM: Eu obedeci às ordens.

SA: Pode me contar sobre a carta recebida no dia 8 de abril, a carta do Cordialmente Cruel? Qual foi sua opinião sobre ela?

RM: Nós recebemos, em média, duas ou três ameaças por dia com a correspondência. A vasta maioria não faz sentido e muitas vêm das mesmas pessoas. A princípio, a carta me pareceu uma piada.

SA: Por que uma piada?

RM: As letras recortadas. O poema. Mas então notei alguns detalhes. Notei que o selo era de Burlington. Depois notei o endereço. Sabe, o sr. Ellingham se corresponde profissionalmente com pessoas de todo o país. Como estou certo de que você imagina, o correio tem dificuldade de chegar aqui. Por isso, direcionamos todas as correspondências profissionais para um escritório em Burlington, e mandamos um carro trazer tudo todo dia, se o clima permitir. Se o tempo estiver muito ruim, nós temos um secretário que as lê para mim pelo telefone. O incomum era que a carta em questão não foi enviada para nenhum dos endereços profissionais — é para onde vai a maioria das cartas abusivas. Ela foi enviada para cá, para esta casa. Parecia muito mais pessoal.

SA: Mas o senhor não a mostrou para George Marsh.

RM: Eu ia mostrar. Mas aquele fim de semana foi muito agitado. Eu ia mostrar na próxima visita.

SA: Então houve uma festa no fim de semana?

RM: Sim, para Maxine Melville.

SA: O senhor compareceu?

RM: Eu estava apenas presente na casa, muito ocupado finalizando a papelada de um acordo importante no qual o sr. Ellingham vinha trabalhando. Ele vai comprar um jornal da Filadélfia.

SA: Aconteceu qualquer coisa fora do comum no fim de semana ou na manhã de segunda-feira?

RM: Absolutamente nada. Nós fomos a Burlington na manhã de segunda para ter reuniões de negócio e mandar alguns cabogramas. Voltamos à noite.

SA: *Vamos falar sobre esta casa e a escola. O senhor sentiu que esse local era inseguro?*

RM: *Com certeza, tendo em vista as ameaças e as tentativas de ataque a bomba.*

SA: *O senhor falava com seu patrão sobre o assunto?*

RM: *Eu tentava.*

SA: *O senhor parece um homem inteligente, sr. Mackenzie. Seus instintos foram sempre recorrer aos oficiais da lei. É observador. Onde você acha que Iris e Alice Ellingham e Dolores Epstein podem estar?*

RM: *Nenhum lugar bom. Para ser honesto, eu acho...*

SA: *Sim?*

RM: *Odeio dizer essas palavras, agente Arnold. Mas acho que aquela carta foi mandada pelos sequestradores e que Cordialmente Cruel levou cada palavra daquela página a sério. Acho que elas estão mortas. Meu Deus, acho que estão mortas.*

[Fim da entrevista, 19h32]

24

Era uma vez uma menina de Nova York chamada Dottie que veio ao Instituto Ellingham e acabou morta por uma pancada na cabeça.

Era outra vez um ator da Flórida que veio ao Instituto Ellingham e descobriu que gelo seco não era tão legal.

A terceira tentativa sempre dá sorte. Uma garota de Pittsburgh veio ao Instituto Ellingham e queria ver um cadáver.

Seu desejo foi realizado.

Essa mesma garota alcançou a vitória contra todas as expectativas e conseguiu ficar no Instituto Ellingham, mas então, preocupada que as expectativas não alcançadas fossem assombrá-la, entregou a vitória de bandeja. A garota sentira o gostinho de algo que não sabia que queria ou precisava e estragou tudo.

E a vida seguiu em frente.

Ellingham ficou triste e as pessoas fizeram terapia. Um memorial informal foi montado na cúpula da grama, onde as pessoas deixaram velas e fotos e um bonequinho de zumbi. Charles e os outros membros do conselho fizeram ligações e escreveram cartas. A segurança se intensificou. Todos os crachás foram checados e atualizados. O toque de recolher passou a ser levado a sério, os quartos eram verificados, e o terreno, patrulhado. Não é como se alguém tivesse se esquecido da morte de Hayes — o assunto era constantemente discutido —, mas ela se tornou apenas um acontecimento. Parte da realidade.

Apesar de a investigação não ter sido formalmente encerrada, as informações foram divulgadas de modo a tranquilizar a todos. A morte de Hayes parecia ter sido um acidente causado por ele próprio. Hayes, uma pessoa conhecida por gravar vídeos em cantos escuros, pegara algo que não lhe pertencia. Suas digitais foram encontradas no crachá de Janelle, no carrinho de golfe utilizado para transportar o gelo seco e num carrinho de mão. Estava bem claro para todos que se tratava de um caso em que Hayes fizera besteira. E ainda roubara de outra pessoa. Fizera um esforço tão grande para quebrar as regras que deixou os pais praticamente sem a opção de processar a escola.

A conclusão geral era de que Hayes havia entrado no túnel para filmar alguma cena nova para *O fim de tudo*. Por isso voltara sozinho. Por isso mantivera segredo. Ele havia visto o gelo seco, olhado para o túnel e tido a ideia de juntar tudo. Só que juntou tudo de uma forma bem ruim.

Era hora de voltar às pilhas de livros, aos laboratórios de anatomia e aos trabalhos escritos. Um evento chamado Baile Silencioso foi marcado — uma festa sem som ou algo assim. Aconteceria no Casarão. Passaria como entretenimento. De volta à escola. Porque, afinal, Ellingham era uma escola. Stevie tentou voltar à rotina, mas descobriu que não conseguia se concentrar. Não conseguia terminar as leituras, não conseguia escrever as dissertações. O tempo se tornou resolutamente cinza. As montanhas não são gentis quando a estação muda. As folhas das árvores começaram a ficar douradas e vermelhas nas pontas, e algumas apressadas caíram.

David não falou mais com ela.

Ele estava sempre rodeando a cabeça de Stevie, literalmente. Ela ouvia seus passos, mas isso era tudo. Ele parou de frequentar a sala comunal e a cozinha e, se cruzasse com Stevie, desviava o olhar.

Ela abria livros, encarava páginas e percebia que não tinha absorvido nenhuma informação. Relia as palavras, mas elas passavam direto por sua cabeça. Havia textos a serem escritos que nunca passaram do estágio das anotações. Os professores demonstravam certa tolerância devido aos acontecimentos recentes, mas isso não duraria para sempre.

Nada disso passou despercebido por Janelle, que finalmente pegou Stevie pelo braço, puxou-a para dentro do quarto e sentou-a na cama.

— Você vai me contar o que foi que aconteceu entre vocês dois?

— O quê? — disse Stevie.

— Você e David.

Stevie ficou sem reação.

— Você acha que a gente não sabe? — perguntou Janelle. — Todo mundo sabe. Não existe nada no mundo tão óbvio quanto vocês dois. Então, o que aconteceu?

— A gente ficou.

— É, essa parte eu já percebi. E aí?

Vergonha é uma coisa horrível. Janelle nunca bisbilhotaria o quarto de Vi. Claro, Vi não era ume mentirose esquisite, mas mesmo que fosse, Janelle nunca faria isso. A amiga tinha princípios. Era leal. Ao contrário de Stevie, que era uma cretina sem princípios.

Janelle esperou por uma resposta, e quando se deu conta de que ela não viria, uma luz se apagou em seus olhos.

Então restaram Nate e Ellie.

A reação de Ellie à morte de Hayes foi levar o modo Ellie ao extremo. Os moradores da Minerva eram acordados toda manhã por terríveis gritos da Roota. Quando as gárgulas e algumas estátuas da casa apareciam maquiadas com tinta, o culpado era bem óbvio. Houve mais episódios de bebedeiras, banhos de banheira e poesia francesa.

Então havia Nate, que se recolhera às montanhas nebulosas da própria mente. Fazia algum tempo que ele estava sempre lendo, fugindo de conversas, comendo sozinho muitas vezes. Stevie o encontrou na sala de jantar, numa das mesas pequenas e altas, com o rosto enfiado num exemplar da série *Ciclo Terramar,* enquanto mexia com o garfo num prato de macarrão com almôndegas de peru.

Stevie puxou uma cadeira e deslizou pela mesa sua bandeja de lasanha e salada com molho de bordo, porque ela já havia desistido de lutar contra este xarope.

— Oi — disse.

Nate desviou os olhos do livro.

— Oi — respondeu.

Ela esperou que ele largasse o livro. Levou um momento até que Nate se tocasse e marcasse a página cuidadosamente com um guardanapo. Ele não pressionava o livro aberto sobre a mesa como algumas pessoas faziam, estragando a lombada.

— Converse comigo sobre a escrita — pediu Stevie.

— Por que você me odeia?

— É sério. Me conta.

— Te contar o quê? Você escreve. É isso.

— Mas como? — insistiu ela. — Você só senta e escreve? É preciso planejar antes? Você só escreve o que brota na sua cabeça?

— Alguém está pagando você para fazer isso comigo?

— É só que... Lembra do primeiro dia, quando a gente estava falando sobre zumbis? E Hayes não fazia ideia do que era o Monroeville Mall?

— Sim, e daí?

— Aquilo foi estranho — afirmou ela.

Nate esperou por uma explicação, mas ela não veio. Então voltou a atenção para o livro e as almôndegas.

— É como Cordialmente Cruel — falou Stevie, depois de um momento.

Nate ergueu o olhar. Tinha uma expressão cansada, mas ergueu o olhar mesmo assim.

— O que tem ele?

— A pessoa presa pelos assassinatos no caso Ellingham — explicou. — Anton Vorachek. Ele nunca poderia ter escrito aquela carta. Seu inglês era muito fraco. De qualquer maneira, quem anuncia que vai cometer um assassinato?

— Meio que todos os serial killers.

— Pouquíssimos serial killers fazem isso — corrigiu Stevie. — O Zodíaco era um dos únicos...

— Nos filmes. Nos livros.

— Tem outra coisa — disse Stevie, animando-se. — Existe um antigo enigma de mistério. Um homem é encontrado enforcado num quarto vazio, trancado por dentro. Não há nenhuma cadeira, nada em que ele possa ter subido. Como ele se enforcou?

— Subindo num bloco de gelo. Todo mundo sabe essa.

— Certo. É igual àquele sobre alguém encontrado esfaqueado até a morte num quarto trancado em que não há nenhuma arma. A arma foi uma estalactite de gelo. Todo mundo sabe que não se deve usar esse artifício em histórias de mistério. É como dizer que a culpa é do mordomo, só que pior. A resposta nunca pode ser gelo.

— Ok, mas não se trata de uma história de mistério.

— Você não se pergunta o que Hayes estava fazendo dentro do túnel?

— Nós sabemos o que ele estava fazendo — disse Nate. — Filmando um vídeo ou algo do tipo.

— Isso é o que todo mundo acha que ele estava fazendo.

— O que mais ele podia estar fazendo lá? Não tinha mais ninguém com ele, e, mesmo se tivesse, quem leva algumas centenas de quilos de gelo seco para ficar de pegação? Não estou por dentro das novidades para apimentar um relacionamento, mas não acho que isso esteja na lista.

Stevie se recostou e cutucou a lasanha. Olhou ao redor. Avistou Gretchen se aproximando — ou melhor, viu o cabelo de Gretchen, mas a dona o acompanhava.

Entre todas as pessoas, Gretchen provavelmente era quem melhor conhecia Hayes. Ela ficara com ele no ano anterior, com certeza por mais tempo do que Maris. De todos na escola, era Gretchen quem parecia estar num estado de choque mais consistente. Maris recebia a compaixão, mas a outra parecia genuinamente arrasada. Stevie a observou servindo salada numa marmita.

— Escrever exige muita disciplina — disse Nate, finalmente respondendo à pergunta. — Exige muita tentativa e erro. Você viu isso quando escrevemos o roteiro.

— Mas nós usamos informações existentes. E se a pessoa estiver inventando tudo?

— Aí pode ser maravilhoso ou a pior coisa do mundo. Às vezes dá certo, e você não pensa em outro assunto, e aí as ideias desaparecem. É como se você estivesse descendo um rio a toda velocidade e, de repente, a água acabasse. E só sobrasse você, sentado na canoa, tentando empurrá-la pela lama. No caso, sou eu.

— Mas você parece estar escrevendo agora.

— É, mas se eu falar sobre o assunto, as ideias vão desaparecer.

Assim ele encerrou a conversa, deixando Stevie com seus pensamentos. Mas aqueles pensamentos não iriam desaparecer. Quanto mais tempo passava sozinha com eles, mais assobiavam e giravam.

Não havia motivo para tentar comer. Ela levou o resto do jantar para a compostagem e voltou para a área externa, seguindo Gretchen de longe, que voltava para o celeiro da arte. Stevie foi atrás. Não a encontrou quando entrou, mas logo ouviu um som retumbante de piano vindo de uma das salas. Avançou sorrateiramente pelo corredor até avistar Gretchen em um deles. Ela tocava de um jeito selvagem, como se contra os próprios elementos. Usava uma roupa justa e esportiva, como algo que dançarinos usariam: legging preta, sapatilhas, uma bata amarrada na cintura.

Quando Stevie bateu na janela, Gretchen parou abruptamente de tocar. Ela entrou na sala de ensaio. Não havia planejado um discurso. Por sorte, Gretchen falou primeiro.

— Você estava com Hayes naquela noite. Stevie, certo?

— Isso. Desculpa. Ouvi você tocando e... Podemos conversar?

— Não foi você quem o encontrou? — perguntou Gretchen.

— Eu não o encontrei. Só estava junto quando encontraram.

Gretchen assentiu com distração e olhou para a marmita de salada no chão. Estava intocada.

— Naquele dia — continuou Stevie —, dei de cara com vocês dois conversando...

— É. Não foi a melhor última conversa. Eu estava com muita raiva.

— Eu sei que vocês namoraram. E sei que terminaram. Sinto muito.

— Sente muito? É estranho ser a ex-namorada do cara que morreu. Na verdade, você é a primeira pessoa a me falar que sente muito.

— Posso te perguntar sobre Hayes? — pediu Stevie, aproximando-se e sentando no chão.

— O que tem ele?

— Eu só... Estou confusa sobre o que aconteceu, e acho que, talvez, se eu soubesse mais sobre ele, não estaria.

Gretchen pensou por um minuto.

— Você sabe como eu estou? Com raiva. Estou com raiva por não poder ficar com raiva dele. É como se ele tivesse feito tudo de novo.

— Tudo o quê? — perguntou Stevie.

— Me manipulado — respondeu ela, balançando a cabeça. — Eu me sinto uma idiota. E se eu disser qualquer coisa de ruim sobre ele, todo mundo vai achar que sou um monstro. Não sei o que fazer.

— Eu não acho que dizer a verdade sobre alguém torne você um monstro.

— Se a pessoa em questão morreu num acidente estranho e trágico, torna, sim.

— O que ele tirou de você e não queria devolver? — questionou Stevie. — Daquela discussão que eu ouvi?

— Ah. Ele pegou quinhentos dólares emprestados comigo na primavera. Eu ganhei esse dinheiro dando aulas de piano numa colônia de férias. Era basicamente todo o meu dinheiro. Pedi para ele me pagar quando voltássemos à escola este ano. Sei que ele ganhou dinheiro com aquela série. Ficou prometendo que pagaria, mas acho que nunca cumpriria com a palavra. Sabe, tipo...

Ela balançou a cabeça e enxugou uma lágrima com pressa.

— Meu Deus — continuou. — Por que estou chorando? Estou com tanta raiva.

Stevie desviou o olhar enquanto Gretchen se recompunha.

— Hayes era uma dessas pessoas que parecia ter tudo sob controle — prosseguiu ela, secando o rosto. — Ele sabia atuar; foi assim que entrou aqui. Mas por dentro? Não havia *nada* ali dentro. As pessoas faziam coisas para Hayes porque ele era bonito e tem... tinha aquela voz. Você acabava fazendo favores. Você sabe quando gosta de alguém. Você faz um monte de burrices. Faz coisas que não têm sentido.

Até pouco tempo, Stevie não conheceria essa sensação. Mas passara a ter bastante noção. Você poderia acabar bisbilhotando as coisas da pessoa, por exemplo.

— Eu estava *tão* a fim dele — contou Gretchen. — Mas, no ano passado... ele me usou. Tipo, usou de verdade. Primeiro, pediu uma ajudinha com a dissertação sobre Jonathan Swift. Me pediu para ler, fazer algumas sugestões. Eu fiz. Então ele se envolveu numa produção de *Algemas de cristal* e ficou ocupado, disse que não tinha tempo de escrever uma dissertação sobre Dryden e perguntou se eu poderia ajudá-lo um pouco a finalizar o texto. Então comecei a fazer alguns exercícios de francês dele, e parecia que era ele quem estava fazendo. Até que um dia ele me pediu para escrever seu trabalho de meio-período sobre Alexander Pope e eu me toquei da quantidade de tarefas que eu tinha feito para ele.

"Quando me recusei, ele ficou irritado a princípio, mas depois pediu mil desculpas. Disse que sabia ter pedido demais. Tudo voltou ao normal. Mais tarde, quando a gente terminou, descobri que não era a única fazendo os trabalhos dele. Ele conheceu pessoas pela internet, outros alunos pela escola. Devia haver quatro ou cinco pessoas fazendo tudo para Hayes. Quatro ou cinco pessoas."

Gretchen fungou antes de continuar:

— Durante uma ou duas semanas, pensei que o amasse. Quando Hayes está a fim, ele entra *de cabeça*. Mas depois as coisas ficaram ruins. Teve uma noite em que todo mundo saiu escondido do campus para ir a uma festa em Burlington. Ellie Walker convenceu alguns dos seus amigos burlescos a dirigir até aqui pela estrada dos fundos com os faróis apagados. Nós escapamos e fomos encontrá-los. Tem um ponto onde as câmeras não funcionam tão bem e, se você acertar no timing, consegue sair. Mas acabou que tinha um cara da equipe de manutenção trabalhando por ali por conta de uma denúncia de ursos na área. Havia parado o carro na estrada para ficar de vigia e nos flagrou. Quando o cara disse que ia delatar a gente, Hayes falou: "Não seria péssimo se encontrassem maconha no seu carro? E se você fosse preso por vender drogas para estudantes?" O cara ficou apavorado, então Hayes sorriu e disse que estava brincando.

— Sério? — falou Stevie.

Ela nunca vira aquele lado de Hayes.

— Sério. Eu devia ter terminado naquela hora. Devia ter virado e voltado para minha casa. Ellie ficou tão puta com ele. Bateu na cabeça dele e gritou muito no caminho para Burlington, dizendo que não era assim que se tratava as pessoas. Hayes pediu desculpas. Hayes sempre pedia desculpas. Alegou que tinha sido uma piada, mas... Ninguém pode falar uma coisa dessas, sabe? Ninguém pode assustar as pessoas e ameaçá-las e depois dizer que estava brincando. Porque não é verdade.

Uma imagem estava se revelando, e não era bonita.

— Aquele cara? — falou Gretchen. — Ele foi embora umas três semanas depois. Não sei por quê. Sempre me perguntei. Esse foi o meu limite. Terminei com Hayes. Foi no dia 1º de abril, então acho que ele pensou que eu estava brincando. Mas eu não estava. Ele aceitou numa boa. Meio que numa boa até demais. Disse que entendia. Tudo ficou bem por um ou dois dias, então ele me mandou uma mensagem dizendo que queria conversar comigo rapidinho, nada sério. Perguntou se eu poderia encontrá-lo no celeiro da arte. Eu fui. Assim que cheguei, ele começou a dar um *escândalo*, dizendo o quanto me amava e como não podia acreditar que eu tinha traído ele. Tipo, foi uma atuação digna de Oscar e veio do nada. Eu não o traí. Ele começou a dizer todas essas coisas que eu supostamente havia feito, tudo inventado. E tinha um monte de gente na sala ao lado, então todo mundo ouviu. Quando terminou, ele assentiu para a parede, sorriu para mim e secou as lágrimas de crocodilo. Estava tentando se vingar me fazendo de vilã. Já tinha outra na fila, aliás. Beth. Aquela garota com quem ele ficou em Chicago? Já estava rolando.

Ela parou por um momento e balançou a cabeça.

— É por isso que não posso falar nada. Ninguém quer ouvir tudo isso sobre um cara que morreu.

Stevie deixou a afirmação pairar no ar por um instante. Uma nova ideia surgira na sua cabeça; ela encontrara as palavras para expressar o que vinha atormentando sua mente.

— Você acha que ele escreveu aquela série?

Gretchen fez uma expressão confusa antes de responder:

— Qual, a do zumbi? Com certeza não.

Stevie não esperava uma resposta tão firme para uma pergunta que acabara de brotar em sua cabeça.

— Eu falei para você — disse Gretchen. — Ele não fazia o próprio trabalho.

— Ele me disse que escreveu.

Gretchen fez uma cara de *eu te disse*.

— Desculpe por incomodar você — disse Stevie, levantando-se.

— Você está ficando com David Eastman? — perguntou Gretchen, quando ela estava prestes a sair.

Stevie engoliu em seco.

— Não — respondeu, com atraso.

— Ah. Achei que estivesse. Eu ia dizer: boa sorte com *isso*.

Stevie queria perguntar o que isso significava, mas Gretchen já se voltara para o piano e começara a tocar. A música produzida pelas batidas furiosas das suas mãos era passional e poderosa.

25

A CABEÇA DE STEVIE NÃO PARAVA DE MARTELAR DURANTE O CAMINHO ATÉ A Minerva. Era isso que a incomodava. E se Hayes não tivesse escrito *O fim de tudo*? O que isso significava?

Bom, para começar, aquele filme do qual ele estava falando... Poderia ter ficado meio complicado.

Quando chegou em casa, encontrou Pix abrindo um monte de caixas na sala comunal.

— O que é isso?

— São para os pertences de Hayes — respondeu Pix em voz baixa. — Os pais dele pediram que eu encaixotasse tudo que estivesse no quarto para não precisarem passar por isso. É o mínimo que posso fazer.

Havia uma chave sobre a mesa presa a um cartão de papelão com o número 6. Era a chave para o quarto de Hayes.

— Você vai fazer isso hoje à noite? — perguntou Stevie.

— Hoje à noite, amanhã. Tenho uma reunião em meia hora, provavelmente vou começar quando voltar. Você está bem?

— Sim, estou.

De volta no quarto, Stevie pensou no desenvolvimento dos fatos. As coisas de Hayes seriam levadas embora em breve. O que significava perda das informações. Não que ela precisasse de alguma informação. Era só que algo... algo... algo estava errado. E as respostas ao que estava errado poderiam ser encontradas no quarto dele. Por exemplo, talvez houvesse uma explicação sobre *O fim de tudo*.

O que isso lhe traria, no entanto?

Stevie andou de um lado para o outro. Deu voltas pelo quarto, encarando a ponta do quadro de papelão que aparecia por debaixo da cama. Bisbilhotar quartos do andar de cima não havia gerado nada de bom, mas...

Stevie voltou à sala comunal.

— Sabe — disse para Pix —, eu sinto que deveria ajudar. Posso montar essas caixas?

— Claro. Claro. Seria ótimo, Stevie.

Stevie deu um sorriso falso e tomou o lugar de Pix à mesa. A chave para o Minerva Seis estava ao lado.

— Vou indo nessa — anunciou Pix.

Ela pegou sua jaqueta impermeável no gancho ao lado da porta e cobriu a cabeça quase careca com um gorro de lã.

— Tem certeza de que vai ficar bem?

— Estou ótima — afirmou Stevie. — É bom ter um projeto, só isso.

— Entendo. Volto já.

Assim que ela saiu, Stevie pegou a chave.

O quarto de Hayes estava escuro quando ela entrou. A cortina, fechada. Havia uma toalha pendurada atrás da porta. Stevie posicionou-a na fresta entre o chão e a porta para impedir que a luz escapasse e alguém visse de fora. Tirou os sapatos para reduzir o barulho dos passos, caminhou suavemente até a escrivaninha, acendeu a luminária, rolou a cadeira até o meio do quarto e se sentou.

Sim, ela estava bisbilhotando outro quarto. Mas tinha boas razões, e era isso que importava. Ela estava ali porque algo em relação à morte de Hayes a incomodava, e ele não podia fazer nada ajudar a si mesmo.

Parecia uma boa desculpa.

O primeiro passo foi absorver a cena, sem procurar nada em particular. Só observar o ambiente como ele era. Ela girou a cadeira no eixo para proporcionar a si mesma uma visão panorâmica.

Foi assim que Hayes deixou suas coisas. Ele entrara naquele quarto para se preparar para a gravação. A cama parecia ter sido feita e depois bagunçada. O lençol de cima estava torcido e puxado para fora. A mesa dele era um depósito para todo tipo de item — computador, produtos de cabelo, cabos, câmera, microfone, pilhas de cartas e artes de fãs. Havia uma sacola de livraria na prateleira da escrivaninha. Stevie a pegou e investigou o conteúdo. Quatro livros sobre atuação aparentemente intocados, um recibo se destacando do topo de um deles. Tinham sido comprados dias antes de Hayes voltar para a escola. Havia outra sacola de livros no chão. Esses eram todos de peças: David Mamet. Sam Shepard. Tony Kushner. Tom Stoppard. Arthur Miller. Shakespeare.

— Que seleção mais masculina — disse Stevie a si mesma.

Ela correu o dedo pelas lombadas em busca de marcas de dobra ou sinais de uso. Nada.

Estava na hora de abrir as gavetas. A primeira continha blocos de recado adesivos, conjuntos de canetas de boa qualidade, três cadernos Moleskine. Exceto por um caderno e um conjunto de canetas, tudo continuava embalado, e havia apenas uma caneta em uso. A gaveta seguinte, maior do que a primeira, continha basicamente cabos. A última estava vazia.

Ela deu uma volta no quarto em sentido horário. A cômoda estava entulhada de produtos de banho e cosméticos, todos desordenados. Deu uma breve espiada nas gavetas. Uma delas estava cheia de cuecas boxer coloridas. Ela a vasculhou, empurrando as peças para o lado e procurando algo no fundo. Nada extraordinário. O mesmo aconteceu com a gaveta de camisetas e de meias. Stevie dirigiu-se para o armário, que já estava entreaberto. Todas as roupas pareciam relativamente novas, de marcas normais tipo J. Crew e Abercrombie & Fitch. Marcas de shopping, porém as mais caras.

Na cornija da lareira ela encontrou vários potinhos de maquiagem artística da marca Ben Nye; a maioria ainda estava aberta, com pó derramado na superfície preta. Havia tinta de cabelo cinza-prateada, pó compacto, fita adesiva para a pele, cera para imitar osso, látex, base, lápis de várias cores, cápsulas de sangue, esponjas e pincéis usados e pedaços estranhos de pele falsa. Um pente estava manchado de cinza. Havia um kit no chão que parecia uma caixa de ferramentas com ainda mais maquiagem. Estava tudo bagunçado, mas era profissional.

As artes dos fãs eram o destaque do quarto. Enchiam duas paredes. Stevie examinou tudo com a pequena lanterna do celular. A maioria era desenhos de Hayes como Logan. Tantos desenhos. Alguns a lápis preto e branco, outros coloridos. Alguns eram toscos e amadores, mas outros demonstravam alta qualidade. Também havia cartas, poemas, fotos de Hayes com fãs, corações, cartões... Todo tipo de comunicação por papel podia ser encontrado ali. Os objetos maiores ficavam no chão ou na lareira: bichinhos de pelúcia, desenhos em ponto de cruz, uma miniatura do set de *O fim de tudo* com um Hayes minúsculo em argila.

Resumindo: o quarto de Hayes era um tributo a ele mesmo. Enigma, enigma meu, quem é mais famoso do que eu?

Ela tirou fotos de tudo, começando por um dos cantos do quarto e avançando seção por seção. Levou cerca de meia hora para registrar tudo. Ao fim, ela contava com uma imagem razoavelmente nítida de alguém interessado no trabalho de ser Hayes.

Stevie voltou a atenção para o computador de Hayes. A frente era tomada por uma camada espessa de adesivos — novamente, a maioria da própria série dele, mas alguns de canais on-line e de esqui. Também havia um arranhão ali. Era claro que Hayes não fora muito cuidadoso com o laptop. Ela encontrou pouquíssimos arquivos na máquina. Um deles estava intitulado IDEIAS. Tratava-se de um documento de texto no qual se lia apenas:

Colônia de férias que treina assassinos
Acampamento que treina espiões
Espiões que
Acampam?
Um mundo onde você possa

A lista acabava aí.

— Acho que Hayes estava sem ideias — disse Stevie a si mesma.

Ela fez uma busca no computador por arquivos relacionados a *O fim de tudo*. Havia um monte de e-mails, mas apenas alguns vídeos — um longo junto a vários curtos derivados, como se o maior houvesse sido editado. O principal tinha sido salvo no dia 4 de junho, e os outros, de 9 a 14 do mesmo mês.

Uma rápida pesquisa na internet revelou que *O fim de tudo* havia sido lançado em 20 de junho, com dois episódios por semana. Eram dez, no total. Vinte de junho, 23 de junho, 27 de junho, 30 de junho, 4 de julho, 7 de julho, 11 de julho, 14 de julho, 18 de julho, 21 de julho. Uma rápida olhada no calendário escolar do ano anterior mostrava que o dia da mudança, no fim do ano escolar, era 6 de junho.

Aquele arquivo tinha sido criado no dia 4.

Ele foi feito ali.

Eu fui para casa, na Flórida, no ano passado, surfei por alguns dias, e a ideia me veio...

— Até parece — falou Stevie em voz alta.

Então para que afirmar isso? Por que mentir sobre *onde* fez o vídeo?

Stevie ouviu uma voz do lado de fora e ficou paralisada. Só que não vinha do lado de fora. Vinha da parede, e parecia irritada.

Era David. Ela não conseguia entender uma palavra, então largou o computador e se aproximou sorrateiramente da parede. Continuou só distinguindo um murmúrio, então uma palavra gritada: "Allison!"

— Quem é Allison? — sussurrou Stevie.

Ela sentiu uma onda de ansiedade. Allison. Uma namorada? Uma de verdade? Não uma idiota qualquer da escola. Na mesma hora, Allison ganhou um rosto, um perfil completo. Tinha cabelo comprido e uma prancha de surfe. Ficava bem de short. Fazia depilação. Ria durante o sono.

Stevie deu um tapinha de leve na testa para se obrigar a parar e continuou tentando escutar, mas o quarto ao lado silenciou por completo. Só restou Stevie e seu coração pulsante no quarto de Hayes.

Pix voltaria em breve. Stevie fechou o laptop e devolveu-o ao lugar onde encontrou. Desligou a luz, pegou os sapatos e pendurou a toalha de volta. Então, depois de ter certeza de não haver nenhum barulho vindo do corredor ou do quarto de David, abriu uma fresta da porta.

O corredor estava vazio.

Ela saiu, fechando a porta com cuidado. Já estava na escada quando escutou uma porta se abrindo às suas costas. Ao se virar, encontrou David a encarando.

— Oi — disse ela.

Ele não respondeu. Nem parecia saber que ela acabara de sair do quarto de Hayes.

— Ah, vai — continuou ela. —Você não pode ficar sem falar comigo para sempre. Nós moramos juntos. Fala alguma coisa.

— Alguma coisa — disse ele.

Mas não havia nenhum traço de humor em sua voz.

— Que tal fazermos assim — sugeriu ela. — Você pode me escutar? Não precisa falar nada. Vou ser breve. Pode ser?

David pensou por um momento, então deu de ombros.

— Posso entrar por dois segundos? — pediu ela.

Ele indicou que a porta estava aberta, então voltou para dentro. Stevie respirou fundo e o seguiu.

David não se sentou. Ele se posicionou no meio do quarto, cruzou os braços e perguntou:

— O que foi?

— Quero pedir desculpas.

— Tá bom.

Silêncio.

— Me desculpa — repetiu ela.

— Tá bom. Se era isso, já pode ir.

— Sério?

Ela começou a ficar com raiva de novo. Todos os sentimentos que ela vinha sufocando nos últimos dias brotaram de repente.

— Ah, vai. Você não me conta nada da sua vida. Você mentiu no jantar.

— Eu fiz uma piada no jantar porque não estava a fim de falar sobre meus pais mortos.

— Eu sou péssima. Eu sei. Mas também sinto muito. Você não tem ideia do quanto.

— Por que você está com os sapatos na mão?

Stevie se esquecera dos sapatos.

— Eu só resolvi tirar.

Ele inclinou a cabeça para o lado e olhou para ela por um longo instante. Ela teve uma ideia, que provavelmente era péssima. Mas, na falta de outras ideias, tornou-se a única opção. Honestidade radical. Simplesmente contar. Ser aberta.

— Eu estava no quarto de Hayes — informou.

Ele começou a gargalhar, ainda sem nenhum traço de humor.

— Sei como isso soa — continuou enquanto ele ria —, mas eu tinha uma chave. Me escuta. Eu precisava entrar. Pix estava prestes a encaixotar tudo.

— E você só precisava de mais alguns minutos com a memória dele?

— Tem algo estranho acontecendo. Não sei dizer bem o que é...

— Eu acho que sei. Tem um morador desta casa que fica bisbilhotando as coisas dos outros. Alguém deveria tomar uma providência.

Aquilo a magoou. Ela sentiu os olhos arderem.

— Então por que entrou lá? — continuou ele. — Você precisa entrar em todos os quartos desse corredor? É essa a sua parada?

— Hayes não escreveu *O fim de tudo*.

— Quem disse?

— Eu sei que não. Trabalhei num projeto com ele. Ele nunca fazia nada. E, no ano passado, todos os trabalhos escolares dele foram feitos por outra pessoa. Nada no computador dele indica que ele fez qualquer coisa ou que tenha qualquer habilidade de escrever algo novo. E a ex--namorada dele acha...

— Gretchen — disse David, revirando os olhos.

— Gretchen — confirmou Stevie.

— Ela estava puta com ele. Terminou com ele. Rolou todo um drama no ano passado.

— Hayes manipulava todo mundo. Hayes usava todo mundo. Ele não fazia nada e usufruía de todos os resultados. Então morre durante o projeto que permitiria que ele fosse para Los Angeles se aproveitar do resultado do trabalho de todo mundo. Não parece improvável que ele fosse se esforçar tanto para fazer algo que *nem faz sentido*?

— Então o que você está dizendo? Que alguém fez aquilo de propósito? Que alguém *assassinou* Hayes?

As palavras eram surreais quando ditas em voz alta. Hayes. Assassinado.

— Não — respondeu ela, abalada pela possibilidade. — Não... tipo um acidente. Algum tipo de plano para estragar a filmagem.

A palavra, uma vez articulada, ficou quicando pelos cantos da cabeça de Stevie. Assassinato exigia motivação, e motivação não faltava. Para começar, Hayes usava todas as pessoas que namorava, além disso, não escrevera a própria série, mas estava prestes a receber créditos por ela e ganhar muito dinheiro. Eram motivações bem palpáveis.

Assassinato? Era disso que ela achava que se tratava? Era esse o motivo de tanta ansiedade?

— Você sabe o que é estranho? — disse David, enquanto Stevie continuava perdida em pensamentos. — O que é estranho é transformar a morte do colega de casa em hobby. Sabe o que mais é estranho? Bisbilhotar o quarto dos outros, inclusive do seu colega de casa morto. Porque você parece maluca.

Às vezes, as pessoas não levavam a sério alguém obcecado por histórias de mistério, como se a linha entre ficção e realidade fosse muito nítida. Talvez elas não soubessem que Sherlock Holmes era baseado num homem de verdade, dr. Joseph Bell, e que os métodos criados por Arthur Conan Doyle para seu detetive fictício inspiraram gerações de detetives reais. Será que elas sabiam que o autor, de fato, passara a investigar mistérios e até mesmo absolveu um homem de um crime pelo qual fora acusado? Elas sabiam que Agatha Christie havia simulado o próprio desaparecimento de maneira brilhante para infligir uma elegante vingança em seu marido traidor?

Provavelmente não.

E ninguém faria pouco caso de Stevie Bell, que entrara naquela escola graças ao seu interesse no caso Ellingham e que fora espectadora de uma morte que começava a parecer cada vez mais suspeita.

Stevie não era maluca. E a chave de Hayes estava no seu bolso, e Pix estava voltando.

Ela se virou e saiu do quarto de David sem dizer mais nada. Porque também não deixaria que ele a visse chorando.

RELATÓRIO DE BATT
Celebridade da internet morre em acidente na escola

Hayes Major, estrela de *O fim de tudo*, sensação da internet que viralizou durante o verão, morreu na noite de sábado. Major, estudante do Instituto Ellingham, gravava um vídeo sobre o caso de sequestro e assassinato na família Ellingham quando foi encontrado inconsciente num túnel em desuso que fora reaberto havia pouco tempo. A causa da morte não ficou imediatamente evidente, mas fontes próximas ao Relatório de Batt afirmaram que ele morreu de asfixia num provável acidente. A polícia determinou que Major retirou certa quantidade de gelo seco da oficina e área de manutenção da escola usando um crachá roubado de outro aluno. O provável motivo era a vontade de produzir efeito de neblina para o vídeo. Ao longo da noite, o gelo seco derreteu no espaço fechado e subterrâneo, produzindo um nível letal de dióxido de carbono.

O diretor do Instituto Ellingham, dr. Charles Scott, divulgou uma declaração na manhã de terça-feira: "Todos do Instituto Ellingham estamos com o coração partido pela perda de Hayes Major, um ator e criador promissor, além de amigo querido. Dedicamos nossos sentimentos para a família, os amigos e os muitos fãs. Ele deixou um vazio profundo."

26

— Meu nome é Logan Banfield — disse Hayes. — E não sei onde estou. Não sei se alguém consegue me ouvir. Não sei o que aconteceu. Não sei se estou sozinho. Nem mesmo sei se estou vivo ou morto.

Stevie estava sentada de pernas cruzadas no chão do sótão do Casarão, assistindo a *O fim de tudo* e contando maçanetas. Fazia dois dias desde que os pertences de Hayes haviam sido levados embora e que ela confrontara David. Ela deveria ter retomado o trabalho e o estudo nesses dois dias. A pilha de livros ao lado da cama não se leria sozinha, e a dissertação que ela deveria entregar no dia seguinte ainda não fora escrita, apesar da quantidade de vezes em que ela abrira o laptop e encarara a tela com uma expressão vazia antes de voltar a assistir a *O fim de tudo*.

Cada episódio tinha em torno de dez minutos. Ela começou do início, dos primeiros momentos em que o personagem de Hayes acordava confuso sobre o que está acontecendo. Todas as cenas foram filmadas no mesmo lugar, um tipo de bunker, exceto pelos últimos minutos. Boa parte do programa era composto por divagações, reações, tentativas de ouvir. Em alguns episódios, Logan tinha lembranças do ataque zumbi. Em outros, ele encontrava mensagens de outros possíveis sobreviventes. Seguia bem o padrão de coisas sobre apocalipse zumbi. O que tornava a série popular, na opinião de Stevie, era só o fato de Hayes ser tão intenso. E bonito. Ele era um cara bonito se escondendo de zumbis e lentamente perdendo a noção da realidade. No último episódio, Logan sai do bunker. Será que estava sendo salvo ou desistindo?

Ela assistiu aos episódios repetidas vezes. Naquele momento, assistia da fileira 39 do sótão do Casarão, que guardava pequenos itens da casa, luminárias antiquadas, caixas de martelos, latas de chaves de fenda. E as maçanetas. Aquela residência tinha muitas maçanetas sobressalentes.

Apenas uma garota com suas maçanetas e seus zumbis.

Stevie passara a maior parte dos últimos dois dias ignorando tudo, exceto essas coisas. Mas, quando a noite chegou e o estômago roncou, ela tirou os fones de ouvido. Não conseguiria assistir de novo.

Levantou-se e voltou a olhar a caixa contendo os pertences da mesa de Albert Ellingham até encontrar o papel do Western Union com o último enigma.

Onde você procura alguém que nunca está ali de verdade?
Sempre numa escada, mas nunca num degrau

Ela se apoiou nas estantes de metal por um momento e encarou o pedaço de papel sob a luz verde fluorescente. Alguém que nunca está ali de verdade era meio como Gretchen descrevera Hayes. Não havia *nada* ali dentro.

Sempre numa escada, mas nunca num degrau poderia significar muitas coisas. Um corrimão. Algo numa parede. Os espaços entre os degraus.

Albert Ellingham não voltaria para lhe dar a resposta daquela charada.

O odor almiscarado de objetos antigos era presente, mas o ambiente contava com controle de temperatura e umidade, por isso, em vez de o ar dentro do sótão ser parado e pesado, era quase doce. Até a deterioração dos ricos tinha classe.

Stevie pousou o pequeno papel no chão e ergueu o olhar para as prateleiras ao redor.

Que droga aquilo tudo significava? E daí se ele não tinha escrito o roteiro? Que droga ela estava fazendo, evitando o trabalho, as pessoas e a vida para ficar sentada no sótão, olhando para a cara de Hayes, contando datas e organizando maçanetas? Ela poderia trabalhar naquela dissertação cujo prazo de entrega era, hum, no dia seguinte. Ela poderia...

O quê? Tentar falar com David de novo? A última tentativa dera bastante certo, só que não.

Ela devolveu as maçanetas à caixa. Ao empurrá-la de volta para o lugar, sua mão raspou na prateleira de cima. Um pequeno filete de sangue escorreu do corte.

— Você é uma idiota — disse a si mesma.

Ao terminar, ela desceu com passos pesados pelos degraus do Casarão, com a mochila baixa nas costas. Larry estava à sua mesa, ao lado da porta, folheando algo com cuidado numa pasta. Ela ia passar direto em silêncio, mas, quando chegou à porta, ele a chamou.

— Não me dá nem oi? — falou ele.

— Desculpa. Estava distraída.

— Estou vendo. Por quê?

Ela balançou a cabeça. Ele inclinou a cadeira para trás e a observou por um momento, então perguntou:

— Como tem sido?

— Normal.

— Você não parece muito animada.

— Não. Não estou.

— Bem, sente-se um pouco, então.

Mesmo que não estivesse a fim, uma ordem de Larry era uma ordem de Larry. Ela se aproximou da cadeira em frente à mesa e sentou na pontinha para não precisar tirar a mochila e poder se levantar logo.

— Mais alguma ideia sobre o caso Ellingham? — perguntou ele.

— Não tive muita chance de pensar nele nos últimos tempos.

— Bem, se você quer resolver um caso arquivado, é isso que precisa fazer. Não evitar trabalho. Casos arquivados são solucionados porque alguém se dá ao trabalho de fazer tudo. De ler todos os arquivos. De escutar cada fita. De falar com cada testemunha. De seguir cada pedacinho de prova. Então repetir tudo até alguma peça se encaixar, até algo fazer sentido. É preciso trabalhar. E, às vezes, a sorte ajuda.

— O quanto a sorte ajuda? — perguntou Stevie.

— Ela sempre faz sua parte. Você está remoendo alguma coisa.

— É só a escola.

— Não. Não acho que seja só a escola. Acho que tem alguma coisa a ver com Hayes Major. Você está remoendo alguma coisa, e não é luto. É outra coisa.

— Não tem como você saber.

— Vinte anos como detetive. Consigo saber, sim.

Stevie chegou mais para trás na cadeira, encarou Larry e falou:

— Você pode só me dizer o que sabe sobre essa morte e o que aconteceu?

— Tipo, detalhes?

— É.

— Não posso dar todos os detalhes. Mas posso dar alguns. Uma quantidade grande de gelo seco foi tirada do depósito. Havia dez unidades naquele contêiner, 25 centímetros quadrados, e dezoito foram levados. Cada um desses centímetros quadrados pesava 23 quilos. Encontramos impressões digitais de Hayes no crachá de Janelle e num carrinho de golfe. O crachá de Janelle foi passado no celeiro da arte à 1h12. Descobrimos que a caixa de gelo seco havia sido movida. Sabemos que Hayes entrou no celeiro da arte quando você estava na aula de ioga. Sabemos, graças a testes, que o gelo seco ficou naquele espaço por mais ou menos dezoito horas e que o nível de dióxido de carbono estava extremamente elevado. Nós não morremos ao entrar lá por sorte. A porta estava aberta, então o espaço arejou um pouco. Se Hayes tivesse conseguido fechar a porta depois de entrar e um de nós entrasse logo depois, poderíamos ter morrido também.

— Então Hayes entrou no lugar onde deixara o gelo seco — disse Stevie. — E morreu logo em seguida?

— Provavelmente foi quase imediato, ou ao menos ele perdeu a consciência quase de imediato. A morte viria depressa. Aquele lugar era uma armadilha fatal. Não é um fato agradável, mas é o que aconteceu.

— E você tem certeza disso?

Larry inclinou a cadeira para a frente e se apoiou na mesa, entrelaçando os dedos.

— Por que a pergunta? — questionou ele. — Você sabe de mais alguma coisa?

Ah, só um sonho que eu tive sobre assassinato logo antes, quando um bilhete fantasmagórico apareceu na minha parede...

— Não. É só um pressentimento esquisito.

Ele a observou por um momento, então abriu a gaveta superior e pegou um Band-Aid.

— Para sua mão — falou. — Olha, você tem sido muito corajosa. Tem sido uma pessoa brava...

Brava.

Havia outra pessoa com quem ela podia conversar.

— Valeu, Larry — disse ela, erguendo o Band-Aid. — Bom papo.

Beth Brave estava sentada no set de seu apartamento, com a parede cheia de artes de fãs exibidas ao fundo. O mural dela tinha sido selecionado com mais cuidado do que o de Hayes, com imagens emolduradas em prateleiras brancas de suporte invisível.

Beth era uma loura de chamar a atenção, com cabelo muito liso e brilhante e cílios gigantes que Stevie presumiu serem falsos. As unhas longas, que Beth passou toda a conversa examinando (parecia um hábito nervoso) eram belos exemplos de pintura artística, com as quatro casas de Hogwarts representadas nos dedos de ambas as mãos e os dedões pintados com réplicas minúsculas do rosto de Harry. Não era o tipo de coisa que alguém fazia sozinho; era algo que alguém gastava centenas de dólares e muitas horas para mandar alguém fazer.

Entrar em contato com Beth não foi tão difícil quanto Stevie havia imaginado. Beth tinha mais de um milhão de seguidores, mas a menina só precisou mandar uma mensagem explicando que estudava no Instituto Ellingham com Hayes e trabalhara no projeto que ele estava filmando e — aqui vinha a mentirinha inocente — que queria fazer um tributo com a participação dela. Uma resposta surgiu em menos de uma hora, e quinze minutos depois, Beth e Stevie estavam se olhando através de janelas do Skype.

— Obrigada por me procurar — disse Beth.

Os dentes dela eram brancos e ofuscantes, grandes feito portas de armários de cozinha.

— Tem sido difícil. Tenho certeza de que para vocês também.

— Com certeza — respondeu Stevie.

— É legal da sua parte fazer um vídeo. Ele teria gostado.

Atrás da janela do Skype, Stevie via o topo da dissertação não terminada (bem, *nem começada*, na verdade) dizendo *iu-huuul!* O prazo era o dia seguinte. Ela ia fazer. Ia, sim. Só precisava conversar com Beth por um minuto.

— Tem alguma coisa meio... — começou Stevie. — Uma coisa meio... Eu só... Queria poder fazer você se sentir melhor, mas tenho tanto medo...

— O que foi?

— Eu só acho que alguém deveria avisá-la, porque vai acabar vazando. Quer dizer, você viu aquele vídeo...

— Está falando daquela garota?

— É. Aquela garota, Maris...

— Ah, eu estou sabendo — disse Beth.

— E não se importa?

— A parada é... Isso não é para o vídeo, certo? Você não está gravando, está?

— Não.

(Stevie nunca esteve gravando.)

— É claro que ele estava saindo com outra pessoa na escola. Eu saio com outra pessoa também. Não é como se nenhum de nós estivesse solteiro. Nós vamos nos reencontrar... Nós íamos nos reencontrar quando ele chegasse a Los Angeles. Mas concordamos que não seria um problema sair com outras pessoas enquanto estivéssemos separados. Os fãs não precisam saber disso. Ficariam chateados. Nós sabíamos viver separados.

— Ele mencionou — disse Stevie com cuidado — o vídeo? Mencionou que faria algum efeito com gelo seco?

— Não. Nada. Eu queria que ele tivesse mencionado. Tipo, falei com ele na noite em que ele pegou aquele negócio.

Stevie sentiu um formigamento na nuca.

— Calma aí. Você falou com ele na noite de quinta?

— Aham, a gente costumava se falar por Skype antes de dormir. Eu devo ter sido a última pessoa com quem ele falou naquela noite — comentou Beth.

— Estava tarde quando você falou com ele?

— Ah, sim.

— Sabe quanto?

— Eu não sei quão... tarde.

— O negócio é — falou Stevie — seria tão incrível se... Se você tivesse falado com ele tarde naquela noite e fosse... Tipo, o ápice romântico do tributo dele. Quer dizer, você tem o horário no Skype?

— Vou olhar.

O nariz de Beth ficou em close quando ela se inclinou para ler.

— Aqui. Eram... 22h20.

Não fazia sentido. Hayes estava com Maris nessa hora.

Não, sua idiota, Beth estava na Califórnia. Era 1h20 da manhã.

Mas o crachá de Janelle tinha sido usado à 1h12. Era impossível Hayes tê-lo usado a essa hora e voltado ao quarto à 1h20.

Ou Hayes entrou na oficina ou estava falando com Beth à 1h20. Não poderia ter feito os dois. E o mais provável era que ele tivesse feito o que uma pessoa o *vira* fazendo.

O que significava que alguém que não ele havia levado o gelo seco para o túnel e feito parecer que foi Hayes.

O que soava bastante como assassinato.

27

CHOVEU NAQUELA NOITE. NÃO UMA CHUVA SUAVE, DO TIPO QUE NINAVA STEVIE na hora de dormir, mas uma raivosa e de vento que atingia as paredes, as janelas e o teto de forma arbitrária. Uma chuva que fez o quarto vazio de Hayes parecer ainda mais vazio.

Uma chuva que deixou Stevie em alerta.

O que sempre falta em investigações é tempo. A cada hora, as provas se perdem. Cenas do crime são comprometidas por pessoas e elementos da natureza. As coisas são mudadas de lugar, alteradas, borradas, mexidas. Organismos apodrecem. Ventos sopram poeira e objetos contaminantes. Lembranças mudam e desaparecem. Conforme você se afasta do acontecimento, você se afasta da solução.

Foi por isso que ninguém encontrou Dottie e Iris até que fosse tarde demais. Os dias se arrastaram. Se alguém tivesse ligado para a polícia naquela noite, talvez tudo fosse diferente para os Ellingham. Mas ninguém ligou.

Stevie conseguira informação — informação de verdade. Poderia passá-la para Larry, mas ele já a havia alertado sobre brincar de detetive. Seria melhor recorrer a ele quando soubesse de alguma coisa concreta, quando entendesse o que sabia. Por isso, começou a fazer uma lista.

Fatos:

Alguém pegou o crachá de Janelle no celeiro da arte quando estávamos na aula de ioga.

Alguém usou o crachá para entrar na oficina à 1h12 da manhã seguinte. No mesmo horário, sete pedaços de gelo seco foram retirados do estoque.

As impressões digitais de Hayes foram encontradas no crachá.

Hayes estava falando no Skype com Beth na mesma hora.
Hayes mentiu sobre *O fim de tudo.*

Possibilidades fortes:
Hayes não escreveu *O fim de tudo*, pelo menos, não sozinho.

Conclusões:
Hayes esteve com aquele crachá em algum momento, mas não foi ele quem entrou na oficina.

Perguntas:
Por que Hayes deu meia-volta e entrou no túnel?
Ele sabia que o gelo seco estava lá dentro?
Ele pediu para alguém pegar para ele?

Naquela manhã, ela ocupou um lugar no laboratório de anatomia com sua camiseta mais velha e moletom de capuz, e encarava com olhos vidrados enquanto Pix mexia no esqueleto. Estava entrando no estado acordada demais. O fêmur parecia um cogumelo estranho. Stevie imaginou o osso girando e observou cada parte. O trocânter maior. O trocânter menor. A cabeça que se articula com o acetábulo e aquela coisa na pélvis, a tuberosidade isquiática...

Ela estava babando um pouco. Espalmou a mão no queixo e olhou para o caderno e os nomes dos ossos que ela havia rabiscado ali, da maneira como estavam no quadro. Era tudo baboseira. Ela pensou em Hayes, em seus joelhos, em seus pés no chão.

Na aula de literatura, ela cochilou, então foi acordada com um sacolejo e um pedido para que respondesse a perguntas sobre o poema "A Canção de Amor" de J. Alfred Prufrock. ("E o que você acha que significa, Stevie, quando Eliot escreve que *a noite se estende pelo céu como um paciente eterificado sobre a mesa?*" Resposta: "Ele está... cansado?")

Ela almoçou sozinha e escutou pessoas conversando sobre o Baile Silencioso que aconteceria naquela noite.

Continuou se arrastando pelo resto do dia, tentando processar tudo que seu cérebro acumulara. Quando chegou à aula de ioga, estava se segurando em pé de tanto sono. Pegou o tapete roxo ligeiramente fedido da pilha num canto e guardou um espaço ao seu lado para Janelle, mas outra pessoa o ocupou. A amiga entrou, percebeu que Stevie havia se instalado sem ela e silenciosamente abriu espaço para si do outro lado da sala.

Ela foi embora antes que Stevie conseguisse alcançá-la.

Naquela noite, Stevie deixou de jantar e revisou seus fatos de novo. O estômago roncava enquanto a chuva chicoteava na janela. Janelle e Ellie haviam ido ao Casarão para o baile. Ela não fazia ideia do que David e Nate estavam fazendo.

Pense, Stevie. *Pense.*

Mas seus pensamentos haviam estagnado. Ela chegara até ali, mas nada mais lhe vinha à cabeça. Colocou os fones de ouvido e ligou uma música alta, tentando levar a mente para outro lugar, um lugar onde ela pudesse enxergar o padrão. Foi por isso que não ouviu a batida na porta e levou um susto ao ver Nate parado ao seu lado com calça veludo bege, camisa listrada e gravata. Ele estava falando, mas Stevie não conseguia escutar com os fones de ouvido e o capuz sobre a cabeça. Ela arrancou os fones e o capuz.

— Hein?

— Você — disse ele. — Vai comigo.

— Eu vou? Aonde?

— Ao baile.

— Baile?

— Sim, baile. Tem um hoje. E você vai comigo. Não *comigo*, comigo. Mas nós dois vamos.

— Não faço a menor ideia do que você está falando.

— Negócio. De dança. No Casarão. Todo mundo. Lá. Vamos.

— Não posso — respondeu ela.

Nate entrou no quarto e chutou a porta para fechá-la parcialmente.

— A parada é a seguinte. Você está meio louca. Eu nunca fui a um baile por livre e espontânea vontade. Mas estou fazendo isso porque você é minha amiga, ok? E tem algo errado com você. É óbvio que não quero ir nesse negócio. E você também não. Mas vamos para seu próprio bem. Essa é a primeira e única vez que estou me oferecendo para fazer algo do tipo. Às vezes você precisa deixar a porra do Condado, Frodo. Se nós somos amigos, então se levanta e vem comigo agora. E você deveria levar isso a sério, porque está meio que perdendo amigos a torto e a direito.

Ele estendeu a mão para ela.

— Você está falando sério — concluiu Stevie.

— Estou falando sério.

Ela baixou o olhar para suas listas e então ergueu-o para Nate.

— Você está de gravata — constatou ela.

— Eu sei.

— As pessoas vão de gravata para bailes?

— Como eu vou saber? Tenho cara de quem vai a muitos bailes?

Stevie sentia como se fosse feita de concreto e estivesse presa ao chão. Mas ver Nate ali, fazendo todo aquele esforço, soltou um pouco suas amarras. Ela se levantou. Seu moletom estava empoeirado. Ela não tinha se maquiado. Calçava tênis.

— Assim? — perguntou ela.

— Acho que você está bem. Não que eu esteja dizendo que você está bonita. Estou dizendo vem logo antes que eu perca a coragem.

Foi uma caminhada estranha até o Casarão. Stevie via luzes piscando levemente nas longas janelas do salão de baile.

— Então, o que você está fazendo para ficar tão estranha? — perguntou Nate.

— Solucionando o assassinato de Hayes.

— Como é que é?

— Estou solucionando o assassinato de Hayes — repetiu ela.

— Você está de sacanagem.

— Não.

— Você está bêbada?

— Não. Não foi Hayes quem levou aquele gelo seco para o túnel, e eu posso provar.

— Como?

Stevie fez Nate se sentar sob o pórtico do Casarão e explicou tudo o que havia descoberto.

— Tudo bem — disse ele. — Então é por isso que você tem estado esquisita.

— Em grande parte.

Ela ergueu o olhar para algo que passou voando pela cúpula. Um morcego, provavelmente. A escola era cheia de morcegos. Nate também viu e se levantou na mesma hora.

— Então você vai contar tudo isso ao Larry ou alguém? — perguntou Nate, depois de um momento de silêncio.

— Acho que preciso esperar.

— Por quê? Pelo quê?

— Se eu fizer isso errado, se eu estiver errada, a escola inteira pode fechar — explicou ela. — Se tiver sido um acidente causado por Hayes, estamos bem. Se houver alguém solto por aí, estamos todos com problemas.

— Mas algo aconteceu. Você tem provas de que Hayes não fez tudo sozinho. E você quer encontrar o culpado sozinha porque não quer ir para casa?

— Eu quero encontrar o culpado porque quero encontrar o culpado. E porque não quero ir para casa. Mas parece que agora estou indo dançar. Com meu amigo. — Stevie estendeu a mão e apertou o braço de Nate. — Graças a você.

— É, graças a mim, mas não exagera. E como nós vamos entrar para dançar depois do que você acabou de me contar?

— Nós vamos entrar — disse ela. — Porque você me trouxe aqui, e porque a resposta pode estar lá dentro.

— Você está falando sério sobre tudo isso? — perguntou ele, baixinho. — Não está me zoando?

— Não estou te zoando.

— Você acha que a pessoa sabia que era letal? Não foi um acidente?

— Bem... — Stevie olhou para Nate e sentiu que começava a suar. — Eu não sei.

— Então nós podemos estar prestes a dançar com um assassino?

— Podemos.

— E você acha mesmo que deve esperar para falar com alguém?

— Me dê esta noite, pelo menos. Para olhar ao redor. Prometo que vou conversar com Larry em breve.

Nate respirou fundo.

— Tudo bem — falou ele. — Se você diz. Essa é provavelmente só a segunda coisa mais idiota que eu já fiz desde cheguei aqui.

13 de agosto, 1937

O AÇOUGUEIRO FOI O PRIMEIRO A DESCONFIAR. FOI ELE QUEM REPAROU QUE O anarquista local, Anton Vorachek, passara a comprar cortes melhores de carne de uma hora para a outra. Antes ele comprava sobras e miúdos — o que estivesse mais barato —, e em pequenas quantidades. Um dia ele chegou e comprou um pedaço de lagarto.

Ou talvez tenha sido a garçonete da lanchonete. Ela disse que Vorachek aparecera para seu único ovo mexido da semana — sempre fazia isso aos domingos para tentar falar com pessoas no balcão e recrutá-las — e pediu dois ovos, batata rosti, bacon e torrada. Até bebeu café. E dera uma boa gorjeta porque "o trabalhador merece uma parcela maior dos lucros".

Ou talvez tenha sido o motorista de ônibus, porque Vorachek passou a ter dinheiro para a passagem.

Todos os moradores de Burlington relataram notar que um homem, mesmo que não estivesse competindo com a riqueza dos Rockefeller, tinha ficado mais abastado do que antes.

Ele não era querido por muitos. Era responsável por iniciar greves e distribuir literatura anarquista. Gritava "Morte aos tiranos!" quando o nome de Ellingham era mencionado. Albert Ellingham era muito adorado na área. Providenciava verba para polícia, escolas, bombeiros, hospitais e para qualquer outra causa que surgisse na sua frente, e tocara muitas vidas em Burlington. Tratava-se de um homem que dava sorvete de graça para crianças pobres. E que abrira uma escola própria.

Por isso, as pessoas se ofendiam quando alguém gritava pela sua morte.

Oficialmente, a polícia fez uma busca na casa dele porque uma testemunha se pronunciou e disse que viu Vorachek bisbilhotando cabines telefônicas. Então outra pessoa apareceu atestando que tinha certeza de ter visto Vorachek fazer uma ligação às 19h07 do dia 14 de abril. Sete testemunhas distintas que receberam cinquenta centavos por seus depoimentos alegaram ver Vorachek indo na direção de Rock Point naquela noite. Não pareceu incomodar muita gente o fato de que essas pessoas levaram meses para se dar conta de que tinham visto tudo isso, ou de que as declarações não batiam. Duas testemunhas alegaram que Vorachek foi para Rock Point num carro preto. Duas disseram que ele foi a pé. Uma, de táxi. Outra, de bicicleta. A última disse que não sabia explicar o meio de transporte.

De qualquer modo, a polícia de Burlington tinha motivos o suficiente para dar uma olhada na casa dele, onde foi encontrada uma pilha do dinheiro pintado com a tinta fluorescente de Leonard Holmes e até mesmo uma faixa para prender notas com a digital invisível de Ellingham. O achado mais perturbador foi um sapato de criança que fazia par com aquele deixado em Rock Point.

Vorachek foi preso e acusado do sequestro de Iris e Alice Ellingham e do assassinato de Iris e Dottie Epstein.

— Fui eu — disse ao ser algemado. — Todos os tiranos cairão. Esse é só o começo!

As rodas da justiça começaram a girar. Durante todo aquele outono e inverno, as provas foram examinadas, especialistas foram chamados. Um advogado famoso chegou para representar Vorachek. Na primavera, tudo parecia pronto para começar, mas então aconteceram atrasos. Os anarquistas apareceram na cidade e protestaram contra a prisão de Vorachek. Foi levantada a possibilidade de mudar a data do julgamento, mas a ideia foi rechaçada.

Enfim, tudo estava pronto para ter início no dia 15 de julho, durante uma onda de calor devastadora. Burlington quase quebrou sob o peso de tudo. Não havia quartos de hotel disponíveis, então Albert Ellingham simplesmente comprou uma casa perto do tribunal. A imprensa vivia no jardim e rachou a calçada de tanto andar para lá e para cá. O caso saía todo dia na primeira página, em todo lugar. Havia repórteres de todas as partes dos Estados Unidos, de todo o mundo. Havia tantos fios de telégrafos ao redor do tribunal que, quando Robert olhava para cima, às vezes não conseguia ver o céu. Então havia os espectadores, pessoas que vinham só para observar. Era impossível andar pela Church Street. Os restaurantes ficavam diariamente sem comida. As pessoas enchiam navios e atravessavam o lago Champlain apenas para estar em Burlington, para ver o julgamento de Anton Vorachek. Vendedores ambulantes se instalaram na frente do tribunal oferecendo cerveja gelada, pipoca e limonada. Era como estar num jogo de beisebol.

Todos os dias daquele mês brutal, Robert Mackenzie se sentou ao lado de Albert Ellingham naquela sala de tribunal sufocante e assistiu à apresentação de evidências. Tomou notas não muito necessárias, mas ele era o braço direito, e o braço direito precisava fazer alguma coisa. Viu a polícia mostrar as fotos do dinheiro encontrado sob as tábuas do piso, as notas pintadas com a tinta especial de Leo. Viram a faixa de papel aberta que Albert Ellingham marcara com sua impressão digital em tinta invisível, provando sem dúvidas de onde o dinheiro viera. Leo testemunhou sobre ter produzido a tinta e sobre o processo pelo qual ela era revelada.

Vorachek usou o lugar como púlpito para discursar raivosamente contra os magnatas do mundo. Aquilo era vingança, dizia. Em breve, todas as pessoas iguais a Albert Ellingham pagariam o preço. Os anarquistas comemoraram e foram retirados do tribunal. A multidão arquejou, chorou e comeu sua pipoca.

Albert Ellingham passou por todo o processo sem expressão. Às vezes, nem suava. Estava pálido e imóvel. Seu foco nunca mudava. Todo dia, ele dizia a Robert:

— Talvez hoje ele fale onde está Alice.

Vorachek foi julgado culpado por todos os crimes.

Na noite antes da sentença, Albert Ellingham foi ao quarto de Robert.

— Vamos ao tribunal — falou apenas. — Vou falar com ele.

Robert pegou o chapéu e seguiu o patrão. Eles pegaram os jornalistas de surpresa, que estavam em grande parte jantando fora ou comendo sanduíches na grama. Caminharam pela Church Street com uma gangue de pessoas na sua cola, gritando perguntas.

Devido ao interesse e à excepcional magnitude do caso, Anton Vorachek não pôde ser colocado em uma prisão normal. Uma cela havia sido construída no porão da imensa casa alfandegária e do correio ao lado do tribunal, num espaço em geral reservado para estoque. George Marsh os encontrou lá.

— Ele está por aqui — informou o oficial, gesticulando para que os dois o seguissem pelo corredor escuro até as escadas.

Robert e Ellingham foram guiados para dentro, passando pelas salas onde a correspondência era separada e ensacada, até as profundezas do edifício. Ali, atrás de uma porta de barras especialmente construída para a ocasião, encontrava-se o homem condenado por tudo. Ele era pequeno, com uma barba pontuda e olhos brilhantes. Vestia com o macacão marrom grosso que lhe fora fornecido. Robert notou que a roupa não era lavada fazia um tempo. Fedia até mesmo a alguns metros de distância. A cela ocupada por Anton Vorachek tinha uma cama estreita e um banco de madeira, além de baldes para as necessidades fisiológicas. Não contava com janelas, e a única luz vinha de fora da cela, o que deixava o homem basicamente no escuro.

— Eles mantêm você seguro aqui embaixo — disse Ellingham como forma de cumprimento.

Anton Vorachek olhou-o sem expressão e sentou no banco, dobrando os joelhos perto do peito. Um guarda levou uma cadeira de madeira para Albert Ellingham, que ele posicionou bem na frente das barras, a fim de poder olhar para o fundo da cela.

— Me diga onde ela está — pediu Ellingham. — Me diga quem o ajudou. É impossível que você tenha feito tudo sozinho.

Anton Vorachek não respondeu. Por uma hora, ele ficou em silêncio enquanto Ellingham o observava. Robert fumava com George Marsh e os guardas. Eles se levantaram e se mexeram uma vez ou outra, mas ninguém quebrou o encanto.

— Vão mandar você para a cadeira elétrica, sabia? — disse Albert Ellingham por fim, reclinando-se para trás.

Anton Vorachek saiu do banco, se aproximou das barras, agarrou-as com força e disse:

— Por que importa quem eu sou? Seu tipo destrói o meu todos os dias.

Por que importa quem eu sou?, pensou Robert. Que coisa estranha a se dizer.

— É sua última chance — avisou Ellingham.

— Qual é a diferença?

— Qual é a diferença? — A voz de Albert Ellingham quase falhou pela força das palavras. — Se você nos contar onde Alice está, vou falar com o juiz. Vou até a casa dele. Vou apelar a seu favor. Você pode continuar vivo. Até mesmo se você nos contar onde está o corpo...

A voz dele apresentou um levíssimo tremor na palavra *corpo*.

Anton Vorachek encarou Ellingham por um longo instante, e o olhar que ele mantinha no tribunal desapareceu. A máscara caiu, revelando um ser humano sentado na frente deles. Um ser humano que parecia... solidário?

— Vá para casa, meu velho — disse Vorachek, finalmente. — Não tenho nada a oferecer.

— Então eu vou assistir à sua morte — retrucou Ellingham.

Ele se levantou e empurrou a cadeira para trás. No caminho de volta ao andar de cima, George Marsh apoiou a mão nas suas costas e falou:

— Ele nunca ia ceder, Albert. Amanhã tudo isso acaba.

— Isso nunca vai acabar — respondeu ele. — Você não entende? Amanhã tudo *começa*.

Robert Mackenzie dormiu mal naquela noite, ainda pior do que nas últimas semanas terríveis. Em geral, conseguia superar o horror e o calor e descansar por algumas horas, mas daquela vez, revirou-se na cama a noite inteira.

Caminhou até a janela e olhou para a lua que pairava sobre a cidade e o lago Champlain. Era quase ridículo dizer que tinha um pressentimento ruim numa situação tão ruim, mas algo estava vindo por aí.

Quando o sol nasceu ele se vestiu e jogou água fria no rosto. Encontrou o patrão também pronto. Os dois chegaram cedo no tribunal e ficaram no corredor, esperando que Vorachek fosse trazido para seu último dia.

Naquele dia, algo mudou. Em vez de trazerem Vorachek pelos fundos, como nas ocasiões anteriores, os policiais o guiaram pela frente. Vorachek manteve a cabeça erguida enquanto caminhava em direção ao seu destino. A imprensa se espremeu pra entrar, a multidão gritava perguntas e flashes de câmeras estouravam por todo lugar.

Robert mais tarde se lembraria de que não escutou o barulho, de que se misturou totalmente aos gritos e aos flashes. Vorachek caiu, possivelmente por um tropeço. A multidão se agitou, então alguém começou a gritar:

— Abaixem-se! Todos se abaixem!

George Marsh agarrou Albert Ellingham e o puxou para dentro do vestíbulo do prédio. Robert Mackenzie foi pego no fluxo de pessoas e de policiais que avançaram para a porta. Ele ouviu gritos de "tiro" e "arma". Todos gritavam e corriam.

Vorachek foi arrastado para dentro da recepção do tribunal com a camisa encharcada de sangue, as mãos com sangue, o rosto manchado de sangue. Leonard Holmes Nair, que estava presente no dia, mais tarde pintaria a cena, espirrando tinta vermelha sobre a pequena figura no chão.

A polícia empurrou todos para trás e um médico se adiantou, mas estava claro que não havia nada a ser feito. Em seus últimos momentos, Vorachek tentou falar. O que mais saiu de sua boca foi sangue e espuma de saliva, mas Robert estava perto o bastante para ouvi-lo dizer:

— Não foi...

Então Anton Vorachek morreu.

28

STEVIE PAROU NA ENTRADA DO SALÃO DE BAILE, SEUS TÊNIS SOBRE O CHÃO PRETO
e branco como um tabuleiro de xadrez. As luzes estavam baixas — apenas
alguns lustres estavam acesos em meia-potência, piscando no ritmo de
alguma música inaudível. Ao redor dela, o restante de Ellingham girava
com fones de ouvido rosa e verde reluzentes na cabeça, dançando a um
som que Stevie não escutava.

— Parece que estou entrando numa metáfora — disse Stevie.

— Ei!

Kaz dançou na direção deles. Usava um terno preto com uma flor
vermelha no bolso.

— Que bom que vocês vieram! Toma.

Stevie e Nate foram presenteados com um par de fones de ouvido
reluzentes.

— É só ligar e dançar! — explicou Kaz.

Com os fones sobre os ouvidos, Stevie e Nate entraram no salão. Stevie não conseguiu controlar a admiração diante da maneira como aquele
cômodo brincava com as luzes, fazendo-as quicar de um lado ao outro nos
espelhos. Os rostos mascarados nas paredes sorriam cegamente para eles.

Stevie desligou a música e passou a escutar tudo ligeiramente abafado. Nate olhava para baixo com nervosismo, dobrando e desdobrando
o joelho num passinho suave e sem ritmo. Ela o acompanhou por um
momento para demonstrar solidariedade. Estava verdadeiramente tocada
pelo esforço do amigo.

A menina espiou ao redor e percebeu Janelle e Vi num canto, com os
braços nos respectivos pescoços, balançando de um lado para o outro no

mesmo ritmo. Maris também estava por ali, num vestido de franjinhas, fazendo um passo complicado e lento com Dash. Os dois já estavam bem.

Também havia Gretchen, a ex, num canto discreto com outros alunos do segundo ano. E mais além, no outro extremo do salão, estavam David e Ellie, que vestia algo preto e reluzente que, sob uma observação mais atenta, parecia um monte de sacos de lixo presos como uma saia tosca, com uma camisola por cima. Ela fazia uma dança maluca e bizarra que envolvia muitos movimentos braçais. David estava apenas apoiado numa parede, observando. Assim como Stevie, ele não se arrumara para a ocasião. Usava a mesma calça jeans surrada de sempre e uma camiseta verde rasgada.

Quando Nate e Stevie entraram, ele se afastou da parede e atravessou o cômodo na direção deles, tirando os fones.

— Bela gravata — disse para Nate.

— Não seja babaca com ele — alertou Stevie.

— Eu não fui — retrucou David. — Nate. É uma bela gravata. E você se arrumou, hein? Está vestida de Banksy ou de Unabomber?

— Estou vestida de uma garota muito bonita — disse Stevie. — Que gosta de se sentir confortável.

Vi também notara a presença de Stevie e começara a arrastar Janelle ao longo do salão. Usava uma camisa social e uma gravata amarela de bolinhas brancas. Janelle vestia saia amarela e blusa branca. Seus trajes combinavam. Ficava além da compreensão de Stevie, mas dava supercerto para as duas.

— Oi! — disse Vi, com um pouco de animação forçada. — Está todo mundo aqui!

Janelle olhou para o chão por um momento.

— É — respondeu Stevie. — Eu queria dar uma volta. *Nós* queríamos dar uma volta.

— É, eu amo dançar — ironizou Nate.

— Então vamos dançar — concluiu Vi.

Na verdade, Stevie não sabia dançar. Parecia um tipo de conhecimento inato em outras pessoas, algo tão natural quanto caminhar. Era muito intrigante para ela como as pessoas conseguiam, simplesmente, acompanhar a batida. Mas Janelle queria que ela dançasse, e Nate a levara àquele baile, e ela precisava observar as pessoas no baile, então... Teria que dançar. Tentou o passinho de dobrar os joelhos a princípio, mas até Nate a olhou com pena. Então tentou usar os braços, girando-os da maneira como Ellie estava fazendo do outro lado do cômodo.

Era incerto o que David pensava enquanto observava. Não era importante. Ela não tinha mais nada a perder.

Mas Janelle começou a gargalhar incontrolavelmente, a ponto de precisar se apoiar em Vi. Em seguida, abraçou o pescoço de Stevie.

— Você é ridícula — disse ela.

— Eu sei — respondeu Stevie.

Janelle e Vi voltaram a se abraçar e começaram a dançar mais devagar. Stevie olhou para David, mas ele já havia virado de costas e voltado para a parede. Ela ignorou a dor que a cena causou.

Ao fim de muitos livros de Agatha Christie, Poirot reunia os suspeitos para observá-los. Se todos os residentes de Ellingham estivessem reunidos num único cômodo naquela noite, ela poderia examiná-los ao mesmo tempo. Procurar alguém que teria um motivo para colocar aquele gelo seco no túnel e nunca se manifestar. Buscar razões pelas quais Hayes deu meia-volta.

Ela girou, observando o salão decorado em homenagem a máscaras e travessuras. Atores de comédia no papel de parede e luminárias de máscaras. Tudo funcionava como um truque de espelhos, fazendo o cômodo se repetir.

Onde você procura por alguém que nunca está ali de verdade...

Albert Ellingham queria que ela pensasse.

Será que foi Gretchen? Gretchen, que confessara abertamente ter feito o trabalho de Hayes por ele, que confessara estar furiosa? Gretchen, para quem ele devia quinhentos dólares?

— Vamos lá!

Janelle tinha aparecido às costas de Stevie e pegado suas mãos, dançando com a amiga. Stevie tentou acompanhar, movendo-se da melhor maneira possível. Era bom ver Janelle sorrindo para ela finalmente, e Vi deu um pequeno aceno de cabeça, como se dissesse *Vai ficar tudo bem*.

Talvez fosse o bastante. Só ficar com os amigos. Ser uma garota normal. Parar de pensar que encontrou um assassino. Fechar os olhos e dançar.

Janelle apertou de leve a mão dela, pressionando ligeiramente o arranhão feito mais cedo.

Algo disparou no cérebro de Stevie.

A mão dela. Alguma coisa sobre a mão dela. Uma dor na mão. Um arranhão. Ela prestou atenção àquele ponto, nas costas da mão, focando nele como um holofote suave. A mão falaria com ela. A mão contaria sua história, se Stevie permitisse.

Sua mão ecoou suas lembranças. O frio que ressecava a pele. O calor dos bolsos de lã. A sensação da pele de David...

—Já volto — avisou ela. — Eu preciso... ir ao banheiro.

A música mudou, e todo mundo começou a dançar de maneira mais frenética. Stevie arrancou o fone de ouvido e esticou o pescoço para olhar ao redor. Havia uma pessoa que ela precisava ver, uma pessoa que sempre estava ali, quer você notasse ou não. E ela estava ali, é claro, sentada num dos bancos baixos perto da janela, mexendo no celular. Stevie se aproximou.

— Preciso ver suas fotos daquele dia no jardim.

Germaine a espiou com curiosidade.

— Por quê?

— Porque sim, Germaine. Por favor. Eu fico te devendo uma. Por favor.

— Gosto que me devam uma — respondeu ela.

Germaine mexeu no celular por um momento, então estendeu-o para Stevie. Ela rolou pela tela até encontrar o que esperava: uma foto nítida de Hayes sentado e fingindo que trabalhava no computador. Ela deu zoom.

Seu coração pulou.

— Oi — disse Nate, chegando pelas costas dela.

— Calma — respondeu Stevie. — Calma aí um segundo.

Os três ficaram numa bolha de silêncio enquanto todos dançavam ao redor.

Stevie abriu suas próprias fotos do quarto de Hayes. A parede com as artes dos fãs, a cômoda, a escrivaninha, o computador...

Ela soltou uma torrente de palavrões em voz baixa.

Nas fotos tiradas por Germaine no sábado, o computador de Hayes estava sem nenhum arranhão. Mas, nas fotos que Stevie tirou ao investigar o quarto dele, depois da sua morte, o laptop apresentava três arranhões nítidos na frente, como marcas de garras felinas. Eram as mesmas marcas que ela vira em sua própria mão no primeiro dia, quando a enfiou embaixo da banheira.

— O que está havendo? — perguntou Germaine, observando o rosto de Stevie de perto.

Alguém pegara o computador de Hayes e o escondera embaixo da banheira.

Por que alguém faria isso?

Pense, Stevie.

Se você precisasse procurar alguma coisa, talvez provas de que escrevera uma série pela qual Hayes estava tomando o crédito, uma série que viraria filme. Talvez você tivesse feito alguma coisa para zoar Hayes. Talvez o tivesse matado por acidente. E talvez você tenha precisado cobrir seus rastros depois. Talvez tenha precisado se certificar de que não havia nada no computador que identificasse sua autoria.

Janelle e Nate podiam ser descartados. Eles não estavam em Ellingham no ano anterior. Restavam Ellie e David.

Todos os fatos apontavam para essa conclusão.

Ellie, que amava arte, que foi a Paris e fez tatuagens. Ellie, que era engraçada e despreocupada, e talvez se esforçasse demais. David, que mentia. David, cujos pais estavam mortos. David, que guardava tudo dentro de si. David, que zoava as pessoas.

As luzes no salão piscaram em cor-de-rosa e pulsaram, como dedos rosados se estendendo para o teto. Os olhos das máscaras brilharam.

Qualquer um dos dois era capaz de sair à noite. Quanto às digitais de Hayes no crachá? Simples. Era só pedir para ele segurar.

Intenção. Planejamento. Talvez o objetivo fosse só que a escola o expulsasse, mas tudo saíra errado.

Dos dois, David deveria saber mais o que esperar. Ele estudava mais matemática e ciência. Era provável que tivesse uma noção do que aquela quantidade de dióxido de carbono poderia fazer. Ellie, por outro lado, poderia ter se interessado pela ideia da nuvem de fumaça artística.

Seria possível que tudo se resumisse a alguns arranhões num computador?

— O que está acontecendo? — perguntou Nate.

— Ainda estou tentando descobrir — respondeu Stevie.

— Vamos falar com Larry agora — disse ele. — Deixá-lo chamar a polícia.

— A polícia não chegou tão longe. Eu cheguei. E posso ir até o fim.

— Não fale coisas assim. Me faz achar que todo mundo está prestes a morrer por sua causa ou algo assim.

— Não. Só precisamos ir pra casa.

O baile acabou à meia-noite. Stevie ficou de olho para ter certeza de que todo o grupo da Minerva estava à vista. Janelle e Nate seguiam ao seu lado. Ellie e David andavam na frente. De vez em quando, ele se virava para olhar Stevie com uma expressão curiosa.

Será que beijara um assassino? Como seria o beijo de um assassino? Um assassino poderia ser tão caloroso quanto ele? Será que foi por isso que ela o achou tão atraente? Será que foi isso que ela reconheceu nele desde o primeiro momento em que o viu, quando uma familiaridade no seu rosto lembrou-a tanto de algo que ela queria combater?

Ou Ellie, saltitando em sua saia de sacos de lixo como uma bailarina maluca? Será que ela poderia ter guiado Hayes para dentro do túnel com uma garrafa de vinho e seu jeito brincalhão? Teria dito para ele entrar?

Germaine Batt os seguiu por algum tempo. Ela se manteve em silêncio, mas apenas alguns passos atrás. Stevie conseguia praticamente senti-la escutando em busca de dicas. Ela os teria seguido até a Minerva se pudesse, mas quando eles chegaram às cabeças de estátua, um grupo de moradores da casa dela virou na direção da Juno e Stevie lhe desejou um boa-noite bem alto. Germaine franziu um pouco o rosto de frustração, mas acompanhou os colegas.

— Vocês estão muito quietos — comentou Janelle.

— Só estou empolgado — respondeu Nate. — Por causa da dança.

— Algum de vocês dois já tinha ido a um baile pelo menos *uma vez*?

— Não — responderam os dois em uníssono.

A noite estava com um quê teatral. A lua cheia estava baixa e amarela, como se submissa no céu limpo e escuro. Como um holofote.

— Você tem alguma ideia do que vai fazer? — perguntou Nate para Stevie, baixinho.

— Um pouco. Mas você não vai gostar.

29

Dentro da Minerva, Pix confirmou a presença de todos e foi dormir. Ellie e David pareciam prestes a ir para os quartos quando Stevie disse:

— Quem quer jogar um jogo?

Nate lhe lançou um olhar confuso.

— Que jogo? — perguntou Ellie.

— Eu nunca — respondeu Stevie.

— Eu gosto desse jogo — afirmou Ellie. — David, vamos brincar. Vou buscar um pouco de vinho pra gente. Não tem como jogar sem vinho.

— Então é melhor jogarmos no quarto de alguém — falou ele.

— Vamos para o meu quarto — sugeriu Ellie.

Nate olhou para Stevie com uma expressão preocupada, mas ela só cutucou o amigo para que ele acompanhasse.

O quarto de Ellie, por mais que tivesse o mesmo tamanho e formato do quarto de Stevie, era meio como um mundo diferente. As paredes eram cobertas de rascunhos de pinturas e filipetas em francês. Havia um tapete esfarrapado que exalava um cheiro forte de incenso e um monte de canecas, copos e tigelas da cozinha, todos sujos e alguns já com mofo. O chão estava repleto de canetas e papéis espalhados, e a beirada dos móveis tinha cera de vela seca derramada.

— Todo mundo conhece o jogo, certo? — perguntou Ellie, acomodando-se numa almofada no chão e pegando uma garrafa de vinho do espaço entre a mesa de cabeceira e a cama. — Alguém começa dizendo *Eu nunca*, então completa com uma ação. Quem nunca fez aquilo não bebe. Mas, quem fez, confessa com um gole. É fácil. Vou mostrar. Eu nunca beijei ninguém que está nesse quarto.

Ela deu um sorriso largo e olhou para David. Ele a olhou de lado.

Nem Stevie nem David se mexeram a princípio, mas então Stevie pegou a garrafa e deu um gole mínimo, apenas deixando o vinho tocar seus lábios e o aroma encher suas narinas. Ela baixou a garrafa, e David a pegou.

Ellie deu uma risada e disse:

— É assim que funciona. Agora você, Nate.

— Tá bom. Eu nunca tinha ido num baile até hoje.

— Você já tinha falado isso — comentou Janelle.

— Não tem nada nas regras sobre usar fatos conhecidos — respondeu ele.

Janelle deu um suspiro profundo e um pequeno gole, então Ellie e David beberam.

Janelle era a próxima.

— Eu nunca provoquei um incêndio — falou.

Só Ellie bebeu, e ela deu um longo gole. Era a vez de David. Ele se recostou na cama de Ellie e coçou o queixo por um momento antes de dizer:

— Eu nunca bisbilhotei o quarto de alguém.

Stevie fez uma pausa, então bebeu. Todo mundo olhou para ela, mas ninguém falou uma palavra. Era a vez de Stevie.

— Eu nunca peguei algo que não me pertencia.

Janelle e Stevie não beberam. Nate bebeu; ou ao menos ergueu a garrafa.

— Finge que eu bebi — disse ele.

— Ah, não — retrucou Ellie. — Você tem que beber. Qual foi a coisa que você pegou?

— Quem nunca pegou nada? — respondeu ele. — Todo mundo faz isso. Como é possível passar a vida sem pegar alguma coisa que não te pertencia, mesmo que por acidente?

— É verdade — disse Janelle, estendendo a mão para a garrafa. — Esse jogo é meio intenso, e eu não bebo, então... Acho que estou fora.

— Então eu vou ter que tocar — disse Ellie, esticando-se para trás e pegando a Roota, que estava ao lado da cômoda.

Roota.

O que Ellie tinha falado sobre o saxofone? *Eu precisava tê-la. Não tinha dinheiro na época, mas dei um jeito. Fiz um pouco de arte, ganhei um pouco de dinheiro, comprei a Roota. Estamos juntas desde então.*

— Quanto a Roota custou? — perguntou Stevie, quando Ellie se preparava para levar a boquilha aos lábios. — Eu estava pensando em talvez comprar um instrumento.

A maioria dos presentes lhe lançou olhares incrédulos.

— Uns quinhentos dólares — respondeu Ellie. — Mas valeu a pena. Ela tem sido uma grande amiga.

Quinhentos dólares.

— E quando você a comprou? Na primavera?

— É.

Ellie parecia um pouco mais desconfortável.

— Você disse que ganhou o dinheiro fazendo arte. O que você fez?

Ellie começou a se remexer um pouco no lugar.

— Vendi alguns desenhos e tal.

— Quinhentos dólares em desenhos — disse Stevie. — Isso é muito bom. Quantas outras vezes você já vendeu desenhos?

— Algumas. Olha, se nós não vamos jogar nem beber, todo mundo pode ir embora.

Nate olhou para Stevie. Ele sabia. Ele entendia. Janelle começou a se levantar, mas Stevie sinalizou para ela ficar.

— Por que não falamos um pouco sobre Hayes? — sugeriu Stevie. — Acho que deveríamos, sabe, tirar um momento para isso.

— Não acho que seja uma boa ideia — disse Ellie.

— O que você está fazendo, Stevie? — perguntou David.

Ele deu um sorrisinho irônico, mas havia preocupação real na sua voz.

— O negócio sobre Hayes — continuou Stevie — é que ele meio que pegava coisas que não eram dele. Ele teria que beber nessa última rodada. Ele empurrava seu trabalho para os outros. Tipo eu. Tipo Nate. Tipo Gretchen. Você já fez algum trabalho pelo Hayes, Ellie?

Os olhos de Ellie estavam fixos em Stevie. Eram de um castanho tão claro que pareciam dourados.

— Do que você está falando? — perguntou ela.

— É, Stevie — concordou David. — Do *que* você está falando?

— É estranho — prosseguiu Stevie. — Hayes me disse pessoalmente que tinha feito *O fim de tudo* na Flórida, no início do verão passado. Era mentira. Foi feito no dia 4 de junho, e Ellingham fechou para as férias no dia 6.

— O quê? — disse Ellie. — Eu...

— Eu sei disso porque bisbilhotei o quarto dele — interrompeu Stevie. — Eu vasculho o quarto dos outros. Sou péssima. Fico curiosa quando algo não faz sentido. Mas descobri algumas coisas. Descobri que Hayes mentiu. Ele fez a série aqui, e não foi sozinho. Na primavera passada, ele pegou quinhentos dólares emprestados com Gretchen, ex-namorada dele, e nunca pagou. E você recebeu quinhentos dólares por algumas artes na primavera passada e comprou a Roota.

— Você está sendo bizarra, Stevie — disse Ellie, mas havia um tremor na sua voz. — Sai da droga do meu quarto. Todo mundo pra fora.

— Tem mais uma coisa — falou Stevie. — Em algum momento entre a morte do Hayes e a hora em que entrei no quarto dele, alguém pegou o laptop. Essa pessoa o enfiou embaixo da banheira. Fez três arranhões na frente. Eles não estavam ali antes. É uma prova.

— Stevie... — disse Janelle, com medo na voz. — O que está acontecendo?

Mas ela estava no embalo, e não havia mais como parar. A atmosfera estava pesada no quarto escuro com fedor de tinta e patchouli. Não havia como desfazer seus atos daquela noite, a súbita intromissão na história de Ellie e na vida e morte de Hayes. Se ela estivesse errada, precisaria fazer as malas e ir embora. Ela sentia como se caminhasse num galho de árvore, sentindo-o balançar e ceder a cada passo.

E amava a sensação.

— Mais uma coisa. Beth Brave. Ela conversava por Skype com Hayes na hora em que ele, na teoria, tirou o gelo seco da oficina. Ele sabia sobre o gelo seco? A ideia foi dele?

O rosto de Ellie assumira a forma de uma das máscaras da parede do banheiro, com feições largas, longas, esticadas de emoção.

— Sai do meu quarto — ordenou ela. — Agora!

David havia se mexido para uma posição meio agachada. Janelle andava para trás na direção da parede. Nate, no entanto, estava parado feito uma rocha, assistindo à cena com os braços cruzados.

— Stevie — disse David —, você sabe que isso que você tá falando é meio intenso?

— Eu sei.

— Então você precisa ter bastante certeza...

— Eu tenho.

— Tá bom, eu ajudei com a série dele — disse Ellie. — Meu Deus! Eu ajudei com a série dele.

A primeira peça havia se encaixado.

— O filme — disse Stevie. — Hayes ia para Hollywood trabalhar com P. G. Edderton e receber todos os créditos.

— E daí? Você acha que eu queria que as pessoas soubessem que ajudei a fazer uma série sobre zumbis? Eu só precisava de dinheiro para comprar a Roota.

— Então por que você pegou o computador dele? — questionou Stevie. — A polícia esteve aqui. Você precisava ver se havia algum indício do seu envolvimento porque sabia...

— Eu sabia que pegaria mal. Hayes... Hayes falava muita merda idiota. Hayes fazia coisas idiotas e morreu, e estou triste e agora vocês todos precisam *sair daqui*.

Quando ninguém se mexeu, ela mesma se levantou e pegou a bolsa no chão com um movimento brusco.

— Ellie — disse David, se levantando e a seguindo —, aonde você vai?

Ele segurou o braço de Ellie, mas ela se desvencilhou. Avançou pelo corredor até a sala comunal e chegou à porta num instante.

Stevie se levantou depressa e foi atrás. Ellie abriu a porta, correu para fora...

... e deu de cara com Larry.

— Mandei uma mensagem para ele há uns quinze minutos — contou Nate, aparecendo atrás de Stevie. — Eu meio que não queria que todo mundo morresse por sua causa.

— Justo — respondeu Stevie, jogando-se contra a parede. — Acho justo.

* * *

Os moradores da Minerva foram levados ao Casarão e guiados para dentro do escritório de Albert Ellingham. A noite envolvia a casa, e Larry fechou as cortinas pesadas.

Charles parecia ter sido acordado. Vestia uma calça jeans e um suéter de caxemira. A dra. Quinn também estava presente, com um vestido preto e a aparência de quem tinha interrompido outro compromisso. Pix os acompanhou e supervisionou os procedimentos vestida num suéter grande demais e calça de estampa militar.

Ellie encolheu-se em uma das cadeiras de couro de Albert Ellingham, enfiando a cabeça entre os joelhos. Os acontecimentos da noite foram repassados. Quando Stevie terminou, o cômodo ficou em silêncio por um longo momento.

— Element — disse Charles finalmente —, você ajudou Hayes a escrever a série?

— Beleza — respondeu ela. — Tudo bem. Eu o ajudei com a série. E daí?

— Aquela série não gerou muito dinheiro? — perguntou Larry.

— Não faço a menor ideia — disse Ellie. — Eu não ligo pra dinheiro. Cresci numa *comuna*. A questão não é dinheiro. Não pra mim.

— O que você quer dizer com *a questão*? — perguntou Charles.

— Só... essa questão. Sei lá.

— Você pegou o computador do Hayes? — perguntou Larry.

— Eu não quero falar sobre isso. É tudo uma palhaçada.

— Element — insistiu Larry —, você pegou o computador dele? É uma simples pergunta.

— Eu dei uma *olhada* nele.

— Por quê?

Silêncio.

— Você colocou o gelo seco no túnel? — perguntou Larry.

— Não — murmurou Ellie, a cabeça próxima aos joelhos.

— Tem algo que você não está dizendo — disse Larry. — Você precisa nos explicar o que está havendo. A situação é séria.

Ellie levantou-se de repente. Lágrimas começaram a escorrer por seus olhos.

— Meu Deus, ele era tão burro. Por que prestei atenção nele?

— Como assim? — pressionou Larry.

— Esse lugar inteiro — disse ela, balançando a cabeça com um sorriso sombrio. — Esse lugar inteiro. Hayes e suas ideias idiotas. Foi isso que o matou, suas ideias idiotas.

— Eu tenho muitas ressalvas sobre o caminho que isso está tomando — disse a dra. Quinn, erguendo a mão. — Ellie, acho que você precisa parar de falar até arranjarmos alguém para representá-la. E, quanto ao resto de vocês, todos devem sair daqui.

— Concordo — falou Charles. — Vou chamar o advogado do Instituto para uma reunião com você. Larry, se você pudesse levar os outros de volta à Minerva...

Larry aproximou-se de Charles e da dra. Quinn e disse algo em voz baixa só para os dois.

— Tudo bem — disse Charles. — Dra. Pixwell, você pode levar todos para a sala dos professores? Eles podem usar os quartos de hóspede se precisarem dormir.

— Não podemos ir para casa? — perguntou Nate.

— Vamos manter todo mundo aqui por um tempo — disse a dra. Quinn. — Até resolvermos isso.

— Como assim, eu estou presa? — perguntou Ellie. — *Larry* está me prendendo?

— Não — respondeu o segurança. — E eu concordo. Vamos esperar o advogado, Element. Aguarde aqui, ok? Não saia da sala.

Foi uma mudança brusca; de um grupo de alunos relatando uma conversa de dormitório a administração da escola, nomes completos e advogado. Ellie de repente pareceu muito pequena e um pouco selvagem, com os olhos vermelhos e brilhantes.

— Eu vou embora — afirmou ela, se levantando.

— Element — disse Larry num tom de aviso.

— Você não pode me manter aqui.

— Ellie — disse Charles, intervindo com a voz calma. — Eu sei que essa situação é assustadora. Mas estamos aqui para ajudar. A melhor coisa que você pode fazer é permanecer calma e se sentar. Se você ficar e falar com o advogado, tudo vai ficar melhor, mas se você sair agora...

— Não há para onde ir — argumentou a dra. Quinn. — Estamos numa montanha no meio da noite. Ellie, sente-se.

Ela se sentou.

— Vamos trazer algo para vocês beberem, um pouco de comida — falou Charles. — Que tal? Vai ser bom. Pix, você poderia...

Todo mundo se remexeu desconfortavelmente para sair da sala, sem saber qual era a real situação de Ellie. O Casarão rangia e gemia um pouco no vento outonal. Ellie foi deixada no escritório de Ellingham. Quando todo mundo havia saído, Larry virou a chave na fechadura.

— Você vai trancá-la? — perguntou Charles.

— Pode ter certeza de que sim. E as portas francesas são reforçadas pelo lado de fora.

— Ela não é uma prisioneira — afirmou Charles.

— Não, mas pode ter matado uma pessoa. Está segura ali dentro.

— Bem, eu vou buscar um pouco de água e comida para ela.

— Faça o que quiser.

Ele gesticulou para que um segurança se postasse em frente à porta.

— Você — falou para Stevie. — Comigo.

Ele a levou para o escritório de segurança e fechou a porta.

— Sente-se.

Ele ligou para a polícia e pediu uma viatura imediatamente. Quando desligou o telefone, olhou para Stevie com seriedade.

— Você deveria ter me procurado — falou ele.

— Com o quê?

— Quando descobriu que Hayes estava ao telefone na hora em que, supostamente, entrara na oficina.

— Desculpe. Não me pareceu informação suficiente.

— Suficiente para quê? Essa decisão não é sua. Você percebe o que poderia ter acontecido? É óbvio que Element está escondendo alguma coisa. É possível que tenha matado Hayes. Provável, até. Não se brinca com isso.

— Eu sei.

Larry esfregou os olhos e concluiu:

— Então você fica aqui até a polícia chegar e resolvermos a situação.

Ele se levantou e saiu, deixando Stevie na cadeira. Ela observou os monitores de vigilância, que mostravam nada além de escuridão, silhuetas de árvores e um ocasional par de olhos brilhantes de algum animal. Ela entrou num tipo de transe por um momento.

A carta que vira na parede voltou a tomar forma em sua mente. Ganhou solidez. As palavras começaram a retornar. *Enigma, enigma meu...*

... o assassinato de visita apareceu.

Eram *essas* as palavras. Talvez fosse real. Talvez Ellie tivesse feito aquilo? Talvez fosse uma coisa artística? Não havia motivo para anunciar que ia assassinar alguém, certo?

Houve gritaria do lado de fora. Stevie se levantou num salto e olhou para o corredor. A porta do escritório estava aberta, e Charles encontrava-se parado ao lado com uma água e algumas frutas. Os outros seguranças se aproximaram correndo.

— Como assim? — dizia Larry. — Que inferno, ela pode acabar morta lá fora se for longe demais...

— Como isso aconteceu? — perguntou a dra. Quinn.

— Ela deve ter aberto o painel — respondeu Larry. — Como ela sabia da droga do painel? Dennis, vá para o porão. A passagem leva até lá. Lauren, Benny, vão lá para fora, verifiquem todas as janelas...

O painel. Stevie já havia lido sobre ele. Reza a lenda que existia um tipo de passagem entre o escritório de Albert Ellingham e o salão de baile, usada em grande parte para brincadeiras e jogos. Ela também levava ao porão. Mas, pelo jeito, a entrada ficava bem disfarçada na parede, não era fácil de ver.

Ellie havia sumido.

30 de outubro, 1938

AQUELA MANHÃ EM PARTICULAR ESTAVA INCRIVELMENTE CLARA E AZUL, UM PER-feito dia de outono, sem uma nuvem no céu. As árvores se apegavam ao que restara de sua copa dourada.

Robert Mackenzie estava sentado à sua mesa, escutando o tique--taque do relógio sobre a cornija da lareira. Era mais ou menos o único som que ele ouvia além de Montgomery ou um dos outros funcionários passando pela porta, ou eventuais vozes de alunos caminhando de um edifício para o outro. Mas mesmo eles estavam subjugados. Quando Robert os observava da janela, eles sempre viravam para o outro lado ao verem alguém no Casarão.

Mackenzie passara a ter mais espaço do que precisava desde a conclusão do julgamento, quando se mudara do escritório de Albert Ellingham para um dos jardins de inverno da frente da casa.

— É melhor você aproveitar o espaço — dissera o patrão. — Não está sendo mais usado para nada.

Mas ele sabia que o real motivo era que o patrão queria ficar sozinho naquele escritório o dia todo, com as portas fechadas. As refeições aconteciam de vez em quando. Visitas eram raras. As cortinas ficavam fechadas para o mundo. Mas sempre houve a possibilidade de Alice.

A possibilidade de Alice. Nunca encontrada. A pergunta, sempre pairando. Será que ela estava...? Será que ela estava...?

Ellingham falava de Alice no presente, sempre. A casa permanecia preparada para seu retorno. Três vezes ao ano, ele mandava alguém a Nova York para comprar um armário completo de roupas infantis da estação, a cada vez no tamanho aproximado em que a filha se encontraria.

Pilhas de vestidos e macacões, suéteres pequeninos e meias de todas as cores, pijamas, capas, chapéus, luvas, protetores de ouvido, sapatos de couro de qualidade... Tudo era desembalado pela empregada particular de Iris, que ainda fazia parte da equipe, e guardado nos armários de Alice. A coleção anterior, intocada, era doada para caridade. Ela ganhava presentes de aniversário e Natal — um magnífico rádio Stewart Warner, um cavalinho de balanço de Londres, uma coleção de livros clássicos, um conjunto de louças de chá em miniatura de Paris e uma réplica extraordinária do Casarão Ellingham.

Essas tarefas eram tão deprimentes que os funcionários frequentemente choravam ao realizá-las, mas nunca na frente do sr. Ellingham. Na frente do patrão, eles sempre falavam da srta. Alice com positividade. "A srta. Alice vai amar seus novos vestidos de primavera, senhor." "Que rádio espetacular para a srta. Alice, senhor. Ela vai ficar felicíssima."

Foi a possibilidade de Alice que levou à drenagem do lago em junho. Uma dica anônima sugeriu que o corpo da menina poderia estar no fundo. Apesar de ser improvável, Ellingham ordenou que o lago fosse esvaziado. Robert sentiu que tratava-se quase de um ato de revanche contra o lago por seu papel involuntário naquela terrível noite. Ele se transformara num buraco, uma lembrança constante da perda.

Era essa a atmosfera pesada naquela manhã no Casarão quando a campainha tocou na mesa de Robert Mackenzie. Ele pegou caderno e lápis e entrou no escritório de Albert Ellingham. As cortinas estavam abertas. A parede de portas francesas revelava a vista ainda surreal do lago vazio. Robert nunca se acostumaria totalmente àquele buraco vazio no chão.

— Vou ao iate clube — avisou Ellingham. — O tempo está bom e limpo. Chamei Marsh para me acompanhar. Nós dois precisamos pegar um pouco de ar. Estamos há muito tempo na escuridão.

— É uma ótima ideia — respondeu Robert. — Gostaria que eu providenciasse uma cesta de piquenique para o passeio?

Albert Ellingham balançou a cabeça.

— Não precisa, não precisa. Toma. Escrevi um enigma esta manhã. O que acha?

Ele lhe entregou um papelzinho do Western Union. Não escrevia um enigma havia muito tempo, então Robert o aceitou com animação.

— Onde você procura alguém que nunca está ali de verdade? — leu Robert. — Sempre numa escada, mas nunca num degrau.

Ele olhou para o patrão. Havia uma estranha intensidade em seu olhar.

— Pode ser o melhor enigma que já escrevi — comentou Ellingham. — É meu Enigma da Esfinge. Quem solucioná-lo pode passar. Quem não conseguir...

Ele não completou o pensamento. Pegou o papel de volta e deixou-o sobre a mesa.

— Preciso que você faça algo muito importante hoje, Robert — continuou, posicionando um peso de papel sobre o enigma. — Saia de casa. Se distraia. É uma ordem.

— Pode deixar. Tenho só uns cinco quilos de correspondência para olhar antes.

— Estou falando sério, Robert — insistiu Ellingham, mais severo. — O inverno vai chegar em breve e você vai desejar ter aproveitado dias assim.

O comentário era tão cheio de significado que Robert não soube o que responder.

— Você é um bom homem, Robert. Queria que tivesse a felicidade que eu tive na vida. Lembre-se de brincar. Lembre-se do jogo. Sempre lembre-se do jogo.

Ele se lembraria mais tarde que Albert Ellingham não parecia melancólico ao dizer aquelas palavras. Havia mais vigor nele, sugerindo, talvez, que estivesse transformando seu luto num monumento de mármore. Talvez estivesse na hora de retomar a vida. Passara-se um ano desde o julgamento. Talvez estivesse na hora.

Robert ignorou a ordem de sair e passou uma tarde produtiva em sua mesa. Trocou ligações com o escritório de Nova York e com a nova divisão de filmes em Los Angeles. Atualizou-se nas correspondências. Mal notou as horas passando e a escuridão chegando. Sua mente parecia mais leve do que estivera em muito tempo. Talvez, pensou, tudo possa melhorar um pouco. Talvez Albert Ellingham começasse a se curar. Ele não era velho. Tinha dinheiro. Era vivaz. Poderia casar outra vez, construir outra família. Talvez a terrível maldição lançada sobre aquela casa desvanecesse. Talvez algo fosse consertado.

Às 19h30, Robert parou, satisfeito com tudo o que fizera. Havia uma pilha organizada de papelada resolvida. A bandeja de correspondência estava vazia. O céu escurecera por completo e o vento começara a soprar. Ele assobiava pelos cantos do cômodo e serpenteava pela chaminé.

Robert acendeu a lareira e pediu seu jantar. O cozinheiro ficava sempre feliz em preparar comida para alguém que fosse de fato comê-la, então logo apareceu com um prato cheio de costelinhas, creme de espinafre e batatas. Ele ligou o rádio e se sentou à mesa. Ansiava pelo programa do Mercury Theatre. Eles vinham passando uns programas muito bons ultimamente, produções de Sherlock Holmes e *A volta ao mundo em 80 dias*. Era um dos pontos altos da semana de Robert.

Assim que a música terminou e o apresentador falou "Levamos vocês agora para Grover's Mills, New Jersey...", o telefone tocou. Robert apoiou o guardanapo sobre a mesa, abaixou o volume do rádio e atendeu.

— Robert Mackenzie — disse, limpando um pouco de creme de espinafre do canto da boca.

— Aqui é o Sargento Arnold.

Ele estava sem fôlego, a voz quase falhando.

— Você pode confirmar, Albert Ellingham, seu barco... Ele saiu com o barco.

— Sim, há horas — confirmou Robert. — Com George Marsh.

— Ainda não voltou?

— Não. Disse que era provável que ficassem em Burlington. O que está havendo?

— Recebemos relatórios de um barco afundando perto de South Hero... — contou o sargento. — Uma explosão...

Um som oco tomou os ouvidos de Robert, como se ele estivesse caindo, uma convergência de muitas coisas num único ponto enquanto ele ouvia as palavras seguintes, o ruído grave do rádio e o próprio batimento cardíaco ecoando pelo corpo. Mais tarde ele diria que sentiu como se flutuasse até o teto e olhasse o cômodo de cima por um momento.

Nunca se esqueceria da estranha conversa que tivera com Albert Ellingham naquele dia. Seu Enigma da Esfinge. A ordem para se distrair.

Era como se Ellingham soubesse que era seu dia de morrer.

O enigma ecoaria na cabeça de Robert pelo resto da vida, mas ele nunca descobriria a solução.

30

Tinha sido uma noite longa.

Os moradores da Minerva precisaram ficar fora da casa enquanto a polícia a revistava. Havia alguns quartos no Casarão reservados para quando docentes ou convidados ficassem presos por causa da neve. Janelle e Nate estavam neles. David ficou no sofá da sala dos professores. Stevie manteve-se acordada e atenta, sentada por horas e horas na enorme escadaria, o cérebro ecoando com fatos e enigmas.

Sempre numa escada, mas nunca num degrau. Mas ela estava sempre num degrau. A noite toda num degrau.

Ela observou enquanto policiais e seguranças entravam e saíam, assim como Charles, a dra. Quinn e o advogado da escola. Foi realizada uma busca pela propriedade, mas não era possível fazer muito no escuro. As florestas eram escuras e densas. Comentaram sobre a presença de ursos, mas não de alces.

Nada de alce ainda.

Uma janela foi encontrada aberta no porão, com uma pilha de caixas sob ela. Sumida, sumida, sumida. Montanha acima. Montanha abaixo. Ao redor da montanha. Vai saber?

Por isso Stevie ficou sentada no coração pulsante do Casarão, novamente numa cena de busca noturna. Na versão oscilante da realidade que passava por seu cérebro cansado e sobrecarregado, Stevie relembrou os acontecimentos das últimas semanas, finalmente parando na mensagem que vira na parede do quarto algumas noites antes da morte de Hayes. *Enigma, enigma meu...*

Tantos enigmas.

Ela esfregou o rosto com as mãos e deixou-as ali. Cochilou naquela posição por tempo indeterminado, até ser acordada por alguém lhe estendendo um copo de café.

— Não sei se é o melhor jeito de dormir — falou Larry. — Tem uma cama pequena no escritório de segurança e mais sofás no andar de cima.

— Eu não quero dormir.

— Às vezes não se trata do que você quer.

Stevie balançou a cabeça e perguntou:

— Vocês a encontraram?

— Está amanhecendo. O helicóptero já vai chegar.

— Posso ir lá fora? Pegar um pouco de ar?

Larry se balançou nos calcanhares antes de responder:

— Fique bem perto da porta, onde eu consiga vê-la.

Então Stevie pegou seu café, sentou na grama molhada, olhou para o Casarão e parou de pensar por algum tempo. A manhã chegou ao Instituto Ellingham num rodamoinho cor-de-rosa e se transformou num azul límpido. Stevie observou o sol recém-nascido aparecer por trás do Casarão como quem brinca de esconder o rosto. Estava ali fora não havia muito tempo quando viu outra pessoa sair pela porta da frente.

David se aproximou com seu passo tranquilo e oscilante, as mãos enfiadas nos bolsos. Sentou-se ao lado dela e sem dizer uma palavra.

Tem alguma coisa sobre inícios de manhãs que muda suas percepções de maneira sutil. A luz é nova; ninguém se equipou com suas defesas ainda. Tudo está começando do zero e ainda não é totalmente real.

Qualquer coisa que tivesse acontecido entre David e Stevie não existia naquele momento. Tudo se resumia ao orvalho e ao café instantâneo de Larry e ao sol suave e suntuoso.

— Bem — falou David, finalmente —, acho que a escola está fodida.

Stevie deu um longo gole no café. Estava muito forte e cheio de grumos de creme em pó, mas servia para despertar.

— Um estudante morto — disse David, erguendo o olhar para o som distante de um helicóptero. — Uma aluna desaparecida, suspeita de ser a assassina, pelo jeito. Dessa vez vai ser difícil convencer seus pais.

— Aham — disse Stevie, dando outro gole.

O vento açoitava com força as montanhas, como um arquejo audível da natureza. Um helicóptero se aproximava.

— Acho que estão fazendo uma busca aérea — comentou David.

— Aham.

— Você está muito falante para alguém que acabou de solucionar seu primeiro caso. Não está animada? Não tem direito a uma estrela de xerife?

Stevie pousou o copo de café na grama. Observou por um momento para se certificar de que não viraria e a queimaria.

— Deixa só eu te fazer uma pergunta — falou ela. — Na noite em que o gelo seco foi levado para o túnel, você disse que estava com Ellie. Você estava, né?

— Até meia-noite ou algo assim. Mas eu menti para você. Nós não estávamos fumando um bong. Estávamos só conversando.

— E você adicionou isso...

— Só por diversão.

O helicóptero estava visível, sobrevoando as florestas.

— Eu ainda não consigo acreditar — disse David. — Ellie não é uma pessoa má. Entendo que tenha algo que não compreendo acontecendo aqui, mas ela não... Ela não machuca pessoas. Pelo menos não de propósito. Não sei. Talvez eu não saiba nada.

— Você tem alguma ideia do que ela estava falando no final? Sobre como Hayes sabia coisas? Quando ela ficou falando *esse lugar inteiro* e sobre as ideias de Hayes?

— Não faço ideia.

Stevie esfregou a grama entre os dedos até ficarem com a ponta verde. Talvez fosse só a falta de sono. Ela solucionara o caso. Ellie admitiu ter escrito o roteiro. Ellie fugiu. Por que correr se não fez nada de errado?

Pensou em Hercule Poirot e em como ele hesitava quando alinhava todos os fatos e descobria que algo não encaixava. Ele sempre falava sobre a psicologia do crime. As coisas não estavam claras. Elas não estavam claras.

Assim como Vorachek. Ele estava em posse do dinheiro. Até admitira o crime. Mas não podia ter sido o culpado.

Dois policiais apareceram por entre as árvores na direção da Minerva. Um deles carregava uma caixa.

— Parece que eles terminaram de revistar as coisas dela — comentou David. — Acho que podemos voltar.

Os dois se levantaram, doloridos e cansados, com marcas de grama molhada na parte traseira da roupa.

A Minerva rangia silenciosamente naquela manhã, repleta de luz pálida e fantasmas frios de fumaça antiga. O alce pendurado tinha uma expressão mais convidativa, e até o papel de parede vermelho parecia um pouco menos agressivo. A casa parecia vazia. Não havia ninguém ali dentro naquele momento, e pelo menos duas pessoas nunca mais voltariam. Talvez ninguém voltasse.

No fim do corredor, a porta de Ellie estava entreaberta. Stevie ficou parada por um momento, espiando pela fresta. David estava bem atrás. Ela sentia o calor emanando do seu corpo.

— Você vai entrar, não vai? — perguntou ele. — Essa é a sua parada.

Stevie não respondeu.

— Eu não vou discutir dessa vez — continuou David, estendendo a mão e abrindo mais a porta.

O cenário do jogo de horas antes fora bastante perturbado. A polícia afastara a cama de Ellie da parede e a deixara ligeiramente torta na direção do centro do quarto. As cobertas tinham sido esticadas. Os livros estavam deitados ou haviam sido tirados da estante e empilhados com capricho. As gavetas estavam todas fechadas, o que significava que tinham sido examinadas — na noite passada, a maioria das gavetas de Ellie estavam desalinhadas ou entreabertas, com coisas despontando para fora.

— Na verdade, parece mais arrumado depois da revista dos policiais — comentou David.

Ele tateou a beirada da cama antes de se sentar. Stevie o olhou. À luz da manhã, seu rosto parecia delicado. Havia algo um pouco... angelical em relação a David. Seus olhos grandes e cachos suaves.

Ela se lembrou de quando chegou na propriedade pela primeira vez e da mãe comentando que as estátuas eram anjos estranhos, e de como Stevie disse que não, eram esfinges. Anjos ou esfinges?

Ela realmente precisava dormir.

Ela se sentou ao lado de David na cama, e encarou as coisas de Ellie. A mochila de lona. A pilha de roupas sujas no canto. As canetas espalhadas pelo chão. As pequenas frases que escrevera nas paredes. Havia uma fotografia emoldurada ao lado da sua cama que mostrava dezenas de pessoas. Só podia ser a comuna da qual ela falava. A Roota estava apoiada na cômoda, brilhando ao sol com aparência solitária.

— Me desculpa — disse Stevie, meio para a Roota e em grande parte para David.

— Oi?

— Por ter mexido nas suas coisas. Eu me senti mal no segundo em que comecei. Eu só... Não sei. Só queria saber. Sobre você. E você estava sendo esquisito...

— Que ótimo pedido de desculpas.

— Tudo bem — falou. — Eu estava errada.

O helicóptero soava como se pairasse acima da cabeça deles, açoitando o ar. Ellingham acordaria, Ellie teria sumido e o caos voltaria a se instalar.

— É — disse David, depois de um longo momento.

— É?

Ele deu de ombros.

— Se este lugar fechar, acho que não deveríamos estar brigados.

— Acho que não — concordou ela.

O silêncio se estendeu por muito tempo. Então David pegou a mão dela e, com um dedo, traçou um pequeno círculo na palma. Stevie estava quase atordoada pelo dilúvio de sentimentos. Era permitido beijar na luz fria da manhã, quando tudo era visível? Na cama da sua colega desaparecida? Que provavelmente havia matado alguém?

Ele estava se inclinando um pouco na direção dela, e, em resposta, Stevie também se aproximou só um pouquinho. Ao fazer isso, sua mão bateu em algo duro escondido embaixo da roupa de cama.

Ela afastou a colcha e revelou uma pequena caixa. Era de metal vermelho, com mais ou menos vinte por vinte centímetros e bordas arredondadas. Estava um pouco gasta pelo tempo — tinha mossas e ferrugem, mas a estampa ainda se mostrava razoavelmente visível. Trazia as palavras CHÁ INGLÊS ANTIGO e uma imagem de uma xícara de chá fumegante na frente. Uma velharia esquisita qualquer.

O ar começou a vibrar.

Vibrar de verdade.

Na verdade, era o helicóptero, que pairava muito, muito baixo. Era impossível ignorar. David estreitou os olhos para a janela, então soltou a mão de Stevie e se levantou para dar uma olhada.

Stevie respirou fundo para se acalmar. Então examinou a estranha caixa, abrindo a tampa e derramando seu conteúdo sobre a cama. Havia algo parecido com os restos de uma pena branca, um pedaço rasgado de tecido com pedras bordadas, uma embalagem de batom dourada. Havia um broche de strass e um sapato vermelho esmaltado em miniatura que Stevie descobriu também ser uma minúscula caixinha de remédios. Ela a fechou e abriu algumas vezes, espiando o interior de bronze.

— Que estranho — disse ela. — Vem olhar.

— Calma aí.

Stevie continuou analisando. Apertado contra um dos lados da caixa havia um pedaço de papel pautado e dobrado e mais ou menos uma dezena de fotografias antigas em preto e branco mal cortadas em tamanhos diferentes. Stevie olhou o papel primeiro. Era frágil nas linhas de dobra, mas apenas um pouco amarelado. Numa letra caprichada, porém relaxada, lia-se:

A balada de Frankie e Edward
2 de abril, 1936

Frankie e Edward tinham a prata
Frankie e Edward tinham o ouro
Mas ambos viam as regras como elas eram
E ambos queriam a verdade em jogo

Frankie e Edward não se curvavam para rei algum
Viviam pela arte e pelo amor
~~Eles destronaram o homem que reinava naquelas terras~~
Eles pegaram

O rei era um coringa que vivia no topo na montanha
E queria fazer as regras
Então Frankie e Edward deram uma cartada
E as coisas mudaram deveras

A fotografia mostrava dois adolescentes, um garoto e uma garota, numa variedade de poses que eram tão familiares quanto totalmente confusas para Stevie. O garoto usava terno e chapéu com a gravata frouxa. A garota, um conjunto justo de suéter e saia com uma boina inclinada. Eles posavam na frente de um carro numa das fotos. Na outra, a garota segurava um cigarro. Em outra foto, eles estavam de frente um para o outro, e ela o segurava com o braço esticado. Stevie virou as fotos. No verso de uma delas estava escrito *4/11/35*.

Stevie as encarou por um longo momento antes de entender. Os dois estavam posando como Bonnie e Clyde, o famoso casal fora da lei dos anos 1930. Eles estavam *fantasiados*.

Uma das fotos era diferente; o papel era um pouco mais grosso, pesado. Stevie examinou-a com mais cuidado e descobriu que tratava-se de duas fotos coladas. Ela ignorou o ruído do helicóptero pousando no gramado. Isso — seja lá o que fosse essa estranha coleção de fotos e objetos — era de extrema importância. Tentou separar as fotos com delicadeza e, quando não funcionou, puxou com mais força. Elas começaram a ceder. Havia algo preso entre as duas. Parecia...

Uma palavra? Tirada de uma revista?

Tratava-se da palavra *NÓS* em letras escarlate num fundo amarelo. Mínimas. Talvez de uns seis milímetros.

As mãos de Stevie começaram a tremer.

Letras cortadas de uma revista dentro de uma caixa de itens datados de 1935-36. Fotos de duas pessoas na idade dela fantasiadas de Bonnie e Clyde. E parte de um poema — um poema não muito diferente da carta de Cordialmente Cruel, escrita apenas dias antes da carta em si chegar. Um poema curto e tosco sobre brincar de algum tipo de jogo com o rei que vivia no alto da montanha.

Aquilo era Cordialmente Cruel. Quem quer que fosse o autor daquele poema, quem quer que fossem Frankie e Edward. Stevie revirou o sótão da sua mente desesperadamente, rasgando caixas, olhando dentro de gavetas. Ela estava muito longe daquela estranha manhã e de David e do quarto de Ellie. Pronto. Ali estava. Stevie encontrara uma página do testemunho de Leonard Holmes Nair no qual ele falava sobre um garoto e uma garota que ele julgava terem um brilho. Eram um par. O cabelo dela era escuro como um corvo e ele parecia Lord Byron, e a garota lhe fizera perguntas sobre Dorothy Parker. Dois alunos da primeira turma do Instituto Ellingham.

Alunos tinham escrito a carta. Ela estava com a prova nas mãos.

Será que alunos haviam assassinado Iris Ellingham? Será que o assassinato de Dottie fora cometido por pessoas que a conheciam bem? Será que a questão toda era *Dottie*? A mente de Stevie zumbia.

— David... — chamou Stevie, com um tremor na voz.

Como resposta, David saiu do quarto. Ele estava apressado. Sua partida foi tão abrupta que Stevie teve dificuldade em processar a ação por um momento. Ela piscou, e então, ainda segurando as fotos com força, seguiu-o. Ele já estava na porta, andando na direção do gramado. O helicóptero estava ali, as hélices desacelerando. Havia algumas pessoas do lado de fora. Ellingham despertara.

Não era um helicóptero da polícia. O letreiro era bronze escuro, ligeiramente reluzente. Dizia...

King?

David parou de repente no topo do caminho que levava ao gramado e encarou o helicóptero.

— Que droga está acontecendo? — perguntou Stevie, alcançando-o. — É realmente o que parece?

David não respondeu, mas não precisou. A porta do helicóptero se abriu e uma pessoa saiu.

Pessoalmente, Edward King era menor do que parecia na televisão, sua expressão preocupada, seu cabelo voando estranhamente em todas as direções. Ele tentou ajeitá-lo, sem sucesso.

David continuava imóvel. Era como se tivesse se transformado numa das muitas estátuas de Ellingham, uma réplica petrificada dele mesmo.

Na lenda, Medusa transformava em pedra quem olhasse diretamente para ela.

— Como isso está acontecendo? — insistiu Stevie. — Por que isso está acontecendo? O que está acontecendo? David?

David não respondeu.

E então, a convergência. Todos os fatos no sótão do cérebro de Stevie se organizaram na ordem correta. Ela fez inúmeros cálculos mínimos, estudando as proporções do rosto dele. Lembrou do primeiro momento em que o viu no *yurt*, daquele estranho desgosto que sentiu, do incômodo no fundo da mente. O ângulo do nariz, a postura dos ombros...

Na época, não conseguiu identificar. Não tinha como. Era tudo tão impossível.

Edward King atravessava o gramado na direção deles.

Seu cérebro foi inundado por cálculos. A maneira como ele evitava as pessoas, sua inexistência nas mídias sociais, a falta de fotografias, a mudança para a Califórnia, o Rolex surrado...

— David — chamou ela, baixinho.

Ele não a olhou.

— David? — tentou ela pela última vez.

Ele relanceou para ela. Sua expressão era desamparada, encurralada.

— Lembra de quando seus pais conseguiram aquele cargo? — disse David, enfim. — Com ele? Bem. Eu disse que estava tentando ajudar.

Stevie afrouxou a mão que segurava as fotografias, como se tivesse esquecido delas.

— Explica melhor — pediu ela.

David começou a sorrir, mas era o mesmo tipo de sorriso que Stevie colara no rosto naquela noite em que eles jantaram com seus pais. A cada segundo, ela sentia que deixava a esperança lhe escapar mais, até que a segurasse com a pontinha dos dedos, tentando prendê-la. Então perdeu o contato.

— Deixe-me apresentar você ao meu pai morto — disse ele.

Continua...

AGRADECIMENTOS

TENHO MUITAS PESSOAS A AGRADECER.

Primeira e principalmente, obrigada a Katherine Tegen. Não existiria *Cordialmente Cruel* sem ela.

Obrigada a todas as pessoas que guiaram este livro pelo processo editorial: minha editora, Beth Dunfey, Mabel Hsu e toda a equipe da Katherine Tegen Books. Obrigada a Anica Rissi, que me levou até o grupo Katherine Tegen em primeiro lugar.

Minha agente, Kate Schafer Testerman, me mantém viva. Ela me assistiu nessa tentativa empenhada ao lado da minha assistente, Felicity Disco (ou Kate Welsh, como ela é *conhecida às vezes*). Sem elas, quem sabe? Não ouso especular.

Posso dizer com toda a honestidade que, sem a ajuda da minha amiga Robin Wasserman, este livro não existiria. E é impossível enfatizar o bastante o apoio e a ajuda que Cassandra Clare, Holly Black e Sarah Rees Brennan me deram.

Obrigada a Daniel Sinker, que insistiu que eu fosse com ele e fizesse o podcast chamado *Says Who?* Isso contribuiu imensamente para minha sanidade atual.

Obrigada ao dr. Jason Sutula e à enfermeira licenciada Erin Wert pela ajuda médica e científica.

Obrigada a Oscar e Zelda. Amo vocês.

Obrigada à minha mãe por cuidar de mim durante um longo período de doença enquanto eu escrevia.

Há inúmeras pessoas que melhoram minha vida diariamente. Se você chegou até aqui, é provável que seja uma delas. Este é para VOCÊ. Sim, VOCÊ.

MINHAS IMPRESSÕES

Início da leitura: __ / __ / ____

Término da leitura: __ / __ / ____

Citação (ou página) favorita:

Personagem favorito: _____

Nota: ✿ ✿ ✿ ✿ ✿ ♡

O que achei do livro?

Este livro, impresso pela umlivro em 2024 para a Editora
Pitaya, deu um nó na cabeça do editorial.
O papel do miolo é pólen natural 80g/m², e o de capa é cartão 250g/m².